JULIE PETERS

DIE KRIEGERIN

TOCHTER DER AMAZONEN

W0391060

atb aufbau taschenbuch

Julie Peters, geboren 1979, arbeitete als Buchhändlerin und studierte Geschichte, bevor sie sich ganz dem Schreiben widmete.

Im Aufbau Taschenbuch sind bereits zahlreiche ihrer Romane erschienen, unter anderem historische Romane wie die erfolgreiche »Die Dorfärztin«-Saga sowie »Käthe Kruse und die Träume der Kinder« und »Käthe Kruse und das Glück der Kinder«.

Otrere liebt ihr Leben auf der Steppe, sie liebt ihre Freiheit. Als Amazone wird sie von früher Kindheit an als Kriegerin ausgebildet. Nach dem Tod ihres Vaters wird sie Herrscherin über die Skythen und kämpft dafür, die freiheitliche Lebensweise ihres Volks zu bewahren, die durch die Siedlungspolitik der Griechen bedroht wird. Als sie dem griechischen Gott Ares begegnet, lässt sie sich auf ihn ein. Doch die Beziehung stellt ihre Unabhängigkeit, ihre Ideale und ihre Lebensweise infrage, und Otrere muss sich entscheiden, wohin sie gehört – zu ihrem Volk oder an die Seite von Ares.

JULIE PETERS

DIE KRIEGERIN

TOCHTER DER AMAZONEN

ROMAN

aufbau taschenbuch

MIX
Papier | Fördert gute Waldnutzung
FSC® C083411
FSC
www.fsc.org

ISBN 978-3-7466-4047-1

Aufbau Taschenbuch ist eine Marke
der Aufbau Verlage GmbH & Co. KG

1. Auflage 2024
© Aufbau Verlage GmbH & Co. KG, Berlin 2024
www.aufbau-verlage.de
10969 Berlin, Prinzenstraße 85
Der Verlag behält sich das Text- und Data-Mining
nach § 44b UrhG vor, was hiermit Dritten ohne Zustimmung
des Verlages untersagt ist.
Umschlaggestaltung www.buerosued.de, München
unter Verwendung eines Bildes von
© Mark Owen / Trevillion Images
Satz LVD GmbH, Berlin
Druck und Binden CPI books GmbH, Leck, Germany

Printed in Germany

Meine Geschichte werde ich nur ein einziges Mal erzählen, und danach wird sie im Wind vergehen wie die Geschichten meiner Ahnen. Ich weiß, wie das läuft. Ihr werdet sie weitertragen, an euren Lagerfeuern werdet ihr meine Geschichte zum Besten geben, als wärt ihr dabei gewesen. Die Sänger werden sich damit brüsten, dass sie wissen, wie es wirklich war. Dennoch werden sie niemals exakt meine Worte wählen, und mit jeder Erzählung wird meine Geschichte weniger meine sein. Bis niemand mehr da ist, der sie bestätigen kann, keiner, der zu ihrem wahren Kern vordringt.

So entstehen die Mythen, die nichts mehr mit den Ereignissen zu tun haben, die uns einst prägten. Es bleiben Fragmente, für viele unverständlich, die erst durch weitere Hinzudichtungen wieder Sinn ergeben. Aber nicht meinen Sinn. Und irgendwann werden sie nicht mehr erzählt, und auch das darf sein. Ihr dürft mich vergessen. Oder ihr lernt aus meiner Geschichte. Ihr lernt, wie es dazu kam, dass ich nun in eurer Erinnerung eine andere bin.

Also hört gut zu.

1

Das Trommeln der Hufe war mein zweiter Herzschlag. Tief beugte ich mich über den Hals des Falben. Meine Hände ruhten auf seinem Fell, seine Mähne peitschte mir ins Gesicht. Ich schloss die Augen, vertraute blind meinem Pferd, das mich immer trug. Das wusste, was ich brauchte.

Den scharfen Ostwind im Gesicht, der mir die Tränen der Wut von den Wangen wischte. Die Geschwindigkeit, nur fort von meinem Vater, meiner Familie, von meinem Stamm. Allein sein mit diesem Schmerz, der Verwirrung und der Angst.

Ja, ich hatte Angst. Auch wenn ich es mir nicht eingestehen konnte. Und mancher hätte vielleicht Angst gehabt, so zu reiten, wie ich es tat – mit geschlossenen Augen, ohne zu sehen, wohin der Falbe galoppierte, über die sanft geschwungenen Hügel der Grasebene. Jederzeit könnte mein Pferd in ein Kaninchenloch treten und stürzen, mich mit sich reißen und unter sich begraben. Das passierte.

Aber nicht uns.

Mich ängstigten andere Dinge. Fremde, die mit schnittigen Schiffen an unsere Küste segelten, die mit fünfzig bewaffneten Männern an Land gingen und Zelte aufschlugen. Männer, die nicht für das dauerhafte Leben in Zelten gemacht waren. Sie wetzten ihre Schwerter und rieben das Leder ihrer Schilde mit Öl ein. Sie waren nicht gekommen, um friedlich mit uns Handel zu treiben. Wer sein Schwert in den Sand eines fremden Gestades trieb, der kam auch, um es in die Leiber derer zu stoßen, die hier lebten.

Aber dies war unser Land. Auf der Steppe lebten wir, seit die Göttin Tabiti einem Vorfahren meines Vaters einst das Land anvertraut hatte. Meine ganze Kindheit und Jugend hatten mich darauf vorbereitet, diese Heimat zu lieben und sie zu verteidigen, falls es zum Kampf kam.

Mein Vater aber, der mit drei Dutzend Kriegern auszog, um sich mit den Kämpfern anderer Sippen zu vereinen, hatte mich lange angesehen, bevor er erklärte: »Du nicht, Otrere. Bleib du im Lager.«

Bei den Frauen, den Kleinkindern, die einem vor die Füße fielen, bei den zahnlosen Alten, die im Schatten ihrer Zelte nur noch auf den Tod warteten. Er traute mir nicht zu, für unser Überleben zu kämpfen, sondern *befahl* mir, bei den Zelten zu bleiben. Als wäre ich ein *Kind*, das man vor sich selbst beschützen müsse, und keine junge Frau von fünfzehn Sommern. Als wäre ich nicht die beste Bogenschützin unserer Sippe, vielleicht unter allen Skythensippen, die weit verstreut auf den Steppen rings um den Fluss Borysthenes und weit darüber hinaus lebten.

In aller Frühe waren sie heute aufgebrochen. Ich hatte ihnen nachgeblickt, und dann – spürte ich die Wut, die ich nicht zu bändigen wusste. Die nur der Wind mir mit den Tränen aus den Augen treiben konnte, und nur mit dem Rausch der Geschwindigkeit konnte ich langsam wieder zu Atem kommen, der Druck auf meine Brust legte sich.

Ich breitete die Arme aus. Spürte, wie der Wind an mir riss. Ich öffnete den Mund. Schrie meinen Kummer in den hohen, klaren Himmel, von dem die Sonne unerbittlich brannte.

Der Falbe wurde langsamer und verfiel in einen leichten Trab. Ich beugte mich über seinen Hals. Schließlich blieb er stehen. Ich spürte, wie seine Flanken bebten, Schweiß glänzte auf seinem goldenen Fell. Ich wendete ihn. Langsam ritt ich heim. Mein Zorn war nicht gänzlich verraucht.

Aber mein Blick weitete sich wieder für die Schönheit der sanft geschwungenen Hügel, auf denen der Wind durchs Gras strich, das sich in grünen Wellen bis zum Horizont erstreckte. Hinter der nächsten Hügelkuppe begann ein lichter Birkenwald, und dahinter begann das Weideland unserer Herden.

Immer noch fühlte ich mich zurückgesetzt. Hilflos, weil ich zurückgelassen wurde. Immer noch war ich auf meinen Vater wütend, der so selbstverständlich entschieden hatte, dass er mich nicht brauchte. Er war der König der Skythen und konnte über seine Kämpfer und Kinder verfügen, wie es ihm gefiel. Trotzdem zürnte ich ihm, denn meine älteren Geschwister hatte er mitgenommen. Wann durfte ich mich endlich beweisen wie Maspi und Melanippe?

2

Von meiner Schwester Melanippe und ihren Gefährtinnen lernte ich alles, was eine Kriegerin wissen musste.

Reiten. Bogenschießen. Die Wahrheit zu sprechen.

Wir bildeten eine eingeschworene Gemeinschaft, wir aßen mit den Kriegern, wir schliefen im Sommer unter dem Sternenhimmel und im Winter dicht aneinandergeschmiegt unter Fellen oder direkt neben unseren Pferden, wir ritten, wir rangen miteinander, wir maßen uns mit dem Bogen und beim Speerwurf. Jede von uns besaß ihr eigenes Pferd – keines von den schwerfälligen, älteren Tieren, die sich vor die Karren spannen ließen, sondern jene, die mit ihren langen, starken Beinen und dem Herzen eines Kriegers über weite Strecken galoppieren konnten.

Inzwischen war ich seit zehn Sommern bei den jungen Kriegerinnen und damit eine der Ältesten im Zelt. Wenn ein neues Mädchen zu uns kam, schlief es die ersten Nächte neben mir. Nushaba war längst zu den Kriegern gezogen, sie waren oft lange Zeit unterwegs auf Raubzügen oder um unseren thrakischen Nachbarn mitzuteilen, dass wir ihre Angriffe auf unsere Weidegründe nicht akzeptierten. Sie kehrte meist mit einem breiten Grinsen auf dem Gesicht zurück, mit Schätzen in den Satteltaschen und Melanippe an ihrer Seite. Solange unser Vater selbst unterwegs war, oblag die Verantwortung über unseren Stamm Melanippe und unserer Mutter.

Als Ältester unter den jungen Kriegerinnen oblag mir die Ausbildung der anderen Mädchen. Ich brachte ihnen bei, was ich einst von

Melanippe und Nushaba gelernt hatte. Wie man einen Bogen baute. Wie viel Geduld es brauchte, bis der Leim hergestellt war, mit dem Holz und Knochen verklebt wurden. Wie lange es erst dauerte, bis der Leim getrocknet war! Viele Stunden, Tage, Mondläufe verbrachten wir mit dem Bau eines Bogens. Dabei hatte ich selbst erst vor drei Sommern mit meinem eigenen begonnen, als Melanippe meinte, ich sei nun groß genug, ich würde nicht mehr wachsen. Seitdem hatte ich einen halben Kopf mehr an Länge gewonnen, ich überragte alle Frauen und viele Männer in unserem Lager.

Doch auf eines wartete ich bisher vergebens: die Möglichkeit, mich im Kampf zu beweisen.

Nun bin ich kein Kind mehr. Noch nicht ganz Frau. Mein letzter Sommer, bevor ich das erste Mal mit meinem Vater und den anderen Männern und Frauen gegen den Stamm im Norden reiten sollte. Schon lange gab es Streit mit dieser Sippe; es ging um den saftigen Weidegrund direkt am Fluss, den wir jedes Jahr im Spätfrühling für uns einforderten oder den sie schon besetzt hielten, wenn wir mit der Sonne im Rücken unsere Schafe und Ziegen und unsere Milchstuten die sanften Hügel hinabtrieben.

Mein Vater kehrte mit unseren Kriegern nach einem halben Mondlauf zurück. Er verschwand mit den Beratern und mit Melanippe und Maspi in seinem Zelt. Wieder war ich ausgeschlossen, wieder sprang ich auf den Rücken meines Falben und trieb ihn bis zur Erschöpfung einen halben Tag Richtung Norden. Als ich mit Einbruch der Dämmerung zurückkehrte, waren die Kochfeuer entzündet und zwei Ziegen geschlachtet, um die Rückkehr der Krieger zu feiern.

Bereits vor vielen Sommern hatten die Fremden versucht, an unserer Küste eine Siedlung zu errichten. Damals waren sie gescheitert. Nach dem ersten Winter schon hatten sie sich zurückziehen müssen. Mein Vater hatte sich erleichtert gezeigt, weil die Fremden verschwanden. Daran erinnerte ich mich gut, denn er hatte mich damals mitgenommen.

Ich wollte mich gern den anderen anschließen. Mich zu ihnen setzen und ihren Geschichten am Feuer lauschen. Doch meine Glieder schmerzten von dem langen Ritt, und so kroch ich stattdessen in das Zelt der jungen Frauen und legte mich auf meine Strohmatte. So hörte ich nicht, was die Krieger von ihrem Kampf gegen die Fremden berichteten. Achaier. So nannten sie sich. Kamen aus Palästen jenseits des Meeres, wo ihre Könige in einer goldenen Pracht residierten. Sie lebten von Ackerbau und Viehzucht, Fischfang und Handwerk.

Ich wusste mehr über diese Fremden, als mir lieb war. Einst hatte ich meinen Vater zu ihnen begleiten dürfen, und dies hatte in mir eine Sehnsucht geweckt, die ich mir bis zu diesem Sommer nicht hatte eingestehen können. Erst als mein Vater mir dieses Jahr verwehrte, mit ihm nach Süden zu reiten, begriff ich, was diese Wut bedeutete, die seit jeher in mir wohnte.

Ich wollte sein, was er war.

Ich wollte Königin der Skythen werden.

3

Eine meiner frühesten Erinnerungen ist die an jenen Sommer, als ich sieben war. Schon seit zwei Jahren lebte ich mit meiner Schwester Melanippe im Zelt der Kriegerinnen, und meine Tage waren erfüllt vom Reiten, Bogenschießen und vom Raufen mit den Gleichaltrigen. Dass dieses Spiel, bei dem es darum ging, mein Gegenüber zu besiegen, allzu früh bitterer Ernst werden sollte, ahnte ich damals nicht. Ich liebte nur die Pferde und den kleinen Bogen, den ich sogar nachts an mich drückte.

In diesem Sommer durfte ich das erste Mal mit den Kriegern reiten.

Mein Vater nahm mich vor sich auf den Sattel. Sein Arm lag um meinen Bauch, während wir über die Ebene preschten. Ich hätte genauso gut selbst reiten können, doch der Falbe war damals erst zwei Jahre alt, und ich besaß kein anderes Pferd. Später begriff ich, dass ein reitendes Kind von sieben Jahren die Achaier vermutlich gehörig verwirrt, vielleicht auch beunruhigt hätte. Was hätten sie wohl dazu gesagt, wenn sie gewusst hätten, dass ich ein Mädchen bin?

Zu jener Zeit lebten wir noch weiter im Süden, näher an jenem Meer, das die Achaier Pontisches Meer nennen. Bis zur Küste war es ein halber Tagesritt. Ich juchzte, wenn mein Vater Mazjar seinem Braunen die Sporen gab. Aber ich spürte auch eine unerklärliche Anspannung, die alle unsere Krieger erfasst hatte. Sie waren auf der Hut. Sie fürchteten nicht direkt die Fremden, die an unserer Küste gelandet waren. Aber es waren Fremde, die sich auf unserem Land breitmachten, als gehörte es ihnen.

Die Achaier. Damals hörte ich auch das erste Mal von ihnen. Ich hörte meinen Vater und seine Berater über Tyras reden. So nannten die Fremden ihre Siedlung. Einer Siedlung einen Namen geben, das bedeutete, sie auf Dauer anzulegen. Nicht nur für einen Sommer an Land zu gehen und Handel zu treiben. Das sagte mein Onkel Arash eindringlich zu meinem Vater.

Wenn wir langsamer ritten, weil die Pferde eine Pause brauchten, sprachen sie leise über die Fremden. Vermutlich dachten sie, ich würde nicht verstehen, was sie sagten.

Was ich aber verstand, sobald wir das Ende unserer Reise erreichten, war die Beunruhigung meines Vaters. Weil wir nicht damit gerechnet hatten, dass diese Fremden, die aus dem Süden mit ihren Schiffen an unserer Küste gelandet waren, direkt nach ihrer Ankunft eine Festungsmauer bauen, Furchen in die fruchtbare Erde am Fluss graben und kleine Häuser errichten würden.

»Sieh dir nur an, wie sie den Boden aufreißen und ihn sich zu eigen machen«, murmelte mein Vater.

»Wer sind die, dass sie glauben, sie könnten ungestraft unser Land besetzen?«, zischte Arash neben uns. Sein Schimmel tänzelte unruhig unter dem Sattel.

Mein Vater atmete tief durch. Sein Arm um meinen Bauch verstärkte den Druck. »Sie glauben, ihnen gehört die Welt. Aber sie vergessen, dass die Götter bestimmen, wem welcher Teil der Welt gehört.«

»Und wenn ihre Götter ihnen gesagt haben, dieses Fleckchen gehöre nun ihnen?«

Mazjar kaute auf diesen Worten herum. »Ich muss mit ihnen reden.«

»Wir sind zu wenige. Zwanzig gegen ... wie viele mögen es sein? Hundert? Hundertzwanzig?«

Wir standen auf einer Anhöhe. Zwanzig Reiter, die von den Menschen in der Ebene unter uns noch nicht bemerkt worden waren. Sie wuselten wie Ameisen herum, jeder wusste genau, was er zu tun hatte. Ich war fasziniert von ihrer Ordnung. Von den geraden Linien. Von den kleinen Häusern auch, denn ich hatte noch nie aus Stein errichtete Gebäude gesehen. Wir lebten in Zelten und auf den Karren, die von unseren Pferden gezogen wurden.

Mein Vater schnaubte. »Straßen. Sie bauen eine Siedlung. Die wollen bleiben, anders als jene vor ihnen.«

Arash runzelte die Stirn. »Und was gedenkst du zu tun?«

Mazjar gab sich einen Ruck. »Ich werde mit ihnen reden.«

»Aber wir sind zu wenige!«

»Dann sehen sie uns nicht als Bedrohung.« Er umfasste meine Brust fester. »Wir sind nur harmlose Nomaden, die mit ihren Kindern einen Ausritt machen, nicht wahr?«

Er ritt voran. Arash und drei weitere Reiter folgten uns. Der Braune schritt behutsam aus, erst nachdem wir die Ebene erreicht hatten, trabte er etwas zügiger. Ich spürte die Anspannung meines Vaters. Daran, wie er mich an sich drückte. Wie er versuchte, mit seinen Männern zu scherzen, obwohl ihm die Angst im Nacken hockte.

Fremde auf unserem Land. Was mussten die Achaier für mutige Menschen sein, dass sie dieses Meer überquerten! Wie sollten wir ihnen denn etwas entgegensetzen können?

Aber mein Vater vertraute darauf, dass wir nicht bedrohlich wirkten. Weil ich vor ihm im Sattel saß. Weil unsere Männer nur die Bögen auf dem Rücken trugen, die Dolche versteckt in einer Scheide am Stiefel. Ein paar Männer auf einem Ausritt. Allenfalls auf der Jagd nach einem Schneeleoparden oder wilden Mufflons.

»Sprichst du überhaupt ihre Sprache?«, fragte Arash.

»Nein. Aber sprechen sie unsere?«

»Und wie willst du dich mit ihnen verständigen?«

Mein Vater warf seinem Bruder einen Blick zu. Hob die Augenbrauen. Machte eine weit ausholende Bewegung mit dem freien Arm und neigte den Kopf.

Arash lachte. »Verstehe«, sagte er.

Schweigend legten wir den Rest des Wegs zurück. Inzwischen waren wir bemerkt worden. Rufe schallten über die Ebene; einige Männer hatten ihre Arbeit unterbrochen und sahen uns entgegen. Aus einer Gruppe lösten sich mehrere und kamen auf uns zu.

»Welcher ist der Anführer?«, fragte Arash.

»Na, welcher schon. Der mit diesem herausgeputzten Gewand, der vorwegschreitet.«

»Hübsches Kerlchen«, murmelte Arash, und die Männer lachten rau. Ich richtete mich etwas mehr auf und versuchte, diesen hübschen Kerl etwas besser zu erkennen.

Er trug eine weiße Tunika, die ihm bis zu den Knöcheln reichte. Später erfuhr ich, dass diese Tunika von den Achaiern Chiton genannt wurde. Dazu Sandalen, mit denen er bestimmt nicht reiten konnte. Und einen farbenprächtigen roten Mantel, um die Schultern drapiert wie bei einem König. Mit Königen kannte ich mich aus. Mein Vater war auch einer.

Der König der Siedlung breitete die Arme aus, er rief uns etwas entgegen. Wir blickten uns ratlos an, denn natürlich beherrschte keiner die Sprache eines Fremden, dessen Volk wir bisher nie begegnet waren. Er wirkte sogleich verärgert, rief etwas über die Schulter. Ein großer, breitschultriger Kerl schob sich nach vorn neben ihn. Mein Vater zügelte sein Pferd. Wir warteten ab.

»Willst du ihn nicht begrüßen?«, fragte ich.

»Na, der soll nur herkommen«, knurrte mein Vater. Er gab Arash ein Zeichen, und dieser ritt langsam an uns vorbei auf den hochgewachsenen Mann zu. Dieser trug einen Brustpanzer über seinem Chiton, der bronzen glänzte. Er schien sich vor uns nicht zu fürchten.

Wir beobachteten, wie mein Onkel sein Pferd zügelte. Er rief dem Fremden etwas zu. Dieser starrte ihn an, als müsste er seine Worte erst in eine sinnvolle Reihenfolge bringen, dann rief auch er ein paar Worte. Sie klangen entfernt vertraut.

Er schien derjenige der Fremden zu sein, der unserer Sprache mächtig war. Mein Onkel und er unterhielten sich eine Weile; beide wogen ihre Worte mit Bedacht ab, und einmal drehte sich der Fremde halb zu seinem Anführer um und rief etwas in seiner Sprache, das für große Heiterkeit sorgte. Inzwischen versammelten sich immer mehr Fremde um ihren Anführer. Mein Onkel nickte schließlich und kehrte zu uns zurück.

»Sie kommen von weit her. Nennen sich Achaier. Milet ist eine Stadt weit jenseits des Meers, aus der sie aufgebrochen sind.«

»Nie davon gehört.«

»Sie wollen dauerhaft hierbleiben. Sie fragen nicht um Erlaubnis, sondern sie behaupten, einer ihrer Götter habe sie angewiesen, sich hier niederzulassen und einen Palast für ihren König zu bauen.«

»Was soll das für ein Gott sein?«

»Sie haben viele Götter. Dieser soll Apollon heißen. Gott der Kolonisten.«

Mein Vater lachte auf. »Es klingt, als hätten sie sich das ausgedacht.«

»Er berichtete mir, es gebe ein Heiligtum in ihrer Heimat, zu dem jeder König geht, bevor er eine neue Siedlung gründet.«

»Und wie heißt ihr König?«

»Ihr Anführer ist kein König. Er ist nur der Erste unter ihnen. Sie sagen, sie wollen mit uns Handel treiben. Und sie haben uns eingeladen, bei ihnen über Nacht zu bleiben. Sie heißen uns willkommen und möchten unsere Freundschaft mit einem Festmahl feiern.«

»Erst feiern sie mit uns ein Festmahl, dann schlachten sie uns in der Nacht ab. So beginnen Kriege.«

Arash blickte meinen Vater lange an.

»Vertraust du ihnen etwa?«, fragte mein Vater. »Sie bauen einen Palast, und du vertraust ihnen? Der Platz wird ihnen nicht reichen, und dann breiten sie sich aus.«

»Er klang nicht feindselig. Sie möchten hier leben, das Land ist fruchtbar, sie betreiben Ackerbau. Und sie möchten mit uns handeln. Es könnte für alle Seiten von Vorteil sein. Sagt er.«

Mein Vater dachte nach. »Haben wir eine Wahl?«

»Wir haben immer eine Wahl, Bruder. Wir können nach Hause reiten und mit all unseren Kriegern wären wir nach einem halben Mondlauf zurück und würden ihre Stadt dem Erdboden gleichmachen.«

»Sie sehen nicht so aus, als wollten sie wieder gehen.«

»Nein, das werden sie wohl nicht tun. Es sei denn, wir vertreiben sie. Und dann kämen sie früher oder später zurück.«

Mein Vater drückte mich fester an sich. »Also dann. Gute Nachbarn sind mir lieber als schlechte Feinde. Sag ihnen, dass wir heute Nacht bleiben. Aber wir lagern außerhalb ihrer Befestigungsanlage.«

Arash nickte. Er wendete sein Pferd und ritt zurück, um Vaters Nachricht zu überbringen.

»Lass dich nicht von diesem Fremden täuschen, Otrere«, murmelte mir mein Vater ins Ohr. »Erst sagen sie, dass sie Handel treiben wollen, dann nehmen sie ungefragt dein Land. Und am Ende zerstören sie, was wir immer gewesen sind.«

»Das werde ich ihnen nie erlauben«, erwiderte ich fest. »Wenn du willst, vertreibe ich sie in deinem Namen.«

Er lachte. »Ach, Otrere. Wenn meine Söhne nur so werden, wie du jetzt schon bist. Dann muss ich mir um die Zukunft keine Sorgen machen.«

4

Die ersten fünf Jahre lebte ich im Bannkreis der Mütter und Schwestern, die folgenden zehn bei den Kriegerinnen. Sie nahmen mich in ihrer Mitte auf, als ich mit fünf Sommern vor die Wahl gestellt wurde – zu den Zelten oder zu den Weiden? Zu den Pferden!, rief ich. Sie brachten mich zu den Weiden und ließen mich ein Pferd auswählen, und ich nahm die falbe Stute mit der grauschwarzen Mähne, die sonst keinen an sich heranließ. Ihr Bauch war rund und prall, weil sie ihr erstes Fohlen erwartete. Sie legte so vertrauensvoll ihre Nüstern in meine Handfläche, wann immer ich zu ihr ging. Sie lief mir überallhin nach. Kurz darauf wurde ihr Fohlen geboren, und sie zeigte mir den kleinen Hengst, als wüssten wir beide, dass sie zum Reiten nicht taugte, er mir aber alle Zeit ein treuer Gefährte sein würde.

Ich lernte auf anderen Pferden reiten, und drei Jahre später war ich die Erste und Einzige, die auf seinen Rücken stieg. Ihm war es egal, ob ich ihm eine Handvoll Samen hinhielt oder das Gebiss, an dem ich seinen Zaum und die Zügel befestigte. Zaum und Zügel waren aus weichem Ziegenleder, ich hatte es selbst gegerbt, rot gefärbt und anschließend zugeschnitten und zu einem Zaumzeug vernäht, das ihm passte und nur ihm. Wenn ich ihm den Biss ins Maul schob, tänzelte er neben mir. Er konnte es nicht erwarten, mit mir über die Ebene zu fliegen.

Nachdem die Sippe gestern die Rückkehr der Krieger gefeiert hatte, war es in der Frühe noch still im Lager. Nur ein paar Frauen beaufsichtigten die Kinder, die in ihren kurzen Tuniken und mit nackten Füßen zwischen den Zelten tobten.

Heute brachte ich dem Falben keine Zügel, keinen Sattel. Nur Körbe, die ich mit einem Gurt auf seinem Rücken festschnallte, und er hob die Oberlippe, er schmollte mir.

»Ich weiß schon. Du wirst dich furchtbar langweilen, nicht wahr?«

Ich lachte und legte die Arme um seinen Hals. Das Gesicht vergrub ich in seiner Mähne, er duftete nach Pferd, nach Sommer und nach dem würzigen Thymian, der zu dieser Jahreszeit die Steppe überzog. Er liebte es, sich darin zu wälzen, und ich liebte diesen Geruch.

»Sprichst du wieder mit ihm?«

Ich blickte auf. Mein Bruder Maspi stand auf der anderen Seite meines Falben, er lächelte gutmütig. Sein Auge blinzelte gegen die helle Sonne.

»Und du bist schon wieder wach und nüchtern?«

Er grinste und schulterte die Schütten, die er für sein Pferd mitgebracht hatte.

»Wir müssen los, wenn wir heute die Körbe füllen wollen.«

Er hatte recht. Und er wusste, wie wenig mir diese Tage auf der Steppe behagten, wenn wir stundenlang mit dem Blick am Boden herumliefen, uns nach Kräutern und Beeren bückten und sie in den Schütten sammelten. Maspi hingegen liebte sie. An diesen Tagen musste er nicht Schwertkampf trainieren oder den Speer werfen. Den Bogen überließ er ohnehin mir und unserer Schwester Melanippe. Wir hatten schon früh gelernt, mit ihm Hasen zu jagen oder Vögel mit der Steinschleuder zu erlegen. Das alles fiel Maspi deutlich schwerer. Er sagte, ihm fehlte der scharfe Blick dafür, mit Distanzwaffen ein Tier zu erlegen. Aus der Nähe gelang es ihm besser. Aber wir wussten alle, ein großer Kämpfer würde aus meinem ältesten Bruder nie werden.

Dafür wusste er, wo es die süßesten Blaubeeren und die saftigsten Himbeeren gab. Seine Finger waren so geschickt, dass er die Brombeeren ernten konnte, ohne sich an den Dornen zu verletzen, und während er sich über die kleinen Büsche und das Gestrüpp beugte, summte er vor sich hin. Maspi war glücklich, wenn er Beeren sammelte.

Ich beneidete ihn. Um diese Leichtigkeit. Dass er das Glück in diesen kleinen Dingen fand. Dass er lachte, wenn die Kinder zu ihm gelaufen kamen und aus seinem Korb die dicksten Blaubeeren stibitzten. Er nahm das Leben leicht, obwohl es ihm so übel mitgespielt hatte.

Mich hingegen ließ die Sorge nicht los, was es bedeutete, wenn bewaffnete Achaier an unserer Küste landeten. »Was habt ihr im Süden erlebt? Ihr seid unverletzt zurückgekehrt«, sagte ich leise.

»Ja, das war interessant. Diese Achaier suchten Tyras.«

»Wozu braucht Tyras fünfzig bewaffnete Soldaten?«

Meine Besorgnis wuchs sich zu einem Knoten in meinem Bauch aus, ein ungutes Gefühl, da war es wieder. Die Angst. Fremde, die in unser Land drängten, die versuchten, uns etwas wegzunehmen, das uns von alters her gehörte. Als genügte es nicht, dass die Thraker im Westen beständig nachdrängten, sobald wir auch nur einen Weidegrund freigaben.

Ich kroch durch die Blaubeerbüsche und sammelte Beeren, während der Falbe hinter mir auf der Ebene graste. Maspi war etwa dreißig Schritt entfernt beschäftigt. Er warf eines der Kinder in die Luft, das bei ihm Beeren klauen wollte, und die anderen umringten ihn, sie juchzten und verlangten nach mehr. Ich seufzte. Er würde sie herumwirbeln, bis alle vor Schwindel ins Gras plumpsten, und am Abend würden seine Körbe und Holzschalen wie von Zauberhand trotzdem die vollsten sein, als hätte die Göttin Api, Mutter Erde, ihn als ihren liebsten Menschensohn auserkoren und ihre Gaben wie ein Füllhorn über ihm ausgekippt.

Ich hingegen blickte auf ein paar jämmerliche Blaubeeren, eine Handvoll Himbeeren. Lediglich Brombeeren hatte ich reichlich gepflückt, meine Arme waren ganz blutig gekratzt von den Ranken. Maspi lachte, weil ich das Gesicht verzog, als ich aus dem Brombeerdickicht kroch.

»Du musst dich mit der Göttin gutstellen«, neckte er mich.

»Was mir ja immer schon so vortrefflich gelungen ist.« Ich erwiderte sein Lächeln, fühlte mich dabei aber unzulänglich. Für Maspi war das Leben einfach. Beeren sammeln, mit den Kindern durch die Grasebene toben, und wenn sich wer eine blutige Nase holte oder in einem Kaninchenloch den Fuß vertrat, war er zur Stelle.

Im Vergleich zu Maspi war meine Position nicht so klar definiert. Ich war die Drittgeborene, und ich war mit fünf aus dem Karren unserer Mutter fortgelaufen, zu den Pferden, mehr wollte ich damals nicht. Dennoch hatten sie mich zuerst zurückgeschickt. »Eine Kriegerin genügt von eurer Familie.« Und das war Melanippe.

Doch ich hatte mich durchgesetzt. War zur Kriegerin ausgebildet worden, war eine der Besten geworden, weil ich unerbittlich trainiert hatte. Weil ich immer mit meiner Schwester konkurrieren musste.

Weil ich stark sein wollte. Weil ich sah, wie die Skythen in Bedrängnis gerieten. Ich wollte meinem Vater zurufen, er müsse mehr um unsere Freiheit kämpfen, doch er befahl mir, bei den Frauen und Alten zu bleiben.

»Siehst du, da kommt Erlösung für deine armen Finger.« Maspi trat neben mich, er schüttete alles, was er in dem Tuch an seiner Hüfte gesammelt hatte, in den Korb meines Falben. Ich sah auf. Vom Lager näherte sich ein Reiter, und ich erkannte nicht nur an dem schwarzen Hengst, der sich über der Ebene streckte, dass es unser Vater war. Es war seine Haltung im Sattel, die ihn verriet.

»Was will er denn?«

Maspi antwortete nicht. Was vermutlich hieß, dass er es genau wusste, aber nicht darüber reden wollte.

Ich gab dem Falben einen Klaps, was für ihn hieß, dass er sich frei bewegen durfte, solange ich mit dem Sammeln pausierte. Inzwischen war mein Vater herangekommen. Er schwang das Bein über den Hals seines Rappen, der zugleich langsam wurde. Mein Vater glitt aus dem Sattel und landete fünf Schritte von mir entfernt im Gras. Er gab seinem Pferd ebenfalls einen Klaps und kam mit langen Schritten auf mich zu. »Hier bist du«, begrüßte er mich.

»Wir sammeln Beeren«, sagte ich und verzog das Gesicht. Er lachte. Jeder wusste, dass ich diese Arbeit nicht mochte. »Wollen wir ein Stück gehen? Gut möglich, dass wir ein paar Kaninchen fürs Abendessen erwischen.« Er klopfte auf seine Gürteltasche, in der er die flachen Kiesel aufbewahrte, die er mit seiner Steinschleuder benutzte. Ich nickte und lief zum Falben, um Köcher und Bogen zu holen. Mein Vater liebte die Steinschleuder, ich bevorzugte den Bogen.

Wir machten uns auf den Weg. Das Gras wogte und kitzelte meine nackten Beine. Wir gaben uns keine Mühe, leise zu sein. Wussten wir doch beide, dass bei dem Gewusel auf der Steppe alle Kaninchen in ihren Löchern blieben.

»Morgen brechen wir auf. Nach Tyras«, begann mein Vater, als wir ein Weilchen schweigend nebeneinander gelaufen waren. »Ich werde Maspi mitnehmen.«

Ich schwieg. Vermutlich wollte er nicht nur deshalb mit mir reden, um mich über seine Reisepläne zu informieren, denn im Grunde ging es mich nichts an.

»Mela reitet derweil nach Norden. Du wirst also ein paar Tage wieder für das Lager verantwortlich sein. Bis sie zurück ist. Deine Mutter ist auch da, aber du hast dich zuletzt bei dieser Aufgabe bewährt.«

Ich begriff. Darum hatte er mich zurückgelassen. Und ich hatte gedacht, es sei, weil er mich für zu jung hielt.

»Deine Mutter wird keine große Hilfe sein, aber ...«

»Ich weiß«, sagte ich. Einen Angriff müsste ich mit den verbliebenen Kriegerinnen abwehren, Besucher würde ich empfangen und bewirten.

Mein Vater hatte recht behalten, als er vor acht Sommern vermutete, dass die neue Siedlung der Achaier bleiben würde. Nicht nur das. Inzwischen übte sie auf viele unserer jungen Leute eine unwiderstehliche Anziehungskraft aus. Das Leben an einem festen Platz war für mich unvorstellbar. Beschränkt zu sein auf eine Lehmhütte, die halb in den Boden eingelassen war, dazu ein kleines Stückchen eingezäuntes Land, dem man mühsam in den kurzen, kühlen Sommern ein bisschen Gemüse oder Hirse abtrotzte … Doch allein von unserer Sippe waren ein Dutzend junge Leute in den vergangenen Jahren nach Tyras gezogen. Teils hatten sie Achaier geheiratet, teils ihre ganze Familie mitgenommen. Sie lebten als Händler und Handwerker in der Stadt am Meer.

Es waren die Jungen, die gingen, und sie hinterließen eine Lücke in unserem Volk. Die Wagemutigen, die mit den schnellsten Pferden, die sich etwas trauten. Sie nahmen ihr Vieh mit, das sie in Tyras verkauften, um von dem erlösten Gold ein Stück Land zu erwerben und sich eine Existenz zu schaffen. Sie übten ein Handwerk aus, das sie zuvor auch bei uns mit viel Erfolg betrieben hatten. Ich sah sie gehen und wusste, sie waren für uns verloren. Gelegentlich kamen sie zurück, auf Besuch, wie sie sagten, doch sie waren Fremdkörper für unsere Sippe, sie brachten teure Geschenke, mit denen wir nichts anfangen konnten, und sie saßen verloren an unseren Kochfeuern und klagten über die Speisen, die wir servierten, oder über die unbequemen Strohmatten, denn in Tyras, behaupteten sie, gab es gemütliche Betten, und niemand musste frieren.

Mit ihnen ging so viel Wissen verloren. So viele Stimmen, so viel Tatkraft. Es klaffte eine Lücke in unserer Mitte. Es gab die Alten. Es gab ein paar Familien, deren Kinder zu jung waren, um mit ihnen in die Stadt zu ziehen. Es fehlten die jungen Leute, die noch keine Familie gegründet hatten. Oder die Erfolgreichen, die mehr vom Leben erhofften und glaubten, in einer achaischen Siedlung direkt am Meer könnten sie mehr Goldschmuck verkaufen, sie könnten als Händler dort leben. Sie gingen fort, und sie fehlten uns.

Mir schien es schwer vorstellbar, so ein Leben zu führen. Fern meiner Familie, fern auch von der Grassteppe, auf der die Götter im

Wispern des Windes zu hören waren. Deshalb hatte ich mich bisher geweigert, mit meinem Vater ein zweites Mal nach Tyras zu reiten. Dass er dort inzwischen einen eigenen Palast hatte errichten lassen, verstand ich nicht. Er sagte, es sei wichtig, gesehen zu werden. Für die dort lebenden Skythen da zu sein, wenn sie Probleme mit den Achaiern bekamen.

Die Achaier waren sehr verwundert, als sie begriffen, dass der Mann, der sie als Gesandter besucht hatte, der erste König der Skythen war. Sie hatten versucht, diese Scharte auszuwetzen, indem sie eine Delegation auf Gegenbesuch in unsere Siedlung schickten, die einige Tagesreisen nördlich am Fluss lag – im Herzland unseres Einflussbereichs, weit weg von Achaiern, Thrakern und anderen Skythenstämmen, die versuchen könnten, meinem Vater seinen Herrschaftsanspruch streitig zu machen.

Ich weiß bis heute nicht, woran es lag, doch ich fühlte mich meinem Vater immer mehr verbunden als meiner Mutter.

Nun wollte er wieder nach Tyras, und danach würde er nach Mamai-Gora weiterziehen. Und diesmal nahm er Maspi mit.

»Er wird mein Nachfolger, weißt du?«, sagte mein Vater leise.

Ich ging weiter neben ihm her, äußerlich regungslos, doch sobald ich begriff, was seine Worte bedeuteten, ballte ich die Fäuste.

»Er soll sich darauf vorbereiten. Mit den Achaiern in Kontakt treten. Und auch mit den Völkern im Norden, in ihren Städten. Ich möchte, dass er begreift, wie wichtig unsere Freiheit hier draußen ist. Dass wir sie aber vor allem bei den Achaiern und bei den Stämmen im Norden schützen müssen. Nicht hier draußen.«

»Wer wird dann hier draußen die Macht halten?«, fragte ich betont unbeteiligt und bückte mich nach einem Blaubeerstrauch. Mein Vater blieb neben mir stehen und schaute zurück. »Du gehörst hierher«, sagte er leise. »Als Kriegerin. Aber was wird aus Mela? Was wird mit Maspi? Sie sind beide älter, sie haben Ansprüche vor dir.«

»Die dürfen sie gerne haben.« Es sollte mich nicht stören. Nicht zum ersten Mal zeigte mein Vater mir, dass er Mela und Maspi mehr zutraute. Doch es schmerzte. Ich war eine gute Kriegerin. Vielleicht die beste von uns dreien. Und kämpfen mussten wir doch. Um unsere Zukunft.

»Gut möglich, dass wir eines Tages unter euch dreien einen Nachfolger wählen. Wohl eher eine Nachfolgerin.«

Er sprach nicht weiter. Musste er auch gar nicht, ich wusste nämlich, was er dachte. Was wir alle dachten.

Maspi als König? Schwer vorstellbar, sein Gemüt war zu sanft, sein Herz hing zu sehr in der Natur. Darin ähnelten mein Bruder und ich uns.

Mein Vater aber sah mich an, als wüsste er mehr über meinen Ehrgeiz. Ich steckte mir eine Handvoll Blaubeeren in den Mund. Einige süß, andere sauer. Wie alles hier draußen auf der Steppe, waren auch sie unberechenbar.

»Du wirst immer ein Kind der Steppe bleiben«, sagte er nachdenklich.

»Dann werde ich wohl nie die Königskrone tragen.« Ich lachte, denn die Vorstellung war wirklich absurd. Ich in einer Stadt, in einem steinernen Palast? Gekrönt mit einem Diadem aus Gold und Bernstein, den wir von den Skythen im Norden ertauschten, die ihn wiederum über verschlungene Handelswege von einem Volk viel weiter im Norden bezogen? Dann schon eher Maspi, obwohl er genauso wenig Begeisterung für das Regieren und das Leben in der Stadt hegte wie ich oder unsere Mutter.

»Mela?«, schlug ich vor. Meine Schwester war eine große Kriegerin. Sie besaß diese natürliche Autorität, der jeder und jede in ihrer Gruppe gehorchte, wenn sie sich auf die Jagd oder einen Feldzug begaben.

»Gut möglich.« Mein Vater ging weiter, den Blick auf den Boden gerichtet. Ich folgte ihm. Seine Gedanken verstand ich gut. Ich hatte noch jüngere Geschwister, doch wir drei, Melanippe, Maspi und ich, wir würden früher oder später zwischen uns die Nachfolge unseres Vaters regeln.

Wollte ich denn hier draußen bleiben?

Nicht, wenn die Machtkämpfe woanders ausgetragen wurden. Dabei stand für mich fest, dass ich hierher gehörte. Auf die Steppe. Zu den Pferden, dem Vieh, mit der Weite im Blick.

Bisher hatte ich mich jedes Mal verweigert, wenn mein Vater vorschlug, ich könnte ihn für eine Jahreszeit nach Tyras begleiten. Dorthin gehörte ich nicht, das spürte ich. Aber wenn dies für ihn Bedingung war, um mich in Erwägung zu ziehen? Wäre ich dann bereit, mein Leben hier draußen aufzugeben – und sei es nur vorübergehend?

»Nun, jedenfalls hoffe ich, ihr seid alle wohlauf, wenn wir zurückkehren.«

»Mela und ich werden schon dafür sorgen.«

Mein Vater wandte sich mir zu. Er legte die Hand an meine Wange, und ich schloss die Augen. Der Wind strich über uns hinweg, ich lauschte dem sanften Auf und Ab, mit dem er die Grashalme bewegte. Der würzige Duft, der sommers von den Kräutern aufstieg, sobald man über die sanft geschwungenen Ebenen lief, kitzelte mich in der Nase.

»Ich weiß, dass ihr immer hier sein werdet. Dass ihr für unsere Leute sorgen werdet. Aber du bist jung und deine Schwester ungestüm. Deine Mutter hat einen Säugling im Arm, es sind viele Umstände auf einmal, die dagegensprechen, euch allein zu lassen. Ich werde einige meiner Männer bitten, bei euch zu bleiben.«

»Nein«, widersprach ich heftig. »Dafür gibt es keinen Grund. Uns droht keine Gefahr, unsere Sippe lebt im Kernland unseres Reichs. Wir brauchen deine verweichlichten Stadtsoldaten nicht.«

Mein Vater schwieg. Das machte er oft, und ich vermutete, es war seine Art, mich zum Reden zu bringen. Schweigen hielt ich selten lange aus.

»Wir brauchen keine fremden Soldaten«, bekräftigte ich.

»Sie sind keine Fremden«, widersprach mein Vater.

»Na, du weißt schon. Keine, die unser Leben nicht gewohnt sind.«

»Sie bleiben.«

»Sie gehen. Unsere jungen Kriegerinnen sind genug. Diese Männer ...«

Ich sprach nicht weiter.

Mein Vater unterhielt einen Trupp Soldaten, die in meinen Augen für das standen, was unser Volk nicht war. Sie waren nur fürs Kämpfen da. Wenn sie sich hier draußen aufhielten, waren sie nur im Weg, wie ein Fremdkörper, weil sie für sich blieben, weil sie den ganzen Tag herumsaßen und sich durch unsere Vorräte fraßen. Sie pfiffen den jungen Mädchen nach und verstanden nicht, was daran falsch war.

Sie verkörperten all das, was ich am Stadtleben verabscheute. Spezialisiert auf eine Sache, noch dazu etwas, das wir genauso gut selbst schafften. Wir konnten die Sichel und die Sammelkörbe beiseitelegen und zu den Waffen greifen. Sie waren nutzlos, bis sie gebraucht wurden.

Ich stampfte auf. Vor uns im Gras sprang ein Kaninchen davon. Bevor ich zu meinem Bogen greifen konnte, hatte mein Vater in einer einzigen, geschmeidigen Bewegung einen flachen Kiesel aus seinem Beutel gezogen, ihn in die bereits in Bewegung versetzte Schlinge eingesetzt und mit zwei weiteren Umdrehungen abgeschossen. Er verfehlte das Kaninchen.

Ich zog einen Pfeil aus dem Köcher und nockte ihn ein, ohne den Bogen zu spannen. Mein Blick glitt über das Gras, auf der Suche nach einem weiteren Kaninchen, das so leichtfertig war, sich in unserer Nähe aus dem Bau zu wagen.

Wir sprachen nicht mehr. Nun waren wir zwei Jäger, die über die Grasebene schritten und auf das leiseste Zeichen eines Beutetiers lauerten. Über die Soldaten, die er bei uns lassen wollte, verlor mein Vater kein Wort mehr.

Als er drei Tage später mit Maspi und seinen Leuten nach Süden aufbrach, ließ er keinen seiner Soldaten bei uns zurück.

5

Als ich fünf Sommer zählte, stieg ich eines Morgens aus dem Karren, auf dem meine Mutter mit ihren kleinen Kindern und den Sklavinnen lebte, und lief zu den Pferden. Meine Mutter versuchte nicht, mich aufzuhalten. Denn dass sie nach Melanippe auch ihre zweite Tochter an die Steppe verlieren würde, muss ihr schon lange zuvor klar gewesen sein.

Melanippe stand vor dem Zelt, das sie mit einigen anderen Mädchen bewohnte. Sie kämmte ihr Haar aus, das in weizenblonden Wellen über ihren Rücken floss. Als sie mich kommen sah, lachte sie. Ich reckte das Kinn und stapfte barfuß durch das Gras. Meine Mutter hatte mir am Tag zuvor gesagt, ab jetzt dürfe ich zu den Kriegerinnen, sie hatte es mir erlaubt, und als ich an diesem Tag die Augen aufschlug, gab es kein Halten mehr.

Ich wusste, wohin ich gehörte. Und dass Melanippe schon vier Sommer länger hier sein durfte, nahm ich ihr übel. Oh, wie oft hatten sie mich von den Pferden wegholen müssen! Kaum, dass ich laufen konnte, war ich zu ihnen gewackelt, so erzählten sie es mir immer. Einmal hatte ich der falben Stute aus einem Sack Körner geholt, die diese behutsam von meiner flachen Hand nahm. Jeder wusste, dass die falbe Stute ein Biest war, sie trat und biss jeden, der sich ihr nähern wollte. Mich nicht. In mich war sie ganz vernarrt, und wenn sie nicht angebunden war, lief sie mir ganz langsam durchs Lager nach und war lammfromm. Ihre Milch war die beste, die es gab. Im Sommer, als ich ins Kriegerzelt zog, wurde ihr erstes Fohlen geboren, und der kleine falbe Hengst tollte mit mir über die Steppe. Wir waren schon bald unzertrennlich, und nie stieß er mich vom Euter seiner Mutter weg, wenn ich frische Stutenmilch in eine Schüssel melkte. Der Falbe und ich, wir waren Milchgeschwister.

Mein Vater gab diese Geschichten abends am Lagerfeuer mit unverhohlenem Stolz zum Besten, während meine Mutter nur seufzte und den Jüngsten an sich drückte. Der Säugling war noch nicht ein Jahr alt und bekam erst seit Kurzem ein paar zerdrückte Beeren und vorgekautes Dörrfleisch zur Muttermilch.

Maspi war fort, und er fehlte mir. Er war doch immer da gewesen. Ich schlief schlecht in den Sommernächten, die er fort war. Als er nach nicht einmal einem halben Mondlauf mit einigen Kriegern zurückkam, aus dem Sattel sprang und in seinem Zelt verschwand, das etwas abseits von den anderen stand, spürte ich: In Tyras war etwas vorgefallen. Er wollte nicht darüber reden.

Doch ich wollte es.

»Was war da los?« Ich wandte mich an Soslan, den geschwätzigsten der Krieger, der die Zügel von Maspis Braunem aufgefangen hatte und diesen nun absattelte. Soslan war fast so groß wie Maspi, und wenn er lächelte, sah man, dass ihm die oberen Schneidezähne fehlten.

»Was soll los sein?«

»Mein Bruder. Dass er sofort im Zelt verschwindet, ohne uns zu begrüßen. War Tyras kein Erfolg für ihn?«

»Ah, kleine Otrere. Du bist neugierig.«

Ich lächelte, blieb aber vor ihm stehen und wartete. Natürlich war ich neugierig, Maspi war mein Bruder, und ich sorgte mich um ihn.

Soslan konnte selten schweigen, wenn ich nur lange genug den Mund hielt.

Er warf einen Blick in Richtung Zelt. »Könnte sein, dass sie ihn in Tyras nicht mit offenen Armen empfangen haben. Damit meine ich nicht unsere Leute. Sie kennen ihn.« Er zuckte mit den Schultern. »Die Achaier. Ionier. Diese Leute, die aus dem Süden kommen und von ihren Steinstädten und Palästen schwärmen. Die ihre rachsüchtigen Götter anbeten und sie mit Tempeln und Altären besänftigen wollen, auf denen sie ihnen ihre halbe Ernte opfern und die kleinen Vasen mit teurem Öl zerschmettern. Sie reagierten voller Furcht auf ihn.«

»Sie hatten Angst?« Ich runzelte die Stirn. »Aber Maspi würde doch keiner Fliege etwas zuleide tun.« Nun, zumindest nicht, wenn er es vermeiden konnte. Mein großer Bruder liebte den Frieden.

»Sie hielten ihn für einen … ah, wie nannten sie es? Kyklop. Einen einäugigen Dämon, der von ihren ältesten Göttern abstammt. Uranos und Gaia. Wobei«, und hier lachte Soslan, »dieser Uranos soll wohl der Sohn von Gaia sein und mit ihm bekam sie diese einäugigen … Ungeheuer.« Er verstummte.

Ich starrte ihn an. Blickte zu Maspis Zelt. »Mein Bruder ist kein Ungeheuer«, sagte ich fest.

»Das weiß ich doch.« Soslan klang unwirsch, zugleich aber seltsam bedrückt. »Aber so haben es die Achaier gesehen. Sie hatten Angst vor ihm. Maspi hat versucht, mit ihnen zu sprechen, aber sie wichen vor ihm zurück. Keiner wollte sich mit ihm abgeben. Darum ist er irgendwann gar nicht mehr aus seinem Gemach gekommen, obwohl ihn die Steinwände verrückt machten. Der Palast deines Onkels ist größer als die meisten Häuser in Tyras, fast so groß wie der des Damokoros, doch wohlgefühlt hat er sich dort nicht.«

»Verstehe.« Ich nickte, obwohl ich nur die Hälfte von dem verstand, was Soslan erzählte. Rachsüchtige Götter? Mütter, die mit ihren Söhnen einäugige Ungeheuer zeugten? Damokoros? Der Begriff sagte mir etwas, so nannten die Achaier den Vorsteher ihrer Siedlung.

Die achaischen Götter waren so anders als unser kleiner Götterkreis. Eine Handvoll Gottheiten, der eine war der Gott des Kriegs, die andere Göttin der Ernte, ein anderer war der Gott der Sonne und des Mondes.

Aber ich wurde neugierig. Rachsüchtig sollten diese Götter sein? Schwer vorstellbar, an sie zu glauben und sich zufrieden ihrem Richtspruch zu fügen. Oder sie mit Opfergaben milde zu stimmen. Ich wollte mehr von diesen Göttern hören. Später.

Nun musste ich erst mit Maspi reden.

Er war immer schon der empfindsamste von uns Geschwistern gewesen. Das lag vielleicht auch an dem, was ihm widerfahren war, als er ein Baby war, das die meiste Zeit auf dem Schoß unserer Mutter schlief. Niemand wusste, was das für eine Krankheit war, die ihn von einem Tag auf den nächsten überfiel. Er fieberte nächtelang, sein Gesicht wurde von einem riesigen, eitrigen Geschwür überzogen, das sein linkes Auge wegfraß, bis nur eine leere Höhle blieb, über der sich wie eine runzlige Blüte die Haut schloss. Die Götter mussten etwas mit ihm geplant haben, das sich unserer Vorstellung entzog, dass dieser kräftige, große Säugling, der erstgeborene Sohn unseres Königs, diese Krankheit überstand und sie ihm dennoch das Auge nahm.

Durch das fehlende Auge konnte er nicht gut in die Ferne blicken. Der Kampf mit dem Bogen war ihm verwehrt. Auch ritt er ungern so schnell und waghalsig wie die anderen Krieger. Wenn die Götter ihm das Leben eines Kriegers hatten nehmen wollen, war es ihnen gelungen. Er hatte sich immer darauf gestützt, eines Tages unserem Vater als König nachzufolgen. Wir alle waren davon ausgegangen, auch ich. Obwohl ich sah, dass er zu sanft dafür war.

Und nun dies.

Als König müsste er auch manche Monde in Tyras leben, jener Stadt an der Flussmündung des Hypanis am Pontus, die neben Skythen auch Thraker, Achaier, Danaer und Ionier beheimatete. Seit der Gründung war die Siedlung mit jedem Jahr gewachsen, und seit einigen Sommern unterhielt mein Vater auch in dieser Stadt einen kleinen Palast. Mein Bruder säße an der Seite unseres Vaters und begegnete all den Würdenträgern anderer Völker.

Und nun fürchteten sie sich vor ihm. Weil sie ihn für ein gottgleiches Ungeheuer hielten, aufgrund des fehlenden Auges und seiner Körpergröße.

Ich lief zu Maspis Zelt. Selbst in der brütenden Stimmung, die ihn nach seiner Rückkehr befallen hatte, fürchtete ich ihn nicht. »Darf ich reinkommen?« Behutsam strich ich über die Zeltklappe. Von drinnen hörte ich ihn knurren. Das war kein Nein, und ich hob die Klappe.

Der Boden von Maspis Zelt war mit einem Teppich ausgelegt, ähnlich denen, die unsere Mutter im Karren liegen hatte. Geknüpft in all den langen, strengen Wintern, die wir in den Zelten auf die erste Frühlingswärme warteten. Ein Muster aus roten, goldgelben und weißen Ranken, die sich ineinander verschlangen. Ich streifte meine Stiefel von den Füßen.

Maspi hockte in der Mitte des Zelts, er hatte mir den Rücken zugewandt.

»Wie ich dich kenne, hast du schon erfahren, dass sie mich hassen.«

»Niemand hasst dich«, widersprach ich.

»Dann verabscheuen sie mich eben. Ist doch egal. Keiner dort will etwas mit mir zu schaffen haben. Schon gar keine Frau.«

Ich stockte.

»Bist du deshalb nach Tyras gegangen?«, fragte ich behutsam. »Weil du dachtest, dort eine Frau zu finden?«

»Die jungen Frauen hier …« Nun drehte er sich doch halb zu mir um, aber mit seiner rechten Seite. »Die sind entweder meine Schwestern oder Kriegerinnen. Oder sie lachen über mich. Jene, die für mich infrage gekommen wären, sind längst mit ihren Familien in Tyras.«

»Niemand lacht über dich«, widersprach ich.

»Na, ich bin eben anders.« Er zuckte mit den Schultern. »Und nun auch noch ein Ungeheuer.«

Ich hockte mich vor der Zeltklappe auf den Teppich. Meine Finger strichen über die roten und weißen Wollfäden. »Magst du mir davon erzählen?«

Maspi zögerte. »Es ist keine erbauliche Geschichte. Ziemlich unrühmlich für mich.«

»Ich möchte sie trotzdem hören.«

Also erzählte er mir. Von der Ankunft an der Seite unseres Vaters. Wie sie durch die Stadt zum Palast ritten. »Ich merkte es sofort. Wie sie uns ansahen. Als ich Vater fragte, ob die immer so starren, blickte er mich fragend an. Er hatte es nicht mal bemerkt, wie sie uns ansahen. Sobald er aber darauf achtete, verfinsterte sich seine Miene. ›Nein‹, sagte er. ›So starren sie nie.‹

Es dauerte, bis ich es begriff – sie starrten mich an. Weil ich so groß bin, dachte ich. Weil mein Pferd so prächtig geschmückt war. Doch je näher wir dem Palast kamen, umso mehr Menschen liefen zusammen. Sie fingen an zu murmeln, sie tuschelten miteinander.« Maspi starrte auf seine Finger. »›Woher kommt das Ungeheuer? Wen hat er da aus der Steppe mitgebracht? Ist er ein Gefangener? Seht nur, er trägt keine Fesseln. Er ist einer von ihnen. Ein Kyklop.‹ Da hörte ich das Wort zum ersten Mal. Ich begriff es nicht. Vater ritt weiter, er ließ sich nicht beirren. Erst als wir den Palast erreichten und von den Pferden stiegen, ergab sich Gelegenheit, ihn zu fragen. Sie halten mich für ein Monster, Otrere.«

»Du bist kein Monster«, erwiderte ich fest.

Ich sah nur sein schönes Gesicht mit dem sanften, braunen Auge und der geraden Nase. Mit dem kantigen Kinn. Er war gutaussehend, die Frauen blickten ihm nach. Zumindest bei uns daheim. Weil sie ihn nicht anders kannten.

Aber dort in Tyras …

»Sogar die Skythen hielten mich für ein Ungeheuer.« Maspi senkte die Stimme. »Nichts konnte ihnen die Angst nehmen. Sie haben zu viele der achaischen Geschichten gehört. Unser Vater hat große Hoffnungen in mich gesetzt. Wir wollen doch ein friedliches Miteinander, und nun … verabscheuen sie mich. Wie soll ich da herrschen? Wenn die anderen mich fürchten, was macht ihre Angst aus dem friedlichen Miteinander? Ich verstehe die Sorge unseres Vaters.«

»Ach, Maspi.«

»Und das ist nicht alles.« Bei der Erinnerung verzog er das Gesicht. »Ich habe nicht gewusst, wie eine Siedlung ist. So viel Stein, Tempel, Paläste und herrschaftliche Häuser mit mehreren Räumen. Ganz anders als Mamai-Gora. Du kennst unsere Siedlungen. Sie sind weitläufig, viel Platz zwischen den wenigen Lehmhütten.« Ich nickte. Meine Besuche dort waren selten, denn mein Vater hatte recht – ich war ein Kind der Steppe. »Unsere Leute halten sich dort Sklaven, die man auf dem Markt kaufen kann wie einen Krug Getreide«, fuhr Maspi fort. »Viele von uns nehmen die Lebensart der Achaier an, dass dir davon ganz übel wird. Sie beten nicht mehr zu unseren Göttern, sondern strömen zu den Tempeln und bringen ihre Opfergaben Zeus und Dionysos, Aphrodite, Demeter, und wie sie nicht alle heißen, dar. Sie zerschlagen kleine Tonkrüge mit teurem Öl auf dem Altarstein und flehen die achaischen Götter um Hilfe an. Es ist verstörend, zu sehen, wie sehr unsere Leute in Tyras vergessen, woher sie kommen.«

Ich spürte all seine Vorbehalte, die in einer Antwort auf die Frage gipfelten, die ich ihm bisher nie gestellt hatte. Er war der Ältere. Unser Vater hatte ihn zuerst mit nach Tyras genommen. Es war die natürliche Ordnung, dass ihm die Nachfolge zustand.

»Wenn du mich vorher gefragt hättest …« Nun zupften auch seine Finger an den Wollfäden. »Ich hätte gesagt, was kümmert mich das Getuschel der Leute, sollen sie reden. Ich bin der Sohn unseres Vaters. Eines Tages folge ich ihm. Nun bin ich da nicht mehr so sicher.« Sein Blick ging ins Leere. Zu gern hätte ich gewusst, was er dort sah.

»Es geht nicht nur um mich. Es geht um uns alle. Kann ich gut über uns herrschen, wenn die Achaier, die Ionier, die Thraker, sogar einige unserer Leute – wenn sie mich fürchten? Oder werden die Konflikte, die ohnehin schon in dieser mit einer Steinmauer umfassten Siedlung spürbar sind, sich in meiner Person vereinen? Sie werden gegen mich sein, vom ersten Tag meiner Regierung an. Ob unser Onkel dann noch lebt und mein Statthalter sein kann? Ich bezweifle es. Er ist sehr krank. Das kommt hinzu.«

Ich schwieg, obwohl die Lösung auf einmal ganz deutlich vor meinem Auge stand. Nur wagte ich nicht, sie in Worte zu fassen und vor ihn auf den Teppich zu legen wie ein Gastgeschenk. Ich fürchtete, er könnte mich auslachen. Dabei wäre es so einfach.

Als Drittgeborene könnte genauso gut ich die Herrschaft über unser Volk übernehmen. Es wäre nicht das erste Mal, dass ein nachgeborener Prinz oder eine Prinzessin dem Herrscher folgte. Ungewöhnlich wäre daran allenfalls, dass es keine schwerwiegenden Gründe gäbe, weshalb Maspi sich zurückzog – außer der Befürchtung, dass seine Herrschaft für uns alle Probleme mit sich brachte.

Weil Maspi weiter finster vor sich hinstarrte und ich diese Anspannung nicht länger aushielt, verlagerte ich mein Gewicht. Genau in dem Moment, als er sagte: »Du könntest es.«

»Was könnte ich?«

»Herrscherin über die Skythen werden.«

Ich schwieg.

»Du kannst das, Otrere«, bekräftigte Maspi und richtete sich auf. Plötzlich schien er von der Idee geradezu beseelt zu sein. »Du bist zur Kriegerin ausgebildet und kannst sie im Kampf anführen. Du hast alles von unserem Vater gelernt, was auch ich kann. Du bist hübsch, sie werden dich lieben! Eine wunderschöne, junge Frau, die unser Vater als seine Nachfolgerin präsentiert? Jeder wäre entzückt.

Vater vor allem. Du weißt, wie sehr er dich liebt. Damals hat er dich nach Tyras mitgenommen. Nicht Melanippe, nicht mich.«

»Ja, aber ... damals war ich noch ein Kind.« Ich schluckte. Maspis Idee, die ich selbst nicht auszusprechen gewagt hatte – warum eigentlich nicht? Weil ich ihm nichts wegnehmen wollte? Weil ich lieber hier auf der Steppe lebte, statt wie unser Vater mit dem Wechsel der Jahreszeiten nach Mamai-Gora zu ziehen?

»Es ist die beste Lösung. Ich könnte ...« Jetzt wurde er ganz aufgeregt, auf seinen Wangen bekam er rote Flecken wie damals, wenn er als Jüngling etwas ausheckte. »Niemand wird etwas dagegen haben.« Maspi klatschte in die Hände. »Das ist die Lösung! Ich werde gleich Vater davon berichten.«

Er wollte aufspringen, doch ich hielt ihn zurück. »Es gibt nur ein Problem«, sagte ich leise.

Er runzelte die Stirn. »Ich sehe keins.«

Ich atmete tief durch. »Mela«, sagte ich leise.

Sie war die Zweitgeborene. Sie hätte vor mir das Recht. Und sie würde es sich nehmen, wenn es ihr angeboten würde.

6

Ich lebte in einem Zelt mit den jungen Kriegermädchen, doch wenn ich Rat suchte, kroch ich auf dem Karren meiner Mutter Barkida unter ihre Decken und schmiegte mich an sie. So auch an diesem Abend.

Da wusste sie schon, dass ich mich erst mal ausruhen musste, und sie strich über meine rötlich braunen Locken, lächelte aufmunternd und ließ mich in Ruhe vor mich hinbrüten. Ihr jüngstes Baby, mein kleiner Bruder Leiorgan, lag in ihrem Arm, ein verzücktes Lächeln auf den Lippen, ein Tröpfchen Milch auf der Wange. Barkida zog die Bänder ihrer Tunika zu. Sie legte den Säugling auf ihren gekreuzten Beinen ab.

»Du hast Kummer«, stellte sie fest.

»Nicht direkt«, erwiderte ich.

»Was ist es dann?«

»Maspi. Tyras. Mela.«

Meine Mutter verstand. »Mit Mazjar hast du noch nicht gesprochen?«

»Was soll er sagen? Maspi will nicht, und Mela darf vor mir … Sie wird das wollen, oder?«

»Und du willst es auch.«

Ich nickte stumm. Sie legte den Arm um meine Schultern. »Ach, Otrere. Du warst immer schon die Ehrgeizigste von euch allen. Vertrau doch darauf, dass Melanippe auch weiß, wo ihr Platz ist.«

»Aber …«

»Deine Schwester wollte immer da draußen sein. Die Steppe ist ihre Heimat. Niemand lebt so sehr mit unserem Land wie sie. Du hingegen …«

Meine Mutter dachte nach.

Mir lag die Steppe ebenfalls im Blut. Zugleich war mir das Lager oft zu klein gewesen. Ich brauchte mehr.

»Du blühst auf, jedes Jahr, wenn wir zum Herbst am Borysthenes zusammenkommen. Weil dort mehr Menschen sind. Das unterscheidet euch. Mela … Ihr geht es besser, je weniger Menschen sie um sich hat.«

Ich nickte. Das war eben auch mein Gefühl. Aber was, wenn Melanippe die Hand hob und die Nachfolge für sich beanspruchte? Ich wusste, einen Machtkampf würde unser Vater Mazjar nicht zulassen, und Melanippe wäre allein aufgrund ihres Alters im Vorteil. Mit gerade mal fünfzehn Sommern würde man meinen Anspruch als einen Witz abtun, zu jung, zu ungestüm, zu früh. Aber ich fühlte mich doch bereit! Ich war viel besser geeignet als Maspi oder Melanippe, eine gute Herrscherin zu sein!

»Du wirst zweierlei tun«, sagte Mutter. »Du wirst dich kleiden wie eine Herrscherin. Vom heutigen Tag an. Und du wirst mit deinem Vater nach Tyras reiten, schon nach dem jährlichen Erntefest. Du wirst dort deinen Anspruch geltend machen, weil du da bist. Weil du königlich bist.«

Ich nickte. Es fühlte sich merkwürdig an. Aber auch so, als hätte ich keine andere Wahl.

Ich wollte die Macht? Dann musste ich nach ihr greifen.

»Sie sind zurück! Sie sind zurück!«

Der Ruf begann irgendwo am Rand des Lagers, er lief in Wellen von den Zelten zu den Karren, die in der Mitte des Lagers verstreut standen. Kinder rannten herbei, die Alten grinsten zahnlos. Die Frauen hielten in ihrer Arbeit inne, sie beschatteten die Augen.

Ich hatte auf einem Holzklotz gesessen und das Zaumzeug des Falben ausgebessert. Er wusste, was ich da tat, und wann immer ihm langweilig wurde, trottete er durch das Lager zu mir und legte mir den Kopf auf die Schulter. Was machst du da?, schien er zu fragen. Ich schob seinen Kopf lachend weg.

Ein Riemen war verschlissen, und ich musste ihn austauschen. Ich ließ die Arbeit sinken und stand auf.

Eine Staubwolke am Horizont. Donnernde Hufe, die den Boden zum Erbeben brachten. Ich entdeckte die Reiterschar. Etwa ein Dutzend Reiterinnen, die sich über die Hälse ihrer Pferde beugten und sie für das letzte Stück anfeuerten. Ein kleines Wettrennen, wer zuerst das Lager erreichte.

Melanippe gewann. Wer auch sonst? Meine Schwester war in allem die Beste. Die Schnellste. Die Größte.

Die Beeindruckendste.

Meine Mutter hatte recht. Wenn Melanippe wollte, wurde sie die nächste Herrscherin über das Volk der Skythen.

Wenn ich sie glauben ließ, dass sie sich aus freien Stücken für eine Zukunft hier draußen entschied … Dann könnte ich das bekommen, wonach ich mich sehnte.

Ich musste es schlau anstellen.

Mit einem Pfiff rief ich den Falben herbei, der sofort angetrabt kam, die Ohren gespitzt, der Blick wach. Mit einer Hand in der

Mähne sprang ich auf seinen Rücken. Er liebte es, wenn ich ihn ohne Sattel und Zaum ritt, wenn nur meine Beine um seinen Bauch und meine Hände an seinem Hals ihn lenkten. Ich beugte mich über ihn. »Lauf, so schnell du kannst!«, flüsterte ich ihm zu. Eine Aufforderung, die dieser Hengst kein zweites Mal brauchte. Er stürmte los, direkt auf die Gruppe der Reiterinnen zu, die müde und staubig vor uns auffächerten und uns durchließen.

Nur eine Reiterin wendete ihr Pferd – Melanippe. Ihre weiße Stute war nicht erschöpft, und ich vermutete, meiner Schwester ging es ähnlich. Sie liebte es, sich im Wettkampf mit anderen zu messen, und einem Rennen war sie nie abgeneigt.

»Zu den Kurgans?«, rief ich ihr zu, und sie nickte nur. Sie gab ihrer Stute den Kopf frei, und diese streckte sich über der Ebene. Schon bald donnerten die Hufe von meinem Falben und ihrem Schimmel nebeneinander über die Ebene, die beiden Pferde fanden mindestens so viel Gefallen an diesem Rennen wie ihre Reiterinnen. Schon tauchten vor uns die Hügelgräber unserer Vorfahren auf. Ich gewann mit einer Pferdelänge Vorsprung.

»Das war unfair!«, keuchte Melanippe, als wir unsere Pferde parierten. »Ihr wart ausgeruht.«

»Ich musste ihn ohne Sattel reiten! Du weißt, dass er sich da nicht antreiben lässt.« Ich lachte. Melanippe sah mich von der Seite an und runzelte die Stirn. »Du siehst anders aus als sonst.«

»Findest du?« War es ihr also sofort aufgefallen? Gut so.

»Dein Hemd. Hast du das gewebt?«

Wir wussten beide, wie sehr ich Sticken, Weben und alle anderen häuslichen Tätigkeiten vermied. Aber in diesem Fall nickte ich stolz. »Ich habe den Stoff gefärbt und gewalkt.«

Melanippe lachte. »Und gewebt hat ihn unsere Mutter, die üppigen Stickereien hat sie vermutlich auch aufgenäht und dir zum Geschenk gemacht.«

Ich stimmte in ihr Lachen ein. Natürlich hatte sie recht. Sie durchschaute mich immer.

»Hübsch ist es ja. Etwas fein für hier draußen. Ich meine … blau?«

»Ich mag das Blau.« Ich strich über den gefilzten Wollstoff. Die weißen und roten Stickereien zogen sich als Bänder um den Halsausschnitt.

»Die Hose ist auch neu? Wofür hast du dir so schicke Sachen genäht?«

Melanippe gab keine Ruhe, und auf einmal fühlte ich mich in meinen neuen Sachen unwohl und deplatziert.

Ich zauste die Mähne des Falben und kaute auf einer Antwort herum.

»Mir gefällt es so.«

»Mir auch, nur frage ich mich, wieso du dich so herausputzt.« Sie kniff die Augen zusammen. »Gibt es einen Zusammenhang mit Maspis Rückkehr?«

»Woher weißt du, dass er zurück ist?«

»Ich habe sein Pferd gesehen. Und seine Zeltklappe steht offen.« Melanippe überlegte. »Vater hat ihn mitgenommen, um ihn in Tyras als seinen Nachfolger zu präsentieren. Wenn Maspi zurück ist, unser Vater aber nicht …«

Ihr konnte ich nichts vormachen. »Du hast recht«, sagte ich möglichst unbekümmert. »Er ist schon zurück.«

»Und was sagt uns das über seine Ambitionen? Verbunden damit, dass du dich wie eine Prinzessin kleidest und nicht wie eine Kriegerin?«

Ich fröstelte. Auf einmal fühlte ich mich sehr dumm und unbedarft. Der Wind hatte selbst im Sommer viel Kraft, und heute fegte er mit unerbittlicher Kälte über die Ebene und brachte finstere Wolken mit sich. Spätestens mit Einbruch der Dunkelheit würde es Regen geben. Vielleicht auch ein Gewitter.

»Entschuldige dich nicht für deine Ambitionen. Niemals. Aber versuche auch nicht, mich für dumm zu verkaufen.«

Ich hatte einen Fehler gemacht, weil ich direkt nach ihrer Rückkehr die Konfrontation mit Melanippe gesucht hatte. Aber nun war es zu spät. Meine Impulsivität, mein Wunsch, die Dinge zu meinen Gunsten zu regeln, all das hatte mich angetrieben. Melanippe durchschaute mich. Ob ich mich jemals gegen sie durchsetzen konnte, wenn sie es auf einen Machtkampf ankommen ließ?

Melanippe musterte mich. Dann versetzte sie mir einen leichten Hieb mit der Faust gegen die Schulter. »Du siehst wahrhaft königlich aus, kleine Schwester.« Sie konnte kaum ihren Stolz verhehlen, und ich atmete auf.

Melanippe und ich hatten einander immer sehr nahegestanden. Seit ich von ihr das Kriegerhandwerk lernte, hatte ich ihr immer nachgeeifert, und in den ersten Jahren war ich allzu oft, vom Ehrgeiz zerfressen, wütend in Tränen ausgebrochen, weil ich mit fünf, sechs, sieben Jahren nicht dieselben Fähigkeiten hatte wie meine vier Sommer ältere Schwester.

»Was willst du?«, fragte sie ruhig.

Ich schluckte. Dann stieß ich hervor: »Die Königswürde.«

Melanippe nickte nachdenklich. »Habe ich's mir doch gedacht.«

Sie glitt aus dem Sattel und ging ein Stück weiter. Ihre Stute trottete hinter ihr her. Ich folgte ihrem Beispiel und koppelte den Falben mit einem Strick, da er die Angewohnheit hatte, zu viel Freiheit mit einer Einladung zum wilden Galopp bis zum Horizont zu verwechseln – vor allem wenn er ohne Sattel war. Erst dann folgte ich ihr.

»Du hattest schon ein paar Tage länger Zeit, darüber nachzudenken«, fing sie an, als ich neben sie trat. Wir blickten auf das Lager. Winzige Punkte am Horizont, dahinter lag glitzernd der Fluss, an dem wir uns wie jeden Sommer niedergelassen hatten. Die Menschen waren so klein und unbedeutend auf dieser unendlichen Grassteppe. Ich schluckte. Würde ich denn überhaupt einen Unterschied machen, wenn ich mich für Mamai-Gora entschied? Auf einmal war in mir dieses Gefühl, dass ich zu klein war für diese große Aufgabe. Ich wollte Melanippe sagen, sie könne gern die Königin der Skythen werden, mir sei das alles zu viel. Doch dann sprach sie.

»Es gab immer drei Herrscher über die Skythen. Weißt du, warum das so war?«

Natürlich kannte ich die Geschichte. Jedes Kind bekam sie zu hören. Doch ich ließ Melanippe erzählen.

»Einst gab es *einen* Herrscher über diese Welt, Targitaos war sein Name. Er war der Sohn von Papaeus und Argimpasa, der Schönen Herrscherin über alle Welt. Targitaos wurden drei Söhne geboren: Leipoxes, Arpoxes und Colaxes. Eines Tages fielen der Göttin Tabiti vier goldene Gegenstände aus ihrem Himmelreich zur Erde: ein Pflug, ein Joch, eine Streitaxt und ein Trinkbecher. Leipoxes und Arpoxes versuchten nacheinander, diese vier Gegenstände an sich zu nehmen, doch jedes Mal gingen sie in Feuer auf, sobald ihre Hände die Gegenstände berührten, und sie verbrannten sich nacheinander daran. Als Colaxes jedoch versuchte, die Dinge an sich zu nehmen, erloschen die Flammen, und er wurde zum Besitzer der Gegenstände. Die drei Brüder akzeptierten dieses Zeichen der Götter, und Colaxes wurde zum Ersten unter ihnen, obwohl er der Drittgeborene war.« Sie verstummte, und ich schlang fröstelnd die Arme um meinen Oberkörper. »Seitdem gibt es drei Könige der Skythen, und unsere Familie hat den Ersten unter ihnen gestellt. Oder die Erste. Wenn Maspi nicht will, ist es eine Sache zwischen dir und mir, wer von uns beiden sich die Hände am Gold verbrennt. Das werden wir unter uns ausmachen.«

»Und wie sollen wir das machen?«

»Wir fragen die Götter.«

Für Melanippe war es so leicht. Die Götter würden schon wissen, wer von uns beiden die zukünftige Königin sein sollte. Wenn sie für Melanippe sprachen, wäre die Ordnung wiederhergestellt. Wenn sie mich bevorzugten, konnte sie immer noch sagen, sie hätte das Leben hier draußen dem in Mamai-Gora vorgezogen.

Und das alles nur wegen meiner neuen, leuchtend blauen Tunika. Meine Ungeduld hatte mich getrieben, und nun wusste ich nicht, ob der Rat unserer Mutter mir in die Hände spielte oder eher Melanippe.

»Eine Königin müsste in Mamai-Gora residieren. Zumindest für eine gewisse Zeit im Jahr«, sagte ich in einem letzten, schwachen Versuch, die Waagschalen des Schicksals zu meinen Gunsten zu senken.

»Ich weiß. Für mein Volk würde ich auch das auf mich nehmen«, sagte Melanippe leise.

Dem konnte ich nichts entgegensetzen.

»Außerdem hoffen wir mal, unser Vater wird noch lange König sein, dass wir nicht in die Verlegenheit kommen, den Göttern diese Frage zu stellen. Wer weiß? Wenn ich vor ihm im Kampf falle, erübrigt sie sich vielleicht.«

7

Melanippe wollte abwarten, doch ich konnte das nicht. Ich wollte etwas tun, meinen Anspruch untermauern. Ich fürchtete, wenn ich nicht sofort etwas tat, müsste ich platzen, oder dann sei alles für mich verloren. Mein Körper war wie eine gespannte Bogensehne. Ich wollte Tatsachen schaffen, und vor allem wollte ich meinem Vater zeigen, dass ich mehr war als die Kriegerin, die auf der Steppe bleiben wollte.

Als wenige Tage später eine Gruppe Skythen von einer anderen Sippe bei uns auf dem Weg nach Süden haltmachte, fragte ich sie, ob sie mich nach Tyras mitnehmen würden. Sie blieben zwei Tage bei uns, in denen ich meine Sachen packte.

Am Morgen verabschiedete ich mich von allen. Ich umarmte Melanippe, meine Mutter, zuletzt auch Maspi, der mich länger an sich drückte als alle anderen. »Du wirst in Tyras deinem Schicksal begegnen«, flüsterte er mir zu. Als ich zu ihm aufblickte, lächelte er nur geheimnisvoll. Als wüsste er mehr über das, was zwischen Himmel und Erde geschah. Als hätte er schon mehr gesehen.

»Und dann?«, fragte ich leise.

»Dann wird sich dein Wunsch erfüllen. Aber du wirst damit einen ganz anderen Kampf aufnehmen müssen. Dein Leben wird eine Wendung nehmen, wie du sie nie gewollt hast.«

Ich erschauerte. »Du machst mir Angst.«

Er lächelte. »Du wirst glücklich sein. Nicht immer. Aber ich sehe großes Glück voraus. Und noch mehr, aber ich fürchte, das wirst du dir nicht gewünscht haben.«

Ich wollte etwas erwidern. Ihn fragen, seit wann er unter die Enarees gegangen war. Die Sehenden. Die Priester unseres Volks. Doch er schüttelte den Kopf, nicht jetzt, sagte er mir damit, er lachte verlegen, hatte wohl schon zu viel von dem verraten, was mich erwarten würde.

Als Nächstes umarmte mich Nushaba. »Dass aus dir mal 'ne Steinnase wird, hätte ich nicht gedacht.« Ich lachte unsicher. Vor mir waren schon viele nach Tyras gegangen, und die meisten kehrten nicht zurück. Ich war fest entschlossen, zurückzukommen.

»Warten wir es ab.«

Ich war nervös. Die Trennung von meiner Familie, meiner Sippe – das würde nicht leicht sein. Ich wollte wissen, ob Tyras für mich ein Ort war, an dem ich sein konnte. Ich hatte nie etwas anderes gekannt als die Steppe.

Die Gruppe, mit der ich ritt, bestand vornehmlich aus Männern. Ihr Anführer Rulan war ein Händler, seine zwei erwachsenen Söhne begleiteten ihn, und die drei waren immer auf der Hut, als sei die Ware, die sie in ihren Satteltaschen und auf einem halben Dutzend Packpferden transportierten, von großem Wert. Zwei Frauen gehörten der Reisegruppe an, von denen eine sich die meiste Zeit an meiner Seite hielt. Amastris wollte alles über mich wissen und erzählte viel von ihrem Leben in Tyras. Nachdem sie den Sommer bei ihrer Sippe verbracht hatte, kehrte sie nun in die Stadt am Hypanis zurück. Unter anderen Umständen hätte mich ihr Plaudern wohl genervt, und ich hätte mich lieber an die Männer gehalten, aber ich war begierig, mehr über die Siedlung zu erfahren.

So erfuhr ich, dass Tyras seit meinem ersten Besuch dort vor acht Jahren zu einer prosperierenden Stadt angewachsen war, mit dreihundert skythischen und über tausend achaischen Bewohnern. Die Lage am Fluss und direkt am Meer hatte sich als gewinnbringend für den Handel erwiesen, und in den vergangenen Jahren hatte sich zudem eine Route Richtung Norden etabliert, an der weitere skythische Siedlungen entstanden waren. Ich fragte Amastris, mit wem sie in Tyras lebe, und sie erzählte mir von ihrer Familie, die bereits kurz nach der Gründung der Siedlung dorthin gezogen war. Ihr Vater war Goldschmied, und die Achaier kauften ihm den filigranen Goldschmuck zu hohen Preisen ab. Sie klopfte auf ihre Satteltasche. »Ich bringe Gold und Bernstein nach Tyras.«

Ich hatte sie wohl unterschätzt, weil sie so geschwätzig war und sich mir bereitwillig anvertraute. Sie war nicht nur die Tochter eines Goldschmieds, sondern hatte ihr eigenes Gewerbe. Mit dem Handel mit Bernstein ließ sich viel Geld verdienen.

»Und was bringt dich nach Tyras?«, wollte sie wissen.

»Mein Vater ist dort. Ich möchte ihn besuchen.« Ich zögerte. Wusste sie, dass ich die Tochter des Königs war? Vermutlich.

Amastris schnalzte mit der Zunge. »Du reist allein.«

Ich sah mich um. Drei Dutzend Reiter gehörten zur Reisegruppe. »Fühlt sich nicht so an.«

Darüber schmunzelte sie. »Ohne Leute von deiner Sippe, meine ich. Du musst dich schon sehr sicher fühlen.«

»Ich weiß mich zu verteidigen.«

Sie musterte mich von der Seite, und diesmal sah sie wohl auch den Köcher, den ich über den Rücken trug, das Messer im Gürtel und den Bogen, der am Sattel befestigt war. Solange ich ihn nicht brauchte, war die Sehne nicht eingelegt, denn sie wurde davon auf Dauer porös. Über der Tunika trug ich außerdem einen leichten, dunkelbraunen Lederpanzer, auf den Lederplättchen aufgenäht waren.

Am Abend machten wir an einem kleinen Fluss Rast. Ein paar Lagerfeuer wurden entfacht, jeder legte sich nahe an eine der Feuerstellen, wickelte sich nach einem kargen Mahl in seine Decke und suchte eine bequeme Schlafposition. Ich blickte auf zum Sternenhimmel, und in Gedanken malte ich mir aus, wie mein Vater reagierte, wenn ich in Tyras auftauchte. Manchmal glaubte ich, seine Begeisterung zu hören, weil ich nach Maspis schmachvoller Rückkehr direkt zu ihm eilte. Dann wieder hörte ich in meinem Kopf seine Stimme voller Unverständnis. Doch egal, wie er in meiner Vorstellung reagierte – ich schlief dann doch mit der Gewissheit ein, dass ich das Richtige tat.

Es war noch dunkel, als ich aufschrak. Die Pferde standen verstreut rings um unser Lager, und der Wachposten saß auf seinem Sattel, den Kopf gegen seinen Arm gelehnt, den der Speer in seiner Hand aufrecht hielt. Ich beobachtete ihn. Schlief er? Lautlos richtete ich mich auf. Etwas hatte mich geweckt. Ein Raubvogel? Eines der Pferde? Einige hatten die Köpfe gehoben, ihre Ohren spielten, als lauschten sie in alle Richtungen. Die meisten ließen die Köpfe wieder sinken, ein paar grasten, die anderen dösten weiter.

Nur mein Falbe ließ sich nicht einlullen, und ich merkte, dass ich nicht mehr schlafen konnte. Lautlos stand ich auf und ging zu ihm. Was hatte uns geweckt?

Der Falbe schnaubte, sein Maul suchte meine Hand. »Ich habe nichts für dich«, flüsterte ich. In der Dunkelheit hörte man besser, und ich stand einfach neben ihm, wir beide reglos. Im Osten hob sich das Dunkel der Nacht. Nicht mehr lange, bis auch die anderen aufwachten. Ich sollte versuchen, noch etwas zu schlafen, sonst würde der Tag im Sattel mir schwerfallen.

Ich blieb beim Falben und drückte ihn sanft nach unten. Er legte sich ins Gras, und ich schmiegte mich an seinen Hals. Manchmal schlief ich so neben ihm, obwohl er es nicht mochte, die ganze Nacht zu liegen. Pferde wollen jederzeit bereit sein zu fliehen. Aber ich blieb wach neben ihm und passte auf.

»He, aufstehen!« Jemand stand vor mir. Ich blinzelte, war ich doch eingeschlafen? Der Falbe hatte sich unbemerkt unter mir hervorgewunden, und nun stand Amastris vor mir.

»Wir wollen los.«

Ich wischte mir die Müdigkeit aus dem Gesicht. Die Sonne stand erstaunlich hoch. Hatten sie mich länger schlafen lassen? Unwahrscheinlich. Bis Tyras war es noch ein halber Tagesritt.

Während ich sattelte und meine Sachen packte, kaute ich auf einem Streifen Dörrfleisch herum. Für mehr blieb keine Zeit, der Anführer Rulan pfiff, und wir setzten uns in Bewegung.

»Was war denn da los?« Amastris ritt wieder neben mir.

»Ich bin nachts aufgewacht, weil die Pferde unruhig waren.«

»Ein Raubtier?« Amastris riss entsetzt die Augen auf.

Ich zuckte mit den Schultern. »Wird wohl so gewesen sein.«

Selbst im Sommer war man auf der Steppe nie sicher. Schneeleoparden kamen zwar nur im Winter aus der Höhe im Osten bis auf die Ebene, doch es gab Bären und seltener Löwen, die uns das Leben schwer machten. Wölfe und Schakale, die im Rudel jagten, rissen immer wieder Ziegen oder Lämmer. Hier draußen ließ sich das nicht verhindern. Amastris' Reaktion zeigte mir, wie sehr sie schon an das

Leben hinter Mauern gewöhnt war, wenn sie nachträglich Angst vor etwas bekam, was gar nicht geschehen war.

»Es ist ja nichts passiert.«

Wir waren noch nicht lange unterwegs, da tauchte zur Linken, jenseits des kleinen Flusses, ein Reiter auf, der sich rasch näherte. Rulan ließ uns anhalten, und wir warteten, bis er heran war. Das Wasser spritzte hoch auf, als er den Rappen durch den Fluss trieb. Mein Falbe schnorchelte, er tänzelte unruhig und blähte die Nüstern. Beruhigend strich ich ihm über den Hals. Auch ich konnte den Blick nicht von Pferd und Reiter lassen.

Die Stute war ein prachtvolles Tier. Sie tänzelte am Zügel, bog den Hals, hob den Schweif und war kaum zu bezähmen, obwohl der Schweiß auf ihren Flanken nach dem scharfen Galopp glänzte. Der Reiter parierte sie, hielt mühelos mit einer Hand die Zügel und hob die andere, um uns zu begrüßen.

In meinem Unterleib spürte ich ein schmerzhaftes Ziehen. Der Falbe unter mir hob die Oberlippe und begann ebenfalls zu tänzeln. Ich strich über sein goldenes Fell, doch er ließ sich anders als sonst nicht sofort besänftigen. Ich ließ den Reiter nicht aus den Augen. Alles an ihm wirkte kriegerisch, er strahlte eine Kampfeslust aus, die nicht zu den Achaiern passte, denen ich bisher begegnet war, damals in Tyras oder später, wenn sie auf der Durchreise Richtung Norden bei uns hielten. Wer war dieser Mann?

Er trug einen weißen Chiton, darüber einen Brustpanzer, der alles Licht zu schlucken schien, so schwarz war er. Wie angelaufene Bronze, die zu lange nicht gepflegt worden war. Seine Füße steckten nicht in Sandalen, sondern in geschlossenen Stiefeln, was das Erste war, was mich an ihm erstaunte. Am Sattel hing ein Helm, ebenso wie eine mit Gold beschlagene Schwertscheide. Dazu waren Sattel und Zaumzeug seiner Rappstute von einer erlesenen Qualität, die goldenen Beschläge blitzten in der Sonne.

Alles an ihm war überirdisch schön, dass es mir den Atem raubte, und ich zügelte den Falben, damit er nicht noch mehr Unruhe unter die skythischen Pferde brachte.

Er war kein Skythe, wenn ich nach seiner Kleidung urteilte. Also doch ein Achaier? Oder Thraker?

»Seid gegrüßt.«

Er sprach unsere Sprache, als wäre sie seine.

Rulan begrüßte ihn zurückhaltend. Er schien ebenso überrascht wie ich, einen Achaier in Rüstung anzutreffen.

»Seid ihr auf dem Weg nach Tyras?«, fragte der Fremde. Er beugte sich vor und blickte in meine Richtung. Ich erwiderte seinen Blick, doch nicht lange. Etwas an der Art, wie er mich anstarrte, stürzte mich in eine Verlegenheit, die ich so nicht kannte. Ich lenkte den Falben einmal im Kreis, damit er sich beruhigte. Doch er schlug nervös mit dem Schweif und drehte den Kopf immer wieder in Richtung der Rappstute. Diese beiden machten ihn und mich gleichermaßen nervös.

»So ist es.« Rulan zuckte gleichgültig mit den Schultern. Warum sollte er das Ziel unserer Reise leugnen, wenn Tyras nicht mehr weit war?

»Und was zieht euch dorthin?«

»So dies und das. Wollt Ihr auch in die Richtung?«

»Kann schon sein.«

»Woher kommt Ihr?«

Der Fremde legte den Kopf schief, antwortete aber nicht sofort.

Dem Falben reichte dieses Geplänkel nun, er wollte zu der Stute und brach seitlich aus. Es kostete mich alle Kraft, ihn wieder unter Kontrolle zu bringen, und ich merkte, wie ich rot wurde. Wie peinlich, dass mein Hengst sich gebärdete, als interessierte ihn nur die Stute.

Der Blick des Fremden ruhte auf meinem Pferd, und ich meinte darin etwas zu entdecken, das meine Wangen noch mehr erhitzte, ohne dass ich sagen konnte, wieso.

»Ich wusste nicht, dass Ihr eine Prinzessin eskortiert.« Er nickte in meine Richtung. »Verzeiht meine Rüpelhaftigkeit, Prinzessin Otrere.«

Meine Wangen glühten. Woher kannte der Fremde meinen Namen? Ich wüsste jedenfalls nicht, dass ich ihm schon einmal begegnet wäre.

»Es sei Euch verziehen.« Ich ließ den Falben vortreten, die anderen Reiter machten mir Platz. »Aber da Ihr wisst, wer ich bin, darf ich Euren Namen erfahren?«

Das Herz schlug mir bis zum Hals. Ich reckte das Kinn; auf keinen Fall sollte er merken, wie sehr seine Gegenwart mich aus dem Gleichgewicht brachte. Er verzog den Mund, musterte mich schweigend. Ich hielt dem Blick stand. Stumm maßen sich unsere Blicke, und dann lachte er leise. »Ihr seid neugierig, junge Prinzessin.«

»Wollt Ihr Euren Namen nicht nennen, oder könnt Ihr nicht?«, forderte ich ihn heraus.

»Vielleicht möchte ich ja, dass Ihr das Rätsel meiner Herkunft ergründet?«

Ich schnaubte. »Kein Interesse.«

Mein Herzklopfen und die Blicke, mit denen ich ihn maß, straften meine Worte Lügen. Mein Körper reagierte auf ihn, genauso wie mein Falbe auf seine Stute reagierte. Wir beide wollten zu ihnen, und nicht nur, um unsere Nasen an ihren zu reiben.

Ich fröstelte. In seinen Augen las ich etwas, das mir Angst einflößen sollte. Das dunkle Grün strahlte eine unbändige Macht aus, der sich jeder beugen müsste, der ihm gegenüberstand. Doch ich schaffte es nicht. Ich konnte ihn nur trotzig anstarren und fürchtete, er müsse mich für ziemlich einfältig halten.

Er seufzte, beinahe gelangweilt klang er. »Nun, darf ich mich Euch für den Rest des Wegs nach Tyras anschließen?«, fragte er an Rulan gewandt.

»Tut, was Euch beliebt. In Tyras trennen sich jedoch unsere Wege«, erklärte dieser bestimmt.

»Wie Ihr wünscht.« Der Fremde neigte den Kopf, doch aus den Augenwinkeln blickte er zu mir herüber und zwinkerte mir zu. Ihm hingen die schwarzen Haare ins Gesicht, und als er bemerkte, dass ich ihn ansah, lachte er.

Ich drehte mich zu Amastris um. Doch sie redete mit einem ihrer Reisegefährten, und als ich mich wieder von ihr wegdrehte, stand auf einmal die Stute neben dem Falben, der sich sofort gegen sie drängte. Mein Bein berührte das des Fremden. Wie war er so schnell an meine Seite gelangt? Wieso schien außer mir sich niemand darüber zu wundern?

»Warum Tyras?«, fragte er und beugte sich vertraulich zu mir herüber. Der Falbe schien das als Einladung zu verstehen, die Stute hob die Oberlippe, während mein Hengst neben ihr tänzelte. Er wollte ihr imponieren, das sah man sofort. Ich musste an mich halten, dass ich nicht genervt die Augen verdrehte und an seinen Zügeln zerrte. Bisher hatte er sich nie für fremde Stuten interessiert, und nun machte er so einen Aufstand?

»Was zieht Euch in die Stadt?«, schoss ich zurück.

»Sagen wir es so – ich glaube, dort wird ein Schicksal seine entscheidende Wendung nehmen.«

Ich nickte, als verstünde ich genau, was er meinte. Doch ich fröstelte, denn seine Worte waren das Echo von Maspis Prophezeiung.

Er beugte sich zu mir herüber. »Damit meine ich dein Schicksal«, flüsterte er mir zu. Als hätte es der Bestätigung bedurft.

Seine Lippen so dicht an meinem Ohr, dass sie es fast berührten. Sein Atem, der mich berührte wie eine Liebkosung. Ich drückte den Falben weg von ihm und seiner Stute, doch er gehorchte nicht. Wie erstarrt stand er, die Ohren spielten aufmerksam, als wüsste er, dass in diesem Moment mehr geschah, außer dass ein Fremder sich seiner Reiterin näherte. Auf eine Art, die mir nicht gefiel, weil er so dreist war. Weil er mich herausforderte. Er wusste, dass ich eine Prinzessin war, doch statt sich entsprechend ehrfürchtig zu verhalten, legte er eine Kühnheit an den Tag, als dürfte er sich mir gegenüber so viel herausnehmen. Zugleich durchfuhr mich mit jedem Blick, jedem Wort eine ungekannte Energie, die mich zittern ließ. Ich wünschte, er würde einfach weitermachen. Mich herausfordern. Mich zum Beben bringen. Mich berühren.

»Darf ich mit dir reiten? Otrere?«

Mein Name aus seinem Mund. Konnte ein Mann den Namen einer Frau verheißungsvoller aussprechen? Mehr Gewicht in dieses eine Wort legen? Ich sah eine Zukunft vor mir, die ich in meinen kühnsten Träumen nicht hätte vorhersehen können.

Eine prachtvolle Stadt. Ein Tempel mit hohen, bunt bemalten Säulen, der sich auf einer Anhöhe in den Himmel streckte. Zwei kleine Mädchen, die mir entgegenlaufen. Ich hebe sie hoch, ich wirble sie durch die Luft, nacheinander und dann zugleich. Ich zeige ihnen, wie sie mit dem Bogen schießen. Sie schlafen in meinen Armen ein. Wir verabschieden uns voneinander.

»Otrere? Kommst du?«

»Ja«, sagte ich leise. Seine dunkelgrünen Augen und sein Lächeln. Ein Versprechen an unsere Zukunft. Doch er war Achaier. Niemals würde ich mit diesem Mann eine Verbindung eingehen.

Den Rest des Wegs nach Tyras ritten wir schweigend nebeneinander. Als gehörten wir zueinander.

Sobald die Stadt in Sichtweite kam, nickte der Fremde mir ein letztes Mal zu und wendete sein Pferd. Er galoppierte davon, und ich blickte ihm verwirrt nach.

Wollte er nicht auch in die Stadt? Warum verschwand er so kurz vor dem Ziel?

Viel drängender jedoch war die Frage: Würde ich ihn wiedersehen?

8

Unser Einzug in die Stadt verlief ruhig und blieb beinahe unbemerkt. Rulan befahl zweien seiner Männer, uns zum Palast meines Vaters zu begleiten, wo während dessen Abwesenheit mein Onkel Arash lebte. Ich wusste nicht, was ich mir unter einem Palast vorstellen sollte. Die Stadt überwältigte mich schon auf den ersten Blick mit ihren breiten Straßen, von denen schmale Gassen abzweigten. Die Häuser standen dicht gedrängt, vor ihnen spielten Kinder im Staub, balgten sich mit halb verhungerten Hunden und jagten dürre Hühner. Männer traten beiseite, wenn wir vorbeiritten. Die meisten waren Achaier. »Unsere Leute wohnen in einem anderen Viertel der Stadt. Weit weg von den Tempeln der Achaier und ihrem Palast«, erklärte Rulan mir. »Auch möglichst weit weg von ihrer Agora. So nennen sie ihren Marktplatz«, fügte er erklärend hinzu. »Sie bleiben lieber unter sich.«

Ich beobachtete die Menschen. Sie beachteten uns kaum; für sie schienen skythische Reiter zum Straßenbild zu gehören. Als wir in eine schmalere Straße abbogen, standen die Häuser noch dichter nebeneinander, zwischen ihnen war kaum Platz. Hier sah ich wieder Frauen, die aus den Häusern kamen und uns begrüßten. Rulan wurde von ihnen begeistert in Empfang genommen, er rief den Leuten zu, er komme bald zu ihnen, er habe viele Schätze aus dem Norden mitgebracht.

Ich starrte schockiert auf die hohlwangigen Kinder und die müden Frauen, deren Mienen sich erhellten, sobald sie Rulan und seine Männer erkannten. Sie machten auf mich nicht gerade den Eindruck, als seien sie glücklich oder wohlgenährt. War dies das reiche, erfüllte Leben, das ihnen versprochen wurde, wenn sie nach Tyras zogen? Wie konnten sie es in diesem Elend aushalten? Sicher, auch bei uns auf der Steppe gab es schwere Zeiten. Im Winter, wenn wir nur von Dörrfleisch, getrockneten Beeren und Pilzen und ein paar anderen Lebensmitteln lebten, die wir in einer Siedlung eingetauscht hatten. Wenn wir uns hungrig aneinanderdrängten und die Wölfe heulten, war das nicht unbedingt gemütlich. Aber niemand war so hohlwangig und bleich, selbst in den letzten, harten Wintertagen nicht. Und jetzt war Sommer! Bekamen die Kinder nicht genug zu essen? An was fehlte es den Familien? Und wenn es so war – wieso kamen sie nicht zurück auf die Steppe, wo wir uns kümmerten? Was versprachen sie sich vom Leben in der Stadt? Was gab sie ihnen?

Wir erreichten einen kleinen Platz, der mit Steinen gepflastert war. Dahinter stand ein größeres Gebäude. Dies also sollte der Palast sein, in dem mein Onkel die meiste Zeit des Jahres verlebte. Seit er damals mit meinem Vater das erste Mal in Tyras gewesen war, hatte die Stadt Arash nicht mehr losgelassen, und schon zwei Sommer später war er mit den ersten Skythen nach Tyras gezogen und hatte mit ihrer Hilfe einen Palast errichtet, in dem er nun lebte. Ich hatte ihn seit Jahren nicht mehr gesehen. Vielleicht konnte er meine Fragen beantworten.

Kinder liefen herbei und übernahmen unsere Pferde. Ich strich über meine blaue Tunika, die nach dem langen Ritt staubig war. Gern hätte ich mir das Gesicht gewaschen und die Haare gekämmt, bevor ich vor meinen Vater und meinen Onkel trat, doch Rulan eilte voraus. Keine Zeit für Eitelkeiten.

Durch einen prächtigen Innenhof, von dem verschiedene Räume abgingen, gelangten wir vor eine große, schwere Tür aus Eichenholz, auf der goldene Jagdszenen prangten. Zwei Männer kamen herbei, sie rissen die Türflügel weit auf. Wir betraten den dunklen, kühlen Thronsaal. Ich wusste gar nicht, wohin ich zuerst schauen sollte. Auf den Mosaikfußboden mit den roten, weißen und blauen Steinen? Auf die mit Teppichen behängten Wände? Den Thronsessel mit den vergoldeten Armlehnen und der Rückenlehne, die von einem Greif gekrönt wurde?

»Meine Tochter.«

Ich schreckte zusammen. Von links betrat mein Vater durch eine weitere Tür den Thronsaal. Er trug eine helle Leinentunika über der roten Hose, ein schmaler Goldreif krönte seine dunklen Locken. Über den Schultern lag ein dunkelroter, mit Goldfäden bestickter Mantel. Der Bart war gestutzt, und seine braunen Augen blitzten vergnügt, als er mein Erstaunen über seine Kleidung bemerkte.

»Vater.« Ich eilte ihm entgegen. Er trug goldene Armreifen und Ringe, die mit Edelsteinen besetzt waren.

»Du überraschst mich.« Er nahm meine Hände und musterte mich von oben bis unten. Dann runzelte er die Stirn. »Ist daheim etwas passiert?«

»Oh, nein, nein!«, beeilte ich mich zu versichern. »Alle sind wohlauf. Maspi ist vor wenigen Tagen zurückgekehrt und hat mir von Tyras erzählt. Da … musste ich einfach herkommen«, vollendete ich meinen Satz etwas lahm. Ich senkte den Blick. Jetzt kam ich mir für einen kurzen Moment töricht vor. War es ein Fehler, hergekommen zu sein?

Mein Vater ließ meine Hände los. »Du trägst ein neues Hemd.«

»Mutter hat mir geholfen, es zu fertigen.«

Er nickte. »Und du bist hier.«

Ich schwieg. Es fühlte sich falsch an.

»Was hält Mela davon, dass du hergekommen bist?«

Er hatte mich durchschaut. Ich senkte den Kopf. »Sie wollte abwarten. Vor meinem Weggang habe ich nicht mehr mit ihr gesprochen.«

Er räusperte sich. Ich wollte noch etwas hinzufügen, doch er legte die Hand auf meinen Unterarm.

»Nun bist du hier. Heute Abend geben wir ein Fest zu Ehren von Damokoros Aratos. Ich hoffe, du hast ein paar hübsche Kleider mitgebracht, wenn du dich schon der Welt als meine Nachfolgerin präsentieren willst.«

Auch er hatte meinen Plan sofort durchschaut. Aber wem machte ich etwas vor? Wir alle waren machtversessen in dieser Familie, es war für ihn wohl keine Überraschung, dass ich die erste sich mir bietende Gelegenheit ergriff, meinen Standpunkt deutlich zu machen.

An Kleider hatte ich jedoch nicht gedacht, denn ich war das Leben in Hosen so sehr gewohnt, dass ich nicht auf die Idee gekommen war, dass in Tyras für uns andere Gepflogenheiten gelten könnten.

»Wir werden eine Lösung finden. Geh jetzt und ruh dich aus.«

Eine Dienerin tauchte auf und führte mich durch zwei Gänge in eine Kammer. Sie verschwand, und ich blickte mich um.

Ein Bettgestell aus Holz, auf dem Matratze, Kissen und Pelzdecken lagen. Eine Truhe. Ein Fenster, so dass ich in den Innenhof blicken konnte. Ein Baum wuchs in der Mitte des Hofs. Darunter saß Rulan und trank aus einem Becher. Eine Dienerin brachte ihm ein Tablett mit Speisen. Seine Männer kamen von den Ställen und setzten sich zu ihm.

Schon jetzt wurde deutlich, dass ich einen anderen Status hatte als die Männer, mit denen ich tagelang unterwegs gewesen war.

Die Tür klapperte, und meine Dienerin stellte ein Tablett mit Speisen und einem Krug Wasser auf die Truhe.

»König Mazjar hat gesagt, Ihr braucht ein Kleid.« Sie hielt den Kopf gesenkt. »Für das Bankett am Abend. In der Truhe sind Kleider. Ihr sollt eines aussuchen. Später bringe ich den Schmuck und mache Eure Haare.« Sie runzelte die Stirn. »Wollt Ihr ein Bad nehmen? Habt Ihr andere Schuhe?«

»Ein Bad?«

»In einer Wanne.«

Ich hatte noch nie woanders gebadet als im nächstgelegenen Fluss. »Ein Bad«, sagte ich mutig.

Sie nickte. »Ich lasse es für Euch herrichten.«

Ich war wieder allein. Es gab helles Brot, kaltes Fleisch, Käse aus Ziegenmilch, eine Handvoll Oliven. Neben dem Bett stand ein Hocker, auf den ich mich setzte. Ich kaute langsam, versuchte zu begreifen, dass ich wirklich hier war und bereits heute Abend mit den Achaiern zusammentraf. Ich würde ihnen und allen Skythen am Hof meines Vaters als seine Tochter, als Prinzessin Otrere, gegenübertreten. Jetzt wäre der richtige Moment, um deshalb nervös zu werden.

Nach dem Mahl öffnete ich die Truhe. Drei Kleider aus gefälteltem Stoff befanden sich darin, in einem Beutel fand ich goldene und bronzene Schließen und Fibeln. Ich entschied mich für ein safrangelbes Kleid und legte es mit zwei Kupferschließen auf das Bett.

Für wen waren diese Kleider? Hatte mein Vater etwa Vorsorge getroffen, falls Melanippe oder ich herkamen? Das hieße, dass er eine von uns erwartet hatte, nachdem Maspi nach Hause zurückgekehrt war. Oder lagen die Kleider hier für den Fall, dass meine Mutter, meine Schwester und ich gemeinsam herkamen?

Die Dienerin holte mich ab und führte mich in die Badekammer. Die Wanne war bereits mit heißem Wasser gefüllt, und als ich hineinstieg, entspannten sich meine Muskeln nach den langen Tagen im Sattel. Ich seufzte wohlig und rutschte noch etwas tiefer in die Wanne.

»Ist das Wasser zu heiß?«, fragte die Dienerin besorgt. Sie stand mit einem Lappen und einem Stück Seife hinter mir und wartete, bis sie mich waschen durfte. Auch das war neu für mich, doch ich ließ es geschehen. Sie schrubbte mich von oben bis unten, entwirrte meine Haare und zog die Kletten heraus, die sich darin immer wieder verfingen. Anschließend hüllte sie mich in ein großes Tuch, trocknete mich ab und salbte mich. Sie bürstete mein nasses Haar, steckte es mit Kämmen hoch und brachte mich zurück in meine Kammer. Dort kleidete sie mich an. Auf das safrangelbe Kleid waren winzige Goldplättchen genäht. Ich bekam ein Paar neue Sandalen aus weichem Ziegenleder, das ebenfalls mit kleinen Goldscheiben besetzt war. Zum Schluss hielt sie mir einen Bronzespiegel hin, damit ich das Ergebnis ihrer Bemühungen betrachten konnte.

Ich fühlte mich seltsam fremd in diesem Kleid. Beinahe nackt, ich war es nicht gewohnt, ohne Hose herumzulaufen. Doch die Dienerin bestätigte mir, dass alle es so trugen. Wie wenig ich über die Gepflogenheiten in der Stadt wusste! Ich fühlte mich fehl am Platz. Was hatte ich nur getan, als ich beschloss herzukommen?

Mir blieb keine Zeit, länger darüber zu grübeln, denn inzwischen war es Abend geworden, und ein weiterer Diener tauchte auf, der mich in den Thronsaal bringen sollte. Die Gäste waren inzwischen eingetroffen.

Etwa zwanzig Männer hatten sich versammelt. Die eine Hälfte waren Skythen, die andere ihrer Kleidung nach zu urteilen Achaier. Ich erkannte sogleich Aratos, der neben meinem Vater Platz genommen hatte. Er war der Damokoros von Tyras, seit die Siedlung vor acht Jahren gegründet worden war. Er hatte uns damals in seiner provisorischen Halle empfangen und bewirtet, ich hatte mich irgendwann auf einer Bank zusammengerollt und war eingeschlafen. Unwahrscheinlich, dass er in der jungen Frau den siebenjährigen Jungen von damals wiedererkannte.

Alle Blicke ruhten auf mir, als ich zu den beiden ging. Ich versuchte, mich anmutig zu bewegen, doch in dem Kleid fühlte ich mich unwohl und versuchte, den Anschein von Souveränität zu wahren. Dabei war ich überzeugt, dass mir jeder anwesende Mann ansah, wie sehr ich vor Aufregung zitterte.

»Und dies ist also Eure Tochter. Ihr habt mir verschwiegen, wie schön sie ist, Mazjar.« Aratos erhob sich mit meinem Vater. Ich wusste nicht, wohin mit meinem Blick, mit meinen Händen. Schließlich faltete ich die Hände vor dem Bauch und hielt den Kopf gesenkt.

»Otrere!«, kam eine vertraute Stimme von der anderen Seite der Tafel. Ich blickte auf, und da stand mein Onkel, den ich so viele Jahre nicht gesehen hatte. Er lachte, breitete die Arme aus und umrundete den langen Tisch, um mich zu begrüßen. Ich spürte, wie sich meine Brust gegen seine drückte, als er mich in die Arme schloss. Er trug ebenso prächtige Kleider wie mein Vater und ich. Die Kleidung der Achaier hingegen war schlicht, sie protzten eher mit ihrem Goldschmuck.

Alle setzten sich an die Tafel. Ich saß zwischen meinem Vater und Aratos, der sogleich begann, sich bei mir nach meinem Leben auf der Steppe zu erkundigen. Acht Jahre Zusammenleben mit den Skythen hatten ihn unsere Sprache gelehrt, und obwohl sein Akzent deutlich war, konnte ich ihn gut verstehen. Ich staunte über seine Höflichkeit. Einst war er uns mit viel Misstrauen begegnet – und wir ihm. Nun wirkte es auf mich, als seien die Skythen und Achaier gute Nachbarn, vielleicht sogar Freunde geworden.

Ich amüsierte mich im Gespräch mit ihm und den anderen Achaiern, die sichtlich überrascht reagierten, als ich berichtete, ich sei allein nach Tyras geritten – in einer Reisegruppe mit fremden Männern, aber ohne den Schutz eines männlichen Familienmitglieds. Das konnten sie gar nicht verstehen. Bei ihnen, berichteten sie einhellig, seien ihre Frauen und Töchter auf die häusliche Sphäre beschränkt, und selbst wenn sie reisen mussten, taten sie dies nie allein.

»Ich habe ja davon gehört, dass skythische Frauen auch als Kriegerinnen ausgebildet werden. Aber ich habe noch nie einer gegenübergestanden«, räumte Aratos ein. »Entschuldigt, wenn ich Euch ansehe wie ein Fabelwesen.«

So gab es für jeden etwas zu staunen, denn mich beeindruckte wiederum, wie Tyras in so wenigen Jahren zu einer prosperierenden Stadt hatte anwachsen können. Als ich dies erwähnte, runzelte Aratos die Stirn. »Ihr wart schon mal hier?«

»Als Kind«, erklärte ich. »Mein Vater hat mich damals mitgenommen.«

Aratos begriff. »Dann wart Ihr der kleine Junge, der beim Gastmahl auf den Schaffellen eingeschlafen ist.«

Ich wollte antworten, doch in diesem Moment entstand ein Tumult vor dem Thronsaal. Alle hoben die Köpfe. Rufe schallten über den Hof, eine grollende Stimme antwortete, ein Hund bellte. Dann wurden die Türflügel aufgestoßen, und ein hochgewachsener Mann stand dort.

Die Achaier sprangen auf. Sie wichen vor diesem Neuankömmling zurück, die Augen weit aufgerissen, die Hände abwehrend erhoben. Selbst Aratos, der als ihr Anführer doch mutig voranschreiten sollte, wurde blass. Mein Vater erhob sich ebenfalls. Er blieb ruhig. Mein Onkel stand neben mir, seine Hand schloss sich um meinen Oberarm. »Komm mit«, flüsterte er mir zu. Ich machte mich von ihm los, hatte ich doch längst erkannt, wer da aufgetaucht war.

Er trug immer noch die Rüstung über dem Chiton, doch diesmal hatte er den Helm aufgesetzt und hielt das Schwert in der Rechten. Seine Augen blitzten wütend, während er nacheinander alle Männer im Raum musterte. Trotzdem hatte ich nicht das Gefühl, dass er hergekommen war, um Ärger zu machen oder jemanden anzugreifen.

Es war der Achaier, der uns heute ein Stück begleitet hatte.

Neben ihm stand ein Wolfshund, das Fell so schwarz, dass es das Licht aufsaugte wie die Rüstung des Achaiers. Die freie Hand des Kriegers ruhte auf seinem Kopf, der Hund knurrte. Er ließ sich jedoch von dem Fremden sofort beruhigen, jaulte und legte sich folgsam neben seine Füße.

»Ich kenne ihn«, sagte ich leise zu meinem Onkel.

»Woher?« Arash runzelte die Stirn.

Mazjar trat dem Fremden entgegen. Der Hund sprang wieder auf und knurrte. Mein Vater zeigte sich davon gänzlich unbeeindruckt.

»Er ritt heute ein Stück des Wegs mit uns«, flüsterte ich Arash zu. »Er kannte meinen Namen, und …« Ich wurde rot, da ich mich wieder an seine Worte erinnerte. Seine Blicke. Daran, wie ich auf seine flüchtigen Berührungen reagiert hatte.

»Ich grüße Euch, Fremder.« Die Stimme meines Vaters übertönte das erregte Flüstern der Achaier, die sich zusammenrotteten. Ihre Blicke flogen zu dem Fremden, sie gestikulierten wild und steckten die Köpfe zusammen. Hatten sie *Angst* vor ihm?

»Ich grüße Euch, König Mazjar von den Skythen.« Der Blick des Fremden blieb an mir hängen. »Und ich grüße dich, Prinzessin Otrere.«

Die Achaier drehten sich zu mir um. Sie verstummten, als könnten sie nicht glauben, dass der Fremde das Wort an mich richtete.

»Ich grüße Euch.« Mehr sagte ich nicht.

»Was führt Euch in meine Halle?«, fragte mein Vater. Er breitete die Arme aus. »Entschuldigt, wenn ich nachfrage, doch ich dachte, es seien bereits alle Gäste eingetroffen.«

Der Fremde richtete den Blick wieder auf ihn.

»Seht Ihr das nicht? Eure Tochter.«

Er kam näher. Die Stimmen der Achaier zischelten aufgeregt, es klang wie in einem Schlangennest.

»Ich bin ihr heute begegnet, und nun frage ich sie, ob sie bereit ist, sich ihrem Schicksal zu stellen.«

»Und Ihr meint, Ihr seid das Schicksal der Prinzessin?« Das kam von Arash, der weiterhin halb vor mir stand. Er tastete an seinem Gürtel, und ich begriff, dass kein einziger Skythe zu diesem Festmahl ohne Waffe gekommen war. Die Achaier hingegen, die sich wie aufgeschreckte Hühner verhielten, hatten offenbar im festen Glauben an ein friedliches Gastmahl ihre Waffen daheim gelassen.

»Ich weiß es.« Der Fremde sah mich an. Ich blickte beiseite, denn auf keinen Fall sollte er sehen, oder irgendwer sonst, wie sehr seine Worte mich berührten.

»Otrere entscheidet selbst über ihr Schicksal«, erklärte mein Vater.

»Aber das hat sie doch schon.« Der Fremde trat näher. Die Skythen machten ihm Platz, bis er direkt vor meinem Onkel stand. Ich berührte Arash behutsam an der Schulter, und er trat beiseite. Nun stand der Fremde direkt vor mir.

»Verratet Ihr mir Euren Namen?« Meine Stimme war stark und klar. Kein Zittern.

»Was bedeuten schon Namen.«

»Meinen kanntet Ihr.«

Er blickte über meine Schulter zu den Achaiern. Ich drehte den Kopf. Sie *fürchten* ihn, dachte ich. Die Achaier fürchteten niemanden, außer … ihre Götter.

Der Fremde lachte leise. »Du kommst drauf, ohne dass ich ihn dir sage.«

»Du bist ein Gott.«

Jetzt strahlte er mich an. »Siehst du! So schlau bist du.«

»Ein Olympier?«, versuchte ich es weiter.

»Sehr gut.« Er nickte zufrieden.

Ich ging die Namen der achaischen Götter durch, soweit ich sie kannte. »Zeus!«, versuchte ich es.

Da lachte der Fremde. »Nicht ganz. Aber Zeus ist mein Vater. Du bist also nah dran. Wenngleich ich zugeben muss, dass dir diese Erkenntnis nicht viel bringen wird. Mein Vater hat viele Kinder.«

»Apollon …?«

»Otrere. Du beleidigst mich! Sehe ich für dich aus wie ein selbstverliebter Schöngeist, der den Künsten zugewandt ist und ständig Prophezeiungen säuselt?«

»Nein.« Ich lachte verlegen. »Aber ich kenne mich mit den Göttern der Achaier leider nicht so gut aus.«

»Nun, dann werde ich wohl noch ein wenig geheimnisvoll für dich bleiben. Ich vermute allerdings, die schwatzhaften Männer, die sich da drüben drängeln, weil keiner mir besonders nahe kommen möchte – allesamt friedliche Feiglinge, was ja nichts Schlechtes sein muss! –, werden es dir verraten, sobald ich verschwunden bin.«

Ich spürte meinen Onkel neben mir, doch bevor er etwas sagen konnte, verfinsterte sich die Miene des Fremden wieder. »Du schweigst«, fuhr er Arash an, und dieser zog sich wieder zurück. Ich blickte mich um. Der Gott und ich standen allein in der Mitte des Saals, auf der einen Seite die Achaier, auf der anderen die Skythen. Und alle blickten nur auf uns.

So viel Wut, dachte ich. Gab es einen achaischen Gott, der für seine Wut bekannt war? Für seine Rüstung, seinen Helm, das Schwert? Pferd und Hund …

»Du bist ganz nah dran, Otrere.« Er beugte sich zu mir vor. »Aber ich sehe, du hast noch nie von mir gehört. Ich weiß nicht, ob mich das enttäuscht oder beleidigt.« Seine Stimme ging mir durch und durch. Seine Lippen berührten mein Ohr.

»Ares.«

Ich erschauerte. Er lächelte, zog sich zurück und ließ mich nicht aus den Augen. Ich erwiderte seinen Blick, ohne zu blinzeln.

Ich hatte diesen Namen noch nie gehört.

»Und dass sie mich fürchten – das liegt daran, dass ich der Gott des Krieges bin. Du hingegen fürchtest mich nicht, Otrere. Warum wohl?«

Ich blickte zu ihm auf. Nichts an ihm war furchteinflößend, dachte ich. Aber ich verstand, was die Menschen an ihm fürchteten. Ein Krieg machte ihnen Angst. Die Unberechenbarkeit einer Schlacht, die Ausweglosigkeit eines Kampfs, die drohende Endlichkeit …

»Weil du mit mir unsterblich werden wirst«, flüsterte er. »Und mit dir jede, die nach dir kommt. Das willst du, nicht wahr? Dass sie eines Tages voller Ehrfurcht von dir und deinen Schwestern und Töchtern sprechen.«

Darüber konnte ich lachen. »Ich werde niemals Kinder haben«, erklärte ich. »Denn ich bin eine Kriegerin und werde bis ans Ende meines Lebens für mein Volk kämpfen.«

»Aber will dein Volk auch kämpfen? Oder will es sich lieber in die friedliche Koexistenz mit den Achaiern und Thrakern begeben, sich in der schützenden Bequemlichkeit von Siedlungen einrichten und vergessen, woher es kam?« Er verzog den Mund. »Wie langweilig, nicht wahr?«

Ich sagte nichts. Die Unterhaltung mit ihm nahm eine merkwürdige Wendung. Er schien zu wissen, was ich dachte, was ich sagen würde, jedes Mal aufs Neue wirkte er seltsam unbeteiligt und schien zugleich an den anderen Anwesenden überhaupt kein Interesse zu haben. Er war meinetwegen hier. Das begriff ich. Aber wieso?

»Weil ich dir ein Geschenk machen möchte.« Er pfiff, und der Hund, der sich neben ihn gelegt hatte, sprang auf. »Er hat keinen Namen. Ich glaube, ihr gebt euren Tieren keine, oder? Hat dein Pferd einen?«

»Nein«, erwiderte ich.

»Er ist ein treuer Gefährte. Möchtest du ihn haben?«

Ich zögerte. Viele unserer Leute besaßen Hunde, sie bewachten die Lager, sie halfen beim Hüten der Viehherden und schliefen bei ihrem Besitzer und wärmten ihn im Winter. Aber bisher hatte ich mich nicht für einen Hund interessiert.

»Er wird dich an mich erinnern. Hoffe ich. Bis wir uns wiedersehen.« Ares grinste. »Für mich wird es nur ein Wimpernschlag sein, für dich aber …«

Er verneigte sich vor mir, das Spöttische verlor er keinen Augenblick, und zugleich war da etwas, das wir beide spürten. Das mich nicht losließ. Ich fühlte mich dumm und wurde das Gefühl nicht los, dass es im Grunde egal war, was ich tat, ich war bereits in Ares' Falle getappt. Wenn ich sein Geschenk annahm, würde ich mich an ihn binden und wäre ihm etwas schuldig. Und so viel wusste ich über die Götter, egal ob skythische oder achaische – man wollte ihnen nichts schulden. Aber sollte ich sein Geschenk ablehnen, fürchtete ich, er könne seine ganze Wut über mich und mein Volk ergießen. Er wusste, wer ich war. Besonders als Prinzessin meines Volks, als künftige Königin durfte ich auf keinen Fall den Anschein erwecken, die Götter nicht zu ehren.

Aber er war nicht *mein* Gott, dachte ich. Die Achaier beteten zu ihm. Nicht die Skythen.

Machte es einen Unterschied?

Ich wagte nicht, meinen Vater anzusehen. Der Hund legte die Schnauze in meine Hand, und damit war es entschieden. Ich nickte.

»Wir werden uns wiedersehen, kleine Skythenprinzessin. Otrere.« Er schien Gefallen daran zu finden, meinen Namen auszusprechen.

»Wann?«, wollte ich wissen.

»Wenn es Zeit ist.«

Er nickte meinem Vater zu, sein Blick ging gleichgültig über die Achaier hinweg, und dann verließ er ohne ein Wort den Saal. Die Türflügel knallten hinter ihm zu, dabei hatte er sie nicht berührt.

Einen Moment lang blieb es still.

Und dann brach ein Sturm über uns herein.

9

Es dauerte lange, bis nach Ares' Abgang die Gäste des Festmahls zur Ruhe kamen. Die Achaier schimpften, die Skythen fluchten, mein Onkel versuchte alle zu beschwichtigen. Mein Vater kam zu mir. Ich hockte neben dem schwarzen Hund, den Ares mir geschenkt hatte, und kraulte ihm die Ohren. Sobald mein Vater sich mir näherte, knurrte der Hund.

»Lass das«, wies ich ihn zurecht, und er gehorchte. Gut zu wissen. Mein neuer Freund schien nicht auf Anhieb zu wissen, wer Freund und Feind war, doch er verließ sich bei dieser Frage auf mein Urteil.

»Was war das da?«, fragte mein Vater.

»Das hast du doch gehört. Der Kriegsgott der Achaier. Ares.«

Mein Vater schüttelte den Kopf. »Bist du so versessen darauf, meine Nachfolge anzutreten, dass du zu so billigen Tricks greifst?«

Ich richtete mich auf. Mein Vater fuhr sich müde mit der Hand durchs Gesicht. »Otrere ... Ich meine doch nur. Wenn du auf dem Weg hierher einem achaischen Gott begegnet bist, hättest du mir das erzählen müssen.«

»Aber du hast ihn gehört. Ich wusste nicht, wer er war.«

Mein Vater glaubte mir nicht. Auch Arash, der nun zu uns trat, hatte meine letzten Worte eher ungläubig angehört. »Er hat sich dir vorher nicht offenbart?«

»Muss er das?«

Mein Vater murmelte etwas, Arash legte ihm die Hand auf die Schulter. »Es ist nun mal passiert.«

»Du hättest niemals herkommen dürfen«, knurrte Mazjar. »Jetzt haben wir keine Wahl, wir *müssen* dich zu meiner Nachfolgerin ausrufen.«

Er klang, als hätte er nie vorgehabt, mich Melanippe vorzuziehen, als hätte ich ihn mit meinem Besuch in eine missliche Lage gebracht. Nun musste er gegen seine Überzeugung handeln.

»Nur weil Ares sich für mich interessiert?«

»Du hast keine Ahnung, wer Ares ist, nicht wahr?«

Ich schüttelte den Kopf.

Mazjar und Arash wechselten einen langen Blick über meinen Kopf hinweg. Es fühlte sich nicht gut an, wenn sie so stumm kommunizierten, ich fühlte mich beiden unterlegen. Schließlich seufzte mein Vater.

»Dann werde ich es dir erzählen.«

Das Gastmahl war beendet, die Achaier verabschiedeten sich beinahe überstürzt. Ich wurde nicht zurück in meine Kammer gebracht, sondern sollte neben dem Thronsessel meines Vaters auf einem Hocker warten, bis er zu mir kam. Arash war verschwunden, auch unsere Leute zogen sich zurück. Es waren nur noch mein Vater und ich übrig.

Und Ares' Hund.

Mein Vater sah den Hund an, als wisse er nicht, ob er in seiner Gegenwart offen sprechen durfte.

»Ares«, sagte ich leise. »Was weißt du über ihn?«

»Er hat wenig Freunde«, begann mein Vater leise. »Sogar unter den Göttern ist er verhasst. Nicht mal sein Vater mag ihn.« Mein Vater suchte nach den richtigen Worten. »Er liebt den Krieg. Wenn es zu einem großen Blutvergießen kommt, ist er zur Stelle, und er *genießt* es, wenn die Menschen aufeinander losgehen. Ich frage mich, warum er ausgerechnet dich …«

Auserwählt hat? Wollte mein Vater das sagen? Es schien mir schwer vorstellbar, dass ein Gott mich unter allen Frauen aussuchte, die ihm zur Verfügung ständen.

»Du weißt nicht viel über die achaische Lebensweise. Die Frauen der Ionier bleiben stets im Haus. Nie gehen sie allein auf die Straße. Eine Prinzessin, die sich bereits in jungen Jahren so frei bewegt, die sich nicht davor fürchtet, was ihr in der Welt passieren könnte – nun, ich vermute, so eine Frau reizt ihn. Du wärst nicht die Erste, die er als Gefährtin unter den Menschen auserwählt.« Und ich werde nicht die Letzte sein, dachte ich. Dennoch: Er hatte mir seinen Hund geschenkt und war hergekommen, um … ja, was? Seinen Anspruch auf mich geltend zu machen?

»Ich will nicht die Gefährtin eines Gottes werden, der Gefallen daran findet, die Welt ins Elend zu stürzen«, sagte ich leise.

»Das glaube ich dir. Und niemand wird dich dazu zwingen.«

Außer Ares selbst.

Hatte ich denn eine Wahl, nachdem er mich auserkoren hatte?

»Wir müssen es schlau anstellen«, murmelte mein Vater. »Du weißt, unser Volk gehört nicht in die Städte. Wenn eine skythische Prinzessin mit dem achaischen Gott in Verbindung gebracht wird …«

Ich verstand. Es würde für viele Skythen das Zeichen sein, dass wir uns den Achaiern zuwandten. Dass wir ein Stück weit unsere eigene Identität aufgaben, um die Lebensweise der Fremden anzunehmen, die erst seit Kurzem an unserer Küste lebten.

»Ich werde mich ja nicht mit ihm vermählen.« Konnte eine Sterbliche das? Sich mit einem Gott vermählen? Ich merkte, wie wenig ich wusste.

Mein Vater brummelte, und ich musterte ihn aufmerksam von der Seite. Er hockte auf seinem Thron, hing seinen Gedanken nach. Ich fröstelte in dem dünnen Kleid. Im Thronsaal war es kalt, oder war es die nachlassende Aufregung, die mich zittern ließ?

Der Hund stand auf. Er drückte sich an mich, als wollte er mich wärmen, und ich kraulte ihm gedankenverloren die Ohren.

»Was soll ich jetzt tun?«, fragte ich leise.

»Gar nichts. Was willst du denn tun? Wir könnten dir einen Gemahl suchen, aber ob sich ein Gott davon abhalten lassen würde? Es gibt viele junge Männer, die dich gern ehelichen würden. Andererseits wird sich kaum einer mit dir verheiraten, sobald bekannt wird, dass der achaische Kriegsgott ein Auge auf dich geworfen hat.«

Und nachdem sowohl skythische als auch achaische Würdenträger Zeugen geworden waren, wie Ares seinen Anspruch auf mich erhoben hatte, würde es nicht lange dauern, bis die Kunde sich verbreitete.

»Ich schicke dich nach Hause.« Mein Vater stand auf. »Morgen schon. Alles weitere können wir nur abwarten. Aber diesmal reitest du nicht allein.«

Ich senkte den Kopf. Was fürchtete er? Dass Ares mich holen kam? Glaubte er, ein Dutzend skythische Krieger könnten ihn daran hindern? Oder dass er mich auf der Steppe verstecken konnte? Vor einem Gott konntest du keine Geheimnisse haben, und *dieser* Gott würde vermutlich nicht eher ruhen, bis er bekam, was er wollte.

Mich.

Ein Dutzend skythische Krieger begleiteten mich zurück in unser Lager, und ich kann nicht behaupten, dass mir gefiel, wie sie mit mir umgingen. Für sie war die Tochter des Königs eine wertvolle Fracht, und sie behandelten mich behutsam und ruppig zugleich. Solange ich machte, was sie von mir wollten, war alles bestens. Aber wehe, ich gab dem Falben den Kopf frei und ließ ihn voranpreschen, der Hund dicht neben mir. Dann schrien sie auf und rasten hinter mir her. Es war müßig, ihnen zu erklären, dass der, vor dem sie mich beschützen sollten, ohnehin mit ihnen kurzen Prozess machen würde. Oder dass er sich eben mich holen würde, falls er mich haben wollte.

Hätte ich Angst vor Ares haben sollen? Vermutlich. Doch ich war furchtlos. Wie dumm von mir. Mit knapp sechzehn Sommern hielt ich mich für unbesiegbar. Nicht mal ein griechischer Gott könnte mir etwas anhaben.

Wir erreichten das Lager am Abend des dritten Tages, und unser Auftauchen sorgte für großes Erstaunen bei unseren Leuten. Sie strömten zusammen, die Kinder drängten sich um den Falben und streichelten sein goldglänzendes Fell, während der Hund sie anknurrte. Sie wichen vor ihm zurück, einige jüngere Kinder kreischten, weil sie ihn nicht bemerkt hatten. Ich gab dem Hund mit einer knappen Handbewegung zu verstehen, dass er sich hinlegen sollte. Er jaulte. Ich hatte schon gemerkt, dass es ihm wenig Freude bereitete, über mich zu wachen, weil ich ihn bisher jedes Mal zurückpfiff. Aber das war mir einerlei. Ares konnte mir gern einen Hund schenken, doch wie dieser sich hier zu benehmen hatte, war meine Entscheidung. Nicht die des Hundes oder eines Gottes.

»Du bist zurück.« Melanippe tauchte vor dem Falben auf. Sie nahm seine Zügel, und ich schwang mich aus dem Sattel. Sie war gerade die Letzte, die ich sehen wollte. Ihr Gespür, zur falschen Zeit aufzutauchen, bewies sie nicht zum ersten Mal. »Wie war es in Tyras? Wir haben dich nicht so früh zurückerwartet.« Sie musterte mich aufmerksam. Sah ich so müde aus, wie ich mich fühlte?

»Anstrengend«, antwortete ich. »Wo ist unsere Mutter?«

Melanippe sah mich an, als argwöhnte sie, ich könnte in Tyras etwas getan haben, was ihre Chancen geschmälert hatte. Wenn sie nur wüsste … Aber ich wollte nicht darüber reden. Nicht mit *ihr*. Ich wollte auf den Schoß meiner Mutter kriechen und mir von ihr die Zöpfe lösen lassen, während ich ihr zuflüsterte, was sich in der Stadt der Achaier zugetragen hatte. Und dass ich nun einem Gott versprochen war, weil er es so wollte und ohne dass er *ausgesprochen* hätte, dass ich ihm gehörte.

»Auf dem Karren, wie immer.«

Ich überließ meiner Schwester den Falben. Ich war schon auf dem Weg zu den Karren, als sie mich zurückrief. »Woher hast du den Hund?«

»Lange Geschichte«, rief ich über die Schulter. Der Hund blieb dicht an meiner Seite. Er nahm seinen Auftrag ernst, mich zu beschützen, doch ich hatte ihm hoffentlich in den vergangenen drei Tagen klargemacht, dass ich es nicht duldete, wenn er irgendwen ansprang, ohne dass ich ihm dafür ein Zeichen gab. Ich hatte ihm erklärt, er mochte Ares' Kreatur sein, doch wenn er sich nicht benahm, kam er an die Kette und durfte unter dem Karren schlafen und nicht neben mir im Zelt.

Er betrug sich, daher vermutete ich, die Nachricht war zu ihm durchgedrungen.

»Bleib«, befahl ich ihm, bevor ich auf den Karren stieg. Der Hund legte sich unter dem Karren in den Schatten, den Kopf auf den Pfoten. Er ließ mich nicht aus den Augen, bis ich verschwand.

Meine Mutter saß mit gekreuzten Beinen auf dem Podest, auf dem sie auch schlief. Mein jüngster Bruder war wach, und sie kitzelte ihn, bis er vor Lachen jauchzte. Als ich eintrat, hob sie ihn hoch. Ein Blick reichte ihr, um zu wissen, dass meine Reise nach Tyras nicht wie erhofft verlaufen war. Sie wies ihre Dienerin an, uns allein zu lassen. Erst nachdem sie verschwunden war, richtete Barkida das Wort an mich.

»Was ist passiert?«, fragte sie.

Wo sollte ich beginnen? Vielleicht mit dem, was ich nicht länger für mich behalten konnte. »Ich habe einen achaischen Gott getroffen. Er hat ein Auge auf mich geworfen, und nun werde ich die Herrscherin der Skythen nach meinem Vater, aber so wollte ich das nicht. Mela wird mich hassen, und Vater hat Angst um mich. Dieser Gott hat mir einen Hund geschenkt, der mich nicht aus den Augen lässt, manchmal glaube ich, er schläft nie.«

Atemlos hielt ich inne. Meine Mutter legte den Kopf schief. Mein kleiner Bruder stützte sich auf seine Babyfüßchen, er hielt sich an ihren Händen fest, er wippte und krähte vergnügt, seine Füßchen stapften auf die Oberschenkel meiner Mutter.

»Wie heißt er?«, fragte Barkida.

»Ares.« Ich senkte den Kopf. Als ich seinen Namen aussprach, jaulte der Hund draußen auf.

»Gott des Krieges und des grenzenlosen Muts.« Meine Mutter

nickte, als wäre das überaus passend. Als wunderte sie sich nicht, dass Ares sich für ihre Tochter entschied.

»Du kennst ihn?«

»Er ist mir nie persönlich begegnet. Die Götter sind flüchtig, sie kommen und gehen, wie es ihnen gefällt. Sie nehmen sich, was sie wollen, sie bringen Elend und Triumph über die Menschen.«

»Aber was kann ich dagegen tun?«

Barkida runzelte die Stirn. »Willst du etwas tun? Dich auflehnen?«

Ich wusste es nicht.

»Kann ich das denn?«, fragte ich ratlos. Bisher hatte ich das Gefühl, ich hätte keine Wahl. Ares hatte mein Schicksal besiegelt, so wie Maspi es mir vor meiner Abreise prophezeit hatte. Ich war in Tyras meinem Schicksal begegnet.

»Ich sehe es so: Er hat dir ein Geschenk gemacht. Seine Gunst. Nimm es an, und du wirst die Herrscherin über die Skythen, wenn deine Zeit gekommen ist. Weigerst du dich, wird Mela die Herrscherin werden. Im Leben haben wir Frauen immer eine Wahl, Otrere. Du musst ihn nicht wählen, nur weil er dich gewählt hat.«

»Aber wenn ich mich weigere … was wird er uns antun? Den Skythen?«

»Das weiß niemand außer ihm. Und deshalb sollten wir uns darüber keine Gedanken machen. Erst recht sollten wir unsere Entscheidungen nicht davon leiten lassen.« Sie machte eine kurze Pause. Ich setzte mich auf den Rand des Podests, streckte eine Hand nach meinem kleinen Bruder aus. »Du könntest allerdings das Wissen um sein Interesse für dich nutzen. Es muss nicht dein Schaden sein.«

»Mela wird mich hassen, wenn ich ihr das nehme.«

»Das wusstest du vorher. Sie wird es verkraften. Gib ihr eine Aufgabe! Du wirst mit ihr an deiner Seite viel erreichen können. Ihr müsst nicht gegeneinander kämpfen, wenn der wahre Feind da draußen ist. Die Achaier breiten sich immer mehr aus, sie gründen weitere Siedlungen auf unserem Land, und im Westen bedrängen uns die Thraker. Sie alle könnte er in ihre Schranken verweisen.«

»Sollte es nicht Aufgabe unserer Götter sein, für uns zu sorgen? Und was werden sie davon halten, wenn ich ...«

»Unsere Götter und die der Achaier – das ist eine Welt, die sich unserer Vorstellungskraft entzieht«, unterbrach meine Mutter mich. »Wir sind zu klein, um zu erfassen, was diese Wesen mit einem Fingerschnipsen bewirken. Mag sein, dass sie selbst nicht begreifen, welche Konsequenzen ihre Taten haben. Folge deinem Herzen, Otrere. Was immer du willst, es wird dir gehören. Die Herrschaft, die Königinnenwürde, das Herz eines Gottes. Dir liegt die Welt zu Füßen. Doch lass dich nicht täuschen – bis dir all diese Dinge zufallen, mögen noch viele Jahre vergehen.«

»Woher soll ich wissen, was richtig ist. Oder falsch«, murmelte ich. Mein kleiner Bruder juchzte, er nahm einen meiner Finger und drückte fest zu.

»Es gibt kein Richtig und kein Falsch. Alles hat zwei Seiten. Wenn wir die Achaier zurückdrängen, wird es zu ihrem Nachteil sein. Wenn wir die Thraker bekämpfen, wird eine Seite verlieren. Und nicht immer werden das unsere Gegner sein. Behalte dies stets im Blick, Otrere.«

Ich versprach es ihr. Insgeheim aber dachte ich, dass ich es besser wusste. Woher sollte meine Mutter auf ihrem Karren schon Bescheid wissen über die Mechanismen, die in der Welt ringsherum herrschten?

Wie dumm ich war.

10

Ich hatte gedacht, nachdem Ares mich erwählt hatte, würde er seinen Anspruch zeitnah durch einen Besuch untermauern. Doch mit jedem verstreichenden Tag, an dem er nicht kam, wuchs in mir dieses unbestimmte Gefühl, dass alles nur ein Irrtum war. Er hatte sich vertan. Sein Hund würde eines Tages ausreißen und zu seinem Herrn zurückkehren.

Der Sommer verging, der Herbst kam. Ich starrte nach Süden, aber kein einsamer Reiter tauchte dort auf, und nach der anfänglichen Aufregung darüber, dass ein achaischer Gott sein Auge auf mich geworfen hatte, ausgerechnet!, wurde es ruhig um mich.

Mir sollte es recht sein. Mit dem Falben und dem Hund zog ich über die Steppe. Ich jagte Hasen und Gänse mit meinem Bogen, brachte die erlegten Tiere ins Lager und half den anderen Frauen bei der Haltbarmachung der Vorräte. Dörrfleisch, Käse aus Stutenmilch, getrocknete Beeren und Pilze würden uns über die kargen Wintermonate bringen. Aus Mamai-Gora kamen große Tongefäße voller Hirse, die dort angebaut wurde. Wir kochten sie in Wasser oder Stutenmilch und aßen sie mit Früchten oder Gemüse, je nachdem, was die Steppe uns gab. Für den Winter lagerten wir wilde Möhren und Zwiebeln ein, bewahrten sie in Tonkrügen auf oder flochten die Zwiebeln und wilden Knoblauch zu Zöpfen, die zu dem würzigen Thymian und anderen Kräutern an die Balken der Karren gehängt wurden. Der Duft hing über unseren Köpfen. So roch der Herbst auf der Steppe.

Die Steppe gab uns, was wir zum Leben brauchten, und sie gab es uns so reichhaltig, dass niemand hungern musste. Mit den letzten goldenen Tagen des Sommers schwärmten Frauen und Kinder aus, und es waren ausgelassene Tage da draußen auf den grasigen, sanft geschwungenen Hügeln. Die Kinder kullerten die Abhänge hinunter, sie spielten in den lichten Birkenwäldchen mit uns Verstecken, und wenn wir nach der späten Sommerhitze verschwitzt und müde waren, stiegen wir in den Fluss und wuschen uns im kalten Wasser, das unsere muskulösen Gliedmaßen umspielte wie flüssiges Silber.

Doch bei allem, was ich tat, konnte ich nicht aufhören, an Ares zu denken. Ihn zu vermissen. Mich verstohlen umzuschauen, ob er sich unbemerkt näherte. In Gedanken schimpfte ich mit mir, weil ich so töricht war, zu glauben, dass Ares sich schon so bald wieder zeigen würde. Er hatte mir schließlich prophezeit, dass es bis zu unserem Wiedersehen lange dauern würde.

Die Männer kümmerten sich um die Viehherden, und mit dem ersten Schnee entschieden sie, welche Pferde, Ziegen und Schafe geschlachtet werden mussten, weil sie es nicht über den Winter schafften. Da packten alle mit an, die Kadaver wurden zerlegt, getrocknet, und in tönernen Krügen eingelagert, die wir von den Achaiern erworben hatten. Aus dem Süden brachte eine Händlergruppe Olivenöl und Bohnen, die wir ebenfalls einlagerten.

Ich hatte alle Hände voll zu tun, denn mir oblag nun nicht nur die Ausbildung der jungen Kriegerinnen. Mein Vater kehrte aus Tyras zurück, und bevor er für die Wintermonate nach Mamai-Gora ritt, wollte er bei seiner Familie alles gut bestellt wissen. Oft rief er mich zu sich und erklärte mir, was er tat und wie er entschied. Für ihn war die Sache klar. Ich würde seine Nachfolge antreten, und darum sollte ich lernen, was ich dafür wissen musste. Melanippe hingegen sollte weiterhin mit ihren Kriegerinnen trainieren. Sie sollte mich beschützen, falls wir angegriffen wurden. Maspi hingegen saß häufig bei dem alten Priester.

Es geschah an einem Tag, an dem wir zwei Schafe schlachteten. Gerade hatte mein Bruder den tödlichen Stich beim zweiten Schaf ausgeführt, und ich half ihm, den schlaffen Körper des Hammels über eine große Schüssel zu halten, in die dampfend das Blut sprudelte. Meine Hände waren rot, mein Gesicht brannte von der eisigen Kälte, ich trug nur einen alten Wollkittel, der bereits verkrustet war von all dem Blut, das beim Schlachten verspritzte. Mein Bruder ächzte, ich wischte mit der Schulter über meine Wange, weil eine Träne darüber rann. Nicht, weil ich um den Hammel trauerte, der unsere Sippe über den Winter bringen würde, sondern weil der Wind so unnachgiebig über die Steppe pfiff und wir ungeschützt neben den Zelten und Karren standen, dass meine Augen tränten.

Maspi richtete sich auf. »Ich hab's«, sagte er, deutete mit dem Kopf nickend auf etwas oder jemanden hinter meinem Rücken. »Du kannst loslassen, ich komme hier zurecht. Du hast Besuch«, fügte er hinzu.

Ich fuhr herum. Mein Herz schlug bis zum Hals, mein Blick suchte, suchte, suchte, doch statt des hochgewachsenen muskelbepackten Kriegsgottes sah ich nur eine zierliche Frau, die von einem unmenschlichen Glänzen umgeben war, als sie mit nackten Füßen über das überfrorene Gras auf mich zuschritt. Sie trug einen Chiton aus golden glänzendem Stoff, der fast durchsichtig wirkte und ihren wunderschönen Körper kaum verbarg. Darüber einen roten Umhang. Alles an ihr war so überirdisch *schön*, dass ich vergaß zu atmen. Sie schritt direkt auf mich zu, ihr Blick glitt prüfend über mich hinweg, von den struppigen Haaren, die ich nachlässig geflochten trug, über das gerötete und blutverschmierte Gesicht, das fleckige Wollhemd und meine ältesten Stiefel, bis sie meine Hände anstarrte. Sie war das genaue Gegenteil von mir, und ich hätte vielleicht eine starke Abneigung gegen sie verspüren sollen, aber wer kann die Schönste, die Liebenswerteste schon hassen?

»Du also bist seine neue Auserwählte.« Ein Mundwinkel hob sich zu einem spöttischen Grinsen, und ich versteckte unwillkürlich die Hände in den Falten meines Oberteils. Sie umrundete mich, ein leichter Duft umwehte sie. Später erst erfuhr ich, dass sie nach Ambrosia duftete, jener süßen Nahrung der Götter, die mich an wilden Thymianhonig erinnerte.

»Ihr sprecht von Ares.« Ich hielt den Blick gesenkt. Maspi hatte seine Arbeit unterbrochen, und auf einmal war es um uns drei ganz still, als gebe es keine Welt jenseits von dieser Göttin, meinem Bruder und mir. Ich wünschte, Ares' Hund wäre an meiner Seite, doch der Blutgeruch hatte ihn heute früh ganz wild gemacht, deshalb hatte ich ihn in einiger Entfernung angeleint.

Dass sie eine Göttin war, das spürte ich. Das sah ich. Ihre goldbraunen Locken fielen bis zu den Hüften, die Haut war so weiß wie Stutenmilch, und ihr Antlitz war unbeschreiblich schön. Ich wollte sie küssen, als sie vor mir stand, so sehr wurde ich von ihrer Schönheit bezaubert.

Sie lachte leise. Natürlich spürte sie mein Verlangen. »Wenn ich ihm das erzähle …«, murmelte sie.

»Ich glaube, Ihr irrt Euch.« Ich nahm all meinen Mut zusammen.

»Ares war nicht mehr bei mir, seit wir uns das erste Mal begegnet sind.«

»Das soll ich dir glauben?« Sie trat vor. »Aber verzeih, mein Mädchen. Wie unhöflich von mir, dass ich mich nicht vorstelle. Über dich glaube ich inzwischen alles zu wissen, weil Ares nicht müde wird, bei jeder Gelegenheit von dir zu schwärmen. Er muss verrückt geworden sein, anders kann ich mir seine Vorliebe für dich nicht erklären.«

Sie legte den Kopf schief. »Obwohl ...«

Maspi trat neben mich, doch ich streckte den Arm aus und hielt ihn zurück. Ich spürte, dies war eine Prüfung, mit der ich seit dem Sommer gerechnet hatte. Aber doch nicht mit so einer. Dass eine weitere Göttin auftauchte, damit hatte ich zuletzt gerechnet.

»Verratet mir Euren Namen«, forderte ich.

»Damit du dich brüstest, dass zwei achaische Götter dich aufgesucht haben?« Sie trat vor. Ihre Hand legte sich auf meine blutverschmierte Wange. »Sie nennen mich Aphrodite«, flüsterte sie.

Ich spürte, wie ein Schauer meinen Körper durchfuhr. Nicht nur, weil ihr Name mich zittern ließ, der so viele Versprechen in sich barg, von denen ich nicht wusste, was genau sie für mich bedeuteten. Sondern weil diese vier Worte in mir eine ganze Welt aufsteigen ließen, in der diese Göttin von den Achaiern angebetet wurde. Für ihre Schönheit. Weil sie für die leidenschaftliche Liebe stand. Für das, was Ares zwischen uns zu spüren glaubte. Was auch ich sehr deutlich zwischen Ares und mir spürte, was ich für ihn empfand.

Und ich begriff, dass Aphrodite und Ares eine ganz besondere Leidenschaft verband, gegen die keine Sterbliche jemals ankommen konnte.

Aphrodite war gekommen, um ihren Anspruch zu untermauern. Um mir klarzumachen, dass Ares ihr gehörte, nur ihr.

Wie konnte ich glauben, gegen diese Schönheit, diese Macht, diese Anmut eine Chance zu haben?

Sie lachte wieder. »Ja, das frage ich mich auch.«

Ich biss mir auf die Unterlippe. Fühlte mich ertappt, weil sie in meinem Gesicht ablas, was ich dachte. Was war das mit den Göttern, dass sie die Gedanken von uns Sterblichen so mühelos lesen konnten? Gerecht war das jedenfalls nicht.

»Aber gräme dich nicht. Jeder von uns hat so seine eigenen Vorstellungen, wie die Sterblichen uns dienen können. Ich bin gespannt, wie Ares *dich* benutzen wird. Hast du seinen Hund noch?«

Sie wechselte so abrupt das Thema, dass ich verwirrt stotterte. »Dahinten.«

»Das wird ihm nicht gefallen, dass du ihn ankettest.« Ich wusste nicht, ob sie den Hund oder Ares meinte, aber das war vermutlich Absicht. Aphrodite betrachtete mich nachdenklich. »Ich vermute, wir werden uns noch häufiger begegnen.«

Sie drehte sich um und ging, hinaus auf die Steppe. Ihre Gestalt verschwamm mit dem verdorrten, gelben Wintergras, das von einem silbrigen Frost überzogen war.

Ich blinzelte. Hatte ich ihren Besuch nur geträumt?

Maspi trat neben mich. Seine Hand lag auf meiner Schulter. »Die Göttin der Liebe«, sagte er leise.

»Was weißt du über sie?«

Warum kannte Maspi sich auf einmal mit den Göttern der Achaier aus? Ich drehte mich zu ihm um.

»Sie ist mit einem anderen Gott vermählt. Hephaistos. Aber Ares und sie lieben sich.« Er zuckte mit den Schultern. »Wundert mich nicht, dass sie hier auftaucht. Für sie bist du eine Rivalin.«

Ich schnaubte. Schöne Rivalin war ich, die Haare zerrauft, die Haut vollgeschmiert mit Hammelblut.

»Dann wird sie jetzt glauben, sie hat von mir nichts zu befürchten.«

»Was nicht das Schlechteste ist, oder? Allerdings fürchte ich, allein die Tatsache, dass Ares und du …«

»Da ist nichts«, unterbrach ich ihn. »Ares hat mir seinen Hund geschenkt, und seitdem ignoriert er mich.«

»Er redet über dich. So viel, dass Aphrodite davon genervt ist und sich mit eigenen Augen davon überzeugen musste, ob du für sie eine Gefahr darstellst.« Maspi zuckte mit den Schultern.

»Und was denkst du? Bin ich eine Gefahr für sie?«

Maspi lachte. »Du bist meine Schwester! Natürlich bist du in meinen Augen eine Gefahr für eine achaische Göttin.«

Ich schwieg. Für mich waren die Götter schwer zu begreifen. Die Tatsache, dass sie sich wie selbstverständlich unter uns Menschen bewegten, war schon erstaunlich genug, denn das kannten wir von unseren eigenen Göttern nicht. Aber dass sie dann auch noch die Menschen als Konkurrenz um die Gunst eines anderen Gottes fürchteten … Aphrodite wirkte auf mich wie eines dieser überzüchteten Pferde, bei denen man vergaß, das ruhige Gemüt im Blick zu halten, die man nur auf Schnelligkeit und Kampfesmut kreuzte. Nervöse Kreaturen, die zu zügeln unmöglich war. Jedenfalls für eine Bogenschützin. Um vom Pferderücken aus Pfeile zu verschießen, brauchte es Pferde, die auf jeden winzigen Schenkeldruck reagierten und keine Nerven zeigten.

»Auch wenn Ares nicht ständig bei uns herumlungert und seine Nase in deine Angelegenheiten steckt, solltest du dich wohl an den Gedanken gewöhnen, zu ihm zu gehören. Zumindest, bis er das Gegenteil behauptet.« Maspi drückte meine Schulter. »Und nun lass uns weitermachen. Wir haben keine Zeit für die Launen der Götter. Das Fleisch muss heute Abend fertig sein.«

Die Kunde von Aphrodites Besuch in unserem Lager verbreitete sich schnell. Am Abend gab es ein üppiges Mahl, Hammelbraten mit Bohnenmus, das wir mit Thymian und Knoblauch würzten. Melanippe setzte sich zu mir.

Seit ich als Nachfolgerin unseres Vaters feststand, herrschte zwischen meiner Schwester und mir nicht mehr die alte Vertrautheit. Sie blieb auf Distanz, und das schmerzte mich. Ich vermutete, dass sie mir grollte. Sie war vor vollendete Tatsachen gestellt worden. Niemand hatte ihr eine Chance gegeben.

»Du sagst ja gar nichts«, begann sie das Gespräch.

»Was soll ich denn sagen?« Ich beugte mich vor und nahm noch etwas Bohnenmus aus dem Kessel. Wir saßen um eine große Feuerstelle, die Kinder tobten um uns herum, die Männer hatten sich mit den Kriegerinnen zusammengefunden, die Frauen mit den Kleinkindern saßen auf der anderen Seite des Feuers zusammen mit den Alten. Ich hockte irgendwo dazwischen. Maspi saß mir gegenüber und beobachtete uns scharf. Warum wurde ich das Gefühl nicht los, dass mein großer Bruder auf mich aufpasste?

»Na, du könntest zum Beispiel ganz stolz erzählen, dass dich heute die achaische Göttin der Liebe besucht hat. Das würde alle interessieren.«

Ich warf ihr über die Schulter einen Blick zu. Melanippe saß ganz entspannt da, die Beine ausgestreckt, in den Händen die leere Schüssel. Ich stellte meine Schüssel auf den Boden und streckte die Hand nach ihrer aus. Während ich Bohnenmus hineinschöpfte und dem Alten, der das Fleisch vom Hammel schnitt, ihre Schüssel hinhielt, schwieg ich.

»Und? Wie war das mit der Göttin?«, fragte Melanippe, sobald ich wieder saß. »Stellst du mich ihr vor? Kommt sie nun häufiger zu Besuch? Weiß sie, warum Ares dich seit so vielen Monden ignoriert?«

Ich löffelte ungerührt mein Bohnenmus. Melanippe lachte, sie stieß mir den Ellbogen in die Rippen. »Jetzt sei doch nicht so.«

»Wie bin ich denn?«

»Ängstlich. Als fürchtest du, jeder Schritt könnte dein letzter sein. Das hat Ares bestimmt nicht gemeint, als er dich erwählt hat.«

Ich atmete tief durch. War ich ängstlich? War dieses klamme Gefühl des Ungenügens, das mich seit Monaten gepackt hielt, die Angst vor einem falschen Schritt?

»Du machst lieber gar nichts, statt dich für irgendwas einzusetzen«, murmelte Melanippe.

»Aber wofür soll ich mich denn deiner Meinung nach einsetzen?«

»Du könntest damit beginnen, nicht länger die Augen vor unserer Wirklichkeit zu verschließen. Nicht länger deinem Gott hinterherzuträumen, der ja offensichtlich nur dann Interesse an dir hat, wenn es ihm in den Kram passt. Während du mit Vater zusammenhockst und dir von ihm das Regieren beibringen lässt, haben wir ernsthafte Probleme. Die Thraker rücken näher, zu denen hat sich nämlich noch nicht herumgesprochen, dass der achaische Kriegsgott schützend die Hand über unsere Prinzessin hält.«

So viel Abscheu lag in ihrer Stimme, doch die galt nicht nur den Thrakern. Sondern vor allem mir. Weil ich tatenlos zusah.

Ich erschrak. Von den Thrakern sprach mein Vater regelmäßig, doch er war überzeugt, sie seien keine allzu große Gefahr für uns.

Er hatte sich an diesem Abend nicht zu uns gesetzt, sondern aß mit meiner Mutter im Karren. Sonst hätte ich ihn direkt gefragt, ob das stimmte. Aber unser Bruder hatte seit ein paar Tagen Fieber. Barkida war außer sich vor Angst; sie fürchtete, ihrem jüngsten Kind könne dasselbe Schicksal drohen wie einst Maspi. Oder Schlimmeres.

Melanippe aber war viel unterwegs. Sie sicherte mit ihren Kriegerinnen die Westgrenze, ritt sie regelmäßig ab und behielt die Aktivitäten der Thraker im Blick.

»Weiß Vater davon?«, fragte ich.

Melanippe schnaubte. »Natürlich weiß er das. Er nimmt es nur nicht ernst. Meint wohl, das werde sich schon regeln, schließlich bist du mit dem achaischen Gott zusammen. So sieht er das.«

»Ich bin nicht mit ihm zusammen«, erwiderte ich scharf.

Meine Schwester warf mir einen harten Blick zu. »Interessiert dich nun, was los ist oder nicht?«

Ich machte eine Handbewegung. »Sag schon.«

Melanippe richtete sich auf. »Es kam zuletzt immer häufiger zu Scharmützeln. Nicht hier, in unserem Kernland. Aber an den Grenzen. Dort brodelt es. Die Menschen brauchen dort mehr als unsere beschwichtigenden Worte. Sie brauchen unsere Kriegerinnen. Unsere Waffen. Die Thraker werden sich sonst nehmen, was uns gehört. Weil sie glauben, dass wir schwach sind. Inzwischen glaube ich das auch. Vater liebäugelt mit den Achaiern und möchte wohl, dass wir nach Tyras ziehen. Nur Mutter hält ihn davon ab. Weil sie hierhergehört.«

Melanippe senkte die Stimme zu einem Wispern. »Wir gehören nicht in eine Stadt. Eingesperrt hinter Mauern. In einen Palast aus Gold und gekleidet in diese unpraktischen Kleider, mit denen die Achaier protzen. Das sind wir nicht, Otrere.«

Sie blickte sich verstohlen um, als fürchtete sie, jemand könnte ihr widersprechen. Ich hielt den Atem an. Mir war bewusst, wie wenig ich wusste, aber ich glaube, erst dieser Abend am Lagerfeuer, noch unter dem Eindruck der Begegnung mit Aphrodite, ließ mich das ganze Ausmaß erahnen. Zum ersten Mal sehnte ich mich nach Ares. Nach Antworten, die nur er mir geben konnte.

Warum ich? Hätte er nicht Melanippe auswählen können, die so viel mehr über das Kriegshandwerk wusste? Die in größeren Dimensionen dachte? Ich hatte von ihr und Nushaba gelernt, wie man kämpfte, aber jetzt fragte ich mich, ob ich ihr überhaupt zugehört hatte in all den Jahren.

Es musste einen Grund geben, weshalb Ares sich so sehr für mich interessierte. Und an diesem Abend säte Melanippe den Zweifel in mein Herz, dass er es nur tat, weil ich die Skythenprinzessin war, die er leichter verführen konnte. Die gutgläubig war und jede seiner Lügen begierig als Wahrheit aufnahm. Aphrodite hatte vermutlich recht. Sie war überzeugt, dass Ares einen größeren Plan verfolgte. Er nutzte meine Eitelkeit aus. Ich hatte keine Möglichkeit, ihn zu fragen.

An diesem Abend kroch ich auf mein Lager unter die Pelze und konnte nicht einschlafen, obwohl mir warm war. Mir gingen die Worte meiner Schwester nicht aus dem Kopf, und die der Göttin genauso wenig. Was wollte Ares?

Viel wichtiger aber war: Was wollte ich? Sollte ich das nicht herausfinden, bevor ich ihm wieder begegnete?

11

Es begann mit einem Streit. Jeder Krieg beginnt mit einem Streit, nicht wahr? Zwei können sich nicht einigen, sie glauben, sie haben beide das Recht auf etwas, das keinem von ihnen gehört. In diesem Fall war es ein Weidegrund, von dem wir überzeugt waren, er gehörte uns seit vielen Generationen. Die Thraker waren anderer Ansicht, oder sie meinten, weil wir seit so langer Zeit schon Anspruch auf dieses besonders fruchtbare Stück Land hatten, seien sie nun an der Reihe.

Mit der Schneeschmelze brachten sie ihre Herden dorthin. Wir überwinterten nicht auf dieser Weide, direkt am Fluss war es in der kalten Jahreszeit ein einziger Morast. Unsere Tiere bekamen Huffäule, wenn sie mit Einsetzen der Schmelze dort standen. Das war das Grasland nicht wert. Aber zugleich war es in den Sommermonaten zu wertvoll, um es kampflos den Thrakern zu überlassen.

Die Kunde von diesem Landraub überbrachte uns ein junger Mann von der Sippe, die jedes Jahr ihre großen Herden dorthin trieb. Er kam eines Morgens, als die ersten Tulpen sich öffneten und das Grasland von einem Meer aus roten, gelben, lila und weißen Blüten überzogen.

»Ich muss den König sprechen!«, rief er, kaum dass er aus dem Sattel glitt. Wir alle eilten zusammen, denn dass ein einzelner Reiter auf einem völlig verausgabten Pferd zu uns kam, war schon für sich alarmierend. Ich fing den Braunen ein, der sich sofort in sein Schicksal fügte – zu erschöpft, um Widerstand zu leisten. Meine

Schwester brachte den jungen Mann zu meinem Vater. Ich übergab den braunen Hengst an Pardis, die jüngere Schwester von Nushaba. Dann folgte ich meiner Schwester. Ich pfiff nach dem Hund, doch er war schon direkt hinter mir. Das passierte oft. Er ließ mich nie aus den Augen und war sofort zur Stelle, wenn ich ihn brauchte.

Mein Vater saß vor seinem Zelt, der Krieger hatte sich vor ihn gehockt und redete eindringlich auf ihn ein. Melanippe hockte daneben. Sie hatte die Stirn gerunzelt, eine tiefe Furche zwischen ihren Augenbrauen verriet ihre Besorgnis. Mazjar bemerkte mich und winkte mich heran.

»Meine Tochter Otrere«, stellte er mich vor. »Mert kommt von der Sippe am Fluss, und er hat beunruhigende Neuigkeiten für uns.« Er machte eine auffordernde Handbewegung.

Mert räusperte sich. Ich setzte mich zu meinem Vater, Melanippe rückte für mich beiseite. Sie warf mir einen finsteren Blick zu, sagte aber nichts.

»Ich habe von deiner Tochter gehört.« Mert sah erst mich an, dann meinen Hund, der sich vor meinen Füßen hinlegte, den Kopf auf die Pfoten. Er wiederum ließ Mert nicht aus den Augen. Der junge Krieger wirkte nervös.

»Meine Töchter sind die besten Kriegerinnen unserer Sippe. Ich bin sehr stolz auf sie.«

Immer noch sah Mert mich an. Ich senkte verlegen den Blick. Die Kunde davon, in wessen Gunst ich seit letztem Sommer stand, hatte sich vermutlich inzwischen über die ganze Grassteppe verbreitet. Mir war diese Aufmerksamkeit unangenehm. Vermutlich sollte ich mich langsam daran gewöhnen.

Nur dass der eine, um den es ging, mir überhaupt keine Aufmerksamkeit mehr schenkte.

»Also, es ist so«, begann Mert. »Dieses Jahr kamen wir etwas später an den Fluss. Die junge Frau unseres Anführers kam einige Zeit zu früh mit ihrem ersten Kind nieder. Der Säugling hat es nicht überlebt. Darum mussten wir ihn bestatten, und als wir den Fluss erreichten, waren die Thraker schon da.«

»Sie haben sich dort ausgebreitet, als gehörte ihnen das Land«, sagte Melanippe voller Abscheu. »Auf einer Weide, die uns gehört.«

Mein Vater schien von ihren Worten sichtlich amüsiert. »Es ist nicht so, als würden wir das Land mit einer Mauer umfrieden, wie die Achaier es mit ihren Städten zu tun pflegen«, sagte er leise. »Aber meine Tochter spricht wahr. Ihr seid seit vielen Generationen schon dort am Fluss, und dass die Thraker nun meinen, sie dürften sich dort ausbreiten, können wir nicht hinnehmen. Oder was denkst du, Otrere?«

Ich starrte ihn sprachlos an, wusste keine Antwort auf seine Frage.

»Otrere?«

Ich löste mich aus der Erstarrung. »Nein«, erwiderte ich. »Natürlich nehmen wir das nicht hin.«

Ich spürte, wie mein Vater, meine Schwester und Mert gleichermaßen aufatmeten. Als hätte mein Wort Gewicht.

Es hatte Gewicht. Das begriff ich nun langsam. Und auch, dass inzwischen überall bekannt war, dass ich eines fernen Tages die Nachfolge meines Vaters antreten würde.

Meine Worte gaben den Ausschlag. Wir würden gegen die Thraker ziehen. Melanippe lächelte mir zu; fast schien mir, als hätte sie mir in diesem Moment verziehen, dass ich bisher noch so sehr mit meiner neuen Rolle zu kämpfen hatte.

»Dann ist es beschlossen«, sagte Mazjar. »Wir werden unsere Krieger versammeln, Männer wie Frauen, und dann ziehen wir gegen die Thraker. Erst vertreiben wir sie von unserem Siedlungsplatz, anschließend setzen wir ihnen nach und dringen tief in ihr Herrschaftsgebiet ein.«

Ich wollte widersprechen, doch Melanippes Blick hielt mich davon ab. Mert war erleichtert. Er bedankte sich wortreich bei meinem Vater.

»Mela zeigt dir, wo du dich ausruhen kannst, und wird dir etwas zu essen bringen. Wir versammeln unsere Leute und reiten bei Anbruch des nächsten Tages.«

Mert stand auf und folgte Melanippe. Ich blieb neben meinem Vater sitzen.

»Da kann dein Kriegsgott jetzt mal beweisen, wie sehr er auf unserer Seite steht«, murmelte mein Vater.

Seine Worte erschreckten mich. »Bist du nur deshalb so sehr auf einen Kampf erpicht?«, wollte ich von ihm wissen. »Damit Ares sich zeigt? Das will ich nicht.« Ich schüttelte heftig den Kopf. »Er soll sich nicht in mein Leben einmischen.«

Dabei wünschte ich mir nichts sehnlicher, als ihn wiederzusehen. Aber ihn mit einem Kampf anlocken, wenn er nicht um meinetwillen kam? Das fühlte sich falsch an, und das wollte ich meinem Vater auch so sagen. Doch er sah mich so ernst an, dass mir die Worte im Hals stecken blieben.

»Nein, Otrere. Sicher können wir uns von den Thrakern gefallen lassen, was sie da tun. Oder wir wehren uns. Selten waren die Vorzeichen besser. Sie wissen noch nicht, wer auf unserer Seite steht, sonst wären sie nicht so übermütig geworden.«

Aber wussten wir denn, ob Ares noch auf unserer Seite stand? Und wie genau sollte sich seine Unterstützung denn für uns auswirken?

»Dann werde ich mit dir reiten?«, fragte ich leise.

»Du und Mela seid an meiner Seite.«

Ich widersprach nicht. Wohl erkannte ich, wie gefährlich dieser Schritt war. Sollten wir drei in diesem Kampf fallen, wären die Skythen führerlos. Oder Maspi müsste an die Stelle unseres Vaters treten. Aber mein Vater war sicher, dass derlei nicht geschehen würde.

»Bereite dich vor«, sagte er. »Und gib den anderen Bescheid. Ich gehe zu Maspi und werde mich von deiner Mutter verabschieden.«

Es war schon länger her, dass ich mich auf einen Kampf vorbereitet hatte. Damals war ich zum ersten Mal mit Melanippe geritten, und ich hatte genossen, neben meiner Schwester über die Ebene zu preschen, den Wind im Gesicht. Das Trommeln der Hufe brachte den Boden zum Beben, unsere Schreie stiegen zum Himmel auf. Auch damals hatten wir die Thraker verfolgt, die sich eines Nachts in ein Lager weiter flussaufwärts geschlichen und zwei wertvolle Stuten mit ihren Fohlen gestohlen hatten.

Es war auch das letzte Mal gewesen, dass ich Melanippe und Nushaba begleiten durfte, denn wenig später brach Maspi mit unserem Vater nach Tyras auf, und damit wurden jene Ereignisse in Gang gesetzt, die zu meiner Begegnung mit Ares führten.

Jetzt musste es schnell gehen, denn mein Vater wollte ein Zeichen setzen. Die Thraker würden schnell merken, dass sich unser Volk nicht vertreiben ließ. Wenn wir uns beeilten, hätten sie keine Zeit, sich auf den Angriff angemessen vorzubereiten.

Ich ging zu dem Zelt, in dem ich mit Melanippe und zwei anderen Kriegerinnen schlief, seit ich nicht mehr bei den jungen Kriegerinnen lebte. Mein Bogen lag neben der Matte, und ich holte ihn hervor. Meine Finger glitten über den Schaft, der aus Holz und Horn zusammengeklebt war. Der Köcher lehnte an einem Zeltpfosten, ich befingerte jede einzelne Spitze aus Bronze, jeden Schaft prüfte ich auf Risse, die Federn am Ende betastete ich auf Brüche und strich über die Befiederung. In einem Beutel verwahrte ich verschiedene Bogensehnen, von denen ich erst kurz vor dem Kampf eine auswählte und aufzog. Sie reagierten unterschiedlich auf die Witterung. Pfeil und Bogen waren mir die liebste Waffe, doch ich zog ebenfalls meine Kriegsaxt hervor und schärfte sie mit einem Wetzstein.

Alle skythischen Krieger besaßen neben ihren Waffen auch eine Art Rüstung, die ihnen im Kampf einen gewissen Schutz vor tödlichen Verletzungen bot. Über der Tunika aus gefilzter Wolle trugen wir Brustpanzer aus Leder, auf die zahlreiche Plättchen aus Rohhaut oder Bronze genäht waren. Mein Panzer bestand aus abwechselnden Reihen aus dieser dünnen Lederhaut und den Bronzeplättchen. Es hatte viele Monde gedauert, sie einzeln auf den Brustpanzer zu nähen.

Die Zeltklappe ging auf, und Melanippe kam herein. Sie sah auf meine Waffen und die Rüstung, die ich auf meiner Schlafmatte ausgebreitet hatte. »Du willst also unbedingt mit.«

»Vater will, dass wir beide mitgehen.«

Sie schnaubte. »Du könntest dich weigern. Als seine Nachfolgerin. Niemand würde etwas einwenden.«

»Wir wissen beide, dass ich an seiner Seite reiten muss. *Weil* ich seine Nachfolgerin bin.«

»Und weil der gute Kriegsgott Ares seine schützende Hand über dich hält«, höhnte sie.

Sie hatte mich durchschaut. Ja, ich hoffte insgeheim, dass Ares mich sehen würde. Dass er auf dem Schlachtfeld auftauchte und *irgendetwas* tat. Mir war inzwischen egal, was er tat, wollte nur, dass er sich endlich zeigte, verdammt. Vielleicht hörte Mela dann auf, immer zu sticheln, gerade so, als glaubte sie nicht an seine Existenz.

»Was ist so falsch daran?«, brauste ich auf. Seit so vielen Monden musste ich mir schon Melanippes schlechte Laune gefallen lassen, sobald es um Ares, ums Kämpfen oder um Vaters Entscheidung ging, mich ihr vorzuziehen. Ich richtete mich zu meiner vollen Größe auf und warf trotzig den dicken, rotbraunen Zopf über die Schulter. Mit den Fäusten in den Hüften baute ich mich breitbeinig vor ihr auf. »Ares hat mich ausgewählt, ja. Habe ich ihn darum gebeten? Nein. Bin ich bereit, mein Schicksal anzunehmen? Noch lange nicht. Aber ich weiß, dass unser Volk sich auf die Entscheidungen verlässt, die unser König trifft. Und manchmal fragt er mich nach meiner Meinung, und dann fällt er seine Entscheidungen in diesem Sinne. Es ist eine Verantwortung, an die ich mich erst gewöhnen muss. Ja, ich wollte Königin über die Skythen werden. Mir gefällt genauso wenig wie dir, wie die Dinge sich entwickelt haben. Aber in einem Punkt unterscheiden wir uns, Mela. Ich nehme mein Schicksal an. Du hingegen wirst nicht müde, mir einzureden, dass ich dies nur einem fremden Gott zu verdanken habe, der zufällig über mich gestolpert ist. Statt hinzunehmen, dass vielleicht ein größerer Plan dahintersteckt, den wir längst nicht begreifen können, weil wir nur Menschen sind. Wer weiß schon, was daraus erwächst? Vielleicht hat Aphrodite recht, wenn sie mir erzählt, dass Ares mich nur als Instrument benutzt. Vielleicht aber geht es um mehr, und mein Schicksal und das unseres Volkes ist mit der Existenz dieses Gottes enger verknüpft als wir uns vorstellen können.

Wir können unser Schicksal nur annehmen. Und ihm die Stirn bieten, wenn wir nicht bereit sind, die Opfer zu bringen, die von uns verlangt werden. Ich will, dass wir überleben, Mela. Und wenn wir dafür einen achaischen Kriegsgott brauchen, dann werden wir ihn benutzen!«

Atemlos hielt ich inne. Ich starrte meine Schwester an, meine wunderschöne, kluge und kämpferische Schwester. Nachdem Maspi sich aus dem Kampf um die Nachfolge unseres Vaters zurückgezogen hatte, war in ihr ebenso wie in mir die Hoffnung erwacht, sie könnte Mazjar nachfolgen. Und wie groß musste ihre Enttäuschung gewesen sein, als sie von meinem Verrat erfuhr. Einem Verrat, den ich niemals so geplant hatte! Im Gegenteil, als ich in Tyras eintraf, hatte ich mich dort unwohl gefühlt und war überzeugt, dass jeder mein Unwohlsein spürte. Das waren schlechte Voraussetzungen, um eines Tages Herrscherin über alle Skythen zu werden …

Ich begriff in diesem Moment etwas sehr Bedeutsames. Dass ich zwar eines Tages die Königin der Skythen sein würde. Dass ich aber niemals zulassen durfte, dass ich allein war. Mein Vater umgab sich mit seinen älteren Kindern, seinem Bruder und vielen anderen klugen Menschen, die ihm Ratschläge erteilten. Er hörte jeden an, der etwas zu sagen hatte. Ich hingegen hatte mir seit meiner Rückkehr aus Tyras von niemandem etwas sagen lassen, schon gar nicht von Melanippe. Ich hatte immer Angst, sie könnte mir vorwerfen, wie ich

Tyras und Ares für mich benutzt hatte. Dabei hatte mein Vater aus freien Stücken beschlossen, dass ich nun in der Nachfolge vorrücken sollte. Und Ares hatte zuvor bestimmt, dass mir seine Gunst gelten sollte. Nichts daran hatte ich aus freien Stücken entschieden. Ich war abhängig von den Entscheidungen der Männer, die sich über Melanippes und meinen Willen nicht direkt hinwegsetzten. Aber wir wussten, mit wie viel Befremden zumindest unser Vater reagieren würde, falls ich ihm mitteilte, dass ich zu Melanippes Gunsten auf die Macht verzichtete.

Und ich merkte ja auch, dass ich das nicht wollte. Ich gefiel mir so. Eine junge Kriegerin, mit einem wilden, schwarzen Hund an ihrer Seite, im Sattel eines unbändigen, goldfalben Hengstes und mit meinem Bogen in der Hand. Ich wollte das hier. Es wäre nur ohne Ares nie möglich gewesen, weil ich zu Melanippes Gunsten noch einen Rückzieher hätte machen müssen.

Melanippe schien zu einem ähnlichen Schluss zu kommen. Sie trat auf mich zu und schloss mich in die Arme. Es war die erste Umarmung seit Langem, und ich schmiegte meine Wange an die raue Wolle ihrer Tunika, während sie behutsam über meinen Rücken strich und meinen Zopf zupfte. »Danke, Schwester«, flüsterte sie. »Danke, dass du endlich wieder mit mir sprichst.«

Da musste ich weinen. All die Monde hatte ich gedacht, sie würde mich mit Verachtung strafen. Dabei war ich diejenige, die ihr gegenüber verhärtet war. Weil ich gefürchtet hatte, sie würde mir den Kampf um die Macht und die rasche Entscheidung zu meinen Gunsten krummnehmen.

»Komm. Bereiten wir uns auf diesen Kampf vor.« Sie küsste mich auf die Stirn, und wir lachten beide verlegen.

Am Abend ging ich zum Karren meiner Mutter, kroch unter die Felle auf ihrem Podest und schmiegte mich an sie. Inzwischen hatte sich die Kunde, dass wir am nächsten Morgen aufbrechen würde, im ganzen Lager verbreitet.

»Nimmst du den Hund mit?«, fragte sie als Erstes. Ich wunderte mich. Ursprünglich hatte ich das geplant, doch nun erschien es mir klüger, ihn hierzulassen, einerseits weil er uns unterwegs aufhalten würde, denn ein Hund war längst nicht so schnell und ausdauernd wie unsere Kriegspferde. Und was nützte er uns im Kampf? Doch meine Mutter riet mir, ihn an meiner Seite laufen zu lassen. »Du vergisst, dass er von Ares kommt. Mit ihm wird auch Ares immer wissen, wo du bist. Wie er dich beschützen kann, falls das nötig sein sollte.«

»Was ist, wenn das gar nicht Teil seines Plans ist?«, fragte ich düster.

»Aber es ist Teil unseres Plans, Liebes.« Sie küsste mich auf die Stirn, gerade so, wie Melanippe es getan hatte. »Es ist gut, dass ihr wieder miteinander redet«, sagte sie leise. »Denk immer daran, dass wir nur vereint bestehen können.«

»Ich weiß, Mutter.«

An diesem Abend kehrte ich nicht in das Zelt zurück, sondern schlief bei meiner Mutter und meinen jüngeren Geschwistern. Ich hielt meinen kleinen Bruder, der nach dem Fieber vom Spätherbst wieder vollständig genesen war.

Als ich mich im Morgengrauen erhob und vom Karren stieg, schliefen noch alle.

Ich ging zum Falben, der neben meinem Zelt angebunden stand. Er begrüßte mich mit einem tiefen Brummen. Ares' Hund hatte bei ihm gelegen und sprang nun auf, er wedelte freudig mit dem Schwanz. Ich streichelte beide, redete mit ihnen und ging dann, mich fertig zu machen.

Melanippe blinzelte müde, als ich ins Zelt kam. Unsere beiden Gefährtinnen schliefen noch. »Bereit?«, fragte sie. Ich nickte.

Doch die Angst griff in diesem Moment nach meinem Herz und ließ mich nicht mehr los, bis uns das Schlimmste passiert war.

Für den Krieg war man nie bereit. Das begriff ich nun.

12

Das Donnern von Pferdehufen dröhnte auf der Grassteppe. Vögel flogen vor uns auf, und in der Ferne wanderte eine große Herde Saiga-Antilopen in nördlicher Richtung an uns vorbei. Die Pferde waren ausgeruht, und mein Hund sprang ebenso schnell voran, als würde er keine Müdigkeit kennen. Ich war froh, ihn mitgenommen zu haben.

Am Abend gelang es uns, einen Saiga-Bullen zu schießen, und wir brieten das Fleisch über einem Lagerfeuer. Wir waren zwei Dutzend Krieger und Kriegerinnen, und schon kurz nach dem Aufbruch hatten wir uns in mehrere kleinen Gruppen aufgeteilt, von denen jede einzelne zu einer weiteren Sippe ritt. Dort wollten wir um Waffenhilfe ersuchen. Wir mussten mindestens hundert Kämpfende aufbieten, um die Thraker zuverlässig in die Flucht zu schlagen, und wenn wir Erfolg hatten, müssten anschließend einige von uns den Sommer über bei Merts Sippe bleiben, damit die Thraker nicht zum Gegenangriff übergingen.

Drei Tage später versammelten wir uns in dem Lager, das Merts Sippe einen halben Tagesritt landeinwärts aufgeschlagen hatte. Ich verstand nun, weshalb sie so erpicht auf die guten Weidegründe waren, denn ihre Herden waren groß. Viele wunderschöne Stuten und kräftige Hengste gehörten ebenso dazu wie vielversprechende Fohlen und Schafe, deren Wolle dicht und hell war. Ihr Reichtum speiste sich aus ihren Viehherden, und wenn sie diese nicht satt bekamen, mussten sie mehr umherziehen, wodurch die Herden schrumpfen müssten.

Mit dem Ältesten von Merts Sippe kamen wir an diesem Abend zusammen. Yaros war ein Mann, der schon fast sechzig Sommer zählte; stolz berichtete er uns, er kenne die Welt noch so, wie sie ohne die Achaier und die Thraker gewesen war. »Und nun haben sie uns die Lebensgrundlage gestohlen.« Traurig schüttelte er den Kopf. Uns wurde schon bald klar, dass für Yaros nur ein Sieg zählte. Er würde nicht weichen, und wenn er für diese Überzeugung in den Tod ging.

»Zum Kämpfen zu alt, aber wir werden ihn kaum daran hindern können.« Mein Vater wirkte nach dem Gespräch seltsam bedrückt. Wir gingen zu unserem Lager, das wir ein Stück weiter aufgeschlagen hatten. Unsere Kriegerinnen und Krieger hatten sich um ein paar Lagerfeuer zusammengefunden. Die Stimmung war seltsam – angespannt, aber von einer großen Fröhlichkeit. Ich bemerkte, wie ein Pärchen sich von den anderen entfernte. Sie suchten sich für diese letzte Nacht vor der Schlacht ein ungestörtes Plätzchen.

Ich setzte mich zu Melanippe und den anderen Kriegerinnen unserer Sippe. Nushaba reichte mir einen Trinkschlauch mit vergorener Stutenmilch, die so scharf in der Kehle brannte, dass mir Tränen in die Augen schossen. »Was ist das?«, keuchte ich.

»Die Tränen der Götter«, erwiderte sie und grinste. »Mit denen stärken wir uns für den Kampf.« Sie lehnte ihren Kopf gegen meine Schulter und flüsterte: »Kumys mit Wein, den wir von den Achaiern gekauft haben. Für besondere Anlässe.«

Sie nahm mir den Schlauch aus der Hand, sie trank und trank. Die anderen Kriegerinnen johlten, sie feuerten Nushaba an, bis sie den Schlauch zur Neige geleert hatte. Nushaba riss beide Arme hoch. »Mögen die Thraker morgen ihr eigenes Blut trinken!«, brüllte sie in den Nachthimmel.

Ich lachte. Jemand drückte mir den nächsten Trinkschlauch in die Hand, und ich trank. Diesmal war ich durstig nach dem Gesöff, hungrig aufs Leben. Einige Krieger zogen ihre Gefährtinnen mit sich, sie tanzten ums Feuer, während jemand eine Trommel schlug. Mein Vater lächelte, schüttelte den Kopf und ließ die Jugend gewähren. Er wusste wohl, dass wir uns alle vor dem nächsten Tag noch irgendwie austoben mussten.

Wir waren gut ausgebildet. Wir hatten unser Leben lang für einen solchen Moment trainiert. Doch am Vorabend dieses Kampfs, der mein erster großer Kampf sein sollte, begriff ich, dass man niemals für diese Art von Auseinandersetzung bereit sein würde. Ich jedenfalls würde es in all den kleinen Scharmützeln und großen Schlachten, die noch folgten, niemals sein.

Mir stieg das Gemisch aus Kumys und Wein zu Kopf, ich stand auf, konnte nicht länger stillsitzen und wiegte mich hin und her. Melanippe kam zu mir, wie in einem Traum legte sie mir die Hände auf die Schultern, und wir tanzten gemeinsam. Mein Vater grinste, auch er hatte einen Trinkschlauch auf dem Schoß liegen, und eine Kriegerin, deren Namen ich nicht kannte, schmiegte sich an ihn und flüsterte ihm süße Worte ins Ohr. Ich sah, wie er den Kopf drehte und sie auf den Mund küsste. Wie sie den Mund öffnete und seinen Kuss erwiderte.

Ich wandte mich ab. Auf einmal wollte ich allein sein. Ich pfiff nach dem Hund, der sofort neben mir stand. Mit der Hand an seiner Flanke ging ich hinaus auf die Steppe. Das Lachen der anderen blieb hinter uns zurück. Ich hob den Kopf, blickte in den wolkenlosen Himmel, auf dem das Milchband aus Sternen glänzte. Vom Wein war mir angenehm schwindelig. Ich breitete die Arme aus und drehte mich im Kreis. Der Hund bellte, er sprang um mich herum und freute sich offensichtlich über meinen kleinen Rausch. Ich lächelte, schloss die Augen, drehte mich immer schneller und ... spürte, wie ich gepackt wurde. Zwei starke Arme umfassten meinen Oberkörper, ich wurde hochgehoben und herumgewirbelt, wurde auf die Füße gestellt und festgehalten. Nun drehte nicht ich mich, sondern die Welt um mich herum war ins Trudeln geraten. Eine dunkle Stimme flüsterte mir etwas zu. »Lass die Augen zu, Otrere.«

Ich erkannte ihn. Seine Stimme hatte ich nur einmal gehört, und die Erinnerung daran, wie sie auf mich wirkte, war in der Zeit seit unserer Begegnung verblasst. Doch nun war ich mir seiner wieder so sehr bewusst, als wären all die Monde ohne ihn nie gewesen.

»Ares«, flüsterte ich.

Er lachte leise und ließ mich los. Ich taumelte, doch fing ich mich und öffnete die Augen. Langsam drehte ich mich zu ihm um.

»Du hast getanzt.«

»Die Sterne waren so schön.« Ich zeigte nach oben zu den unzähligen Sternen, die so winzig waren, dass sie wie verschüttete Milch schimmerten.

»Weißt du, wie diese Galaxie entstanden ist?« Er blieb stehen, wo er war, und verschränkte die muskulösen Arme vor der Brust. Seine dunklen Haare umrahmten das kantige Gesicht, und die Muskeln seiner Oberarme zuckten. Ich sah dunkle Linien auf dem Bizeps und musste lächeln. Wunderte es mich, dass der Gott des Krieges Tätowierungen trug? Sicher nicht. Sie gehörten auch für viele unserer Kriegerinnen und Krieger zum üblichen Körperschmuck. Ich hatte mir bisher noch keine Tätowierung verdient. Doch ich hatte mir fest vorgenommen, dass ich nach der kommenden Schlacht endlich so weit sein würde. Dass sie mir dann zustand wie allen anderen Kämpfenden auch.

»Ich kenne nur die Mythen unserer Götter.«

»Und was erzählen sie euch?«

Ich zuckte unbehaglich mit den Schultern. Die Götter redeten nicht mit uns. Allenfalls mit unseren Priestern. »Sie sind sehr verschlossen«, räumte ich ein.

»Nun, ich erzähle dir, wie es dazu kam.« Er legte den Kopf in den Nacken, und ich sah in der Dunkelheit seine weißen Zähne aufblitzen. »Mein Vater Zeus ist einer von diesen überaus fruchtbaren Göttern. Man nennt ihn nicht umsonst den Göttervater. Einst schlich er sich zur schönen Alkmene, einer Sterblichen, die er schwängerte. Aus dieser Verbindung ging Herakles hervor. Hast du schon mal von Herakles gehört?«

Ich schüttelte den Kopf, und Ares murmelte: »Nein, das steht auch nicht zu befürchten ...« Er gab sich einen Ruck und klang betont fröhlich, als er weitererzählte. »Jedenfalls war dieser Säugling ein Halbgott, und Zeus genügte das nicht. Damit Herakles gänzlich von göttlicher Kraft durchdrungen wurde, musste er göttliche Milch bekommen. Also griff Zeus auf eine List zurück. Im Schlaf legte er seinen Sohn an die Brust seiner geliebten Frau Hera, meiner Mutter. Hera jedoch wachte auf, während Herakles an ihrer Brust saugte, und sie riss ihn sich von der Brust. Ihre Milch spritzte über den ganzen Himmel, und dort blieb sie und bildet seither dieses Milchband aus Sternen, das die Achaier *galaxias kyklos* nennen. Milchkreis.«

»Das ist eine wunderschöne Geschichte. Was wurde aus dem Säugling?«, wollte ich wissen.

»Na, mit dem ist das passiert, was mit allen Nachkommen Zeus' passiert. Er wurde ein rotzfrecher Halbstarker, der sich zukünftig wird beweisen müssen.« Ares grinste. »Ich nehme mich da nicht aus«, fügte er hinzu.

»So frech finde ich dich gar nicht«, behauptete ich. Mir wurden die Knie weich, weil er mich so ansah, als könnte er bis auf den Grund meiner Seele blicken. Und mir gefiel, wie er das tat, denn ich hatte vor ihm nichts zu verbergen. Ich trat einen Schritt näher.

»Tu das nicht«, murmelte Ares.

»Was denn?« Ich hielt inne.

Ares schmunzelte. »Du merkst das nicht mal, hm? Wie du kokettierst?«

Ich hielt inne. Wollte er das nicht? Dass ich ihm schöne Augen machte?

»Du willst mir den Kopf verdrehen. Außerdem hast du Wein getrunken.« Er machte ebenfalls einen Schritt auf mich zu. Jetzt waren wir uns ganz nah. Ein Schritt von mir, und wir stünden direkt voreinander. Wir würden uns berühren. Ich zögerte. Ares atmete schwer. Sein Blick blieb auf mein Gesicht gerichtet. »Du bist wunderschön, Otrere«, flüsterte er.

»Schöner als Aphrodite?«

Sobald ich es aussprach, bereute ich es, denn ich sah, wie sehr ihn meine Worte trafen. Ares zuckte zusammen. Er machte einen Schritt zurück, zog finster die Brauen zusammen und verschränkte erneut die Arme vor der Brust.

»Es tut mir leid«, murmelte ich.

»Was weißt du über Aphrodite?«

»Sie war hier. Also bei mir. Sie suchte mich auf, um mir klarzumachen, dass ich für dich nur ein Spiel und ein Zeitvertreib bin und mich, sobald du meiner überdrüssig wirst, fallen lässt wie alle Geliebten vor mir. Nur von ihr könntest du nie lassen.«

Er musterte mich schweigend. Als müsste er seine nächsten Worte genau abwägen.

»Sie scheint sich deinetwegen mehr Sorgen zu machen als bei … anderen Gelegenheiten«, sagte er schließlich. »Das ist interessant. Aphrodite weiß Dinge …«

»Wisst ihr nicht alle gewisse Dinge? Ihr Götter?«, fragte ich. Durch die Erwähnung von Aphrodites Namen hatte ich das Gleichgewicht zu meinen Gunsten verschoben, und das verschaffte mir eine kleine Atempause. Es tat mir gut, zu sehen, dass es mir gelang, Ares aus dem Konzept zu bringen.

»Nicht alles, nein. Wir können Dinge erahnen, die kommen werden. Doch *wie* sie geschehen, liegt allzu oft in einem Nebel. Deshalb ist vieles, was wir tun, nur vom Augenblick geleitet. Selbst wenn wir eine Vorstellung von der Zukunft haben, ist es für uns schwer, sie zu beeinflussen. Meist führen unsere Handlungen selbst dann zu den unerwünschten Ergebnissen, wenn wir sie gerade verhindern wollten.«

»Das muss ja frustrierend sein«, entfuhr es mir. »Weil ihr doch denkt, ihr habt alles in der Hand!«

Ares lachte. »Das stimmt! Aber darin liegen auch die Aufregung und Spannung. Als ich dich das erste Mal sah, wusste ich nicht viel über dich. Dann erfuhr ich, dass du eine Prinzessin bist. Was erklären könnte, weshalb ich mich zu dir hingezogen fühlte.«

»Aber dann bist du verschwunden.«

»Das ist richtig. Aber du warst nie allein.« Ares nickte zu dem Hund, der in einiger Entfernung lag, den Kopf auf den Vorderpfoten abgelegt. Er hob den Kopf und schlug zweimal mit der Rute.

»Er hat auf mich aufgepasst?« Das würde die Vermutung meiner Mutter bestätigen.

»Durch ihn wusste ich immer, wie es dir geht.«

Hatte er so etwa auch erfahren, wie sehr ich mit meiner neuen Rolle haderte? Wie sehr ich ihn vermisste? Wie unfair. Schlimmer noch: Er hatte nicht nur diesen Wissensvorsprung, sondern kam und ging, wie es ihm passte.

»Wie praktisch für dich«, erwiderte ich kühl.

Deshalb also war es ihm möglich gewesen, in dieser Nacht hier aufzutauchen. Er wusste, was wir planten.

»Aber wenn du schon hier bist, kannst du mir sicher sagen, ob morgen das Kriegsglück auf unserer Seite sein wird?«

Ares lachte auf. »Das ist das Einzige, das dich interessiert?«

»Was soll mich sonst interessieren?«

»Du könntest mich so vieles fragen, aber dich interessiert nur, ob ihr morgen die Thraker von dem Land vertreiben könnt, das niemandem gehört, weder euch noch ihnen?«

Seine Worte machten mich wütend. »Diese Sippe lebt seit vielen Generationen dort. Sie haben ein Recht auf dieses Stück Land, damit ihre Herden nicht verhungern! Die Thraker haben sie vertrieben, selbst als sie versucht haben, für diesen Sommer eine friedliche Lösung zu finden. Aber für dich zählt nur, dass wir angreifen wollen, dass wir diejenigen sind, die Schuld auf sich laden.«

»So redest du es dir ein. Aber die Thraker? Haben sie kein Recht auf saftige Weiden? Oder die Achaier? Dürfen die auch keine Städte mehr an eurer Küste errichten, nur weil es euch nicht passt? Werdet ihr die auch eines Tages abschlachten, wenn ihr genug davon habt, dass Fremde dort leben, wo sie eurer Ansicht nach nicht leben sollen?« Seine Augen funkelten.

»Das weiß ich nicht! Sag du es mir, du bist doch der Kriegsgott, dir gefällt es doch, wenn die Leichenhaufen sich auf den Schlachtfeldern türmen! Du nimmst dir, was du willst, du stachelst uns auf, bis wir uns die Köpfe einschlagen. Ist es das? Willst du mich verführen, damit ich das Ende meines Volks heraufbeschwöre? Geht es dir darum, die Skythen zu schwächen, damit die Achaier mehr Platz haben? Meinst du, sie erbauen zu deinen Ehren Tempel, wenn sie davon erfahren?«

Wir schrien uns an, beide voller Wut. Ich stemmte die Hände in die Hüften, während Ares die Arme verschränkt hielt, so blickte er auf mich herunter. Und es machte mich so sauer, dass er offensichtlich Pläne verfolgte, die sich meinem Begreifen entzogen. Selbst wenn er mir erzählte, was ihn bewegte, ich könnte es nicht verstehen.

»So ist das nicht, Otrere. Bitte. Hör mir zu. Kannst du …« Er wollte meine Hand nehmen. Der Hund knurrte und sprang auf. Ich drehte mich zu ihm um, wollte ihn schimpfen, doch zu sehen, wie sich seine eigene Kreatur gegen Ares wendete … Es machte etwas Bemerkenswertes mit ihm, mit mir.

Ihm verging das Lachen. Er ließ die Hand sinken, und sein Blick ging zwischen dem schwarzen Hund und mir hin und her. »Otrere«, flüsterte er. »Ruf ihn zurück.«

Ich starrte ihn ungläubig an. »Er ist dein Hund«, erwiderte ich.

Ares schüttelte den Kopf. »Nein«, murmelte er. »Inzwischen gehört er dir. Wenn du ihn auf mich hetzt, wird er dir gehorchen. Nicht länger mir.«

Ich folgte seinem Blick. Der Hund stand neben uns, er wartete nur auf ein Zeichen von mir, um sich zwischen uns zu drängen oder Ares an die Kehle zu gehen. Sein Nackenfell sträubte sich, er knurrte und fletschte die Zähne.

So hatte ich ihn noch nie erlebt. Ich erkannte, dass Ares die Wahrheit sagte. Der Schwarze war nun mein Hund. Ich hob die Hand, und sofort legte er sich hin, Schnauze auf den Pfoten. Dabei ließ er Ares nicht aus den Augen.

Er lachte ungläubig. »Sieh an«, murmelte er. »Damit hätte ich rechnen müssen.«

»Wie schön, dass es Dinge gibt, die selbst dich überraschen«, erwiderte ich scharf.

Er zuckte mit den Schultern. »Ich sagte doch, auch wir Götter können nicht alles vorhersehen.«

Manches entzog sich unserer Vorstellungskraft, unserem Wissen davon, wie die Welt sich drehte. Ich blickte zum Himmel auf. Darum sah ich seinen Gesichtsausdruck nicht, als er leise sagte: »Bedenke nur, dass alles, was wir vom Schicksal verlangen, einen Preis hat. Ihr werdet ihn zahlen, wenn ihr nicht nachgebt.«

Dann war er verschwunden. Sein Hund winselte und legte sich neben mich ins Gras. Ich atmete tief durch. *Mein* Hund.

Hielt er mich für so naiv? Die Frage war doch nicht, ob wir einen Preis zahlen mussten, sondern wie hoch dieser Preis sein würde. Nicht jeder Krieger, der heute Nacht am Feuer saß oder irgendwo in den Weiten der Grassteppe in den Armen eines geliebten Mannes, einer geliebten Frau einschlief, würde die nächste noch erleben.

Ob dieser hohe Preis gerechtfertigt war? Ob das Land, um das wir kämpften, es wert sein würde?

Letztlich stellte sich heraus, dass der Preis zu hoch war.

Aber woher hätte ich das wissen sollen?

Ich wachte vor allen anderen auf und lag im Halbdämmer des heraufziehenden Tages. Die Pferde grasten friedlich, und der Hund lag vor meinem Bauch, seine Pfoten zuckten im Schlaf. Er träumte. Wovon träumte der Hund eines Kriegsgotts? Von der nächsten Schlacht, na klar.

Ich stand auf, und sofort wurde auch der Hund munter. Ich wusste, dass ich ihm längst einen Namen hätte geben sollen, doch für mich war er auch jetzt noch Ares' Hund. Vielleicht fragte ich ihn bei unserer nächsten Begegnung nach dem Namen.

Vielleicht würde ich es auch einfach vergessen, weil ich bei unserer nächsten Begegnung nicht reden wollte. Ich war verärgert, wie Ares versucht hatte, mich zu verunsichern. Ich fühlte mich zu ihm hingezogen, und er spielte mit mir, ein Spiel der Götter, das ihm vermutlich Spaß bereitete. Ich konnte mir sehr gut vorstellen, wie er mit Aphrodite auf dem Olymp herumhing und ihr erzählte, wie er vor der ersten großen Schlacht Zweifel in mir gesät hatte.

Ich schüttelte diesen Gedanken nur mühsam ab. Es ging hier nicht um Ares und mich, sondern um etwas Größeres.

An dem kleinen Fluss, an dem wir lagerten, wusch ich mir das Gesicht. Meine Hände fuhren über die nackten Arme. Melanippe war auch schon wach, sie schlenderte auf mich zu und zog sich nackt aus, um in den Fluss zu steigen. Sie tauchte unter, die Tropfen funkelten, die Sonne schob sich über den Horizont. Die anderen Krieger wachten auf, einige kamen ebenfalls ans Wasser und wuschen sich. Ich hockte am Ufer und beobachtete meine Schwester. Auf ihrer Schulter prangte eine Tätowierung – ihre erste, der noch viele folgen würden.

»Was guckst du so?« Melanippe hatte meinen Blick bemerkt. Sie kam aus dem Wasser und rieb sich mit einem Tuch ab. »Nackt kennst du mich nun lange genug, oder?«

»Deine Tätowierung ist so schön.«

»Ja, nicht wahr?« Sie strich zärtlich über das schwarzblaue Pferd unter ihrer Haut. »Bald bekommst du auch deine erste.«

Ich sollte längst eine haben, dachte ich. Mich im Kampf beweisen und damit zeigen, dass ich die rechtmäßige Herrscherin über die Skythen bin ... Ich atmete tief durch. Mazjar sagte gern, dass der Zorn eines Kämpfenden der schlechteste Ratgeber sei, den wir hatten. Ruhe bewahren, das zählte.

Wenig später versammelten wir uns. Wir sattelten die Pferde, spannten die Bögen und schärften ein letztes Mal die Streitäxte. Mein Vater kam zu mir. »Heute Abend sind wir zurück.«

Ich nickte. »Ich schaffe das«, sagte ich, obwohl mir das Herz bis zum Hals schlug.

Ungeduldig schüttelte er den Kopf. »Du bleibst hier, zusammen mit einer Handvoll Krieger. Sie werden dich beschützen und sicher heimgeleiten. Falls mir etwas passiert.«

Ich starrte ihn an. Davon war doch all die Tage nie die Rede gewesen. Was sollte ich? Mich feige im Lager verstecken, während meine Schwester schon wieder den Ruhm einheimste?

»Nein«, sagte ich. Ganz ruhig. Ich schulterte den Köcher mit meinen Pfeilen. Zog den Falben am Zügel heran und stieg in den Sattel. »Ich reite mit euch.«

Mein Vater sah mich an, als müsste er überlegen, ob sich dieser Kampf lohnte oder ob er mir meinen Willen lassen sollte. Dann gab er das Zeichen zum Aufbruch.

Melanippe lenkte ihr Pferd neben meinen Falben. »Hast du allen Ernstes geglaubt, er will dich dabeihaben?«, fragte sie.

Ich schwieg verbissen. Das Gefühl, dass mich alle anstarrten und niemand begriff, warum ich so stur auf meinem Recht beharrte, an der Seite meiner Schwester und meines Vaters zu reiten, war körperlich unangenehm. Ich nestelte am Zügel des Falben, meine Hand glitt über den Schaft des Bogens. »Warum hat mir das niemand vorher gesagt?«, fragte ich. Meine Stimme klang wie die eines jammernden Kinds, und ich biss mir auf die Unterlippe.

»Weil du dann so eingeschnappt wärst, wie du es jetzt bist. Für ihn bist du noch ein Kind. Zu jung, um Verantwortung zu übernehmen.«

»Du bist in meinem Alter auch schon mit ihm geritten.«

»Das war etwas anderes.«

Ich wollte sie fragen, wo der Unterschied war, doch unser Vater rief nach ihr, und Melanippe lenkte ihre Stute neben ihn. Ich ließ mich zurückfallen. Der Hund hielt sich an der Seite des Falben. Ich fühlte mich auf einmal sehr einsam.

13

Es fühlte sich anders an, wenn man in die Schlacht ritt. Die Pferde spürten die Anspannung der Reiter, und das machte sich auch bei ihnen bemerkbar. Der Falbe, der sonst die Ruhe selbst war, wenn wir in einer Gruppe ritten, warf unruhig den Kopf hoch, und ich konnte ihn kaum zügeln. Ich sah, wie Nushaba nur mit Mühe ihre Stute unter Kontrolle brachte, die seitlich ausbrach. Schweiß glänzte auf der Flanke des dunkelbraunen Tiers. Nushaba aber bewahrte Ruhe, sie brachte ihr Pferd wieder unter Kontrolle.

Meine Sinne waren angespannt. Ich wollte hier sein, und doch wieder nicht, weil ich das fürchtete, was uns erwartete. Es würde zu einem Blutvergießen kommen, und ich wusste nicht, ob ich das würde leisten können, was von mir erwartet wurde. Auf einmal dachte ich, dass es doch klüger gewesen wäre, im Lager zu bleiben. Aber da sprach nur die Angst aus mir. Ich atmete tief durch, legte die Hand auf den Hals des Falben und spürte, wie er unter meiner Berührung ruhiger wurde.

Wir hatten die Sonne im Rücken, und sie wärmte uns nach der Nacht, die selbst jetzt im Sommer auf der Steppe empfindlich kalt sein konnte. Schwer lag der Brustpanzer auf meinen Schultern, und meine kalten Finger bebten, als ich versuchte, einen Pfeil aus dem Köcher zu ziehen und auf die Sehne zu nocken. Es war nicht mehr weit. Ich atmete tief durch. Nur noch dieser letzte Hügel, so hatte uns der Späher erklärt. Dahinter fiel das Gelände sanft zum Flussufer hin ab. Mein Vater hob die Hand, und die Pferde fielen in Galopp. Das

Donnern der Hufe ließ die Ebene erbeben. Nun gab es kein Zurück mehr. Niemand konnte jetzt noch ausscheren, selbst wenn er wollte. Und etwas Erstaunliches geschah in diesem Moment. Aus den vielen Kämpferinnen und Kriegern wurde eine Einheit. Die Pferde preschten voran, sie streckten die Hälse, die Reiter beugten sich tief über sie, flüsterten ihnen Anfeuerungsrufe zu.

Dann hatten wir den Hügelkamm erreicht. Ein Schrei löste sich, die Anspannung wich hoher Konzentration. Wir waren wie ein großes, vielköpfiges Tier mit Hunderten Beinen, das sich auf den Gegner am Flussufer stürzte.

Der Angriff kam für die Thraker völlig überraschend. Sobald wir unsere Pferde auf ihr Lager losgaloppieren ließen, hörten wir die panischen Schreie ihrer Frauen und Kinder, die versuchten, sich in Sicherheit zu bringen. Die thrakischen Männer sprangen auf ihre Pferde, doch zu spät – wie ein Keil ins weiche Birkenholz fuhr unser Reitertrupp in ihr Lager und splitterte ihre Formation auf, bevor sie sich richtig gefunden hatte. Schon erreichten wir die andere Seite des Lagers. Der Fluss glitzerte in der Ferne, die Hirten kamen angelaufen. Mein Vater, der neben Melanippe und mir ritt, hob die Hand und gab das Zeichen zur nächsten Angriffswelle.

Die Zügel brauchte ich nicht mehr. Der Falbe reagierte allein auf meinen Schenkeldruck und darauf, wie ich mein Gewicht verlagerte. Ich zog einen Pfeil nach dem nächsten aus dem Köcher, spannte den Bogen, zielte, hielt kurz inne und ließ dann los. Die Pfeile zischten durch die Luft, sie trafen ihre Ziele. Ich sah, wie eine junge Frau zusammenbrach, die sich anschickte, mit einer Streitaxt, die für ihre zarte Statur zu schwer war, auf die Beine von Melanippes Pferd zu schlagen. Ich traf sie in die Schulter, und sie ging zu Boden.

Weiter. Immer weiter. Der nächste Pfeil traf einen älteren Thraker in den Oberschenkel, der mit einem Speer auf uns zurannte. Melanippe bog ab, ich bremste den Falben und blickte mich suchend um. Der Kampf wogte hin und her, ich sah, wie eine Kriegerin von uns aus dem Sattel gerissen wurde. Ihr Schrei gellte über das Kampfgetümmel. Zwei weitere Kriegerinnen kamen ihr zu Hilfe. Ich wollte zu ihnen, aber in diesem Moment verlangsamte sich die Zeit.

Mein Vater rief mir etwas zu. Ich drehte mich in seine Richtung. Der Falbe reagierte auf meinen Schenkeldruck, er wendete auf der Stelle.

Mazjar stellte sich in den Steigbügeln auf, sein Blick suchte meinen. Ich reagierte sofort, spürte die Gefahr kommen, mehr, als dass ich sie sah. Eine Streitaxt sauste an meiner Schulter vorbei, während ich mich auf dem Pferderücken zur Seite warf, und sie verfehlte mich nur knapp. Hätte ich mich zur anderen Seite geworfen, hätte sie mich am Rücken verwundet, doch instinktiv hatte ich die richtige Entscheidung getroffen. Ich hing auf dem Hals des Falben, mein Arm sank nach unten. Mit der anderen Hand griff ich bereits zum nächsten Pfeil, denn während ich mich aufrichtete, sah ich bereits, dass mein Vater in Bedrängnis geriet. Zugleich musste ich den Krieger abwehren, der durch den Schwung seiner Streitaxt, die ihr Ziel verfehlt hatte, ins Stolpern geriet. Ich stieß meinen Bogen in seine Richtung, als er sich gerade wieder aufrichten wollte. Der Falbe fuhr herum, ich konnte nicht sagen, ob es auf meinen Schenkeldruck geschah oder ob er sich instinktiv gegen den Krieger richtete. Bevor ich noch etwas tun konnte, stürzte sich Ares' Hund auf den Krieger und schnappte nach seiner Kehle.

Ich fuhr zu meinem Vater herum. Mein Herz hämmerte, doch als ich sah, wie das Kampfgetümmel sich rings um mich entwickelt hatte, setzte es kurz aus. Niemand beachtete mich, und während ich schwer atmend versuchte, mir einen Überblick zu verschaffen, rauschte das Blut in meinen Ohren.

Die Thraker hatten sich vom ersten Schreck erholt und kämpften nun mit einer unbändigen Kraft gegen die Übermacht unserer Kriegerschar. Mit Schwertern, Äxten und Speeren versuchten sie, unsere Pferde anzugreifen, damit wir des Vorteils beraubt wurden, vom Pferderücken zu kämpfen. Gerade wurde Mazjars Pferd von drei thrakischen Kriegern umringt. Sie hängten sich in die Zügel seines Pferds und versuchten, ihn aus dem Sattel zu ziehen.

Ich schaffte es, einen der Männer mit einem Pfeil abzulenken, der seinen Kopf streifte. Doch gegen die anderen beiden konnte ich aus der Entfernung nichts ausrichten, zumal sich gerade wieder ein junger Thraker in die Zügel meines Falben hängte und versuchte, uns zu Fall zu bringen.

Ares' Hund sprang den Jüngling von hinten an, und er schrie auf. Beide gingen zu Boden, doch er klammerte sich weiter an die Zügel des Falben. Der Hengst stieg auf die Hinterbeine, ich klammerte mich an ihm fest. Beinahe wäre mir der Bogen aus der Hand gerutscht. Endlich ließ der Thraker die Zügel los. Der Falbe drehte sich im Kreis, während ich erneut versuchte, mir einen Überblick zu verschaffen.

Immer noch wogte der Kampf hin und her. Ich sah skythische Krieger, die zu Boden gingen, doch noch häufiger waren es die Thraker, die niedergestreckt wurden. Ohne Panzerung und nur notdürftig bewaffnet, hatten sie sich dem Kampf gestellt, und wir waren mit einer Hundertschaft über sie hereingebrochen.

So viel Blut. Ich wendete den Falben und tastete nach dem nächsten Pfeil, als ich meinen Vater rufen hörte. Ich fuhr herum und sah eine junge Thrakerin, deren Gesicht blutüberströmt war. Sie hielt ein Schwert in der Hand und hob es nun, um es auf einen am Boden liegenden Krieger niedersausen zu lassen. Mein Vater.

Sein Blick bohrte sich in meinen. Ich spannte den Bogen und zielte auf die junge Frau, die immer noch zögerte. Warum tat sie das? Wieso brachte sie es nicht zu Ende? Ihre Arme zitterten. Sie bemerkte Mazjars Blick und hob den Kopf, sah ebenfalls in meine Richtung.

Der Pfeil löste sich von der Sehne. Und dann geschah alles gleichzeitig.

Mein Vater schrie. Ich wusste nicht, was genau, eine Warnung. Sein Ruf genügte, dass ich mich umdrehte und der Pfeil, der mich hätte treffen sollen, zischte an mir vorbei. Im selben Moment ging die Thrakerin vor meinem Vater in die Knie, getroffen von meinem Pfeil.

Der nächste Pfeil zischte an mir vorbei. Ich drehte mich um, sah die Thrakerin, die etwa zwanzig Schritte entfernt stand und erneut den Bogen spannte.

Ich ließ mich fallen. Der Pfeil ging über mich hinweg, ich drehte mich um, wollte sehen, wohin er zielte.

Zu spät begriff ich, dass die Thrakerin nicht auf mich gezielt hatte.

Ich konnte nur hilflos zusehen. Der Pfeil traf meinen Vater Mazjar in die Kehle. Er schlug perfekt in jenem Spalt zwischen Brustpanzer und Helm ein, traf dieses winzige Stück Haut, das man kaum schützen konnte, wenn man sich noch frei bewegen wollte im Kampf. Der Blick meines Vaters verriet Überraschung, dann sah er mich an.

Seine Hand ging zur Kehle, es sah aus, als wollte er den Pfeil am Schaft herausziehen, der nicht mittig, sondern etwas seitlich im Hals steckte. Ein tödlicher Treffer, das wusste ich, während in seinen Augen noch die Überraschung langsam der Erkenntnis wich.

»Neeeeeiiiiiin!«

Ich stürzte vor, stolperte über meine eigenen Füße und über meinen Bogen, rappelte mich auf und kroch zu Mazjar. »Vater«, murmelte ich, stammelte ich, immer wieder, irgendwann flüsterte ich seinen Namen. Er fiel nach hinten, als ich ihn erreichte, ich konnte ihn nicht auffangen, beugte mich über ihn, meine Hände zitterten über dem Schaft des Pfeils, ich wusste, dass ich ihn nicht herausziehen durfte, die Widerhaken würden die Verletzung nur noch schlimmer machen, aber drin bleiben konnte er auch nicht, denn das Blut sprudelte darunter hervor. In meiner Verzweiflung presste ich die Hände rings um den Schaft auf den Hals meines Vaters, und er ächzte. Seine Augen waren schreckgeweitet, und zugleich las ich darin die Erkenntnis, der ich mich noch nicht stellen wollte.

Mein Vater starb.

»Mazjar. Bleib bei mir. Mazjar. Ich brauche dich, Vater.« Ich flüsterte die Worte wie eine Beschwörungsformel, als wäre ich eine Priesterin im Tempel, die zu den Göttern betete, dass sie ihre Gunst gewährten. Aber hier konnte uns kein Gott mehr helfen, weder ein skythischer noch ein achaischer.

Ich blieb bei ihm, kniete neben ihm, meine Hände auf die Wunde gepresst, manchmal lockerte ich den Druck, um zu sehen, ob das Blut noch floss. Es sickerte zwischen meinen Fingern hervor. Ich wusste, dass ich mich in Gefahr begab, dass ich nicht reglos neben meinem Vater knien durfte, ich war ein allzu leichtes Ziel. Als ich den

Blick hob und die Tränen wegblinzelte, sah ich, dass sich inzwischen ein Dutzend skythische Kämpfer um uns versammelt hatten. Sie schirmten uns gegen die Thraker ab. Aber nach und nach kamen die Kämpfe zum Erliegen. Wir hatten die Thraker besiegt.

»Otrere …« Mein Vater hustete. Hilflos glitten meine Hände über seinen Brustpanzer, über seine Schultern, seine kräftigen Arme. Ich wollte ihn beschwichtigen, er sollte sich nicht so sehr anstrengen, nicht so viel reden, ruhig bleiben, denn bald kam jemand und half ihm, ich konnte es nicht. Niemand hatte mir gesagt, wie ich einen Verwundeten versorgen konnte, nie hatte mir jemand gezeigt, wie es nach dem Kampf weiterging. Ich drückte die Hand wieder auf seinen Hals, er ächzte, ich lockerte den Druck, mehr Blut sprudelte hervor, nichts war richtig in diesem Moment.

Er wollte etwas sagen. Seine Lippen bewegten sich, doch mit jedem Zucken quoll mehr Blut unter der Pfeilspitze hervor. Ich wusste nicht mehr, was ich tun sollte, die Hände auf die Wunde drücken oder machte ich damit nicht alles schlimmer? Schnürte ich ihm damit nicht die Luft ab, die er so dringend brauchte zum Atmen, zum Überleben?

»Mach Platz.« Melanippe schob mich beiseite. Natürlich wusste sie, was zu tun war. Doch während ich zuließ, dass sie mit einem Kämpfer zusammen meinen Vater auf den Boden legte und sich über ihn beugte, hielt ich weiter seine Hand, die sich so fest um meine schloss, als klammerte er sich so an den letzten Funken Leben, der noch in ihm war.

Wir zogen in die Schlacht, und wir nahmen den Tod unserer Gegner in Kauf, so wie sie unseren Tod in Kauf nahmen. Wir zahlten einen Preis für den Sieg, einen noch höheren für die Niederlage. Ob der Preis an Menschenleben gerechtfertigt war – das sagte uns vorher keiner.

Sie hatten mich zum Töten ausgebildet. Aber nicht dafür, bei meinem Vater zu hocken, während er starb. Fürs Töten geschult, aufs Sterben nicht vorbereitet. Ich spürte die Panik, die in mir aufstieg, denn die Konsequenz meines eigenen Tuns wurde mir erst in diesem Moment bewusst.

Auch ich hatte heute getötet.

Ich spürte, wie ihn das Leben verließ. Ganz langsam. Seine Hand wurde lockerer, ganz weich. Meine Hand suchte seine, er hob die andere Hand und berührte seinen Hals. Er lächelte, als er den Pfeil betastete, als würde es ihn glücklich machen, dass sein Leben nun zu Ende ging. Aber das durfte es nicht.

Mazjar durfte nicht sterben. Ich brauchte ihn. Ich war nicht bereit für das, was sein Tod mit sich brachte.

Ich strich verzweifelt über seinen Handrücken, meine Finger berührten das Blut, das langsam auf seiner Haut trocknete. Melanippe rief etwas, weitere Kriegerinnen kamen angelaufen. Eine drückte ein Tuch auf die Wunde, Melanippe brach den Schaft des Pfeils ab. Ich hörte sie murmeln: »Bleib bei uns, Mazjar, bleib bei uns …«, aber ich spürte mit ihr, wie seine Seele sich zurückzog. Melanippe und ich sahen uns über den Körper unseres Vaters hinweg an, sie schüttelte fast unmerklich den Kopf. Ich aber konzentrierte mich ganz auf meinen Vater, auf seine Hand in meiner, die langsam ihren Griff löste, weil die Kraft seinen Körper verließ, so unausweichlich wie der Wetterumschwung zum Herbst. Ein letzter, röchelnder Atemzug, ein letztes Mal drückten seine Finger meine, und sein letztes Wort in dieser Welt war mein Name, den er in den Himmel hauchte.

»Otrere ...«

Dann war da Stille. Der Wind zerrte an meinen Haaren, ich hörte die Rufe unserer Krieger, die grob die überlebenden Thraker zusammentrieben.

Meine Schwester legte die Hand auf meine Schulter.

Ich hob den Kopf. Melanippe beugte sich über mich. Sie hielt ein Schwert in der Hand, von der Spitze troff Blut in das trockene Gras. »Otrere, es ist vorbei«, sagte sie, und ihre Stimme brach. Sie richtete sich auf, starrte zum Horizont, und ich begriff zu spät, dass sie nicht den Kampf meinte, sondern das Leben unseres Vaters.

Mazjar hatte seinen letzten Atemzug getan und war unter meinen Händen gestorben.

Ich erstarrte in diesem Moment. Melanippe wandte sich ab. Sie stieß zwei Skythen beiseite, mit weit ausgreifenden Schritten eilte sie zu der Thrakerin, die meinen Vater erschossen hatte. Nushaba stand hinter ihr, ein Messer an ihrer Kehle. Melanippe setzte ihr das Schwert auf die Brust. »Nenne mir einen Grund«, wisperte sie. »Warum soll ich dich leben lassen?«

Sie wimmerte.

Melanippe verstärkte den Druck, die Schwertspitze bohrte sich in ihre Tunika. Ich sprang auf. Die skythischen Krieger machten mir Platz, sie wichen vor mir zurück. Ich riss Melanippe an der Schulter zurück. »Lass das!«, schrie ich sie an.

Sie fuhr zu mir herum. Ihr Blick maß mich. Meine blutbesudelten Hände, meinen Arm, der von einem Streifschuss brannte. Meine Schwester hatte nur Verachtung für mich.

»Bist du jetzt zufrieden? Wird dein Kriegsgott nicht jubeln, wenn er erfährt, dass unser Vater tot ist und du nun unsere Königin wirst?«

Wutentbrannt starrte sie mich an.

Ich ließ die Hände sinken. Das war eine Konsequenz von Mazjars Tod, die mir als Letztes in den Sinn käme.

Hinter mir hörte ich zwei Krieger fluchen, und Melanippe brachte die Thrakerin zum Schweigen, die meinen Vater niedergestreckt hatte, indem sie ihr mit dem Knauf ihres Schwerts gegen die Schläfe schlug.

Ich hätte ewig hier sitzen wollen mit der Hand meines toten Vaters in meiner. Tränenblind sah ich auf sein Gesicht, doch es war schon nicht mehr seines, sondern hatte einen fremden, starren Ausdruck angenommen, den ich von anderen Gestorbenen schon kannte. Sie traten über in die Welt der Toten.

»Hört mir zu! Ihr Thraker!«

Melanippes Stimme ließ mich aufblicken. Sie hatte sich auf ihre Schimmelstute gesetzt. Unsere Leute trieben die Thraker zusammen. Männer und Frauen, Kinder und Alte. Alle drängten sich vor einem ihrer Zelte. Einige hielten sich den Arm oder sackten zusammen, weil sie verwundet waren. Alle waren starr vor Angst. Melanippe ritt vor diesen verängstigten Menschen auf und ab, sie blutete aus einer Fleischwunde am Oberarm, in der Hand hielt sie das Schwert. Woher hatte sie dieses Schwert?, fuhr mir durch den Kopf. Als hätte das eine Bedeutung.

»Wir haben euch angeboten, diesen Konflikt friedlich beizulegen, doch ihr wart nicht dazu bereit. Darum sind wir hergekommen und wollten unser Recht mit Waffen einfordern. Ihr habt uns einen würdigen Kampf geliefert. Doch nun haben wir unseren Herrscher verloren, unseren König.« Sie hielt inne. Ich wusste, dass ihre Stimme zu brechen drohte. Langsam stand ich auf und trat näher. Melanippe bemerkte mich nicht. Sie sprach weiter. »Ihr habt euer Leben verwirkt. Wir werden euch versklaven, und eure Krieger werden wir an die Achaier verscherbeln. Nie wieder sollt ihr uns so einen großen Schmerz zufügen können, den wir mit einem noch größeren Schmerz vergelten müssten.«

Ich hatte Melanippe erreicht. Meine Hand griff nach dem Zügel ihrer Stute, mein Blick ging über die verängstigten Thraker. Manche reckten trotzig das Kinn, viele aber weinten, und die Kinder verbargen ihre Köpfe an den Hälsen und Tuniken ihrer Mütter und Großmütter.

»Schweig, Melanippe«, sagte ich leise. »Sei still. Es steht dir nicht zu.«

Ihr Blick traf meinen, als ich zu ihr hochblickte. »Er war auch mein Vater«, zischte sie.

»Ich weiß.« Behutsam führte ich die Stute am Zügel zurück zu den anderen. Ich bemerkte, dass Nushaba sich in unsere Richtung bewegte. Sie wandte sich an mich, nicht an Melanippe. »Was sollen wir tun?«, wollte sie wissen.

Ich atmete tief durch. Nichts hatte mich auf diesen Moment vorbereitet.

»Woher hat Melanippe das Schwert?«, fragte ich statt einer Antwort.

»Es gehörte eurem Vater.«

Ich nickte. Jetzt wusste ich, was ich zu tun hatte, doch ich blieb stehen. Wie gelähmt. Melanippe saß immer noch im Sattel ihres Pferds, das ich am Zügel hielt.

Mazjars Schwert war mehr als eine Waffe – es war eine Insignie seiner Macht. Es gehörte mir, und Melanippe wusste das.

Ich drehte mich zu ihr um. »Schwester«, sagte ich leise.

Melanippe starrte mich an. Ich wollte daran glauben, dass sie das Schwert nur gerettet hatte, damit kein Thraker es in den Himmel reckte. Dass es auch für sie eine Bedeutung hatte – und nicht, dass sie glaubte, mit dem Schwert in der Hand könnte sie mich im ersten Moment meiner Regentschaft herausfordern.

»Mela.« Sie blickte mich an, und ich streckte die Hand aus. »Gib es mir.«

»Er ist tot«, flüsterte sie.

»Ja«, bestätigte ich. »Vater ist tot. Gib mir jetzt das Schwert.« Ich zitterte innerlich. Wollte mir nicht vorstellen, was passieren würde, wenn Melanippe sich weigerte, mir das Schwert zu geben.

»Aber er war vorhin doch noch …« Sie verstummte.

»Ich weiß«, flüsterte ich. Meine Hand legte sich auf ihre, die den Griff des Schwerts umschloss. Bitte, gib mir das Schwert, flehte ich sie in Gedanken an. Das Letzte, was wir jetzt brauchten, war ein Machtkampf innerhalb unserer Familie. Das hatte Mazjar nicht geplant, als er mich zur Nachfolgerin erhob.

Melanippe sah mich an. Dann seufzte sie, und mit diesem Ausatmen glitt ein Schatten über ihr Gesicht. Ihre Hand um den Schwertgriff lockerte sich, und ich übernahm es behutsam. Ich sah mich nach Nushaba um, die sofort zur Stelle war. Sie redete leise auf meine Schwester ein und führte die Schimmelstute weg.

Ich blieb mit dem Schwert in der Hand zurück.

Das letzte bisschen Kraft, das mich noch zusammenhielt, wich aus meinem Körper. Ich musste mich auf das Schwert stützen, die Spitze in den Boden gebohrt. Ich durfte nicht weinen. Nicht jetzt, während die Blicke aller Kriegerinnen und Krieger, Skythen und Thraker auf mich gerichtet waren. Ich musste Stärke zeigen, musste mich als die Anführerin beweisen, die mein Vater in mir gesehen hatte.

Ich dachte an Ares. Was würde er tun? Doch dann schüttelte ich den Kopf – es ging nicht darum, was er tun würde. Wichtig war, was ich tat.

14

Mein Vater. Mazjar. Mein liebster, kluger und stolzer Vater war tot.

Ich überließ Nushaba die Verantwortung über die Gefangenen. Ihr traute ich zu, dass sie mit ihnen behutsam umging, ohne übertriebene Grausamkeit. Das Letzte, was wir jetzt brauchten, war ein langwieriger Krieg mit den Thrakern, weil sie sich nach ihrer Niederlage gedemütigt fühlten und Rache übten. Später wollte ich entscheiden, was mit ihnen geschah. Aber *ich* würde das entscheiden. Nicht Nushaba, nicht Melanippe, keiner unserer älteren Krieger.

Sie umringten Mazjar dort, wo er gestorben war. Als ich mich ihnen näherte, machten sie mir Platz. Manche senkten den Kopf. Sie flüsterten »Königin Otrere«, als ich an ihnen vorbeiging.

Ich wusste nicht, wohin mit mir. Meinen Gefühlen, meiner Trauer, meinem Schmerz. In mir war eine Schwärze, in die alles stürzte, das ich empfand. Stumm kniete ich neben Mazjars Leichnam auf dem Boden. Sein Pferd stand in einiger Entfernung, gehalten von einem jungen Krieger, den ich nicht kannte. Behutsam strich ich Mazjar die Haare aus der Stirn. Ich löste den kegelförmigen Helm von seinem Kopf und legte ihn ins Gras. Dann kniete ich mich hin, legte seinen Kopf in meinen Schoß und wiegte seinen Oberkörper, als wäre er nur kurz eingeschlafen. Als hätte er sich niedergelegt, erschöpft vom lebenslangen Kampf, um ein wenig zu ruhen, bevor er aufbrach und neue Heldentaten vollbrachte.

Ich wusste, was zu tun war. Zugleich war ich unfähig, die nötigen Schritte zu veranlassen, denn sobald ich meinen Vater losließ, würden sich seine Leute um seinen Leichnam kümmern. Sie würden ihn zurück in unser Lager bringen. Ihn auf die Bestattung vorbereiten. Sie würden Barkida von seinem Tod in Kenntnis setzen, sie würden veranlassen, dass sein Nachfolger …

Nachfolgerin.

Ich war seine Nachfolgerin. Von ihm dazu bestimmt. Keiner hatte seine Entscheidung infrage gestellt. Es waren nun *meine* Leute, die den Leichnam unseres toten Herrschers auf eine Bahre schnüren und geschwind heimbringen würden, wo er für die Bestattung in einem Kurgan hergerichtet wurde. Wo sein Pferd ein letztes Mal gut gefüttert wurde, bevor es ebenfalls starb, damit es mit ihm beigesetzt wurde. Wo wir auch seine Mörderin hinrichten und dem Erdhügel übergeben würden, damit er in der jenseitigen Welt der Toten den Kampf gegen sie ein zweites Mal bestreiten und sie schließlich besiegen konnte.

Und all dies in Gang zu setzen, war meine Aufgabe.

Ich blieb knien. Meine Beine schmerzten bis zur Gefühllosigkeit, meine Arme wurden lahm, die Mittagssonne brannte auf meinen Kopf. Ich trug immer noch den schweren, spitzen Helm aus Filz und Leder, der Schweiß rann über meinen Rücken und meine Schultern schmerzten unerträglich von dem schweren Lederpanzer mit den Bronzeplättchen, der nicht dafür gemacht schien, ihn zusammen mit diesem großen Verlust zu tragen.

Irgendwann kniete Melanippe sich neben mich. Sie hielt mir einen Schlauch mit Wasser an die Lippen, und ich trank. Dann flüsterte sie mir zu: »Du musst jetzt aufstehen.«

Von ihr wollte ich mir nichts sagen lassen. Sie hatte vorhin in ihrem ersten Zorn versucht, nicht nur die Thraker in Todesangst zu versetzen, sondern hatte damit unbewusst meinen Anspruch infrage gestellt.

»Verschwinde«, zischte ich.

Sie zuckte zusammen. Wusste wohl, weshalb ich wütend war. »Schick mir Nushaba«, fügte ich hinzu. Etwas milder, aber nicht besänftigt.

Nushaba nahm Melanippes Stelle ein. Vermutlich hatte sie hinter meiner Schwester schon gewartet. »Was ist, meine Königin?«, fragte sie leise.

Meine Königin.

Es war zu früh, mich so anzureden. Das wollte ich nicht. Nicht so.

»Was ist mit den Thrakern?«

Nushaba verstand. »Wir werden sie gefangennehmen, und Ihr könnt später über sie entscheiden. Wenn Ihr bereit seid.«

Sie hatte mir beigebracht, wie ich meinen Kinderbogen richtig hielt. Wie ich ihn spannte und zielte, wie ich ritt und meinen Falben an den Sattel gewöhnte. Von Nushaba hatte ich so viel gelernt, ich sollte sie verehren wie eine Älteste unseres Stamms. Doch sie sank vor mir auf die Knie, neigte ehrfürchtig den Kopf und sprach mich als ihre Königin an.

Weil ich mit dem Tod meines Vaters ihre Königin war.

»Wenn Ihr andere Anweisungen habt …«

»Nushaba. Sprich mit mir nicht, als wäre ich …«

Ich verstummte. Das ertrug ich nicht. Erst verloren wir meinen Vater, und nun sollte ich alle Gefährtinnen verlieren, weil sie mir zukünftig nicht mehr in die Augen blickten?

»Aber du bist …«, sagte sie sanft. Ihre Hand berührte meine

Schulter, streichelte meinen Rücken. »Du bist nun unsere Königin. Wir werden dir alle mit der dir zustehenden Ehrerbietung begegnen. Es ist an dir, uns davon zu lösen, wenn du es wünschst.«

Ich nickte.

»Lässt du uns nun deinen Vater bergen? Wir wollen ihn zurück in unser Lager bringen. Morgen kehren wir zurück zu unserer Sippe.«

Bis dahin musste ich auch eine Entscheidung bezüglich der Thraker getroffen haben. Ein letztes Mal strich ich über die Wangen meines Vaters und hob dann die Hände. Zwei Krieger traten zu uns und hoben ihn hoch.

Neben mir spürte ich, wie Nushaba durchatmete. Ihre Schultern lockerten sich, und zu ihrem traurigen, erschöpften Gesichtsausdruck gesellte sich Erleichterung.

»Du musst müde sein. Ich bringe dich zu deinem Pferd.«

Der Falbe stand neben einem thrakischen Zelt. Ich ließ mir von Nushaba in den Sattel helfen, und sie machte das auch ganz diskret, ohne dass es jemandem auffiel außer mir. Ares' Hund lag neben dem Falben und sprang auf. Ich sah mich suchend um, aber Melanippe war verschwunden.

»Müssen wir nicht auf meinen Vater warten? Oder …«

»Nein.« Nushaba führte den Falben zu ihrem eigenen Pferd und stieg auf. Ich ließ zu, dass sie die Zügel vom Falben hielt. Inzwischen machte sich bei mir die Erschöpfung bemerkbar; der Kampf, der Schock, die Trauer. All das war mir in die Glieder gefahren, und ich fühlte mich extrem schwach. Am liebsten hätte ich die Arme um den Hals des Falben geschlungen und mich von ihm im Schritt zurück in unser Lager tragen lassen. Nushaba aber drängte zur Eile. Wir wussten nicht, ob weitere Thraker in der Gegend lebten, und darum war es das Beste, wenn wir uns vorerst zurückzogen und wieder herkamen, sobald wir uns gesammelt hatten.

Ich blickte nach vorn. Spürte, wie mich meine Leute anstarrten. *Meine* Leute.

Daran musste ich mich erst gewöhnen.

Zurück im Lager wurden wir von der Sippe begrüßt. Die Kunde von unseren Verlusten war uns vorausgeeilt, zusammen mit ein paar Reitern, die Schwerverletzte, so schnell ihre Pferde konnten, zurückgebracht hatten. Unterwegs war ein junger Krieger verstorben, aber drei andere hatten es lebend ins Lager geschafft und wurden versorgt.

Melanippe und die anderen leicht Verletzten wurden ebenfalls versorgt. Eine ältere Frau näherte sich mir vorsichtig. »Ich bin Gerata«, stellte sie sich vor. »Darf ich Eure Wunden versorgen?«

Ich blickte an mir herab. Meine Hände, vom Blut meines Vaters verkrustet. Mein Brustpanzer, besudelt. Meine Tunika darunter war von Blut getränkt.

Erst da bemerkte ich meine Wunde. Ein Streifschuss am Arm, aus dem das Blut ganz gemächlich floss. Ich nickte und folgte ihr zu einem Zelt, vor dem die Verletzten hockten oder lagen. Ein alter Mann, der über den Schultern das weiße Fell eines Schneeleoparden trug, gab seinen Helfern Anweisungen. Als er mich sah, war er sofort bei mir und wollte Gerata helfen, mich aus dem Brustpanzer zu schälen.

»Werde ich sterben?«, fragte ich ihn. Auf einmal war mir eiskalt, und meine Zähne klapperten aufeinander.

»Nicht in dieser Nacht, meine Königin.«

Es hatte sich also schon herumgesprochen.

»Dann kümmere dich zuerst um diejenigen, um die es schlechter steht.«

»Wie Ihr befehlt, Königin Otrere.«

Es hörte sich fremd an, und ich wusste, es würde lange dauern, bis ich mich an diese Unterwürfigkeit und die Ehrerbietung gewöhnen würde. Oder daran, dass meinen Anweisungen ohne Widerspruch Folge geleistet wurde.

Woher sollte ich denn wissen, ob das, was ich da entschied, richtig war? Wenn ich nun einen Fehler beging, was dann?

Melanippe ließ sich neben mir auf die Matte plumpsen. Sie trug bereits einen Verband um den Streifschuss an ihrem Arm und deutete auf meine Wunde. »Das sieht nicht gut aus. Der Heilkundige sollte es sich schnellstmöglich ansehen.«

Ich antwortete nicht.

»Es hilft uns nicht, wenn du tot bist. Oder halbtot. Darauf ist hier keiner vorbereitet.«

»Du wärst es doch bestimmt«, fauchte ich. »Dann wärst du die Herrscherin, und alle wären glücklich.«

Betroffen starrte sie mich an. »Hältst du mich für ein Monster, Otrere?«, fragte sie behutsam. »Dass Vater sich für dich entschied … Dafür konnte doch keine von uns etwas. Du auch nicht. Wenn ich auf jemanden wütend bin, dann auf diesen achaischen Kriegsgott, der dir den Kopf verdreht hat.«

»Er hat mir nicht den Kopf verdreht«, log ich.

»Aber du denkst viel an ihn, nicht wahr?«

Ich nickte stumm.

»Ach, Otrere.« Melanippe legte behutsam ihre Hand auf meine.

»Ich weiß, es ist zu früh für dich. Für uns alle. Aber nun ist es so, und nun werden wir ohne ihn weiterleben, nicht wahr?«

»Aber was soll ich jetzt tun?«

»Das, was du für richtig erachtest. Alles andere werden wir für dich erledigen.«

Sie stützte sich auf den gesunden Arm und stand auf. »Ich schicke den Heiler wieder zu dir. Du brauchst etwas gegen die Schmerzen, und er muss deine Wunde versorgen. Lass dir helfen, Otrere. Dein Heldenmut ist hier fehl am Platz. Später darfst du uns alle wieder überflügeln. Aber jetzt brauchen wir dich. Gesund.«

Sie bestimmte, weil ich selbst dazu nicht in der Lage war. So sollte es zukünftig häufig sein. Sobald ich nicht mehr konnte, sprang sie mir bei und entschied zu meinen Gunsten. An diesem ersten Tag konnte ich damit noch nicht umgehen. Es sollte lange dauern, bis ich begriff, dass Melanippe immer nur mein Wohl im Blick hatte und es für sie nicht darum ging, die Macht an sich zu reißen.

Unser Vater hatte bestimmt, wer ihm nachfolgte. Und meine Schwester akzeptierte seinen Wunsch.

Einige Zeit verging, bis ich in meine Rolle hineinwuchs. Sie jedoch legte diese neue Haut vom ersten Tag an, und sie passte ihr, als sei sie stets für sie so bestimmt gewesen.

Ich wusste, Ares hätte es gefallen, wenn ich rasend vor Schmerz nach dem Verlust meines Vaters befohlen hätte, alle thrakischen Kämpfer zu töten, die Frauen und Kinder zu versklaven und die Alten ohne ein Stück Vieh zurückzulassen. Doch wäre mir und meinen Leuten damit geholfen? Wohl kaum. Meinen Vater brächte das nicht zurück, und es würde den Krieg nur befeuern. Jetzt ergab es merkwürdigerweise Sinn, dass Ares sich mir gestern Nacht gezeigt hatte. Er hatte mich gewarnt … Und ich hatte weder auf ihn hören wollen noch später auf meinen Vater. Immer wieder ging ich im Kopf jene letzten Augenblicke durch. Wie er eine Warnung ausstieß, weil er sah, dass ich hinterrücks angegriffen wurde. Wie ich dasselbe für ihn versuchte, jedoch viel zu spät kam, weil ich abgelenkt war. Weil wir *beide* abgelenkt waren. Er davon, mich zu beschützen.

Es war nicht schwierig, sich in diesen Gedanken zu verbeißen, dass ich eine Mitschuld am Tod meines Vaters trug und dass ich dafür würde büßen müssen. Dass Ares seine Hände im Spiel hatte, weil er es liebte, die Menschen gegeneinander aufzuhetzen.

Am Abend wurden die Gefangenen gebracht. Es waren die Mörderin meines Vaters, die jüngsten Krieger und eine Handvoll junger Frauen. Ich ließ verfügen, dass Familien nicht auseinandergerissen werden sollten. Hatten Frauen kleine Kinder, sollten sie zurückgeschickt werden. Beim Gedanken daran, wie thrakische Kämpfer meiner Mutter den Säugling aus den Armen rissen und sie mitnahmen, wurde mir schlecht. Das sollte nicht geschehen.

Doch die Thraker mussten einen Preis bezahlen für ihre Dreistigkeit, für ihren Übermut. Darum teilten wir ihre Herden auf, und wir ließen ihnen gerade so viele Tiere, dass sie den nächsten Winter überstanden. Die anderen Tiere vereinten wir mit den Herden von Merts Sippe. Ein besonders schöner Rapphengst wurde mir gebracht. Sein Fell glänzte so überirdisch wie das meines Falben.

»Ein Geschenk für Euch, Königin Otrere.« Mert verbeugte sich tief. Ich wunderte mich über so viel Ehrerbietung. Mazjar gegenüber waren sie nicht so unterwürfig gewesen. Ich vermutete, das könnte daran liegen, dass sie mich noch nicht einschätzen konnten. Lieber zu viel Ehrerbietung als zu wenig.

Mir war das unangenehm, aber ändern konnte ich es nicht. Noch nicht.

In dieser Nacht schlief ich nicht. Der Hund lag neben mir, ihm behagte der Rappe nicht, der sich neben dem Falben hielt, als wären sie Brüder.

Irgendwann stand ich auf und verließ mein Zelt. Ein junger Kämpfer, der vor meinem Zelt wachte, stand plötzlich neben mir. »Wollt Ihr, dass ich etwas für Euch hole, Königin Otrere?«

»Nein. Ich möchte spazieren gehen.« Er machte Anstalten, mir zu folgen. »Allein«, fügte ich hinzu.

»Wie Ihr befehlt.«

Ich kam mir vor wie ein kleines Mädchen, das Königin spielte. Und alle spielten mit. Ich pfiff nach Ares' Hund und verließ das Lager in derselben Richtung wie letzte Nacht. Irgendwie hoffte ich, er würde wieder auftauchen und mir erklären, was nun passieren würde. Oder mir versichern, dass nichts von dem, was passiert war, meine Schuld war.

Der Wind glitt über das hohe Gras. Ich ging in die Hocke und ließ meine Finger über die zarten Halme streicheln, die mir inzwischen bis an die Knie reichten. Der Frühling war in den letzten Tagen mit großer Macht über die Steppe hereingebrochen.

»Ares, wo bist du?«, flüsterte ich in die Dunkelheit. Wolken verdeckten Mond und Sterne, es war eine undurchdringliche Finsternis. Ich blickte zum Himmel auf. Von wo würde er kommen? Würde er überhaupt kommen?

»Ich brauche dich, Ares«, flüsterte ich. »Ich brauche Antworten.«

So vieles war geschehen. Ich fühlte mich hilflos, suchte nach Antworten. Insgeheim hoffte ich, er könnte sie mir geben. Deshalb stand ich fröstelnd in der Nacht weit draußen auf der Steppe und blickte in den sternenlosen Himmel hinauf.

Maspi hatte mir erzählt, die achaischen Götter lebten auf dem Olymp, einem Berg in der Heimat der Achaier, wo ihre Nahrung in Strömen floss – Nektar und Ambrosia. Also müsste er vom Himmel herabsteigen, stellte ich mir vor.

Doch in dieser Nacht kam er nicht. Um mich herum breitete sich die dröhnende Stille der Welt aus, und ich habe mich nie so einsam gefühlt wie dort draußen, umgeben von dem Schweigen des Universums. Mein Leben war nun ein anderes, und egal, ob Ares irgendwann zurückkehrte oder mir nur sein Hund als Erinnerung daran blieb, dass der Kriegsgott einmal mein Schicksal gewendet hatte – ich musste nach vorn blicken und anfangen, für mich und mein Volk zu entscheiden. Ohne meine Entscheidungen davon abhängig zu machen, was Ares dachte oder für mich plante.

Als wir wenige Tage später unser Lager erreichten, war uns die Nachricht vom Tod König Mazjars bereits vorausgeeilt. Boten waren hin und her geritten, und so wurden wir bereits erwartet.

Im Licht des hereinbrechenden Abends kam das Lager in Sicht. Ich ritt neben Melanippe und Nushaba direkt hinter dem Pferd unseres Vaters, das ihn auf einer Bahre hinter sich herzog. Ein junger Krieger führte das Pferd. Die junge Thrakerin lief, an den Händen gefesselt, neben Vaters Pferd.

Als sich unser Zug näherte, versammelten sich alle Menschen und blickten uns entgegen. Ich entdeckte Barkida. Sie trug einen Schleier um den Kopf und über den Augen. Sie war in Trauer. Mein jüngster Bruder hing auf ihrer Hüfte und weinte, als verstünde er, welches Elend über uns gekommen war. Meine jüngeren Geschwister drängten sich um sie, und Maspi ragte hinter ihr auf.

Er trat als Erstes vor, sobald wir nahe genug heran waren, um uns zu verständigen.

»Die Sippe von Barkida grüßt unsere Königin Otrere!«, rief er laut. Seine Augen blitzten. Darin lag nicht nur die Trauer über den Tod unseres Vaters. Nein, ich las darin auch Stolz.

Mein großer Bruder Maspi war stolz auf mich, weil ich die zukünftige Königin war.

Er stand vor dem Falben und blickte zu mir auf. »Willkommen daheim, Otrere«, sagte er leise.

»Maspi.« Ich seufzte. Glitt aus dem Sattel und stand vor ihm. Mein Bruder umfasste behutsam meine Unterarme, und ich erwiderte den festen Griff.

»Du wirst erschöpft sein.«

»Sind wir das nicht alle?« Ich lachte zittrig.

»Wir kümmern uns. Komm. Wir brauchen dich ausgeruht und bei Verstand, bevor du Entscheidungen triffst.«

Er hatte recht. Das war etwas, das ich bereits in den letzten Tagen herausgefunden hatte. Entscheidungen treffen sollte ich nicht, wenn ich müde war, denn allzu oft ließ ich mich dann vom Zorn, von der Verzweiflung, der Erschöpfung leiten. Müde schrie mein Kopf nach einfachen Lösungen für komplexe Probleme.

»Darf ich dir aus dem Sattel helfen?«

Das war der Moment, in dem auch ich zum ersten Mal spürte, dass etwas Großes passierte. Es würden noch viele Tage ins Land gehen, bevor Mazjar in sein Grab gelegt wurde und die Macht endgültig auf mich überging. Bis wir ein letztes Mal um ihn weinten und schließlich seine Erinnerung in unseren Geschichten bewahrten, die wir im Schatten seines Kurgans unseren Kindern erzählten.

Aber dieser Moment. Als mein großer Bruder mir aus dem Sattel half und direkt zurücktrat, den Kopf vor mir senkte – da begriff ich, was ich tatsächlich bekommen hatte. Worum ich nie gebeten hätte, wenn ich gewusst hätte, was es mit sich bringen würde.

Als Königin stand ich über allen, und sie blickten zu mir auf und erwarteten, dass ich auf alle Probleme eine Antwort wusste. Aber die hatte ich nicht. Ich hatte nur mein begrenztes Wissen darüber, wie man kämpfte. Wie man tötete. Wie man die Toten begrub. Meine Lebenserfahrung beschränkte sich auf das, was ich immer hatte sein wollen – eine Kriegerin. Und nun war ich so viel mehr, und ich spürte, dass ich an meinem eigenen Anspruch zu zerbrechen drohte.

Mit hängenden Armen stand ich vor meinem Bruder und brauchte nichts dringender als eine Umarmung. Doch er verbeugte sich vor mir, als wären wir einander über Nacht fremd geworden.

»Maspi«, wisperte ich.

Sofort war er bei mir, und seine Arme umfingen mich. Ich legte den Kopf an seine Brust, und sein Herzschlag hämmerte in meinem Ohr. »Otrere.«

Mehr nicht. Wir standen da, um uns war Stille, keiner sprach ein Wort. Ich durfte vor den Augen aller schwach sein. Weil ich es wollte. Weil ich es brauchte.

»Du trägst keine Schuld«, flüsterte er in mein Haar. Ich schluckte. Die Gerüchte reisten schneller als wir. »Unsere Mutter weiß das auch, aber sie kann es noch nicht zulassen. Sei gnädig zu ihr. Sie braucht Zeit.«

Ich nickte kaum merklich und löste mich aus seiner Umarmung. Als ich aufsah, bemerkte ich meine Mutter. Geduldig wartete sie in einiger Entfernung.

Barkida ließ meinen jüngsten Bruder von der Hüfte gleiten, als ich zu ihr trat. Sie sank vor mir auf die Knie. »Meine Königin«, flüsterte sie.

Ich blickte hilflos zu Maspi und zu Melanippe, die hinter mir standen. Keiner sagte etwas.

»Mutter.« Ich nahm ihre Hände und zog sie auf die Beine. Behutsam küsste ich sie auf die Stirn. So wie sie früher mich auf die Stirn geküsst hatte.

Barkida sah mich nicht an. Ihr Blick ging zu Vaters Pferd, und ich verstand. »Du wirst dich um Mazjar kümmern wollen«, sagte ich leise.

»Wir haben alles für ihn vorbereitet. Er wird doch hier beigesetzt? Nicht in Mamai-Gora?«

Ich zögerte. Darüber hatte ich noch nicht nachgedacht. Mein Vater hatte in der Siedlung im Norden gelebt und geherrscht wie seine Vorfahren. Doch der Mittelpunkt seines Lebens war hier draußen gewesen, bei meiner Mutter und seinen Kindern. Zumal frühere Generationen auch ihre Könige hier draußen beigesetzt hatten. Es wäre der Bruch mit einer Tradition, die bereits einmal gebrochen worden war.

Ich ergriff ihre Unterarme. »Er gehört hierher. Wir werden ihm einen Kurgan aufschütten, neben denen seiner Ahnen.«

»Ich danke dir«, flüsterte meine Mutter. Sie sah an mir vorbei zu der Thrakerin. Das dunkle Haar hing der jungen Kriegerin verfilzt in das Gesicht. Ihr Blick war leer.

»Ist sie das?«, fragte meine Mutter.

Ich nickte.

»Was wird mit ihr geschehen?«

»Sie wird mit ihm bestattet.« Ich hatte darüber nicht nachgedacht. Es war der natürliche Lauf der Dinge.

Meine Mutter nickte, sie war mit der Entscheidung einverstanden. »Gut so.« Mehr nicht.

Wir zogen in das Lager ein. Ich ging voran, und vor mir neigten alle die Köpfe. Maspi und Melanippe waren hinter mir. Sie führte inzwischen Vaters Pferd. Unsere Kriegerinnen und Kämpfer und die anderen Leute schlossen sich uns an.

In der Mitte des Lagers war ein Zelt errichtet worden, die Planen an den Seiten waren hochgerollt, damit die letzten Stücke von Vaters Seele ungehindert aufsteigen konnten, während wir seinen Leib für die nächste Welt herrichteten. Der Priester brachte Kräuter und Salben. In einer Schale verbrannten wir die Kräuter, wir entkleideten ihn und wuschen seinen Körper. An meiner Seite waren Melanippe und Maspi, meine Mutter und meine jüngere Schwester Sarpot. Meine Mutter und meine Schwestern weinten, aber ich konnte das nicht. In mir waren keine Tränen mehr.

Wir brachten all seine Dinge in das Zelt. Sein Schwert, ein letztes Mal geschärft. Seinen Bogen, den Beutel mit seinen Sehnen. Den Köcher mit über fünfzig Pfeilen. Ich strich prüfend über jede Spitze und jeden Schaft. Seine Tasche, einen Ohrring aus Silber, ein paar andere Schmuckstücke. Perlen, die er bei festlichen Anlässen im Bart trug, flochten wir in seine Haare. Seine Wunde versorgten wir, als hätte sie ihm nicht den Tod gebracht. Dann kleideten wir ihn in sein schönstes Gewand, gaben ihm die blau gefärbte Hose mit auf seine letzte Reise und legten ihm den Brustpanzer um, nachdem wir ihn von allem Blut gereinigt hatten.

Und während wir ihn liebevoll herrichteten, erzählten wir uns Geschichten. Alles, was uns einfiel, dramatische Geschichten, traurige, vor allem aber die lustigen. Wir lachten, wir weinten, manchmal hielt einer inne und trat für einen Moment aus dem Zelt, weil es zu viel wurde, weil die Liebe für Mazjar uns überwältigte.

Ich stand vor dem Zelt und blickte zu dem Kurgan, das für ihn ausgehoben wurde. Fünf Tage und Nächte würden wir warten, bevor wir ihn in sein Grab legten, und danach in einer rituellen Zeremonie erst sein Pferd und dann seine Mörderin töten. Außerdem ein halbes Dutzend Sklaven, damit sie ihm im Jenseits dienten.

Am fünften Tag brachten wir in einer feierlichen Prozession seine irdischen Habseligkeiten zum Kurgan. Wir trugen jeder, soviel wir tragen konnten, und da sich die Kunde vom Tod meines Vaters inzwischen verbreitet hatte, kamen viele Menschen von den angrenzenden Sippen. Sie halfen uns tragen, sie begleiteten ihn auf seinem letzten Weg.

Seit wir zurück waren, hatte ich kaum geschlafen, nur wenn mich die Kraft verließ, war ich in mein Zelt gekrochen und hatte gedöst, bis ich aufschreckte, weil mir im Traum einfiel, dass er tot war.

Nun schritt ich neben Maspi und Melanippe hinter dem Leichnam unseres Vaters. Melanippe führte sein Pferd, und Maspi trug die rituelle Blutschale, mit der wir das Blut der Getöteten auffangen würden. Ich ging in der Mitte und hielt mich aufrecht, denn die Blicke aller ruhten auf mir. Ob ich schwankte, ob ich nachließ – sie würden es sehen. Keine Schwäche durfte ich zeigen, denn ich war ihre neue Königin.

Die Beisetzungen folgten einem strikten Ritus, der besonders bei unseren Königen eingehalten werden musste. Wir riefen die Götter an und baten sie, unseren geliebten Vater und König in der jenseitigen Welt willkommen zu heißen. Danach wurde er im Kurgan gebettet, einem Hügelgrab, das eine Kammer umschloss. Nachdem wir all seine Habseligkeiten um seinen Leichnam drapiert hatten, traten Maspi und der hohe Priester vor. Mein Bruder hielt das Pferd meines Vaters, im Licht der Abendsonne blitzte der bronzene Dolch auf, der in die Kehle des stolzen Tiers fuhr. Ein Blutstrom sprudelte hervor, und Maspi fing es in der Schale auf, während ein halbes Dutzend junge Kriegerinnen ihm zur Seite sprang, als das Pferd zusammenbrach. Es wurde zu den Füßen Mazjars in das Grab gelegt.

Nun seine Mörderin.

Ich durfte den Blick nicht abwenden, als der Priester den bluttriefenden Dolch über ihren Kopf hob. Aber hinsehen musste ich auch nicht. Ich blinzelte. Die junge Frau war ganz ruhig; vermutlich lag es daran, dass wir ihr gegen Mittag bereits etwas von dem Opiumtrank verabreicht hatten, von dem wir alle reichlich getrunken hatten in den letzten Tagen. Maspi trat wieder näher. Diesmal trug er eine Schale, in der Cannabis verbrannt wurde. Der Rauch stieg auf, süßlich und voller Versprechen darauf, dass es leichter werden würde. Irgendwann.

Ich atmete tief durch. Die dichten Rauchschwaden brannten in den Augen, sie behinderten eine klare Sicht. Der Priester hob erneut den Dolch. Diesmal zielte er auf das Herz. Das Letzte, was ich bewusst wahrnahm, waren die schreckgeweiteten Augen der Thrakerin, ehe das Messer auf sie niederfuhr und sie ins Herz traf. Lautlos brach sie zusammen. Die Kriegerinnen waren sofort zur Stelle, sie fingen die Mörderin auf und legten sie zu meinem Vater in die Grabkammer.

Danach die Sklaven. Auch sie hatten wir ruhiggestellt, und sie begegneten ihrem Schicksal mit Gelassenheit, denn sie hatten gewusst, dass ihnen eines Tages dieser Tod drohte. Ich atmete den Cannabisrauch ein. Mir wurde etwas leichter ums Herz.

»Komm.« Melanippe führte mich vom Grab weg, zurück zu unserem Lager. Dort würden wir im Anschluss die Gäste bewirten, es würde Kumys mit Wein und so viel Cannabis geben, wie sie wollten. In dieser Nacht würden wir das Leben feiern und Vaters Übergang in die nächste Welt. In der Zeit nach der Bestattung öffnete sich der Schleier zwischen den Welten, und während er hinüberging, konnten wir mit etwas Glück einen Blick auf jene Welt erhaschen, die uns bis zu unserem Tod verborgen blieb.

Ich verlangsamte meine Schritte. Melanippe aber hatte es eilig. Ich hatte in den vergangenen Tagen bemerkt, wie sie häufiger als alle anderen an dem Gebräu aus Opium genippt hatte. Vermutlich wollte sie mehr davon.

Ob es genügte, dass ich vorhin am Kurgan gestanden hatte? Oder erwarteten sie von mir, auch bei der nächtlichen Feier die ganze Zeit dabeizusitzen? Ich sehnte mich nach Einsamkeit. Nach Stille. Nicht danach, mich mit einem Becher Kumys oder einem Schluck Opiumsaft in eine Stimmung versetzen zu lassen, in der mir alles egal war.

Ich wollte leben. Über meine nächsten Schritte nachdenken.

Und ja, irgendwie hoffte ich, das nicht allein tun zu müssen. Mit Melanippe, meiner Mutter oder Maspi konnte ich darüber nicht reden. Über den Schmerz. Über meine Ängste, die sich unbestreitbar ihren Weg suchten. Ab diesem Moment lag die Macht vollends in meinen Händen. Aber so einfach war es nicht. So einfach war es nie.

Es würden andere kommen, die Mazjars Macht für sich beanspruchten und mich infrage stellten. Weil ich zu jung war. Weil ich eine Frau war. Wegen Ares. Es gab tausend Gründe, weshalb ich nicht geeignet schien.

Und ich glaubte jeden einzelnen, unbesehen.

So klein hatte ich mich noch nie gefühlt.

Ich ging nicht mit den anderen zurück ins Lager, sondern lenkte meine Schritte hinaus in die Ebene. Melanippe rief nach mir, und ich drehte mich um.

»Wohin gehst du?«, fragte sie.

Ich zeigte in die Dunkelheit.

Kurz dachte ich, sie wollte etwas sagen. Dass ich nicht jetzt allein da draußen herumlaufen dürfe. Dass ich als Königin und Tochter des Verstorbenen bei den anderen bleiben müsse. Dass es von mir erwartet wurde.

Doch sie grinste schief. »Tu, was du tun musst, meine Königin«, sagte sie mit einem spöttischen Unterton, den ich vor allem dem Opiumsaft zuschrieb, mit dem sie sich seit Tagen beruhigte. »Ich werde mich auch mit Nushaba zurückziehen und um unseren Vater weinen.«

Ich trat zu ihr. »Grollst du mir?«, fragte ich leise.

Melanippe schwankte leicht. »Ich grolle ihm. Dass er … nicht mehr da ist.« Sie schluchzte auf. Zum ersten Mal seit dem Tod unseres Vaters umarmte ich Melanippe, und ich spürte, wie eine Anspannung von ihr abfiel, die sich in diesen Tagen der Trauer in ihrem

Körper eingenistet hatte. »Ich dachte schon, du wirst mich nie mehr umarmen«, flüsterte sie.

»Du wirst immer meine Schwester bleiben«, sagte ich leise. »Ich brauche dich doch. Auf das hier ...« Ich zögerte. »Ich war nicht darauf vorbereitet, dass ich so früh schon ...«

»Ich weiß«, flüsterte Melanippe. Ihr Kopf ruhte an meiner Schulter. »Was auch immer die Götter mit uns vorhaben, wir alle waren nicht bereit.«

Sie küsste mich auf die Stirn. Ihre Finger flochten sich um meine, ein letzter Händedruck. Dann lösten wir uns voneinander, und sie lief zurück zu den Trauernden, den Feiernden, den Lebenden.

Man sagt, dass in der Nacht einer Beisetzung der Schleier zwischen den Welten ganz dünn ist. Dass wir nicht nur einen Blick auf die jenseitige Welt erhaschen können, sondern auch die jungen Seelen, die noch nicht den Weg zu uns gefunden haben, sich auf ihre Reise begeben. Manche Paare schlichen sich fort, sie liebten sich in ihren Zelten oder draußen unter dem Sternenhimmel.

Ich lächelte. Dann schritt ich aus. Ich hoffte, dass Ares mich in dieser Nacht besuchte und mir ein paar Antworten gab.

15

»Hier bist du.«

Seine tiefe Stimme in der Dunkelheit.

Ich hatte auf ihn gewartet.

Das Lager war hell erleuchtet, ich hörte die Feiernden singen und lachen. Ares' Hund lag neben mir, ich stand einfach da und blickte zu meinen Leuten. Morgen, dachte ich. Morgen begann die Arbeit. Die Sicherung meiner Macht. Der Kampf, den ich nie hatte kämpfen wollen.

Wäre uns doch mehr Zeit geblieben, dachte ich.

Und nun war hier, wo ich in der Stille auf eine letzte Botschaft meines Vaters gehofft hatte, Ares' Stimme. Und dann seine Hand, die sich kühl auf meine Schulter legte. Ich ließ die Schulter kreisen, schüttelte ihn ab. »Otrere. Es tut mir so leid.«

»Ja, wirklich?« Als ich mich zu ihm umdrehte, blickte ich zu seinem Gesicht auf. Es wirkte im goldenen Schein der Lagerfeuer, die in einiger Entfernung hoch in den Himmel loderten, noch kantiger und wie gemeißelt. In seinem Bart sah ich Goldperlen glitzern. Seine Haare reichten über die Schultern und glänzten von einem wohlriechenden Öl, das er einmassiert hatte, bevor er vom Olymp herabstieg und zu mir kam. Sein Aussehen erinnerte mehr als beim letzten Mal an einen skythischen Krieger.

»Du hast dich verändert«, sagte ich leise.

Er grinste. »Schön, dass es dir gefällt.« Seine Hand strich über den Bart. »Leider bringe ich es nicht über mich, so einen albernen, spitzen Filzhut aufzusetzen. Das erinnert mich zu sehr an den Helm, den stets Pallas Athene trägt, als wäre er an ihrem Kopf festgewachsen. Nun ja. Jedenfalls freut es mich, zu hören, dass dir mein Erscheinungsbild zusagt. Ich war mir nicht sicher, wie ich dir gefalle. Darum versuche ich unterschiedliche Versionen.«

Ich musterte ihn aufmerksam. »Ich dachte bisher, Götter sind in ihrer überirdischen Schönheit festgelegt«, sagte ich.

»Oh, aber weißt du das denn nicht?«, fragte er sanft. »Unser göttliches Aussehen ist zu viel für euch Menschen. Ihr würdet es nicht ertragen und daran vergehen. Deshalb zeigen wir uns euch nie in unserer wahren Gestalt.«

Ich schüttelte den Kopf. Das hatte ich nicht gewusst. Aber Ares schien keine Antwort zu erwarten. Er redete weiter. Mir kam nicht zum ersten Mal der Gedanke, dass er sich gern reden hörte.

»Meine Mutter hat einst meinen Vater gelinkt, als er gerade erst eine Sterbliche geschwängert hatte. Diese Sterbliche bedeutete ihm viel, und das ärgerte sie, darum erschien Hera in Gestalt von Semeles Dienerin in ihrem Gemach und flüsterte ihr ein, sie solle ihn davon überzeugen, sich ihr in seiner wahren Gestalt zu zeigen. Zeus wollte das nicht, weil er um die Konsequenz wusste, doch ihr Menschen könnt sehr überzeugend sein ... Nun, als er sich Semele in seiner wahren Gestalt zeigte, wurde sie durch seinen Glanz vernichtet. Das Kind aber, das sie unter dem Herzen trug, konnte Zeus retten und nähte es bis zur Geburt in seinen Oberschenkel ein. So kam Dionysos in die Welt. Also wünsche dir lieber nicht, meine wahre Gestalt zu sehen, denn das wäre dein Tod.«

Ich fröstelte. »Du gefällst mir, wie du bist.«

»Das bezweifle ich.« Ares lachte. »Oder gefällt dir mein Werk?«

Also hatte er doch seine Finger im Spiel gehabt, wie ich es befürchtet hatte. »Du hast das hier über uns gebracht?«

»Entschuldige.« Er zuckte mit den Schultern. Diesmal hätte ich ihm gern das Grinsen aus dem Gesicht gehauen, weil er sich offensichtlich in seiner Rolle gefiel. Der Kriegsgott, der die Fäden zog. Der das skythische Volk in den Abgrund stürzte. »Ich habe dich gewarnt, nicht wahr? Dein Vater hat versucht, dich aus dem Kampf herauszuhalten. Aber du warst stur. Du wolltest kämpfen.«

»Das stimmt«, sagte ich leise. Ich schlang die Arme um meinen Oberkörper und drehte den Kopf weg, weil ich ihm nicht länger ins Gesicht schauen wollte.

»Dann stellt sich wohl nicht die Schuldfrage. Du wusstest, dass es ein Fehler war. Sogar kurz vor dem Kampf hättest du noch zurücktreten können. Bis zuletzt hättest du zurückbleiben können, oder?«

Ich antwortete nicht. Dachte wieder daran, wie sehr mein Vater darauf beharrt hatte, dass ich im Lager blieb. Wie ich stur gegengehalten hatte. Aber trug ich deshalb die Schuld an Mazjars Tod? Mein Blick ging zum Lager.

»Was wird jetzt passieren?«, fragte ich.

»Also bitte. Alles kann ich dir nicht verraten.«

Ich war wütend. Auf ihn. Auf diese Selbstgerechtigkeit! Er wusste doch, was kam, oder?

»Ich weiß nicht alles, Otrere.« Ares seufzte. »Das habe ich dir schon mal zu erklären versucht. Die Zukunft liegt im Nebel. Nur manchmal hebt sich für uns Götter der Schleier, und wir können einen Blick erhaschen, was sein kann. Aber ob es wirklich so kommt … das wissen wir nicht. Denn die Menschen treffen Entscheidungen, und wir alle tragen die Konsequenzen.«

Das war nicht das, was ich von ihm hören wollte. Es war auch nicht das, was ich mir von meinem Wiedersehen mit Ares erhofft hatte. Ich wandte mich von ihm ab.

»Und schon verschwindest du wieder. Als könntest du es nicht ertragen, dass wir füreinander bestimmt sind.« Er folgte mir. »Ich kann das Schicksal deines Volks wenden, Otrere. Ihr werdet von allen Seiten bedrängt, nicht wahr? Im Süden die Achaier mit ihren Städten, im Westen die Thraker, die Kimmerer … Sie alle wollen euch nehmen, was ihr seid. Eure Lebensweise. Euer Land. Und du? Verschließt die Augen vor der Realität.«

»Was ist denn die Realität? Abgesehen davon, dass du und deinesgleichen meinen, ihr hättet ein Recht darauf, mit uns zu spielen?!«, schrie ich und drehte mich abrupt zu ihm um. Ares rannte in mich hinein, so dicht hinter mir war er, und er musste meine Oberarme festhalten, sonst wäre ich über seine Füße gestolpert und gestürzt. Ich weinte. »Warum dürfen wir nicht selbst über unser Schicksal bestimmen? Warum, Ares?«

»Willst du das?«, fragte er und runzelte die Stirn. »Willst du die Verantwortung tragen, ohne sie auf eine höhere Macht abwälzen zu können?«

Atemlos hielten wir inne. Er hielt mich immer noch fest, und ich ballte die Fäuste. »Ja, verdammt«, flüsterte ich. »Natürlich will ich selbst bestimmen, wie ich lebe. Wen ich liebe.«

Dabei sah ich ihn an. In seinen Augen funkelte etwas. Wissen. Begehren. Sehnsucht. Ich musste den Blick abwenden, denn selbst wenn er mir nicht in seiner wahrhaftigen Gestalt erschien, war dieser Körper, dieser Mann, dieser Gott für meine Selbstbeherrschung mehr, als ich ertragen konnte. Ich wusste zu wenig über die Liebe, um zu verstehen, was ich empfand. Zu wenig über das Schicksal, das uns schon vor unserer ersten Begegnung füreinander bestimmt hatte. Ich sah nur, dass Ares beim Tod meines Vaters die Finger im Spiel hatte. Dass er Mazjars Ende nicht verhindert hatte. Ein Wort von ihm hätte genügt, in der Nacht vor der Schlacht. Hätte er mir gesagt, dass ich besser zurückbleiben sollte … Hätte ich gewusst, dass meine Anwesenheit meinen Vater so ablenken würde, dass er eher mich als sich selbst schützen wollte und eine Unaufmerksamkeit genügte …

So wie Ares mich zur Thronfolgerin erhoben hatte, einfach weil sein Blick auf mich gefallen war, hatte er mich durch sein Schweigen zur Königin erhoben. Und er behauptete, er würde mein Schicksal nicht länger beeinflussen? Fast hätte ich gelacht.

»Auch wenn es euer Untergang ist?«, fragte er. Ganz ruhig. »Willst du dein Volk in den Untergang führen? Oder sollen sie überleben, sowohl in der Erinnerung als auch hier draußen? Von euch wird nicht viel bleiben …«

Ich riss mich los. Nein, ich versuchte, mich loszureißen. Ares aber hielt mich fest. Seine Kraft war enorm. Ich war kein schwaches, junges Mädchen, ich hatte mich all die Jahre beim Reiten, Bogenschießen, Kämpfen mit den anderen Kriegerinnen und Kriegern gemessen. Doch wie sollte ich gegen ihn irgendeine Chance haben? Es war vom ersten Moment ein ungleicher Kampf. Er war stärker als ich, in jeder Hinsicht.

»Nimm deinen Hund und verschwinde«, zischte ich. Wollte nichts davon hören, dass der Kampf meines Volks von vornherein vergeblich war.

Ares seufzte. Er blickte den Hund an, der in einiger Entfernung lag und ihn nicht aus den Augen ließ. »Ich habe dir schon erklärt, dass er nun dein Hund ist«, sagte er leise. »Als Königin wirst du …«

»Hör auf«, unterbrach ich ihn. »Ich will nichts mehr darüber hören, was ich tun werde oder was ich erfüllen muss. Ich will meinen Weg finden. Ohne dass du mir ständig erzählst, was du in meiner Zukunft siehst. Denn schau, es bringt ja nichts, außer dass ich mir Vorwürfe mache, wenn ich falsch entscheide. Kannst du das nicht verstehen? Ich bin die Königin der Skythen. Glaubst du wirklich, sie werden mich ernst nehmen, wenn ich mit dir über die Steppe wandere und meine Entscheidungen nach deiner Prophezeiung ausrichte, wenn du denn überhaupt mal so gnädig bist, mir einen Blick in die Zukunft zu gewähren?«

Er schwieg betreten, und ich atmete tief durch. Mir war klar, weshalb ich Ares nicht direkt zurück auf den Olymp jagte, sobald er auftauchte.

Ich wollte beides.

Königin sein.

Mit ihm zusammen sein.

Und das eine war durch ihn erst möglich geworden. Nun war ich Königin.

Wie wir das andere regelten, wusste ich nicht. In mir wehrte sich etwas dagegen, mich ihm in die Arme zu werfen. Aber wie lange noch, wenn mein Herz hämmerte, sobald ich vor ihm stand, wenn mir die Luft wegblieb, weil er mich so ansah, als wüsste er genau, wozu wir bestimmt waren? Die Geschichten über seinen Vater, der Sterbliche schwängerte, bereiteten ihm viel Vergnügen, wenn er sie erzählte. *Schau nur, was möglich wäre. Du kannst das auch haben.*

Das Schlimme war, dass ich mir genau das wünschte. Obwohl seine Geschichten immer in ein großes Unglück führten. Hieß das nicht, dass auch mir ein schreckliches Schicksal drohte? Warum wollte ich trotzdem all das, was so unmöglich schien? Von ihm gehalten werden. Von ihm gesehen werden.

Von ihm beschützt werden.

Ich schüttelte meine Gedanken ab. Nein, niemals würde ich mich dem Schutz eines achaischen Gottes anvertrauen. Nicht nach allem, was bereits deshalb passiert war.

Ich riss mich von ihm los. »Ich muss zurück.«

Sein Blick ging an mir vorbei zu dem Lager. »Für mich sieht es nicht so aus, als würden sie dich vermissen«, bemerkte er.

Wortlos starrte ich ihn an. Dann fuhr ich herum und eilte zurück. Zurück zu meinen Leuten. Dort fragte mich keiner, wie schuldig ich mich nach dem Tod meines Vaters fühlte. Niemand machte es mir zum Vorwurf.

»Wann sehen wir uns wieder, Otrere, Königin der Skythen?«, rief er mir nach. Ich drehte mich um und ging rückwärts weiter.

»Komm nach Tyras!«, rief ich ihm zu.

Denn nach Tyras würden wir in Kürze reisen. Ich musste meine Herrschaft festigen. Nach der Bestattung Mazjars würde mich die erste Reise nach Mamai-Gora führen, wo ich mit den anderen Fürsten zusammentraf. Aber danach würde ich auch nach Tyras reisen, wo mein Onkel als der Statthalter der Skythen residierte. Mir gefiel es nicht, aber Tyras gehörte inzwischen dazu. Die Stadt am Meer war Teil unseres Reichs, und sie verband die Skythen mit den Achaiern.

»Wirst du kommen?«, rief ich.

Doch Ares war schon verschwunden. Der schwarze Hund lief zu mir, er legte die Schnauze in meine Hand. »Ich weiß«, flüsterte ich.

Wie konnte das sein? Wenn Ares bei mir war, packte mich die Wut, weil er mich behandelte wie ein kleines Kind. Sobald er verschwand, sehnte ich mich nach ihm. Als hätte er mich vollkommen eingenommen. »Bald sehen wir ihn wieder«, flüsterte ich dem Hund zu. »In Tyras wird er bei uns sein.«

Ich hoffte, dass ich recht behielt. Es wäre die erste Begegnung, die nach meinen Regeln verlief.

16

Es sollte fast ein Jahr dauern, bis ich nach Tyras aufbrach.

Ares nach Tyras einzuladen, nahm eigentlich nur vorweg, dass er ohnehin dort auftauchen würde, wenn ihm der Sinn danach stand. Dachte ich.

Auf dem Weg in die achaische Siedlung am Meer ritt ich neben meiner Mutter, die sich zum ersten Mal seit Jahren von der Steppe löste, in der sie so tief verwurzelt war. Nach Mamai-Gora war sie nicht mitgekommen, weil sie überzeugt gewesen war, das würde ich auch ohne sie schaffen. Womit sie recht behalten sollte.

Erst viele Monde nach Mazjars Bestattung war ich mit Melanippe nach Mamai-Gora geritten. Das Frühjahr war über die Steppe gekommen, und auf den Kurgans schmolz bereits der Schnee. Ich wusste nicht, was mich in der skythischen Hauptstadt erwarten würde, denn bisher war ich nie dort gewesen.

Mamai-Gora hatte mich überrascht. Es war im Grunde nur eine etwas größere Ansammlung von Zelten und Karren, durchsetzt mit einigen festen Behausungen. Erdhäuser zumeist, nur eine Handvoll Gebäude aus Lehmziegeln lagen verstreut in der Ebene. Auch die Begegnung mit den beiden anderen Königen hatte mich beinahe enttäuscht. Beide waren alt und zahnlos, entfernte Onkel meiner Sippe, und das Aufregendste an ihnen war wohl, dass der eine sich anmaßte, mir einen Klaps auf den Po zu geben, und Andeutungen darüber machte, dass er für mich sein Witwerdasein gerne gegen das als Königsgemahl an meiner Seite eintauschen würde. Beide schworen mir direkt die Treue, sie schienen froh zu sein, dass ich ihnen keine Vorwürfe machte. Sie hatten weder auf unseren Hilferuf nach dem Angriff der Thraker reagiert, noch waren sie zur Beisetzung meines Vaters gekommen. Es waren zwei verwirrte Greise, die nur darauf warteten, dass ihr Leben zu Ende ging. Keine Gefahr für mich, aber auch keine Unterstützung, falls sich die Konflikte mit den Thrakern oder Achaiern verschärften.

»Tyras ist wichtig«, räumte meine Mutter widerstrebend ein, als Melanippe und ich ihr vorschlugen, sie könnte mich dorthin begleiten. Ich sollte mich mit Arash und den anderen Skythen ebenso treffen wie mit dem achaischen Damokoros. »Du könntest dich dort nach einem angemessenen Königsgemahl umsehen.«

Barkida ritt den Rappen, den ich nach dem Kampf gegen die Thraker von Merts Sippe geschenkt bekommen hatte. Vor ihr im Sattel saß mein jüngster Bruder, er wedelte fröhlich mit den Zügeln und klatschte in die Hände. Barkida war nach dem Tod meines Vaters in eine Stille gestürzt, die sie selten durchbrach.

Melanippe und Maspi waren zurückgeblieben. Sie würden sich in meiner Abwesenheit um unsere Belange kümmern.

In meinem Gefolge waren zwei Dutzend Krieger und Kriegerinnen, die mir bereits ihre Treue geschworen hatte. Mit ihnen bekannten sich die meisten Sippen unseres Volksstamms zu meinem Anspruch auf den skythischen Thron. Ich fühlte mich sicher. Tyras war nur eine Pflichtaufgabe, die ich eben erfüllen musste. Den Palast beanspruchen und die Schätze meines Vaters, die er dort in den vergangenen Jahren nach Geschäften mit den Achaiern in der Schatzkammer hinterlegt hatte. Ich dachte, die Angelegenheit würde kaum mehr als ein paar Tage in Anspruch nehmen.

Dann die Achaier. Davor fürchtete ich mich fast noch mehr, seit ich Ares kannte. Würden sie mir nicht grollen, dass ich nach wie vor die Gunst ihres Gottes genoss?

Ich stellte mir vor, wie er während eines Gesprächs mit den Achaiern aufkreuzte und sich dadurch alles fügte. Sie fürchteten ihn zu sehr, um sich gegen seinen Willen zu stemmen, oder?

Aber was sagte es über mich, dass ich auf seine Unterstützung hoffte? Ich sollte doch für mich und mein Volk sprechen können, ohne seine Unterstützung zu brauchen.

Als wir Tyras erreichten, war ich überrascht, denn das knappe Jahr, in dem ich die Stadt nicht besucht hatte, reichte offenbar, dass sie sich weit über die Grenzen der wuchtigen Mauer hinaus ausgedehnt hatte. Vor den Toren der Stadt waren Gärten und Felder angelegt worden, auf denen viele Sklaven rackerten. Als wir an ihnen vorbeiritten, richteten sie sich auf und rieben sich die schmerzenden Rücken. Manche wandten den Blick ab, als sie uns erkannten.

»Skythen«, hörte ich meine Mutter zischen. »Verweichlicht vom Leben hinter Stadtmauern arbeiten sie sich den Buckel krumm für ein paar Getreidekörner und Wurzelgemüse.« Sie spuckte verächtlich aus. Ich sagte nichts. Dass Barkida dem städtischen Leben nichts abgewinnen konnte, war ein offenes Geheimnis.

»Hüte dich nur vor den Verlockungen der Achaier«, murmelte sie. Wir erreichten das Stadttor. Die Wachsoldaten ließen uns passieren, und ich schlug den Weg zum Palast ein. Wie schon im letzten Sommer spürte ich die Blicke der Bürger auf mir ruhen. Sie traten beiseite, um uns Platz zu machen, doch alle Gespräche in den Straßen verstummten, sobald wir uns näherten. Ich fühlte mich unwohl und rutschte im Sattel hin und her.

»Sitz aufrecht«, flüsterte Barkida mir zu. Ich richtete mich auf. Die Wachen vor dem Palast gewährten uns Zutritt, ohne zu fragen, wer wir waren. Vermutlich hatte sich die Nachricht von unserer Ankunft wie ein Lauffeuer verbreitet. Oder sie dachten, eine Reitergruppe mit zwei Frauen und einem Kleinkind an der Spitze stellte für niemanden eine ernsthafte Gefahr dar.

Im Innenhof sprang ich vom Falben und warf einem Wachmann die Zügel zu. Ich nahm meinen kleinen Bruder von meiner Mutter entgegen und hielt ihn, während sie vom Rappen glitt. »Tete«, nannte er mich, und ich kitzelte ihn unter dem Kinn. Der Kleine lachte glucksend.

Ich rückte ihn auf meine Hüfte, während ich mit meiner Mutter auf das Tor zuschritt. Seine pummeligen Händchen hielten sich am Ausschnitt meiner Tunika fest.

Das zweiflügelige Tor, das ins Innere des Palasts führte, schwang auf. Mein Onkel kam uns mit weit ausgreifenden Schritten entgegen. Als er mich sah, blieb er abrupt stehen. Arash hatte sich im letzten Jahr verändert. Er trug nicht mehr eine weite, bunte Tunika über der Hose, sondern einen leichten Brustpanzer. Seine Haare waren ergraut und sein Blick so stechend, als wollte er mich aufspießen. Er schaute von mir zu dem Kleinen. Ich hob meinen Bruder hoch. »Darf ich dir Leiorgan vorstellen?«

»Du bist hier, weil …« Er verstummte. Weiterhin starrte er das fröhlich glucksende Kleinkind an, das ihm sogar zuwinkte. Ich wusste, was Arash dachte. Da tauchte ich nach dem Tod meines Vaters in Tyras auf, wo er sich offenbar inzwischen zunehmend kämpferisch gab und nicht mehr die verweichlichte Lebensweise der Achaier pflegte. Weshalb? Weil er dachte, er müsste gegen mich in einem Machtkampf bestehen? Oder weil er glaubte, die Achaier könnten ihn angreifen? Beide Möglichkeiten waren beunruhigend.

»Möchtest du uns nicht erst hereinbitten?« Meine Mutter trat vor. Sie übernahm Leiorgan, der sogleich an den Bändern vom Ausschnitt ihrer Tunika zog. Er hatte offensichtlich Hunger, und dass er bei ihr nach Nahrung verlangte, sorgte bei meinem Onkel für ein Aufatmen.

Ich verstand. Er dachte, der Kleine sei mein Kind. Wir hatten uns seit meinem letzten Besuch in Tyras nicht mehr gesehen. Glaubte er wirklich, ich hätte in der kurzen Zeit ein Kind bekommen, das schon zu so stattlicher Größe herangewachsen war? Aber von wem?

Ares.

Immer wieder kehrte mein Denken, mein Tun, mein Sein zu ihm zurück. Ich kreiste permanent um diesen Gott, als spiele er irgendeine Rolle in meinem Leben. Und auch alle um mich herum dachten, er sei untrennbar mit meinem Schicksal verbunden.

»Du hast meinen kleinen Bruder tatsächlich nicht gekannt«, sagte ich ruhig.

»Nein. Ein prächtiger kleiner Kerl. Willkommen in Tyras. Seid meine Gäste, solange es euch beliebt.«

Ich neigte den Kopf und wies ihn nicht darauf hin, dass nach Mazjars Tod auch dieser Palast in meinen Besitz überging. Etwas hatte sich seit letztem Sommer hier verändert. Ich konnte es noch nicht genau benennen, aber es fühlte sich gefährlich an. Für mich und die Zukunft meines Volks.

Anders als bei meinem letzten Aufenthalt in Tyras wurde ich diesmal von einer Sklavin in ein größeres Schlafgemach geführt, in dem eine breite Bettstatt stand. Ich sah mich erstaunt um. Dieser Raum war sicher dreimal so groß. Arash begleitete uns. Er sah sich prüfend um, als müsste er sich vergewissern, dass alles zu meiner Zufriedenheit war. »Für Barkida gibt es eine Schlafkammer nebenan«, sagte er. »Ich habe deine Kleider herbringen lassen.« Er öffnete die Truhe und wurde beim Anblick der vielen zarten Stoffe leicht rot. »Also, wenn du die tragen magst. Es kann auch sein, dass du etwas Neues möchtest. Dann lasse ich einen Stoffhändler kommen. Ein Ionier aus Milet, der sich erst kürzlich hier niedergelassen hat. Er hat eine große Auswahl schöner Seidenstoffe.«

»Es wird schon gehen«, sagte ich ruhig.

Er zögerte, als wollte er noch etwas sagen. »Die thrakischen Sklaven, die du uns geschickt hast.«

»Was ist mit denen?«

»Die sind angekommen.«

Ich nickte wieder und wartete, dass er mich endlich allein ließ. Doch Arash hatte noch etwas auf dem Herzen, das er unbedingt loswerden wollte.

»Bitte lass dich nicht davon täuschen, wie es hier ist. Da dein Vater selten in Tyras war, musste ich als sein Stellvertreter … nun, gewisse Vorkehrungen treffen. Immer mehr Skythen ziehen nach Tyras und in die anderen achaischen Siedlungen. Sie suchen bei mir Rat und fühlen sich mehr … als bräuchten sie einen Anführer hier im Süden.«

Er starrte mich an. Dann räusperte er sich. »Und das ist ja auch richtig so«, fuhr er fort, von meinem Schweigen ermutigt. »Du kannst nicht überall sein, und wenn ich dich hier vertrete …«

»Lass gut sein, Arash.« Ich verstand schon, was er meinte. Hatte mein Vater mich nicht genau davor immer gewarnt? Eines Tages wird das Leben in den Siedlungen unser Volk entzweien, so waren seine Worte gewesen. Mich überraschte nur, dass dieser Riss sogar durch meine eigene Familie ging.

Wie würde Mazjar damit umgehen? Hatte er gewusst, wie sehr Arash inzwischen die Herrschaft an sich riss?

Es ist egal, was mein Vater machen würde. Oder mein Bruder, meine Schwester, der Kriegsgott, den ich begehre. Was zählt, ist das, was ich tue. Weil ich es will.

»Lass mich bitte allein. Wir reden später über alles«, sagte ich knapp. Ich war müde von der Reise, und ich würde derlei sicher nicht diskutieren, während ich mich nach Ruhe sehnte. Ich durfte keinen Fehler machen, und darum musste ich ausgeruht sein.

»Selbstverständlich.« Er neigte den Kopf und zog sich zurück. Ich ließ mich auf die Truhe am Fußende des Betts sinken. Meine Mutter ließ Leiorgan herunter, der sogleich begann, den Raum auf allen vieren zu erkunden.

»Was wirst du tun?«, fragte sie.

»Ich weiß es nicht.« Arash entmachten? Dann bräuchte ich jemanden, der mich hier vertrat. Oder ich brauchte einen Vertreter da draußen in der Steppe, dem ich vertraute. Ich dachte an Maspi. Ihm vertraute ich, doch er hatte sich für das Leben als Priester entschieden. Der Enaree bildete ihn nun aus.

Meine Mutter? Sie hasste das Leben in der Stadt. Sie war keine Kriegerin, die draußen auf der Steppe unsere Soldaten anführen konnte.

Sie scheuchte mich von der Truhe weg und begann, den Inhalt zu durchwühlen. Dabei murmelte sie vor sich hin, es sei eine Frechheit, wie Arash uns hier empfangen habe. »Er respektiert dich nicht, Otrere. Du wirst ihm zeigen müssen, dass er dich nicht unterschätzen darf.«

»Ich weiß.« Aber etwas zu wissen und es dann auch umzusetzen ... plötzlich wünschte ich, Ares wäre hier. Und sei es nur, damit ich den Mut fand, mich gegen meinen Onkel durchzusetzen. Arash würde nicht der Letzte sein, der meinen Anspruch infrage stellte. Ein Herrscherwechsel war eine delikate Angelegenheit. Immer wieder kam es zu kriegerischen Auseinandersetzungen, bei denen der jüngst ernannte Herrscher seine Macht wieder verlor. Und meist bei der Gelegenheit auch sein Leben.

Aber brauchte ich wirklich Ares dafür? Hatte ich nicht genug Selbstbewusstsein, für mich einzustehen?

»Du wirst das hier tragen.« Meine Mutter hielt einen roten Umhang hoch, der aus einem festen Wollstoff gewebt war. »Dazu dieses Kleid.« Es war dunkelblau. Meine Mutter machte sich an einer Tasche zu schaffen, die sie während der Reise stets an ihrem Sattel bei sich getragen hatte. Sie kippte ein goldenes Durcheinander aus Armreifen und Ringen, Spangen und Halsketten, Kämmen und Haarnadeln auf dem Bett aus. »Heute Abend wirst du als Königin den Thronsaal betreten, und jeder Skythe, jeder Achaier wird wissen, dass die neue Skythenkönigin gekommen ist. Und zwar nicht, um ihren Platz einzufordern. Du wirst ihn einnehmen, weil er dir gehört.«

Die Worte meiner Mutter ermutigten mich.

Als wir an diesem Abend den Thronsaal betraten, drehten sich alle zu uns um. Ich trug das dunkelblaue Kleid und den roten Mantel.

Die Haare hatte meine Mutter gemeinsam mit einer Sklavin zu Zöpfen geflochten, die sie mit einem Kamm am Hinterkopf aufgesteckt hatte. Auf meinem Scheitel trug ich ein Diadem, das meine Mutter mir mit Tränen in den Augen überreicht hatte. Es war aus Gold gefertigt. Etwa eine Handbreit hoch zeigte es die Vermählungszeremonie einer skythischen Göttin mit einem Helden. Meine Mutter hatte mir erzählt, sie habe es bei ihrer Vermählung mit meinem Vater getragen. Es war einer Königin angemessen.

Meine nackten Füße steckten in Ledersandalen mit dünner Sohle, die sich anfühlte, als liefe ich barfuß über die kühlen Steine. An meinen nackten Armen klimperten die reich verzierten Goldreife, an meinen Fingern glitzerten die Edelsteine der Ringe auf. Ob ich mich in dieser Kleidung unwohl fühlte, mit so viel Schmuck, wie ich noch nie getragen hatte? Nein. Ich war viel zu stolz darauf, endlich zu zeigen, wer ich war.

Arash hatte mit einigen anderen Männern beisammengestanden. Als er mich erblickte, löste er sich aus der Gruppe und kam langsam auf mich zu. Sein Blick ging von der Krone über das goldene Pektorale um meinen Hals bis zu den Füßen. Selbst auf meine Sandalen waren winzige Edelsteine gestickt. Er musterte mich. Ich sagte kein Wort. Es war ein stummer Kampf, der sich zwischen uns entspann. Wer würde zuerst etwas sagen?

Dann neigte er den Kopf. »Willkommen, Königin Otrere. Wir freuen uns sehr, dass du endlich nach Tyras zurückkehrst.«

»Danke, Arash.« Ich bewegte kaum merklich den Kopf.

»Darf ich dir ein paar Leute vorstellen?« Er breitete die Arme aus. Ich folgte ihm zu den Männern, die sich vor dem Thronsessel versammelt hatten, der auf einem kleinen Podium stand. Arash steuerte auf den Sessel zu, doch dann zögerte er. Dieser Moment genügte, dass ich mich an ihm vorbeischob und die beiden Stufen hinaufstieg. Ich stellte mich vor den Thron und drehte mich um.

Ein leises Gemurmel hob an. Arash verschränkte die Arme vor der Brust, rührte sich aber nicht. Einige der Würdenträger blickten ihn fragend an, andere wiederum wisperten sich etwas zu. Ich lächelte leicht. Die Verwirrung der Anwesenden verriet mir einiges darüber, was im letzten Jahr seit dem Tod meines Vaters in Tyras passiert war.

Mein Onkel war aus gutem Grund der Beisetzung und der Trauerzeit ferngeblieben. Er hatte die Zeit zu seinen Gunsten genutzt und sich in Tyras Freunde gemacht.

Ich erhob meine Stimme.

»Als ich zuletzt in Tyras war, wurde ich freundlicher begrüßt. Vermutlich, weil ich für niemanden eine Gefahr darstellte.« Ich sah Arash an. Er war zumindest so unangenehm berührt, dass er den Kopf wegdrehte. Er flüsterte dem Mann neben sich etwas zu, der einen Kopf kleiner war als er und das helle, gefältelte Chiton eines Achaiers trug. Ich runzelte die Stirn. Vieles von dem, was ich beobachtete, verstand ich nicht. Ich musste vorsichtig sein.

»Auch jetzt gilt mein ganzes Streben einem friedlichen Miteinander aller Völker. Ich möchte mich im Sinne meines Vaters für eine Zukunft einsetzen, in der Skythen, Achaier und Thraker zusammenleben können.«

»Wie passt dazu, dass Mazjar im Kampf gefallen ist?«

Der Achaier neben Arash meldete sich zu Wort. Das überraschte mich nicht im Geringsten. Arash schickte ihn vor.

Ich lächelte. »Die Thraker haben versucht, unser Land zu stehlen. Die Existenz einer Sippe stand auf dem Spiel, und sie hat ihren König um Hilfe gebeten. Dieses Recht steht allen Skythen zu, die im Streit mit ihren Nachbarn sind. Mazjar starb, weil die Thraker den Konflikt mit uns gesucht haben.«

»Ach ja? Dann habt nicht Ihr diesen Krieg befeuert, weil Ihr mit unserem Kriegsgott gemeinsame Sache macht? Ares wurde bereits mit Euch zusammen gesehen. Und der Tod Eures Vaters kam Euch doch zupass, nicht wahr? Nur so seid Ihr Herrscherin der Skythen geworden.«

Ich ballte die Fäuste. Was fiel diesem Kerl ein? Er unterstellte mir, dass ich meinen Vater durch mein Verhalten umgebracht hatte.

»So war das nicht.«

»Wie war es denn?« Lauernd beobachtete der Achaier mich. Auch die anderen Männer im Raum ließen mich nicht aus den Augen. Bis auf meine Kriegerinnen, die sich unauffällig an den Wänden hielten und die Szene beobachteten, waren nur Männer im Saal. Ich blickte meine Mutter an, und sie nickte ermutigend.

»Ares hat mich gewählt, und ich habe Ares gewählt.«

Diese Erklärung sorgte für Verwirrung, für Getuschel und finstere Blicke. Wieder meldete sich der Achaier neben Arash zu Wort.

»Dann spricht aus Euch Ares, wenn Ihr Entscheidungen trefft?«

»Nein«, erwiderte ich fest. »Denn er respektiert meinen Wunsch nach Unabhängigkeit. Er wird sich niemals in die Angelegenheiten meines Volks einmischen. Das hat er mir mehrmals versichert.«

Es wäre gut, wenn du jetzt hier sein könntest, Ares. Und sei es nur, um deinen Achaiern ein kleines bisschen mehr Respekt einzuflößen.

Aber dann fiel mir ein, dass ich genau das nicht wollte. Auf keinen Fall sollte der Eindruck entstehen, dass sich meine Macht auf einen achaischen Gott stützte. Meine Macht stützte sich allein auf meine

Abkunft als Tochter meines Vaters und all jenen, die vor uns gekommen waren.

»Dann wirst du dich in Kürze mit einem Skythen vermählen?«

Die Frage kam von meinem Onkel.

»Wenn du nicht mit Ares verbandelt bist, solltest du im Sinne der Dynastie an eine Eheschließung denken«, fuhr er fort. »Denn nur so wird die Zukunft unseres Königshauses gesichert.«

Ich starrte ihn an. Sagte kein Wort.

Einem König würdet ihr das nicht sagen, oder? Dass er sich aber langsam mal verheiraten solle, kaum dass er den Thron bestiegen hat. Für ihn hat das Zeit, er soll sich mit Konkubinen austoben. Aber natürlich. Als Frau gelten für mich ganz andere Maßstäbe.

»Ich werde mich vermählen, wenn es an der Zeit ist«, erwiderte ich kalt. Arash wollte etwas sagen, doch der kleine Achaier zupfte an seinem Ärmel, und mein Onkel hielt den Mund.

Ich klatschte in die Hände. »Da wir das geklärt haben, wird es Zeit für das Festmahl, nicht wahr?«

Die Anspannung löste sich. Ich setzte mich auf den Thronsessel und wartete, während Sklavinnen in den Saal strömten und begannen, die festliche Tafel zu decken. Meine Mutter trat vor den Thronsessel. »Du hast es gut gemacht«, sagte sie mit einem kleinen Lächeln.

Es fühlte sich nur gar nicht so an. Sondern eher, als hätte ich mit Müh und Not den Kopf aus der Schlinge gezogen.

Womit ich gerechnet hatte: dass Ares früher oder später auftauchen würde, während ich in Tyras war.

Doch weder bei meinem ersten Treffen mit den Achaiern am nächsten Tag noch beim anschließenden Bankett, das ich als Ehrengast einnahm, tauchte er auf. Die Achaier bemühten sich, nachdem sich in Tyras herumgesprochen hatte, wie ich mit meinem unkooperativen Onkel umgesprungen war, mir ihre ewige Freundschaft zu versichern. Der Sache mit Ares maßen sie keine Bedeutung bei. »Unsere Götter kommen und gehen, wie es ihnen passt. Solange wir stets im Dialog bleiben und unsere Siedlungen durch Handel erblühen, wird es auch für Skythen immer einen Platz hier geben. Wir wollen keinen Krieg.«

So sprach Aratos, der noch immer Damokoros von Tyras war. Er saß bei dem Bankett neben mir und ließ sich nicht nehmen, bei jeder sich bietenden Gelegenheit zu betonen, wie wertvoll die Freundschaft zwischen Skythen und Achaiern war.

»Mittlerweile werden zwischen den Völkern Ehen geschlossen. Viele Skythen, die aus Neugier nach Tyras kommen, weil sie von der Stadt gehört haben, bleiben länger hier und kehren nicht auf die Steppe zurück. Sie würden sich vielleicht sogar freuen, wenn ihre Herrscherin häufiger herkommt. Oder sogar länger bleibt.«

Meine Mutter grollte, als ich ihr nach meiner Rückkehr in den Palast von diesem Gespräch erzählte. »Als Nächstes schlägt er vor, er könne dich ja beraten. Weil du dich hier nicht auskennst. Und dann könntest du einen Achaier ehelichen. Als Übernächstes wird er sagen, du sollst *ihn* heiraten, die Macht vereinen und gemeinsam über Tyras und die Skythen herrschen.«

»Warum sprechen nur immer alle vom Heiraten?«, murmelte ich. Damit hatte ich es nicht eilig. Ich zählte knapp siebzehn Sommer, da dachte ich doch nicht ans Heiraten.

»Die Achaier sind der Auffassung, dass nur ein Mann fähig ist, über ein Volk zu herrschen.« Meine Mutter seufzte. Sie nahm das

Diadem entgegen, das ich an diesem Abend getragen hatte, und schlug es in ein weiches, dunkelblaues Tuch ein. »Früher oder später wirst du dir einen Gemahl suchen müssen. Aber nicht jetzt. Sie sollen dich respektieren, nicht einen Mann an deiner Seite, weil er dich erobern konnte.«

»Hast du schon jemanden im Sinn?«, fragte ich leise. Ich nahm die Ringe ab und legte sie in eine Schale auf der Holztruhe.

»Es gibt einige junge Männer, die geeignet sind. Mirsad zum Beispiel. Erinnerst du dich noch an ihn?«

Ich überlegte, aber auf Anhieb hatte ich kein Gesicht vor Augen.

»Seine Familie zog als eine der ersten nach Tyras, das ist schon bald zehn Sommer her. Sie haben sich hier gut eingerichtet, habe ich gehört. Angesehene Kaufleute. Früher hast du gern mit Mirsad gespielt, bis du in das Zelt der Kriegerinnen umgezogen bist. Er hat sich nie so sehr fürs Kämpfen begeistern können.«

Jetzt erinnerte ich mich wieder.

»Überleg es dir. Es eilt ja nicht. Eine Beziehung zwischen euch wäre die perfekte Verbindung zwischen unseren Welten.«

Vermutlich hatte sie damit recht, aber ich wollte es nicht hören. Ich war zwar nicht gern allein mit mir und meinen Gedanken, und ich wünschte mir jemanden an meiner Seite, mit dem ich über all das hätte reden können. Nicht unbedingt meine Mutter, und meine Geschwister waren weit weg. Aber ob Mirsad dafür der Richtige wäre? Ich bezweifelte es.

»Wo steckst du, Ares?«, flüsterte ich in dieser Nacht in die Dunkelheit. Doch er blieb verschwunden. Was nur logisch war – er gehorchte seinen eigenen Regeln, und nur seinen Regeln. Was eine Sterbliche von ihm wollte, interessierte ihn einfach nicht.

Aber ich war nicht irgendeine Sterbliche, sondern die Königin der Skythen.

Sein Fernbleiben machte mich wütend, und ich fragte mich, ob es nicht das Beste wäre, wenn ich einen anderen Mann erwählte. Und sei es nur, um Ares zu zeigen, dass ich nicht ewig auf ihn warten würde.

17

Wir blieben noch ein paar Tage in Tyras, genossen die Gastfreundschaft der Achaier und meines Onkels gleichermaßen. Wie von meiner Mutter prophezeit, machte Aratos mir am letzten Abend unseres Aufenthalts das Angebot, mir zukünftig als Berater zu dienen.

Ich war so überrascht von der Vorhersehbarkeit seines Tuns, dass ich in den Wein schnaubte, den mir ein Sklave soeben kredenzte. Aratos musterte mich überrascht, und ich nahm rasch einen großen Schluck, um mein Grinsen zu verbergen. Irgendwie machte es mir auch Spaß, wenn die Männer glaubten, sie wären schlauer als ich. Aber ich beschloss, mitzuspielen.

»Als Berater«, wiederholte ich, um Zeit zu gewinnen.

»Nun, wie Ihr seht, ist Tyras eine prosperierende Stadt. Manches mag Euch fremd erscheinen, und vieles bleibt Euch auch verschlossen, da Ihr nicht häufig hier seid. Ich biete mich daher an, um zwischen unseren Völkern zu vermitteln.«

»Sollte das nötig werden.«

»Nun ... ja.«

»Denn wir sind ja beide bemüht, friedlich miteinander zu leben. Und ich denke, das wird besser funktionieren, wenn wir auf Augenhöhe miteinander sprechen und nicht, wenn Ihr Euch als Berater klein macht.«

Er zuckte zurück. Damit hatte er nicht gerechnet – dass ich sein Angebot so lesen würde, als duckte er sich vor meiner Macht.

»So meinte ich das gar nicht. Ich wäre gerne ...«

Mit mir auf Augenhöhe? Oder direkt in meinem Bett? Ich sprach es nicht aus, nippte am Wein und beobachtete ihn. Hübsch war er ja, der Achaier. Ein kräftiger Kerl, die dunklen Locken ergrauten allmählich an den Schläfen. Die Nase glänzte rot, er trank wohl gerne Wein, wenn er zu einem Bankett lud, und ich vermutete, nicht nur dann. Außerdem hatte er etwas Unangenehmes an sich, wenn er sich vorbeugte, ganz vertraulich tat, um mir etwas zu sagen – und dann flüchtig versuchte, in den Ausschnitt meines Kleids zu starren. Er glaubte wohl, ich merkte das nicht.

»Was wärt Ihr gerne?«, fragte ich unschuldig.

Aratos winkte hektisch einen Sklaven heran, der ihm mehr Wein einschenkte. Als der Sklave den Krug in meine Richtung neigte, schüttelte ich den Kopf. Bei den Banketten trank ich nie mehr als ein Glas Wein, weil er mir zu schnell zu Kopf stieg und ich dann meinen scharfen Verstand davongaloppieren spürte. Ich fürchtete, mit zu viel Wein könnte ich beginnen, mehr von mir preiszugeben, als gut für mich war.

»Ihr seid eine schöne Frau, Otrere. Ich war überrascht, als ich Euch kürzlich wiedersah.«

Ich versuchte, meine Gesichtszüge im Griff zu behalten. Und ihn nicht zu fragen, warum es ihn überrascht habe, dass ich sehr schön bin.

»Ihr habt etwas Majestätisches an euch …« Er hob die Hand, als wollte er mich an der Schulter berühren, aber ich warf ihm einen Blick zu, der sich diese Art von Annäherung verbat. Aratos ließ die Hand sinken und räusperte sich. »Jedenfalls, wenn Ihr schon fragt … Ich habe mich Euch als Berater angedient, weil ich vermutete, Ihr wärt einer tieferen Verbindung zwischen mir und Euch, zwischen

Achaiern und Skythen nicht aufgeschlossen.« Er stürzte den Wein hinunter, trank sich nachträglich Mut an für seine Worte. Ich beobachtete ihn und wusste nicht, was ich auf so viel Dreistigkeit erwidern sollte.

»Oder möchtet Ihr …?« Er machte mit dem leeren Silberkelch eine unbestimmte Geste, der Sklave näherte sich und schenkte nach. Aratos stierte mir in den Ausschnitt. Ich trug ein rotes Kleid, der Seidenstoff war fast durchsichtig. Auf jeden Fall so verführerisch, dass es etwas mehr über meinen Körper verriet als die Kleider zuvor. In Gedanken verfluchte ich meine Mutter, die mir dieses Kleid vorgeschlagen hatte. Ich wusste, dass sie nichts ohne Absicht tat. Wollte sie etwa, dass ich den Damokoros um den kleinen Finger wickelte?

»Nein«, erwiderte ich schlicht. Verletzen wollte ich ihn nicht, und wenn ich anfing, mit ihm zu spielen, würde er schlimmstenfalls zum Schluss gekränkt das Feld räumen und auf Rache sinnen. Ich brauchte ihn weiterhin als Verbündeten in Tyras, nicht als Feind, der seinen verletzten Stolz mit einer übersteigerten Aggressivität mir gegenüber verbrämte.

»Nun gut.« Er nickte, als wäre das zu erwarten gewesen, doch ich merkte ihm seine Enttäuschung an.

Ich beugte mich vor und legte die Hand auf seinen Unterarm. Er brauchte nun etwas Trost.

»Ihr könntet mir aber einen Gefallen tun, Aratos«, säuselte ich. Innerlich verdrehte ich die Augen. Dass so etwas nötig war, schlimm genug. Meine Mutter hatte mich gewarnt, und ich hatte mir daraufhin etwas zurechtgelegt, damit ich für diesen Moment gerüstet war.

»Was immer Ihr wünscht, Königin Otrere.«

»Seid mein Auge und mein Ohr hier in Tyras.«

Er kniff die Augen zusammen. »Ihr habt Euren Onkel hier.«

Ich nickte. »Deshalb bitte ich Euch darum.«

Er verstand.

»Ihr traut ihm nicht.«

Dir traue ich auch nicht, dachte ich. Aber wenn ich sowohl meinem Onkel als auch Aratos den Auftrag erteilte, ein Auge auf den jeweils anderen zu haben, konnte mir das nur nützen. Beide wären auf der Hut, und falls einer doch mal Anstrengungen unternahm, die meinen Interessen zuwiderliefen, würde ich davon erfahren.

Es sei denn, sie taten sich zusammen. Dann hätte ich ein Problem.

Aber das glaubte ich nicht. Beide waren zu sehr auf ihre Macht versessen, als dass sie bereit wären, sie zugunsten des anderen zu teilen. Eher würden sie sich die Köpfe einschlagen, bevor der Siegreiche dann versuchte, sich mit mir anzulegen – oder mich für sich zu gewinnen.

Am nächsten Tag ritten wir zurück. Meine Mutter wirkte zufrieden, doch ich ärgerte mich über die Männer. Vor allem über meinen Onkel, der in dem Palast hockte wie ein verweichlichter Achaier.

Außerdem vermisste ich Ares. Seine klare Sicht der Dinge, auch wenn er mich nicht an seinen Erkenntnissen teilhaben ließ. Ich wollte von ihm hören, dass ich alles richtig gemacht hatte. Als bräuchte ich seine Bestätigung.

Am meisten ärgerte mich, dass er kam und ging, wie es ihm gefiel. Dass er in den unpassendsten Momenten auftauchte. Wenn ich ihn brauchte oder mit ihm reden wollte, war er nicht da. Ich hatte keinen Anspruch auf ihn, das wusste ich. Er allerdings erhob immer dann

Anspruch auf mich, wenn es ihm gefiel. Und noch hatte ich kein Mittel dagegen gefunden, keine Möglichkeit, so für mich einzustehen, dass er eben nicht alle Macht in seiner Hand hielt.

Aber nun war ich eine Königin, die Menschen gehorchten mir. Wenn er das nächste Mal erschien, würde ich bereit sein.

Das Leben als Herrscherin unterschied sich von meinem früheren als Kriegerin nur in wenigen Punkten. Weil ich weiter auf der Steppe leben wollte, bei meiner Familie. Doch ich konnte nicht länger mit den Kriegerinnen zusammen in einem Zelt schlafen. Ich bekam ein eigenes, größeres. Das war nötig, weil ich mit einem Schlag mehr Dinge besaß, als ich brauchte. Geschenke von den Sippen, die von weit her ihre Ältesten schickten, um mich kennenzulernen oder um Rat zu fragen.

Noch etwas hatte sich geändert. Mir blieb weniger Zeit für mein tägliches Training mit dem Falben oder beim Bogenschießen. Auch der Hund, der mich treu bewachte, aber bisher noch nicht gelernt hatte, mich bei der Jagd zu unterstützen, musste nun warten. Zu viele Verpflichtungen kamen mit der neuen Verantwortung.

Die Thraker waren in diesem Frühjahr zurück am Ufer des Flusses und hatten Merts Sippe vertrieben. Diesmal hatten sie sofort ihre Kämpfer mitgebracht; es wirkte nicht so, als würden sie sich diesmal nach einem kurzen Scharmützel zurückziehen. Viele Sippen suchten Rat bei mir, weil untereinander Streitigkeiten entbrannt waren, kaum dass mein Vater tot war. Meine Aufgabe war nun, aus dem, was mir erzählt wurde, zusammen mit dem, was ich zu wissen glaubte, eine für die Beteiligten möglichst gerechte Entscheidung zu fällen. Wenn beide Parteien sich unzufrieden zeigten, hatte ich meine Aufgabe erfüllt – auch wenn sich das für mich nicht gut anfühlte. Ich wünschte, es wäre leichter.

Mert kam zu mir, er bat erneut um Waffenhilfe gegen die Thraker. Ich lehnte ab, denn wir hatten letzten Sommer schon zu viel verloren. »Zieht nach Süden, dort sind ähnlich gute Weidegründe. Geht dem Konflikt mit ihnen aus dem Weg. Sie wollen, dass wir sie angreifen, damit sie sich bestätigt sehen, dass wir ein kriegerisches Volk sind, das vernichtet werden sollte, weil es Unruhe stiftet.« Ich war unerbittlich. Die Verluste vom letzten Jahr wogen zu schwer. Eine zweite Niederlage sollte nicht meine Herrschaft überschatten. Zu leicht könnten feindselige Kräfte versucht sein, sich gegen mich aufzulehnen, wenn wir weiter geschwächt wurden.

Ich entschied das nicht allein. Allzu oft fühlte ich mich überfordert von Entscheidungen und von deren Auswirkungen, die ich nicht abschätzen konnte. Maspi und Melanippe waren in diesem ersten Jahr stets an meiner Seite, wir redeten über alles, und allzu oft schafften sie es, dass ich klarer sah.

Doch dann passierte etwas, das mein Selbstverständnis in den Grundfesten erschüttern sollte.

Es geschah an einem der ersten warmen Sommertage. Früh am Morgen hatte es geregnet, und ich sattelte den Falben. Am Vorabend waren zu später Stunde Gäste von weit entfernten Sippen eingetroffen, die sicher heute meine ganze Aufmerksamkeit einfordern würden. Doch vorher brauchte ich Zeit für mich. Ich pfiff nach Ares' Hund, schwang mich in den Sattel und galoppierte los. Der Falbe streckte sich unter mir, und ich schrie mein Glück in den Himmel.

Unterwegs erlegte ich zwei Hasen, die der Hund für mich apportierte. Dafür lobte ich ihn überschwänglich. Ich genoss den Rückweg. Der Falbe streckte den Hals, der Hund lief aufmerksam neben uns her. Ich genoss die wärmende Sonne auf dem Gesicht und den sanften Wind in meinem Haar, das ich offen trug. Eine Hand auf dem Oberschenkel, die andere in der Mähne, die Zügel locker mit den Fingern umfasst, so ritt ich im Schritt zurück zum Lager.

Ich war nur noch wenige Hundert Schritte entfernt, als zuerst der Falbe die Ohren spitzte. Dann witterte der Hund, er blickte zu mir auf, als wollte er mich um Erlaubnis bitten, loszupreschen.

Ich zügelte den Falben. Vom Lager hörte ich Rufe, hektisch liefen meine Leute hin und her. Sie versammelten sich um ein fuchsfarbenes Pferd, das mitten im Lager zusammengebrochen war. Unter dem Pferd lag reglos ein Mensch. Eine junge Kriegerin, erkannte ich im Näherkommen. Das Pferd war tot. Sie hatte es auf dem Weg hierher zu sehr geschunden, sodass es zusammengebrochen war, sobald es zum Stehen kam, und auch sie schien dem Totenreich näher zu sein als der Welt der Lebenden. Ich sprang aus dem Sattel und packte mit an. Gemeinsam zogen wir sie unter dem leblosen Tier hervor. Maspi hob sie hoch und trug sie zum Karren meiner Mutter. Dort wurde sie auf eine Matte gelegt, jemand brachte einen Becher Wasser, und Maspi untersuchte sie.

»Was ist passiert?«, wollte ich wissen.

Melanippe tauchte neben mir auf. »Ich erkenne sie«, sagte sie leise. »Sie gehört zu Merts Sippe.«

»Die Thraker«, flüsterte ich.

Diesmal hatten sie sich nicht damit zufriedengegeben, unsere Leute zu vertreiben, sondern sie hatten sie auch verfolgt. Wohl wissend, dass es besser war, als Erste zuzuschlagen, bevor wir sie mit einer größeren Streitmacht als im letzten Frühling vertrieben.

Ich erkannte meinen Fehler.

Die junge Frau wachte nicht mehr auf. Aber anhand ihrer schweren Verwundungen und der Tatsache, dass sie es als Einzige geschafft hatte, sich zu uns durchzuschlagen, ahnte ich, welches Schicksal die anderen Menschen von Merts Sippe ereilt hatte.

Diesmal musste ich mich nicht mit Melanippe und Maspi beraten, denn uns war klar, dass dieser Angriff nach einer Antwort verlangte, die lauter war als alles, was ich mir bisher ausgemalt hatte. Die Thraker mussten vernichtet werden, damit sie ein für alle Mal auf ihrer Seite des Flusses blieben.

Melanippe unterstützte meine Pläne. Nur Maspi hatte Bedenken, denn mit einer Niederlage stand mehr auf dem Spiel. »Deine Herrschaft ist noch nicht gesichert«, gab er zu bedenken.

»Dann wird es Zeit«, erwiderte ich.

Wir bereiteten uns auf einen Krieg vor.

Beim nächsten Neumond stolperte ich abends erschöpft in mein Zelt und fiel auf die Matte, die mir als Nachtlager diente. Meine Muskeln schmerzten, da ich tagsüber lange mit den jungen Kriegerinnen trainierte. Danach folgten viele Diskussionen mit meinen Geschwistern, meiner Mutter und den Anführern der anderen Sippen, die sich mit ihren Kämpfern auf mein Geheiß in der Ebene rings um unser Lager sammelten. In wenigen Tagen würden wir aufbrechen. Keine Zeit, um nervös zu werden. Ich erlaubte mir nicht den Gedanken an ein Scheitern, denn es ging hier tatsächlich um mehr als nur um die Sippe, die wir verloren hatten. Ich hatte Späher ausgeschickt, die nach dem Lager suchen sollten, das angegriffen worden war. Sie kehrten niedergeschlagen zurück; die Thraker hatten niemanden am

Leben gelassen. Falls es Überlebende gab, hatten sie diese mitgenommen und versklavt. Die großen Viehherden waren ebenfalls verschwunden. Kaum verwunderlich, auf der Steppe waren sie der größte Reichtum jeder Sippe. Die Thraker hatten sie vermutlich längst mit ihren Herden vereint.

Mit der Müdigkeit kamen auch die Zweifel aus allen Winkeln meines Verstands gekrochen. Maspi machte es mir nicht leicht. Er lernte vom Priester alles, was er als zukünftiger Enaree wissen musste. Auch die Weissagung gehörte zu den Fähigkeiten eines Mannes, der mit den Göttern im Kontakt stand. Wann immer wir über den Krieg sprachen, äußerte er Zweifel an meinem Plan. Er meinte, wir sollten warten. Wie lange denn?, hatte ich ihn heute angebrüllt, als er wieder damit anfing. Wie viele Sippen sollen noch vernichtet werden, bevor ich meinem Volk zu Hilfe eilen darf?

»Ich muss deinem Bruder in einem Punkt leider recht geben.«

Ich schrie auf und fuhr hoch. Die Stimme war mir so vertraut, dabei hatte ich sie nur wenige Male in meinem Leben gehört. Ares.

Im Halbdunkel saß er auf einem Sattel und reinigte sich mit einem Dolch die Fingernägel.

»Du bist als Herrscherin noch nicht von allen Skythen anerkannt. Aber das hast du sicher schon gemerkt.«

Die dunklen Haare fielen ihm ins Gesicht. Es war finster in meinem Zelt – ich wollte schlafen, verdammt! –, aber sein süffisantes Grinsen sah ich trotzdem, als leuchte er aus sich heraus.

Vielleicht tat er das. Götter können Dinge, die uns Sterblichen für immer verwehrt sein werden, nicht wahr? Dinge, die größer sind als alles, was wir begreifen können.

»Bist du wieder hergekommen, um mich zu warnen?«, wollte ich wissen.

»Würde es denn etwas ändern? Würdest du diesmal auf mich hören, Otrere?«, fragte er sanft. Was mich nur noch mehr aufbrachte. Schon einmal hatte ich nicht auf ihn gehört. Das hatte meinen Vater das Leben gekostet und mich viel zu früh zur Herrscherin gemacht. Seitdem war ein Jahr vergangen, in dem Ares sich aus meinem Leben herausgehalten hatte. Inzwischen war ich überzeugt, dass er nur dann zu mir kam, wenn ich an einem Wendepunkt stand. Als wäre ich nur in diesen Momenten für ihn interessant.

»Was treibst du eigentlich, wenn du nicht hier bist?«, wollte ich wissen.

Er hob überrascht eine Augenbraue. »Was soll ich schon machen?«

»Jagst du Aphrodite nach? Oder anderen sterblichen Frauen, die du mit deinen Einflüsterungen von ihrem Schicksal abhalten willst?«

»Eigentlich hocke ich oft auf dem Olymp herum, labe mich an Nektar und Ambrosia und langweile mich. Schrecklich, sage ich dir.«

»Du könntest dich gelegentlich hier langweilen«, schlug ich vor.

Er neigte den Kopf. »Ich hatte bisher nicht das Gefühl, als wäre meine Anwesenheit erwünscht. Weder von dir noch von deinen Leuten.«

»Was meine Leute wollen, ist in der Hinsicht unwichtig, oder?« Ich atmete tief durch.

»Gut, dann so: Ich hatte bisher nicht das Gefühl, als würdest *du* großen Wert auf meine Anwesenheit legen. Darum habe ich mich von dir ferngehalten.«

»Es ist eher so, dass ich kein Interesse daran habe, mir von einer eifersüchtigen Göttin erzählen zu lassen, ihr Anspruch auf dich sei älter, und ich solle dich gefälligst in Ruhe lassen.«

»Autsch. So schlimm.«

Ich zuckte unbehaglich mit den Schultern. »Ihr Götter …«

»Ja?« Jetzt grinste er. »Was ist mit uns?«

»Für euch ist das alles nur ein Spiel. Ihr vertreibt euch die Zeit und die Langeweile damit, uns Menschen zu beobachten. Und wenn's euch zu öde wird, dann pikst ihr die Thraker oder die Achaier, damit sie etwas Unvorhergesehenes machen.«

»So eine große Macht gestehst du uns zu.«

»Ist es nicht so?«

Ares überlegte. Ich spürte, wie der Schweiß auf meiner Haut trocknete und zu jucken anfing. Normalerweise wusch ich mich nach dem täglichen Training mit kaltem Wasser. Jetzt wischte ich mir nur mit einem Tuch übers Gesicht.

»Wir können manches sehen, aber nicht alles. Wir können die Dinge beeinflussen, aber nicht immer so, wie wir es gerne hätten. Und manches entzieht sich schlicht unserer Macht, sobald ein anderer Gott am anderen Ende zieht. Dann droht ein unvorstellbares Chaos. Das möchtest du lieber nicht erleben.«

»Und du meinst, bei mir zieht jemand auf der anderen Seite? Aphrodite?«

»Ich weiß nicht, ob es Aphrodite ist. Aber dein Schicksal ist nicht nur für mich von Bedeutung.« Ares seufzte, es klang fast wie ein

Stöhnen. »Quäl mich doch nicht so, Otrere«, hörte ich ihn murmeln.

»Ich quäle *dich*?« Wer besetzte denn ständig meine Gedanken, meine Phantasie, meine Sehnsucht? Nachts träumte ich von ihm. Davon, wie wir uns auf der Steppe begegneten, im gleißenden Licht eines Morgens gingen wir aufeinander zu, und wenn wir voreinander standen, wich ich nicht vor ihm zurück, sondern ließ mich von seinen starken Armen umschließen. Im Traum einte uns der Wunsch, einander zu spüren. Wir küssten uns. Wir liebten uns. Im Traum war alles möglich, das ich mir im Wachen nicht mit ihm vorzustellen wagte.

Andererseits war er nun hier. In meinem Zelt. Er kam und ging, ohne dass es jemand bemerkte. Mein Herz hämmerte, und ich fasste einen kühnen Plan.

»Du hast ja keine Ahnung«, murmelte er düster. Er ließ mich nicht aus den Augen, und ich lächelte.

»Hältst du dich deshalb von mir fern, Ares?«, fragte ich leise. »Weil meine Nähe dir zu viel ist?«

»Du verstehst nicht, was du mit mir tust«, murmelte er.

»Dann erklär es mir.«

Er vergrub das Gesicht in den Händen. »Ihr dürft nicht gegen die Thraker kämpfen, Otrere. Wenn ihr das tut ...«

Er sprach nicht weiter.

Ich musste mich beherrschen, nicht die Augen zu verdrehen, denn so langsam gingen mir seine ständigen Andeutungen auf die Nerven. Zumal wir doch gerade noch über etwas ganz anderes gesprochen hatten. Oder hatte ich ihn so gründlich missverstanden?

Höchste Zeit, es herauszufinden.

»Wir müssen aber.«

»Ich weiß.« Er klang resigniert.

Ich stand auf und begann, meine Stiefel auszuziehen.

»Was tust du da?«, fragte er.

»Ich bin müde«, erklärte ich. »Und zum Schlafen brauche ich weder meine Stiefel noch eine Hose.«

Er sagte nichts mehr, und ich machte weiter. Inzwischen juckte meine Haut am ganzen Oberkörper, ich hätte mir gern die Tunika heruntergerissen.

»Vielleicht solltest du gehen«, sagte ich und stellte die Stiefel neben die Truhe, in der ich meine Sachen verwahrte. »Ich werde mich gleich komplett entkleiden und waschen.«

»Wenn du meinst, ich würde mich hier langweilen, wenn du mir so viel bietest, irrst du dich.« Er ließ mich nicht aus den Augen, und ich merkte, wie ich unter seinem Blick errötete.

Zwischen Ares und mir herrschte seit unserer ersten Begegnung diese Art Spannung, für die ich keine Worte fand. Ich begehrte ihn. Von der Liebe wusste ich nicht viel, außer dass sie meine Eltern einst verbunden hatte. Meine Mutter redete oft davon, wie sehr sie meinen Vater geliebt hatte. Dass sie mir dasselbe wünschte. Zugleich betonte sie immer wieder, ich solle einen jungen Skythenanführer auswählen, mit dem ich mich vermählte. Doch ich hatte kein Interesse an einem Jüngling, der sich als mein Gemahl zum König über die Skythen aufschwang.

Ares hingegen … Wenn er bei mir war, empfand ich eine zittrige Anspannung. Ich wollte ihn berühren. Von ihm berührt werden. Ich wollte wissen, ob die Wirklichkeit sich so anfühlte wie meine Träume.

»Du träumst von mir?«

Ich drehte mich halb zu ihm herum. »Weißt du, es ist schon sehr irritierend und auch ein wenig unhöflich, in den Gedanken einer jungen Sterblichen herumzuschnüffeln«, wies ich ihn zurecht. Ich klang souverän, doch innerlich zitterte ich. Immer wieder dieses verflixte Gefühl der Unterlegenheit, das mich in seiner Gegenwart erfasste.

»Verzeih, Otrere.«

Ich streifte die Hose herunter. Ares knurrte. »Treib es nicht auf die Spitze.«

»Gefällt es dir nicht?«

»Es gefällt mir zu gut.«

»Das ist nicht mein Problem.«

Ich spürte die Macht, die ich über ihn ausübte. Nur mit meinem Körper, der ihm so gut gefiel.

»Du weißt nicht, was du da tust«, flüsterte er.

»Ich glaube, wir beide wissen das ganz genau.« Ares legte den Kopf in den Nacken und rieb sich über die Augen. »Wir dürfen das nicht tun, Otrere.«

Ich hielt inne. »Was dürfen wir nicht tun?«, fragte ich.

»Das hier. Du und ich ...«

Ich wartete. Als er nicht weitersprach, trat ich auf ihn zu. »Ist es wegen Aphrodite?«, fragte ich. »Will sie verhindern, dass wir ...« Ich sprach nicht weiter. Ich dachte es nur.

Will Aphrodite verhindern, dass wir uns lieben?

Ares starrte mich an. Sein Blick glitt über meinen Körper. Ich sah ihm sein Begehren an, und fragte mich, was ihn davon abhielt, sich einfach das zu nehmen, was er wollte.

Mich.

»Das mache ich nicht.«

Ich warf ihm einen scharfen Blick zu, und Ares hob entschuldigend die Hand.

»Was ist es dann?«

Wieder antwortete er mit Schweigen.

Ich wusste schon, was er sagen würde, wenn er überhaupt den Mund aufmachte. Dass er *nichts* sagen dürfe, dass ein Ausblick auf die Zukunft die Zeitläufe in eine Richtung bewegen könne, die nicht sein dürfe … Ich kannte das alles, und es ermüdete mich. Allmählich verlor ich die Geduld.

»Du solltest dich entscheiden«, sagte ich in sein Schweigen hinein. »Was du von mir willst. Und wie viel von dem, was du willst, du mir gegenüber preisgibst. Ansonsten solltest du vielleicht zurückkehren auf deinen Olymp, wo du in Nektar und Ambrosia schwelgen und dich zu Tode langweilen kannst.«

»Wir sterben nicht.«

»Ja, das wird dann vermutlich *sehr* langweilig«, zog ich ihn auf.

Ares sagte nichts mehr. Ich drehte ihm den Rücken zu und zog die Tunika über den Kopf. Komplett nackt griff ich nach dem Hemd, das ich nachts unter den Fellen und Decken trug. Als ich es über den Kopf streifte und mich umdrehte, war Ares verschwunden.

Ich lächelte. Wer hätte das gedacht, dass er vor meinem nackten Körper Angst hatte? Doch sein Verschwinden enttäuschte mich auch. Ich hätte mir von ihm eine andere Reaktion gewünscht.

Wenige Tage später brachen wir auf. Über zweihundert Krieger und etwa achtzig Kriegerinnen schlossen sich uns diesmal an, eine beeindruckende Streitmacht. Ich blickte nicht zurück, als wir das

Lager hinter uns ließen, obwohl ich seit Ares' Besuch tief in mir die Gewissheit verspürte, dass ich irgendwann nicht mehr hierher zurückkehren würde.

Zumindest nicht lebend.

18

Melanippe hatte sich für dieses Mal den Rappen erbeten, denn ich zog weiterhin den Falben vor, und ihre Schimmelstute hatte dieses Frühjahr ein Fohlen bekommen. Sie lenkte den Hengst neben meinen, der sofort tänzelte und spielerisch nach dem Schwarzen schnappte. »Benimm dich«, sagte ich streng.

»Hast du keine Angst?«, wollte sie wissen.

»Sollte ich?«

Sie zuckte unbehaglich mit den Schultern. »Wir alle haben Angst. Nur du wirkst so …«

Ich wartete.

»Es sieht aus, als hättest du im Kampf deine Bestimmung gefunden«, fügte sie leise hinzu. »Als wäre das hier der richtige Platz für dich.«

Ich widersprach nicht. Der Wind zerrte an uns. Nicht mehr lange, bis die Sonne aufging und ich das Zeichen zum Angriff geben würde.

»War er wieder bei dir?«, wollte sie wissen. »Ares. Das geht schon seit einigen Tagen so, dass du irgendwie … leuchtest.«

»Ich leuchte?« Das war mir neu.

»Als hätte er dich berührt. Maspi hat es bemerkt und mir davon erzählt. Er dachte, ich würde es für mich behalten. Er ist den Göttern näher. Deshalb sieht er auch mehr als wir anderen.«

»Er soll sich lieber um seine eigenen Angelegenheiten kümmern«, murmelte ich und nahm den Bogen vom Rücken. Die Sehne war eingespannt, doch jetzt überlegte ich, ob es bei dieser Kälte auch die richtige war oder ob sie nicht beim ersten Spannen reißen könnte. Der Sommer war dieses Jahr spät gekommen.

»Du vergisst, dass alles, was dich betrifft, nun auch uns alle betrifft«, sagte meine Schwester leise.

»Leuchte ich jetzt auch?«, fragte ich.

Sie musterte mich mit schief gelegtem Kopf. »Ich seh's nicht so deutlich wie Maspi«, gab sie zu. »Aber etwas ist da. Also war er bei dir?«, beharrte sie.

Ich nickte knapp. Bist du jetzt auch bei mir, Ares?, dachte ich. Passt du auf, dass ich mit meinem Starrkopf nicht den Plänen der achaischen Götter zuwiderlaufe?

Nushaba ritt die Reihen ab. Wir hatten uns in einer Senke versammelt, von der unsere Pferde nur einige Hundert Schritte eine sanfte Steigung hochgaloppieren mussten, bevor wir von einem Hügelkamm aus direkt zum Lager der Thraker gelangten. Unsere Späher meldeten, im Lager sei alles ruhig. Ich atmete durch. Melanippes Worte ließen mich nicht los. Ein Leuchten? Seit Ares bei mir war?

Dann stand ich wohl unter seinem Schutz. Was auch immer geschah, es würde sich zu unseren Gunsten entwickeln. Ich hatte nicht direkt Angst verspürt, als ich mich noch im Dunkeln von meinem Lager erhob und das Zeichen zum Aufbruch gab. Aber ein ungutes Gefühl, eine Vorahnung hatte an mir geklebt. Ich schüttelte leicht den Kopf, damit diese Empfindung schwand. Ares passte auf mich auf. Ob mir das nun gefiel oder nicht. Verhindern konnte ich es ohnehin nicht.

Ich gab das Zeichen zum Angriff.

Die Thraker hatten nicht mit uns gerechnet. Sie waren so überrascht, als wir losstürmten, dass sie kaum Widerstand leisten konnten. Männer stürzten zu ihren Pferden, Kinder und alte Frauen stolperten Richtung Fluss. Ich rief Nushaba etwas zu, damit sie ihnen den Weg abschnitt. Diesmal sollte keiner entkommen. Die wenigen Krieger, die versuchten, Widerstand zu leisten, konnten wir schnell bezwingen.

Wir ritten sie einfach nieder. Ich hielt keinen Krieger davon ab, die Thraker zu töten. Die Sonne war noch nicht ganz über dem Fluss aufgestiegen, als der Kampf schon beendet war.

Die Frauen und Kinder und auch die Sklaven – dazu hatte ich zuvor klare Worte gefunden – wurden zusammengetrieben, und wir fragten, wer von ihnen zu Merts Sippe gehörte, und uns berichten konnte, was vor Mondenfrist passiert war.

So erfuhren wir von einer jungen Frau und ihrem kleinen Bruder, der gerade mal acht Jahre alt war, vom Angriff der Thraker in der Nacht. Wehrlose Skythen waren in ihren Zelten niedergemetzelt worden, bevor die Überlebenden verschleppt und ihre Herden mit denen der Thraker vereint wurden. Die beiden gehörten zu den wenigen Überlebenden. Viele waren bereits an andere Stämme der Thraker weitergegeben worden. Wenn wir nicht auf die andere Flussseite übersetzten und die Stämme dort angriffen, hatten wir keine Möglichkeit, sie zu retten.

Fast alle verloren. Nur diese zwei waren geblieben. Ein rotznasiger, trotziger Junge und eine junge Frau, die völlig verängstigt wirkte. Ich wollte lieber nicht wissen, was die Thraker ihr in der kurzen Zeit angetan hatten, seit sie in ihrer Gewalt war.

Es fiel mir schwer, meine Wut nicht an den überlebenden Thrakern auszulassen. Mit der Versklavung aber war der Gerechtigkeit Genüge getan. Ich überließ es Melanippe, die Aufteilung der Sklaven und des Viehs zu regeln. Mich zog es zurück nach Hause. Nachdem ich den Befehl gegeben hatte, die beiden Überlebenden zu meinem Stamm bringen zu lassen, damit sie dort ein neues Leben beginnen konnten, sprang ich in den Sattel und ritt zurück. Eine Handvoll Kriegerinnen folgte mir; sie würden ihre Königin nicht allein über die Steppe galoppieren lassen. Nicht auszudenken, wenn mir etwas passierte. Otrere, Bezwingerin der Thraker, Retterin der Flussskythen!

Dieser Ruf eilte mir nun voraus. Es war das passiert, was ich gehofft hatte. Durch den Sieg hatte ich meine Machtposition gestärkt, und ich hatte das allein geschafft, ohne die Unterstützung eines achaischen Gotts. Was mir gelungen war, hatte ich mir erkämpft, mit meinen Leuten. Ich brauchte Ares nicht. Er sollte sich schön heraushalten aus meiner Herrschaft.

Aber aus meinem Leben sollte er nicht verschwinden. Ich wollte weiter leuchten, wollte alle überstrahlen. Mich machte der Sieg trunken, wir hatten nur wenige Verletzte zu beklagen und keine Toten.

An diesem Tag, als ich dicht über den Hals des Falben gebeugt über die Ebene preschte und spürte, wie er sich unter mir streckte, flüsterte ich im Takt seiner trommelnden Hufe: *Komm zu mir, Ares. Ich will dich.*

Ich hatte nicht nur meine Bestimmung gefunden. Sondern ich wusste nun, wen ich für alle Zeiten an meiner Seite haben wollte.

Er kam in dieser Nacht zu mir, als ich unter dem Sternenhimmel lag und nicht schlafen konnte. Meine Gefährtinnen waren, kaum dass sie ihre Pferde versorgt und ein paar Bissen Trockenfleisch gegessen hatten, auf ihren Schlafmatten erschöpft eingeschlafen. Ich saß am

Feuer und stocherte in der Glut. Wie konnte ich schlafen, wenn in mir dieses Triumphgeheul war?

Ich hatte mich gegen alle Widerstände, vor allem gegen Ares' Warnung, aufgelehnt und hatte entschieden, dass meine Leute sich den erneuten Diebstahl nicht gefallen lassen würden. Die Thraker hatten uns zu viel genommen, als dass wir länger stillhalten und diesen Raub klaglos hinnehmen würden. Sie mussten nun den Preis für ihr Tun zahlen. Mir war klar, dass dieser Frieden, den wir ihnen nun aufgedrückt hatten, brüchig sein würde. Früher oder später hätten sie sich von der Niederlage erholt, und sie würden erstarkt zurückkehren.

Das hielt mich auch wach. Die Überlegungen, wie wir verhinderten, dass Thraker und Skythen sich alle paar Jahre aufs Blut bekämpften. Das schwächte beide Seiten, und eines Tages würde eine dritte Partei kommen und über uns hinwegfegen, ohne dass wir ihnen noch etwas entgegensetzen konnten.

Ich dachte dabei vor allem an die Achaier. Bisher hatten sie sich nicht als besonders kampfeslustig erwiesen, was sich ja auch darin zeigte, dass sie Ares nicht hoch achteten. Kriege gehörten eher nicht zu ihrem Repertoire. Wenn sie Veränderungen zu ihren Gunsten anstrebten, schienen sie sich eher mit benachbarten Völkern anzufreunden und präsentierten ihre eigene Lebensweise in engen Städten als verheißungsvoll und schön. Die Vorstellung, in dem Palast in Tyras länger als ein paar Tage leben zu müssen, sorgte bei mir für Herzrasen, für Beklemmungen und ein Kribbeln der Kopfhaut. Niemals würde ich in einer achaischen Stadt glücklich werden, das stand für mich fest.

»Klopft dein Herz so schnell, weil du meine Anwesenheit spürst?«

Vielleicht war ich doch eingeschlafen, denn ich fuhr hoch und sah ihn im Dunkeln sitzen. Direkt neben mir. Er lachte leise, als ich die Hand auf die Brust presste und mein Herz hämmern spürte. »Leichtsinnig seid ihr«, sagte er. »Schlummert alle selig, als könnte niemand euch hinterrücks überfallen.«

»Das wärst ja dann du gewesen, nicht wahr? Und welches Interesse solltest du schon daran haben, mich zu töten?«

»Dich vielleicht nicht. Aber deine Gefährtinnen?«

Ich setzte mich auf und fuhr mit der Hand durchs Gesicht. Offenbar hatte ich länger geschlafen als gedacht, denn im Osten wurde das Nachtschwarz bereits von dem dunklen Purpur des neuen Tages durchbrochen.

»Dafür müssen sie nicht schlafen, vermute ich.«

Er neigte den Kopf. »Du überraschst mich immer wieder.«

»Warum diesmal?«

»Euer Kampf. Es war ein allzu leichter Sieg, nicht wahr?«

Ich stand auf, und er folgte mir. Der Falbe hob den Kopf, doch er schien durch Ares' Anwesenheit nicht beunruhigt zu sein und döste weiter.

»Bist du nun zufrieden, Otrere?«

»Wieso sollte ich zufrieden sein?«

»Du hast an den Thrakern Rache genommen. Niemand wird bei den Skythen in nächster Zeit deine Macht infrage stellen.«

»Nur in nächster Zeit? Du beleidigst mich.« Ich fand Gefallen an diesem Austausch mit ihm. Doch deshalb war er nicht hier, und das wussten wir beide.

»Ich sehe nur, wie überaus kriegssüchtig dein Volk ist. Sie lechzen nach dem Blut der Fremden, und wenn du es sie nicht vergießen lässt, werden sie sich letztlich gegen dich wenden und dein Blut fordern.«

»Meinen Vater haben sie nie dergestalt herausgefordert. Was bringt dich auf den Gedanken, es könnte bei mir anders sein? Wir haben uns nur gewehrt, weil uns genommen wurde, was uns gehörte. Die Thraker haben daraus einen Krieg gemacht, als sie die Flussskythen vernichteten. Hätte ich ihnen das durchgehen lassen sollen? Wohl kaum.«

Er ging schweigend neben mir. Natürlich kam ich drauf, ohne dass er es mir sagte.

»Die Skythen sind da anders als deine Achaier«, erinnerte ich ihn. »Für uns sind Frauen und Männer gleichermaßen dazu in der Lage, die Herrschaft auszuüben. Oder im Kampf zu stehen.«

»Im Kampf zu fallen, meinst du wohl.«

»Ist es das? Du, der Kriegsgott, fürchtest, dass eine Kriegerin zu Schaden kommt?«

»Ja! Wenn es *meine* Kriegerin ist, darf ich sehr wohl um sie fürchten.«

Ich blieb stehen. »*Deine* Kriegerin?«, wiederholte ich. Mein Herz schlug bis zum Hals. »Seit wann gehöre ich dir denn?«

Ares blieb ebenfalls stehen. Sein Blick ruhte zärtlich auf meinem Gesicht. »Du bist eine sture, stolze Frau«, sagte er leise. »Eine Kriegerin, wie ich nie zuvor eine gesehen habe. Nicht einmal Pallas Athene kann es mit dir aufnehmen.«

Ich erwiderte seinen Blick. Auf einmal wünschte ich, er würde weitersprechen. Seine Worte berührten etwas tief in mir, einen Teil, den ich bisher konsequent verleugnet hatte, weil ich dachte, als Herrscherin sei dafür kein Platz in meinem Leben.

Ich begehrte ihn.

Vom ersten Moment an hatte ich dieses Gefühl weit von mir gewiesen, weil ich dachte, einen Gott zu *wollen*, sei zu viel verlangt vom Leben. Ihm verdankte ich meinen Aufstieg zur Königin, aber ebenso verdankte ich ihm, dass ich allzu früh schon in diese Aufgabe hatte hineinwachsen müssen. Ich war es satt, dass mein Leben und sein Dasein so unverrückbar miteinander verknüpft waren, ohne dass er und ich tatsächlich verbunden waren.

»Vergleiche mich nicht mit deinen Göttinnen«, sagte ich leise. »Sonst bilde ich mir noch ein, ich könnte ihnen ebenbürtig sein.«

Er musterte mich aufmerksam. Sah er, wie ich unter seinem Blick bebte? Spürte er mein Begehren, war es die richtige Erwiderung auf seines? Ich trat näher. »Du hast mir erzählt, ihr erscheint uns Menschen nie in eurer göttlichen Gestalt«, flüsterte ich. »Woher wisst ihr dann, welche menschliche Gestalt die richtige ist?«

Er blickte an sich herunter. »Stört dich etwas an mir?«, erkundigte er sich. »Soll ich nächstes Mal ...«

Ich lachte. »Ihr Götter!«, rief ich. »Nein, mich stört nichts.«

»Möchtest du mich mit blonden Haaren oder mit einem anderen Gewand?« Ich versetzte ihm einen kleinen Stoß gegen die Brust, und wir lachten beide.

»Ich meine das ernst. Ich dachte, es gefällt dir, wie ich aussehe, aber wenn du lieber ...«

»Äußerlichkeiten kümmern mich nicht.« Ich holte tief Luft. »Ich mag dich. Auf eine Art, die ich schwer in Worte fassen kann.«

Ares verschränkte die Arme vor der Brust. »Versuch's doch mal.«

»Du bist so ... präsent.« Ich schluckte. Wir standen immer noch dicht voreinander, und mit jedem Atemzug hob und senkte sich meine Brust. Ich berührte ihn fast und musste den Kopf in den Nacken legen, um ihn anzuschauen. »Wenn du bei mir bist … Ich wünsche mir … mehr.«

»Mehr«, echote er.

Ich atmete zittrig aus. Bei den Göttern, ich war so völlig ungeübt in diesen Dingen. Bisher hatte ich nie darüber nachgedacht, mir einen Gefährten zu suchen. Das schien vor allem meine Mutter zu wollen, die vorausschaute und meinte, nach meinem Vater und mir müsse eben noch jemand aus unserer Familie herrschen. Ich war der Meinung, das könnte genauso gut eines meiner Geschwister tun oder deren Kinder. Eigene Kinder, das erschien mir so völlig abwegig in diesem Moment.

Andererseits … Die Kinder eines Gottes …

»Mehr«, bestätigte ich.

»Wie viel mehr?«, fragte er.

»Alles«, flüsterte ich.

Er sah mich an, und schon das genügte, dass ich glaubte, es nicht einen Moment länger auszuhalten, ohne dass er mich berührte. »Otrere.«

Warum kam er denn immer wieder zu mir? Wohl kaum, weil ich ihn *langweilte*, weil meine Nähe ihn anödete. Etwas war da zwischen uns, und wir spürten es beide.

»Es wird kein Zurück geben«, murmelte er. »Wenn wir hiermit anfangen …«

»Ich will kein Zurück. Ich will dich, Ares«, erklärte ich.

Er sah sich um, als müsste er sich vergewissern, dass hier der richtige Ort für das war, wonach wir uns beide so sehr sehnten. Eine kleine Senke, die flache Steppe bot nur wenig Schutz vor Blicken anderer.

»Komm.« Ares nahm meine Hand. Es war das erste Mal, dass er mich berührte, und ich blieb wie angewurzelt stehen, statt ihm zu folgen. Er lächelte unsicher. Er, ein Gott – unsicher? Das gab mir den Mut, ihm zu folgen.

Wir breiteten seinen Mantel auf dem Boden aus, in einiger Entfernung vom Lager. Er bemerkte meine Unsicherheit, und darüber lachte er. »Sie werden uns nicht bemerken, Otrere. Zu irgendetwas muss es ja gut sein, dass ich ein Gott bin.«

Ich ließ mich von ihm auf das Lager ziehen. Seine Arme umfingen mich, ich fühlte mich getragen von seiner Kraft. »Otrere«, flüsterte er. Sein Gesicht war dicht vor meinem, und ich öffnete den Mund ganz leicht. »Was tust du mit mir, Otrere.«

Ich lachte atemlos. »Ich mache doch nichts.«

Dann berührten seine Lippen meine. Oder meine Lippen berührten seine, ich weiß nicht, wer von uns beiden diese winzige Distanz überwand, die dazu noch fehlte. Im Grunde war es egal. Ich musste nicht mehr reden, nicht länger diskutieren. Wollte meinen Körper sprechen lassen, und es kümmerte mich nicht, wohin das führte. Ich seufzte in seinen Mund, und er vergrub eine Hand in meinen Haaren, hielt mich fest, als fürchtete er, ich könnte es mir anders überlegen und versuchen, mich ihm zu entziehen. Aber das wollte ich gar nicht. Im Gegenteil.

19

Danach lagen wir auf dem Mantel, und Ares wärmte mich. Er strich über mein Kinn und küsste mich auf den Mund. »Du solltest viel näher bei mir sein«, murmelte er. »Immer.«

Ich versteifte mich. »Was soll das heißen?«

»Tyras. Dort wärst du näher bei mir. Und es ist gar nicht so schlimm dort.«

Ich schnurrte wie eine Schneeleopardin, und er lachte rau. »Denkst du das, ja?«

»Wir könnten uns häufiger sehen, nicht wahr?«

»Bevorzugst du ein bequemes Bett unserem Lager unter dem Nachthimmel?«, neckte ich ihn.

»Mit den ersten Bodenfrösten bestimmt.«

Den Rest der Zeit schwiegen wir. Es war merkwürdig; ich hatte jegliches Zeitgefühl verloren. Unsere Vereinigung hatte meinem Gefühl nach eine halbe Ewigkeit gedauert, doch erst jetzt stieg die Dämmerung am Himmel auf. Nicht mehr lange, bis die Sonne aufging. Hatte Ares uns jenseits von Zeit und Raum der Menschenwelt entrückt, damit uns niemand entdeckte?

»Du denkst zu viel nach, Otrere. Kannst du es nicht einfach genießen, wie es ist?«

»Nein«, erwiderte ich rundheraus. »Dafür besitzt du zu viel Macht über mich. Schlimm genug, dass du immer weißt, was ich denke.«

»Ah, der Kontrollverlust.« Seine Finger strichen weiter hinab, sie glitten über meinen Hals nach unten, tiefer und tiefer, bis sie meine Brust berührten. Ich atmete scharf ein.

Genug, dachte ich. Es reicht. Aber ich blieb in seinen Armen liegen, genoss seine Liebkosungen und ließ mich erneut von einer Welle der Lust hinwegtragen.

»In Tyras wird sich dein Schicksal entscheiden«, murmelte er. »Oder zumindest wird es dort seinen Anfang nehmen. Früher oder später.«

»Das klingt nach einem hervorragenden Grund, nie mehr nach Tyras zu reisen. Deine Achaier haben andere Städte an unserer Küste gegründet, vielleicht sollte ich mich an die halten?«

»Während dein Onkel sich dort zum Despoten aufschwingt, dein Volk unterdrückt und eine Armee aufstellt, um gegen dich zu ziehen?«

Ich erstarrte in seinen Armen. Auf einmal war jedes Wohlgefühl verschwunden und machte dem kalten Grauen Platz.

»Arash«, flüsterte ich.

Hatte ich geahnt, dass er sich früher oder später gegen mich wenden würde? Nein. Aber ich hatte immer befürchtet, dass sein Leben in Tyras uns vor große Probleme stellen würde.

»Was schlägst du vor?«, fragte ich.

»Ach, was soll ich schon vorschlagen. Wenn ich dir etwas sage, wirst du das wieder als Einmischung begreifen und mir erzählen, ich solle mich aus den skythischen Angelegenheiten heraushalten. Und in der Regel machst du danach genau das Gegenteil.«

Auch wieder wahr. Dennoch gab ich keine Ruhe.

»Woher weißt du von Arashs Plänen?«

»Jeder in Tyras weiß das. Und darüber hinaus. Man muss nur die Augen aufmachen. Hinter seine Fassade als willfähriger Statthalter seiner Nichte blicken. Er hält in Tyras Hof, als hätte er dir die Krone bereits abgejagt.« Ares wurde nachdenklich. »Wo ist eigentlich deine Krone?«

»Du meinst …«

»Die Krone, die du bei den Banketten getragen hast. Die meine ich.«

Ich hatte keine Ahnung. »Vermutlich hat meine Mutter sie an sich genommen, zusammen mit dem anderen Schmuck.«

»Ach, Otrere.« Er lachte ungläubig. »So etwas musst du wissen, jederzeit! Die Krone ist das physisch greifbare Symbol deiner Herrschaft. Niemals darfst du sie aus der Hand geben! Was, wenn Arash sie in Tyras hat?«

Ich setzte mich auf. Mir missfiel, wie er mit mir redete – als wäre ich ein kleines Kind und nicht die Königin der Skythen.

»Ich habe das im Griff«, behauptete ich. Doch die gute Stimmung war verflogen, und ich wollte nun schleunigst zurück zu meinen Kriegerinnen. Ares bemerkte mein Unbehagen.

»Also gut«, sagte er. »Lass uns gehen.«

Ich hatte es eilig. Stürmte zurück ins Lager, wo meine Begleiterinnen sich gerade erst vom Nachtlager erhoben. Sie waren überrascht, weil ich ihnen befahl, wirklich *befahl,* sie sollten sich eilen, ich hätte keine Lust, auf sie zu warten. Kurz darauf saßen wir im Sattel, die Pferdehufe trommelten über die Ebene. In Gedanken schalt ich mich eine schrecklich verliebte Närrin, die auf Ares' Einflüsterungen hereingefallen war. Eine Kriegerin, die selbst Pallas Athene übertraf? Pah. Einlullen ließ ich mich von seinen schönen Worten, ließ mich von seinem Körper verführen.

Das durfte mir kein zweites Mal passieren.

»Mutter, wo ist die Krone?«

Ich sprang vom Falben, ließ seine Zügel los und war mit wenigen Schritten bei Barkida. Wir wurden bei unserer Heimkehr von unseren Leuten umringt, die sofort wissen wollten, wie der Kampf gegen die Thraker ausgegangen war. Warum waren nur so wenige von uns heimgekehrt? Wo waren die anderen? Ich spürte, dass die Leute das Schlimmste fürchteten, aber ich konnte nicht zu ihrer Beruhigung beitragen, zuerst musste ich wissen, ob Arash die Krone hatte oder ob meine Mutter sie verwahrte. Warum hatte ich mich nicht vorher um diese wichtigen Dinge geschert?

Meine Mutter blieb ruhig. Sie hielt meine Hände. »Sag mir erst, wie es gegen die Thraker ging.«

»Die Thraker sind besiegt«, stieß ich hervor. »Aber die Krone!«

»Komm mit.« Sie führte mich zu ihrem Karren. Wir stiegen hinauf, Barkida scheuchte die beiden Sklavinnen raus, die in einer Ecke hockten und Wolle spannen. Dann schob sie das Bettzeug vom Podest. Darunter kam eine Klappe zum Vorschein, die sie öffnete. Sie barg ein dunkelrotes Wolltuch und breitete es auf dem Podest aus.

»Hast du gedacht, ich lasse sie bei Arash in Tyras?«

Ich starrte auf die Krone und die anderen Schmuckstücke, die sie vor mir auslegte.

»Ich habe mich schon gefragt, wann du danach fragst.«

»Ich wusste nicht, wie wichtig sie ist«, flüsterte ich.

»Und jetzt weißt du es?«

Ich schwieg. Auf keinen Fall konnte ich meiner Mutter erzählen, was passiert war. Sie würde toben, wenn ich ihr von Ares erzählte, weil damit ihre schlimmste Befürchtung eingetreten wäre. Zugleich konnte ich nicht länger schweigen.

»Ich denke, wir sollten ernsthaft über eine Vermählung nachdenken«, sagte ich leise.

Meine Mutter sagte lange nichts. Sie ließ mir Raum für all die widerstreitenden Gedanken.

Eine Hochzeit würde vieles ändern. Ich wäre weiterhin die Königin der Skythen, nur dass ich einen Mann an meiner Seite hätte, der versuchen könnte, meine Macht an sich zu reißen. Ich würde vielleicht Kinder bekommen, und das wäre gut für den Fortbestand der Dynastie. Für mich persönlich weniger, denn ich hatte oft genug gesehen, was die Mutterschaft vor allem im ersten Jahr mit den Frauen anrichtete. Wie sie sich auf die Karren zurückzogen, wie sie die Säuglinge stillten, wie sie erschöpft von der Geburt lange brauchten, um davon zu heilen, während sie hohlwangig und mit tiefen Schatten unter den Augen gegen fehlenden Schlaf ankämpften. Die Mütter bildeten in unserem Volk stets eine kleine Gruppe innerhalb der Sippe, sie halfen einander bei der Versorgung der Babys, meist unterstützt von ein paar älteren Frauen, deren Kinder längst groß waren.

Aber selten hatte ich gesehen, dass eine Kriegerin, nachdem sie ein Kind bekommen hatte, auf das Schlachtfeld zurückkehrte. Wenn ich einen Mann wählte und mit ihm zusammenlebte, wenn ich Kinder bekam, wäre ich nicht mehr die Herrscherin, die ich im Moment war. Und mit meiner Herrschaft müsste sich so vieles ändern.

»Bist du sicher?« Meine Mutter sah mich prüfend von der Seite an. Sie fragte sich wohl, woher dieser plötzliche Sinneswandel kam.

»Du hast dir bestimmt schon länger Gedanken darüber gemacht.« Ich nahm die Krone in die Hand und strich über die Göttin, die in der Mitte prangte. »Hast du einen geeigneten Kandidaten im Blick? Wir haben über Mirsad geredet. Meinst du, er hätte Interesse?«, fragte ich betont beiläufig.

»Mirsad wäre ein guter Kandidat.« Meine Mutter atmete tief durch. »Aber wir sollten nichts überstürzen.«

Sie erklärte mir, ich solle mich mit Mirsad in Tyras treffen und in Ruhe eine Entscheidung treffen.

»Wenn er dir nicht zusagt, gibt es andere Männer in Tyras.«

»In Tyras«, echote ich.

»Das wird das Beste sein, ja. Wir müssen Tyras sichern.« Sie musterte mich prüfend. Aber ich fragte nicht nach, sondern nickte nur. »Tyras also.«

Binnen Mondenfrist befand ich mich wieder auf dem Weg nach Tyras. Melanippe und Maspi begleiteten mich, doch meine Mutter zog es vor, auf der Steppe zu bleiben. »Einmal im Jahr Tyras, das ist mehr als genug für mich.«

Von Ares hatte ich nichts mehr gehört, seit ich mich überstürzt von ihm verabschiedet hatte. Ich vermisste ihn und hoffte insgeheim, er werde in Tyras wieder auftauchen. Spätestens wenn er von meiner geplanten Hochzeit hörte, würde er vermutlich nicht länger auf seinem Olymp hocken bleiben, sondern mal wieder vorbeischauen.

Und das war gut so, denn Ares und ich mussten ein ernstes, erwachsenes Gespräch führen. Ich fühlte mich überhaupt nicht bereit dafür, doch meine Situation machte es erforderlich.

Es hatte mir erst einen großen Schreck eingejagt, als meine Mondblutung ausblieb. Kurz darauf begann das ständige Unwohlsein zusätzlich zu der bleiernen Müdigkeit mich einzuschränken. Ich kannte die Anzeichen allzu gut, sie waren immer Thema bei den Müttern, die daraus früh ablesen konnten, dass sie ein Kind empfangen hatten.

Fast hätte ich darüber lachen können.

Ares wurde nicht müde, bei jeder sich bietenden Gelegenheit über den Kinderreichtum seines Vaters Zeus zu lästern. Nun, Überraschung – der Sohn war offenbar auch überaus fruchtbar. Die Nacht mit ihm war nicht folgenlos geblieben. Deshalb war ich erleichtert, fürs Erste nicht länger dem gestrengen Blick meiner Mutter ausgesetzt zu sein. Sie musste es nicht unbedingt schon jetzt erfahren.

Ich machte mir nichts vor. Sobald bekannt wurde, dass der achaische Gott mich geschwängert hatte, würde keiner der von meiner Mutter favorisierten Heiratskandidaten noch ein Interesse an mir haben. Man legte sich nicht mit einem Gott an! Meine beste Chance, aus dieser Situation heil zu entkommen, schien im Augenblick eine rasche Vermählung mit Mirsad oder einem anderen Skythen aus Tyras zu sein. Wählerisch durfte ich nicht sein, und ich musste überzeugende Argumente finden, warum ich auf eine rasche Hochzeit drängte. Dass ich innerhalb kürzester Zeit leidenschaftliche Gefühle entwickelte, wäre wohl meine einzige Ausrede.

Vielleicht sollte ich auch ein wenig meine Verführungskünste wirken lassen. Bei Ares hatte es ja auch funktioniert.

»Wächst diese Stadt eigentlich immer noch?«, murmelte Melanippe neben mir, als wir die Küste erreichten. Die Felder und Gärten jenseits der Stadtmauer breiteten sich immer weiter Richtung Norden aus, und innerhalb der Mauern konnte man rege Bautätigkeit erkennen. Ein weiterer Tempel entstand dort ebenso wie zusätzliche Erdhäuser und Hütten.

»Bald werden sie eine neue Stadtmauer ziehen«, sagte Maspi auf der anderen Seite. Doch er sagte es voller Grimm. »Was ist das nur mit den Menschen, dass ihnen nicht genügt, was sie haben?«

»Vermutlich sind neue Siedler hergekommen«, sagte ich. »Und die brauchen auch einen Platz zum Leben.«

»Gut für uns.« Melanippe ritt voran. Ich folgte ihr. Wir waren diesmal mit einigen Karren und Packpferden angereist und brachten Pelze, Gold, Vieh und Honig in die Stadt. Von Händlern, die aus dem Norden auch bei uns haltmachten, hatten wir wertvolle Seidenstoffe eingetauscht, für die wir in Tyras hohe Preise erzielen würden.

Maspi schloss zu mir auf. Er wirkte ernst. Aber das war er, seit ich ihm eröffnet hatte, weshalb ich nach Tyras wollte. »Sie hat recht. Je mehr wir verkaufen, umso besser für dich.«

»Du meinst wegen meiner Verlobung?«

»Nein, ich meine wegen Arash.«

Hatte er also auch erkannt, worum es wirklich ging. »Weißt du mehr über seine Absichten?«

»Ich habe Augen im Kopf, Otrere. Und ich kenne unseren Onkel. Wenn er eine Gelegenheit sieht, wird er sie am Schopf ergreifen.«

Wie recht Maspi damit hatte, erfuhren wir kurz nach unserer Ankunft im Palast. Nicht Arash trat uns entgegen, um uns willkommen zu heißen, sondern eine junge, bildschöne Achaierin in einem langen, weißen Chiton. Auf ihren schwarzen Haaren saß ein kleines Diadem, und ihre dünnen Arme wurden vom Gold ihrer Armreifen heruntergezogen.

»Willkommen, Königin Otrere.« Sie breitete die Arme aus. »Willkommen im Haus meines Gemahls.«

Ich blieb im Sattel sitzen und starrte sie wortlos an. Ihr breites Lächeln geriet ins Wanken, und sie ließ die Hände sinken. »Ich bin Afina, die Gemahlin von Arash.«

»Die Gemahlin.«

Ihr Lächeln fiel in sich zusammen. »Er hat Euch nichts davon erzählt.«

Sie wirkte enttäuscht.

Ich gab mir einen Ruck und glitt aus dem Sattel. Sofort eilte ein Sklave herbei und nahm mir die Zügel ab. Der Falbe rollte mit den Augen und wich vor ihm zurück. Der junge Kerl hatte wenig Erfahrung mit Pferden – zumindest mit den edlen Rennern aus der Steppe. Er ließ vor Schreck die Zügel los. Ich starrte ihn vorwurfsvoll an, und bevor er ein Wort der Entschuldigung über die Lippen bringen konnte, hatte ich die Zügel wieder in der Hand und warf sie Melanippe zu. »Kümmere dich darum«, sagte ich leise. Erst dann wandte ich mich Afina zu. Die wenigen Augenblicke hatten mir genügend Zeit verschafft, mich zu fangen.

»Als ich vor wenigen Monden hier war, hat er kein Wort über seine Absicht verloren, sich zu vermählen.«

Afina rührte sich nicht, deshalb trat ich zu ihr und nahm ihre Hände. Eines musste ich ihr lassen, sie hatte ordentlich Schneid, dass sie mir allein entgegentrat. »Nun denn. Willkommen in unserer Familie«, sagte ich leise und küsste sie auf beide Wangen. »Ich hoffe, du wirst glücklich bei uns.«

Sie senkte den Blick. Ich bemerkte, wie sie an mir vorbei zu meinen Geschwistern sah. Melanippe kämpfte mit dem Falben, der offenbar einen schlechten Tag erwischt hatte. Maspi, der das Fell eines Schneeleoparden um die Schultern trug, sprang von seinem Fuchs und übernahm den Falben. Sofort beruhigte sich der Hengst, und Maspi strich ihm besänftigend über die Nüstern. Ich atmete auf. Insgeheim verstand ich mein Pferd. Alles in diesem Palast war so bedrückend, ich wünschte, ich könnte die Flucht ergreifen.

»Wie ich sehe, habt ihr euch schon kennengelernt.«

Ich drehte mich wieder um. Afina zog unwillkürlich den Kopf zwischen die Schultern, und ich dachte, armes Ding, dass er dich in Angst versetzt. Dabei hast du nichts falsch gemacht.

»Afina. Was tust du hier?« Arash klang leicht tadelnd. Er trat zu uns und breitete die Arme aus. Statt einer Tunika nebst Hose trug auch er ein Chiton, und das sah so ungewohnt aus, dass ich mir ein Grinsen verkneifen musste. Sein Haar glänzte von einem wohlriechenden Öl, das er sich vermutlich jeden Morgen in die Locken massieren ließ. Der starke Krieger Arash war wieder mal verweichlicht. Mit ihm war genau das passiert, was ich für alle Skythen fürchtete, die sich dem bequemen Stadtleben zuwandten.

»Du hast gesagt, ich soll unseren Besuch empfangen …«, setzte Afina an.

»Ja, ja«, unterbrach Arash sie. Er trat näher und nahm ihre Hand. Sein Blick ruhte auf mir. Ich konnte mir nicht helfen, aber etwas daran, wie er mich anschaute, ließ mich erschauern. »Willkommen, meine Königin. Ich hoffe, dich treiben keine Sorgen hierher.«

»Wie man's nimmt.« Ich war auf der Hut. Schon bei meinem letzten Besuch hatte ich geargwöhnt, Arash könnte sich durch seine Präsenz in Tyras einen Vorteil verschaffen, sobald ich auch nur ein Anzeichen von Schwäche zeigte. Nun hatte er sogar eine junge Achaierin zur Frau genommen und damit seine Verbindung zu den Ioniern gestärkt. Was kam als Nächstes? Baute er zu Ehren

Aphrodites oder Apollos einen Tempel? Das würde Ares nicht gefallen.

Es geht aber nicht darum, was Ares gefällt.

Immer wieder musste ich mir das bewusst machen. Es ging um mich. Mein Volk, meine Sippe, meinen Onkel, der offenbar seine eigenen Ziele verfolgte. Was mich nicht überraschen sollte. Ich hätte nur nicht damit gerechnet, dass er so schnell handelte. Oder so offensichtlich.

»Mein Palast steht dir zur Verfügung.« Er machte eine einladende Armbewegung. Ich blieb stehen und legte den Kopf schief. Ich war müde von den Tagen im Sattel, erschöpft davon, ständig nachdenken zu müssen, was diese Geste oder jenes Wort bedeuten könnte; vor allem aber störte mich, dass er von *seinem* Palast sprach.

Ich hätte in diesem Moment widersprechen müssen. Ihn daran erinnern, dass es in erster Linie *mein* Palast war, in dem *er* als mein Statthalter residierte, solange es *mir* gefiel. Wenn ich ihn abberief, müsste er gehorchen. Stattdessen lächelte ich nur, schluckte jede Bemerkung herunter und ließ mich von ihm in den Thronsaal führen, wo er einen Sklaven in die Küche schickte, damit dieser einen Imbiss für die Gäste brachte. Mein Gastgemach sollte derweil so schnell wie möglich bereit gemacht werden.

Seine Braut verschwand unter einem fadenscheinigen Vorwand, und ich stellte mir vor, wie sie darüber wachte, dass ihre Truhen und Decken aus dem größten Gemach in eine kleinere Kammer verfrachtet wurden, während ich mich an süßen Trauben, einem würzigen Käse und weißem Brot labte. Mein Onkel schenkte mir eigenhändig den Wein ein, während er versuchte, mit belanglosem Geplapper darüber hinwegzutäuschen, wie sehr mein Besuch ihn überrumpelt hatte.

»Was führt dich hierher?«, fragte er schließlich, nachdem mein erster Hunger gestillt war. Wir hatten uns zu viert an einem langen Tisch niedergelassen – Maspi und Melanippe, Arash und ich. Mir hatte Arash nach kurzem Zögern den Sessel angeboten, auf der Sitzfläche lag ein wunderschönes Löwenfell.

»Ich gedenke, es dir gleichzutun und mir einen Ehemann zu suchen«, erklärte ich. »Hier in Tyras gibt es zwei Männer, die mir als geeignete Kandidaten erscheinen.«

Ich konnte sehen, wie die Eröffnung meiner Pläne ihn zusammenzucken ließ.

»Wer könnte denn für dich geeignet sein?«, wollte er wissen.

Melanippe beugte sich vor. »Es gibt da schon den einen oder anderen.« Ich warf ihr einen dankbaren Blick zu. Wir waren uns einig – Arash musste nicht sofort alles wissen.

»Ich würde die Kandidaten gern zu einem Bankett in meinen Palast einladen«, fuhr ich fort. »Das kannst du sicher für mich arrangieren, nicht wahr?«

»Selbstverständlich.« Er neigte den Kopf. Doch sein Blick ging zwischen mir und meinen Geschwistern hin und her, als versuchte er zu ergründen, wen von uns dreien er am ehesten ansprechen könnte, um mehr über meine Heiratspläne zu erfahren. »Ich wundere mich nur, dass du es auf einmal so eilig hast.«

Ich straffte die Schultern. Noch sah man mir meine Schwangerschaft nicht an, und es würden sicher einige Monde vergehen, bis es so weit war. Doch das war nicht der einzige Grund, weshalb ich einer raschen Vermählung gegenüber nicht länger abgeneigt war.

»Ich habe Gründe.« Die ihn nichts angingen. Aber ich ahnte, dass Arash sich nicht so leicht von seiner Neugier abbringen lassen würde.

Für den Moment jedoch lehnte er sich zurück. Sein Blick wanderte zwischen Maspi, Melanippe und mir hin und her. Damals war ich überzeugt, dass meine Geschwister unverbrüchlich zu mir halten würden.

Wie naiv ich war.

»Als euer Vater einst an die Macht kam, war es auch eine Entscheidung zwischen ihm und mir. Ich war der Jüngere, aber wie wir nun sehen, war das nie ein Grund, mich von der Macht auszuschließen.«

Ich sagte nichts. Die Entscheidung damals hatte nichts damit zu tun, wie mein Vater die Nachfolge geregelt hatte.

»Ich hätte mich vermutlich auch von einem achaischen Gott bespringen lassen müssen, statt mir ein braves Mädchen zu suchen.« Er lachte.

Maspi sprang auf. Ich hob die Hand. Das fehlte mir noch, dass mein Bruder und mein Onkel sich über dieses Thema entzweiten. Am liebsten hätte ich Arash sein selbstgefälliges Grinsen eigenhändig aus dem Gesicht geschlagen, doch ich beherrschte mich. Niemandem war geholfen, wenn sich unsere Familie über dieser Angelegenheit zerstritt.

»Ich danke dir, dass du in den vergangenen Jahren für unser Volk in Tyras gelebt hast. Es muss dir sehr schwergefallen sein.« Ich lächelte ihn aufmunternd an. »Ich spüre, wie sehr deine Seele sich nach dem Leben draußen auf der Steppe sehnt, und ich versichere dir, ich werde dafür Sorge tragen, dass du bald dorthin zurückkehren kannst.«

Arash ballte die Fäuste. Es sah kurz aus, als wollte er sie auf die Tischplatte herabsausen lassen, doch dann atmete er nur mehrmals tief ein und aus, bevor er nickte. »Wie du meinst, meine Königin. Ich werde meine Gemahlin darüber informieren, wenn du erlaubst.«

»Nur zu.«

Er stand auf und verließ den Thronsaal. Seine Bewegungen wirkten abgehackt. Ich wusste, dass es ihm widerstrebte, den Raum zu verlassen. Als würde er damit einen Anspruch aufgeben, den er niemals besessen hatte.

Melanippe ergriff das Wort, sobald wir allein waren. »War das so klug?«, fragte sie behutsam. »Er wird sich gegen dich wenden. Was dann?«

»Er hätte sich ohnehin gegen uns gewendet«, bemerkte Maspi düster. Insgeheim gab ich ihm recht. Mein stolzer, großer Bruder, der für mich auf den Thron verzichtet hatte, weil er gewusst hatte, dass niemand ihn als Herrscher akzeptieren würde, besaß so viel mehr Weitblick als meine Kriegerschwester.

»Früher oder später werden wir uns mit ihm auseinandersetzen müssen«, stimmte ich Maspi zu. »Mir ist lieber, wir erledigen die Angelegenheit jetzt.«

»Wenn du meinst.«

»Bist du anderer Ansicht, Melanippe?«

»Ich denke einfach, wir haben genug andere Probleme und müssen es uns nicht unbedingt jetzt mit Arash verscherzen.« Dabei ruhte ihr Blick auf meiner Körpermitte, so dass ich den Blick abwenden musste.

»Wann wolltest du uns davon erzählen?«, erkundigte sie sich.

»Wovon soll sie uns erzählen?« Maspi schaute fragend von Melanippe zu mir.

»Ich weiß es selbst noch gar nicht so lange.« Ich ignorierte ihn.

»Aber du weißt es. Und vermutlich weiß unsere Mutter auch davon, sonst hätte sie es nicht so eilig gehabt, dich nach Tyras zu schicken.«

»Sie ahnt es wohl.«

»Otrere.« Melanippe seufzte. »Wann?«

»Ist das wichtig?«, gab ich hitzig zurück.

»Nun ja, irgendwie schon. Wie sollen wir dich beschützen und für dich alles nur Menschenmögliche tun, wenn du uns verheimlichst, seit wann du dich ihm hingibst.« Sie klang spöttisch, aber auch irgendwie … angeekelt.

Plötzlich war es still im Saal. Ich blickte von Melanippe zu Maspi, und ich las an seiner Miene, dass er nun verstand, was sie meinte.

»Du hast …«

»Mit einem achaischen Gott, genau«, unterbrach Melanippe ihn. »Jetzt bekommt sie sein Kind, und ich glaube nicht, dass Ares besonders angetan sein wird, wenn sie sich mit einem dahergelaufenen Skythen vermählt. Auch wenn er in unseren Augen noch so angemessen ist.«

»Sei still«, zischte ich. Nichts wollte ich davon hören, dass meine Entscheidungen von irgendwem gebilligt werden müssten – weder von meiner Familie noch von Ares.

Maspi sah mich an. Er sagte lange nichts, dann wandte er sich an Melanippe. »Es ist ihre Entscheidung, weißt du?«, sagte er. »Otrere ist die Königin. Was sie entscheidet, wird das Beste für uns sein. Daran habe ich keinen Zweifel.«

Melanippe sprang auf. Kurz sah es so aus, als wollte sie noch etwas sagen, doch dann schnaubte sie nur unwillig und verließ ebenfalls den Saal.

»Und?«, fragte ich, weil mir Maspis Schweigen irgendwann zu lang wurde. »Bist du wirklich der Meinung, ich kann das alles selbst entscheiden? Oder wirst du mir nun erklären, was ich in der kurzen Zeit meiner Herrschaft bereits falsch gemacht habe?«

»Du machst nichts falsch«, gab er zurück.

»Melanippe …«

»Sie wird es dir so lange ankreiden, dass du sie übertrumpft hast, bis eine von euch beiden tot ist«, erwiderte er scharf. »Gewöhn dich dran. Sie muss das überwinden, nicht du.«

20

Für das Bankett luden wir jeden ein, der in Tyras Rang und Namen hatte. Skythische Händler und Kriegerinnen ebenso wie den Damokoros von Tyras und ein halbes Dutzend wohlhabender Kaufleute der Ionier.

Am Abend des Banketts ließ ich mir von zwei Sklavinnen beim Ankleiden helfen. Sie badeten mich, ölten meine Haare und rieben meinen ganzen Körper mit einer hellen Paste ein, die meine Haut schimmern ließ wie Perlmutt. An diesem Abend legte ich ein Kleid aus hellblauer Seide mit eingewebten Goldfäden an. Dazu das Pektorale und die Armreifen, die Sandalen, die mit Edelsteinsplittern besetzt waren. Zum Schluss setzte mir eine Sklavin die Krone auf die Haare. Sie trat zurück und betrachtete ihr Werk.

»Ihr seht aus wie eine Königin«, sagte sie ehrfürchtig, und ich musste lächeln, denn ja, ich war die Königin. Nur manchmal fühlte ich mich nicht so.

Wenn ich ein Kleid trug zum Beispiel.

Doch wenn andere glaubten, in mir eine Königin zu sehen, weil ich in einem fast durchsichtigen Seidenkleid und mit Goldschmuck angetan zum Bankett erschien, würde ich das tun.

Zu den Gästen zählten auch die beiden Männer, die ich als mögliche Heiratskandidaten auserkoren hatte. Sie wussten vermutlich schon von ihrem zweifelhaften Glück. Ich hatte Arash gebeten, sie einzuladen, ohne ihn um Verschwiegenheit zu bitten. Ich traute es ihm durchaus zu, dass er sich vor ihnen damit gebrüstet hatte, er hätte sie auserwählt.

Ich war fest entschlossen, schon nach diesem Abend eine Entscheidung zu treffen. Nicht nur, weil ich mich unter einem gewissen Zeitdruck wähnte, sondern auch, weil ich fürchtete, Ares könnte von der ganzen Angelegenheit erfahren und wieder spontan erscheinen und mir erzählen, wie wertvoll ich doch für ihn sei, dass ich zu ihm gehörte ...

Ich gehörte zu niemandem. Ich war frei in meiner Entscheidung, und wenn ich einen Gemahl wählte, dann geschah dies nur, damit mein Kind einen Anspruch auf die Herrschaft erhielt. Ich hörte schon die Stimmen, die mir erzählen wollten, dass ich ja wohl kaum meinen Sohn zum Erben machen konnte, weil er nicht einer festen Verbindung entsprungen war.

Zu diesem frühen Zeitpunkt war ich überzeugt, dass es ein Junge war.

Melanippe holte mich ab. Gemeinsam gingen wir zum Thronsaal, in dem bereits alle Gäste versammelt waren. Als ich eintrat, blieb meine Schwester zurück. Sie wusste, wann sie mir das Feld überlassen musste.

Die Gespräche verstummten. Das war ich schon gewohnt, wenn ich einen Raum betrat. Arash kam mir entgegen, er breitete leutselig die Arme aus, als wollte er mich umarmen. Ich blieb stehen, und er zögerte. Dann verbeugte er sich mit einem spöttischen Grinsen.

»Königin Otrere. Wir haben Euch schon erwartet.«

»Onkel Arash.« Ich reichte ihm eine Hand. »Möchtest du mir die Gäste vorstellen?«

Er neigte den Kopf. Ich schritt an seiner Hand auf die Gruppe zu, aus der er sich bei meinem Eintreffen gelöst hatte. Vor einem jungen Achaier blieb er stehen.

»Darf ich dir Zenon vorstellen? Er ist der jüngere Bruder von Aratos und vertritt ihn heute Abend.«

»Königin Otrere.« Auch er verbeugte sich, doch blieb er dabei ernst. Ich musterte ihn von Kopf bis Fuß. Ein hübscher junger Mann, muskulös gebaut und mit einem Grübchen im Kinn. Wenn er lächelte, blitzten seine Augen vergnügt auf. Und er lächelte viel. Dabei wirkte er nicht einfältig, sondern eher so, als hätte er schlicht Freude am Leben. Seine dunklen Haare kringelten sich über den Ohren.

Süß, fuhr es mir durch den Kopf. Ein hübscher Kerl mit Humor. Mit ihm käme ich sicher gut aus.

Als Nächstes stellte er mir weitere Achaier vor, die sich allesamt darin überschlugen, mir zu versichern, wie großartig ich aussah und dass sie sich schon so sehr darauf gefreut hatten, mehr Zeit mit mir zu verbringen. Händler und Kaufleute umschmeichelten mich, und ich ließ mir gern von ihnen erzählen, welche Waren sie im Angebot hatten. Ich erzählte wiederum, welche Schätze ich aus dem Norden mitgebracht hatte. Sie hingen geradezu an meinen Lippen, und jedem Einzelnen musste ich versprechen, nur ihm schon bald die Waren zu präsentieren. Sie alle versicherten mir, sie würden mir Höchstpreise bezahlen, und ich solle bloß nicht auf einen anderen Händler hereinfallen. Ich lächelte höflich und langweilte mich zu Tode.

Arash zog mich weiter. Sklavinnen trugen die ersten Platten für das Festmahl auf und deckten die Tafel mit Tellern aus Silber und Pokalen aus Glas.

»Ich möchte dich mit einigen angesehenen skythischen Bürgern bekannt machen«, sagte er. »Mirsad ist schon seit vielen Jahren mit seiner Familie in Tyras. Sein Vater war Goldschmied, und Mirsad führt dieses Geschäft mit großem Erfolg fort.«

»Meine Königin.«

Er war größer als in meiner Erinnerung. Die imposante Statur eines Kriegers unter der eher achaisch anmutenden Tunika aus gefälteltem Stoff, die er über einer Hose trug. Interessant, dachte ich, denn es war kein Chiton, so ganz hatte er seine skythische Identität nicht aufgegeben. Dazu trug er braune Lederstiefel. Immer noch sah er aus, als könnte er jeden Moment in den Sattel springen und zum Schwert greifen. Das gefiel mir an ihm.

»Wir kennen uns«, begrüßte ich ihn. »Erinnerst du dich an mich?«

Mirsad musterte mich nachdenklich. Doch dann erhellte ein Grinsen sein Gesicht. »Natürlich erinnere ich mich. Du warst die frechste kleine Bogenschützin, der ich beim jährlichen Erntetreffen begegnet bin. Und gut warst du! Als ich gehört habe, dass du nun Königin bist, habe ich mich gefragt, ob du dich an mich erinnerst.«

»Wie sollte ich dich vergessen können?« Ich lachte, denn ich hatte diesem Augenblick recht bang entgegengeblickt. Mirsad war einst ein frecher Jüngling gewesen, mit dem ich mir erbitterte Wettkämpfe geliefert hatte. Aber das hatte ich mit vielen anderen Kindern, ich war immer schon ehrgeizig gewesen. »Wie ist es dir ergangen?«

Ich trat mit ihm ein paar Schritte beiseite. Arash beobachtete uns, doch nun wurde er von einem anderen Mann angesprochen, deutlich älter, kleiner, aber eine ähnliche Statur. Mirsad bemerkte meinen Blick. »Mein Onkel«, erklärte er. »Bei ihm habe ich gelernt.«

»Du hast es weit gebracht«, versuchte ich, mehr über ihn in Erfahrung zu bringen.

»Nun, wie du siehst – ich bin in Tyras ein angesehener Bürger, und zugleich zieht es mich oft zur Sippe meines Vaters.« Er zeigte auf seine schicke Kleidung und grinste. »Meine Sippe siedelt in nordwestlicher Richtung. Seit damals hat sich unser Stamm stetig vergrößert. Wir treiben Handel, statt uns weiter Ärger einzuhandeln. Von dir habe ich gehört, dass du weiterhin keinem Konflikt aus dem Weg gehst.« Er machte eine Pause. Ich lächelte unverbindlich, und er wirkte nicht gerade zufrieden mit meiner Reaktion.

Ein eitler Vogel, ging mir durch den Kopf. Ganz anders als früher. Damals hatten wir Beeren geteilt und uns im Raufen gemessen. Er hatte mich nicht immer besiegen können, obwohl er drei Sommer älter war als ich. Schon damals hatte ihn das gefuchst, und ich vermutete, daran hatte sich bis heute nichts geändert.

Trotzdem hielt ich ihn für einen möglichen Heiratskandidaten. Anders als der Achaier war Mirsad mit meiner Lebensweise vertraut. Er könnte mich in Tyras vertreten, und ich müsste nicht meinen Lebensmittelpunkt dorthin verlegen, wo mein Gemahl lebte. Mein Sohn könnte auf der Steppe heranwachsen, bis er alt genug war, um ein paar Jahre in Tyras zu leben.

Mirsad plauderte weiter über sein Leben in Tyras, seine geschäftlichen Erfolge und sein Erstaunen, wie hübsch ich geworden sei. Ich lächelte zu alledem, hörte ihm aber nur mit einem Ohr zu. Für mich stand bereits fest, dass ich mich für ihn entscheiden würde. Er wäre die logische Wahl. Stammte aus einer angesehenen skythischen Sippe. Lebte in Tyras. Kannte beides und fühlte sich eher dem achaischen Leben zugehörig. Und offensichtlich war er so sehr von sich eingenommen, dass er mich in Ruhe lassen würde, wann immer ich das wünschte.

Ich würde es Maspi überlassen, die Brautgespräche zu führen. Wenn mein Vater noch leben würde, stünde es ihm zu, und wenn sie hier wäre, hätte auch Barkida diese Aufgabe übernehmen können. Aber Maspi würde es gut machen. Ich traute ihm zu, dass er eine gute Vereinbarung für beide Seiten aushandeln würde.

Mein Bruder war inzwischen eingetroffen, und ich gab ihm ein Zeichen. Er kam herüber und stellte sich zu uns. Mirsad stellte sich ihm vor, und Maspi tat, als erinnere er sich an ihn.

»Mirsad und ich haben gerade über das Leben in Tyras geredet, und ich habe ihm erzählt, wie gern ich mehr Zeit in der Stadt verbringen würde.«

»Das ließe sich arrangieren.« Mein Bruder sah mich an, als zweifelte er an meinem Verstand. *Warum nicht der Achaier?*, schien sein Blick zu sagen. Doch ich hakte mich bei ihm unter und plapperte weiter. Mirsad merkte immer noch nicht, in welche Richtung ich unser Gespräch lenkte, und insgeheim war ich enttäuscht von seiner Begriffsstutzigkeit. Er schien nicht der Hellste zu sein.

Aber das könnte für mich ja nur von Nutzen sein. Ich brauchte einen Gemahl. Keinen Berater, keinen machthungrigen Aufschneider, der nichts Besseres zu tun hatte, als sich auf meine Kosten zu profilieren. Er durfte ein wenig damit kokettieren, der Ehemann der skythischen Königin zu sein, meinetwegen sollte er auch Arash beschäftigen, damit der nicht auf dumme Gedanken kam. Zu mehr würde er nicht taugen.

»Welche Pläne hast du für die Zukunft?«, fragte ich Mirsad rundheraus.

»Nun, meine Geschäfte laufen gut. Ein hübsches Mädchen würde mein Haus aufwerten. Aber damit habe ich es nicht eilig.«

Ich legte den Kopf schief. »Und wenn eine käme, die deinen Status deutlich verbessern würde?«

Mirsad lachte. »Wer könnte das schon …« Da begriff er. Sein Blick ging von mir zu Maspi. »Oh«, machte er. »Da wäre ich wohl … nicht abgeneigt, meinem Dasein als Junggeselle schon etwas früher abzuschwören.«

Endlich hatte er es begriffen. Ich legte die Hand auf Maspis Unterarm. »Dann lasse ich euch Männer mal damit allein«, sagte ich und zog mich zurück.

Ich ging langsam durch den Saal. Arash winkte mir, doch ich winkte nur zurück, ohne meine Schritte in seine Richtung zu lenken. Melanippe war in ein hitziges Gespräch mit mehreren achaischen Frauen verstrickt. Ich sah die geröteten Wangen meiner Schwester und die weit aufgerissenen Augen der Frauen. Vermutlich beschrieb Melanippe ihnen gerade, wie sie bei unserem letzten Feldzug einem Thraker die Haut vom Rücken gezogen hatte, um sie als Trophäe mitgehen zu lassen. Mit solchen teils erdachten Schauergeschichten schockierte sie gern.

Eine junge Skythin fiel mir auf. Etwa mein Alter. Sie stand ganz allein am Rand und schien amüsiert das Treiben rings um sich zu beobachten. Ich schlenderte zu ihr hinüber. Als sie mich bemerkte, knickste sie hastig. »Königin Otrere«, wisperte sie.

»Es ist spannend, Menschen zu beobachten. Ich mache das auch gerne.«

Sie knickste erneut. »Entschuldigt, falls ich Euch angestarrt habe. Ihr seid so schön.«

»Danke. Die Sklavinnen haben mich stundenlang durchgeknetet, haben auf meinen Wangen und Lippen rote Schminke verrieben und mir tausendmal gesagt, wie schön ich aussehe. Ich habe schon befürchtet, sie tun das nur, damit es wahr wird, obwohl ich abscheulich aussehe.«

Mein Gegenüber kicherte. Sie blickte mich unter gesenkten Lidern an. »Nein, Ihr seid wirklich wunderschön.«

»Das Kompliment kann ich zurückgeben.«

Sie war zart und winzig verglichen mit mir. Ich überragte diese junge Frau um Haupteslänge. Ihre schwarzen Haare trug sie zu einem dicken Zopf geflochten, in den bunte Bänder gewebt waren und der über ihre Schulter bis zur Taille fiel. Ihr Kleid war von einem hellen Rot, von einem silbern beschlagenen Ledergürtel gehalten. Sie war zu meiner Überraschung barfuß.

»Wie lautet dein Name?«, fragte ich leise.

»Ich heiße Iphito, Hoheit.«

»Iphito. Kannst du mir einen Gefallen tun?«

»Ich tue alles, was Ihr wünscht!« Ihr Gesicht hellte sich auf.

»Dann sprich mit mir aufrichtig wie mit einer Freundin.« Ich sah mich verstohlen um. »Ehrlich gesagt habe ich das Gefühl, ich befinde mich hier in einer Schlangengrube.«

»Das ist witzig, Herrin. Dass Ihr Euch an die Einzige wendet, deren Name übersetzt ›Schlange‹ bedeutet.« Iphito kicherte.

»Das ist wirklich ein sehr lustiger Zufall«, gab ich zu und musste ebenfalls lachen. »Aber bitte nenn mich Otrere.«

Sie straffte die Schultern, und diese winzige Bewegung genügte, dass sie nicht mehr so klein und niedergedrückt war. »Gerne.«

»Lebst du schon lange in Tyras?«

»Fast mein ganzes Leben. Meine Familie entstammt einer Skythensippe, die am Ufer des Borysthenes siedelt. Mein Vater hat sich kurz nach der Stadtgründung hier niedergelassen und handelt mit skythischen Waren und mit Luxusgütern, die aus dem Nordosten zu uns kommen. Mein Mann wird sein Geschäft irgendwann übernehmen. Er ist Achaier.«

Ich war überrascht. »Du hast einen Achaier geheiratet?«

Iphito wurde rot. »Wir leben mit ihnen in dieser Stadt zusammen. Dass wir Verbindungen knüpfen, war unvermeidlich.«

»Ich habe selbst überlegt, einen Achaier zu heiraten.«

Sie musterte mich überrascht, und ich lachte. »Was verwundert dich daran?«

»Du sprichst sehr offen über deine Pläne, obwohl du mich nicht kennst.«

»Dass ich einen Gemahl suche, ist kein Geheimnis.«

»Aber warum einen Achaier? Entschuldige, wenn die Frage zu neugierig …«

»Nein«, unterbrach ich sie. »Keine Frage ist zu neugierig. Sagen wir es so: Ich habe mir bisher alle Optionen offengehalten, doch habe ich inzwischen entschieden, dass ich lieber einen Skythen zum Mann nehme.«

»Einen aus Tyras?«

Ich merkte, dass ich einem Irrtum aufgesessen war, als ich sie aufgrund ihres zurückhaltenden Auftretens für naiv gehalten hatte. Sie war clever.

»Er steht nun nicht mehr zur Diskussion.«

Mein Onkel klatschte in die Hände und rief damit die Gäste zur Tafel. Ich sah mich suchend nach Maspi um, doch er war ebenso wie Mirsad verschwunden. Beim Bankett blieben ihre Plätze leer.

»Ich weiß nicht, ob deine Entscheidung so durchdacht war«, bemerkte Maspi.

Das Bankett war vorbei, und ich hatte die Sklavinnen fortgeschickt, nachdem sie mir aus dem Kleid und dem Schmuck geholfen hatten. Ich war in eine wollene Hose und eine Tunika geschlüpft und bürstete mein Haar aus, als mein Bruder das Gemach betrat und sich mit diesen Worten auf meine Bettstatt warf.

»Da ihr dem kompletten Bankett ferngeblieben seid, vermute ich, er war ein zäher Verhandler, als es um den Brautpreis ging«, bemerkte ich verärgert. Mir wäre es lieber gewesen, sie hätten sich schnell geeinigt, damit ich die Verlobung noch an diesem Abend hätte verkünden können. So würde mir ein weiteres Bankett nicht erspart bleiben – und daran anschließend das Hochzeitsfest, zu dem auch meine Familie anreisen müsste. Mir dröhnte der Kopf, die Krone hatte sich den ganzen Abend in meinen Scheitel gebohrt, die Haarnadeln hatten auf der Kopfhaut gekratzt, und das Pektorale, das nicht perfekt an meinen Körper angepasst war, sondern an den einer längst vergangenen Vorfahrin, hatte links und rechts am Hals rote Druckmale hinterlassen. Die Schminke war verwischt und halb zerlaufen. Ich starrte in den Bronzespiegel, den mir vor wenigen Stunden die Sklavinnen voller Stolz hingehalten hatten. Jetzt hatte ich nichts Majestätisches mehr, fand ich.

»Es war schrecklich«, klagte Maspi. »Weißt du, was er gedacht hat? Dass er Melanippe bekommt. Es hat schon eine ganze Weile gedauert, bis ich ihm begreiflich machen konnte, dass es um dich ging. ›Dann werde ich König aller Skythen?‹, hat er danach immer wieder ungläubig geflüstert. Seine Forderungen waren daraufhin völlig überzogen. Es hat gedauert, bis ich ihm begreiflich machen konnte, dass er sich gefälligst geehrt fühlen sollte. Aber er wurde ziemlich unangenehm.«

»Konntet ihr euch einigen?«

»Letztlich schon. Es tut mir leid, Otrere. Du wirst einen Idioten heiraten.«

»Besser ein Idiot zum Ehemann als ein unehelicher Sohn.«

»Wohl wahr. Dennoch solltest du auf der Hut sein. Irgendetwas sagt mir, dass wir ihm nicht trauen dürfen.« Maspi zögerte. »Was wird Ares davon halten?«

Ich beugte mich über die bronzene Waschschüssel und benetzte mein Gesicht mit kühlem Wasser. »Was soll er schon davon halten? Es ist egal, wen ich heirate. Ares wird denjenigen verabscheuen.«

»Und das kümmert dich nicht?«

»Warum sollte es?« Ich trocknete mein Gesicht ab. Endlich fühlte ich mich wieder wohl in meiner Haut.

»Er könnte Mirsad heimsuchen.«

»Das soll er nur wagen«, murmelte ich. »Wenn er etwas daran auszusetzen hat, wie ich mein Leben führe, soll er zu mir kommen.«

Maspi seufzte. »Und du bist dir sicher? Du wirst das Bett mit diesem Narren teilen müssen.«

»Einmal, und danach nie wieder.« Mit grimmigen Bewegungen bürstete ich weiter meine Haare aus. Die Kopfhaut juckte unerträglich. Dieses Öl, das die Sklavinnen einmassiert hatten, ließ die Strähnen verkleben. Eine Nacht mit Mirsad konnte wohl kaum schlimmer sein als die drohende Misere, falls meine Schwangerschaft bekannt wurde und ich nicht vermählt war.

Ich wusste, was es hieß, geliebt zu werden. Wie es sich anfühlte, von der Leidenschaft mitgerissen zu werden. Ich war mit dem, was zwischen zwei Erwachsenen passierte, durchaus vertraut. Eine Nacht für die Freiheit, weiter über mein Leben zu bestimmen.

Ohne Ares.

»Binnen Mondenfrist wirst du einen Ehemann haben.« Maspi stand auf. »Wenn du so wild entschlossen bist, muss es wohl sein.«

»Er wird in Tyras bleiben und kann auf Arash aufpassen.«

»Wer da wohl auf wen aufpasst«, murmelte mein Bruder. »Und was ich mich auch frage: Wer passt auf *dich* auf, Otrere?«

»Ich komme schon klar«, versicherte ich ihm. Obwohl es sich nicht so anfühlte.

21

Die Hochzeit fand bereits zehn Tage später statt. Sobald mein Bruder und Mirsad sich auf den Brautpreis geeinigt hatten, schickte ich einen Boten zu meiner Mutter, mit der Nachricht, ich sei nun bereit. Sie traf am Vorabend der Vermählung ein und bezog ein großes Zelt vor den Toren der Stadt. Die letzte Nacht vor der Hochzeit verbrachte ich bei ihr.

»Du hättest es nicht überstürzen müssen«, schalt sie mich.

»Das habe ich nicht. Er war der bessere Kandidat.«

»Ob Ares das auch so sieht?« Meine Mutter bezweifelte es. »Dein Kriegsgott kann noch alles verderben, wenn er auftaucht. Ich glaube kaum, dass der junge Mann sich gern mit einem Gott misst.«

»Es wird schon alles gut gehen«, wiederholte ich. Meine Mutter runzelte die Stirn, doch sie sagte nichts mehr. Sie spürte wohl, dass ich nicht bereit war, meine Meinung zu ändern.

Als es Zeit wurde, mich für die Hochzeitsriten anzukleiden, kamen die Frauen meiner Familie zusammen. Sie halfen mir in eine schmal geschnittene Seidenhose, darüber trug ich mehrere Röcke und eine mit Goldfäden bestickte Tunika. Schon meine Mutter hatte diese Kleider bei ihrer Hochzeit getragen, doch ich fühlte mich darin vom ersten Moment unwohl. Die Röcke fühlten sich ungewohnt an, die Tunika spannte an den Schultern und ich fürchtete, man könnte schon sehen, dass ich schwanger in diese Ehe ging.

»Du tust das Richtige.« Melanippe flocht meine Haare zu dicken

Zöpfen, die zu einer Krone um meinen Kopf gesteckt wurden. Auf dieser wurde dann die Goldkrone der Skythenkönigin festgesteckt. Ein Schleier, der mein Gesicht verdeckte, komplettierte meine Kleidung. Ich ging barfuß. Als meine Mutter mir über die linke Schulter strich, zuckte ich zusammen. Sie lächelte nachsichtig. »Es war höchste Zeit«, sagte sie leise.

Gestern Abend hatten sie mich gebadet, gesalbt, und dann hatte ich mich auf den Bauch auf eine Matte mitten im Zelt gelegt. Mit dem Kopf auf den Händen und nur mit einem Tuch über Po und Beinen hatte ich stundenlang geduldig dagelegen, während meine Mutter mir mit den kleinen, spitzen Kämmen und einem Hämmerchen die erste Tätowierung unter die Haut gestochen hatte. Ein liegendes Pferd. Ich hatte es bisher nur kurz gesehen, denn direkt nach dem Tätowieren wurde eine dicke Salbe auf die Stelle geschmiert, damit die Haut besser abheilte und anschließend das Schwarz der Tinte deutlicher zutage trat. Heute früh war keine Zeit für einen abschließenden Blick gewesen. Mein Gemahl würde der Erste sein, der meine Tätowierung heute Nacht erblicken würde.

Mein Geschenk an ihn.

Wir schmückten uns gern mit Tätowierungen. Aber bisher hatte ich damit gewartet. Ich wollte, dass meine erste etwas bedeutete. Wollte sie jemandem zum Geschenk machen. Nun war der richtige Moment gekommen. Mit meiner Hochzeit würde ich einen neuen Lebensabschnitt einläuten. Meine Herrschaft wäre dadurch noch mehr legitimiert.

Als die Sonne am höchsten stand, machte sich der Brautzug auf den Weg. Ich bestieg den Falben, der mit Blumen in der Mähne und im

Schweif geschmückt war. Er tänzelte unruhig, und ich legte ihm die Hand auf den Hals. »Ich bin auch aufgeregt«, flüsterte ich ihm zu.

Auf dem Weg zum Palast säumten viele Skythen und Achaier die Straße. Manche jubelten uns zu, die meisten jedoch beobachteten schweigend, wie ich vorbeiritt. Die Skythen schlossen sich dem Zug an, die Achaier blieben zurück. Ich fühlte mich seltsam. Hatte ich einen Fehler begangen?

Melanippe ritt auf einmal neben mir. Sie lächelte mir aufmunternd zu, und ich fühlte mich wieder ermutigt. Es würde schon alles gut gehen, redete ich mir ein.

Mirsad erwartete mich vor dem Palast. Er grinste, als er mich sah, und ich musste den Blick senken, weil er auf mich mit einem Mal seltsam einfältig wirkte. Er trat mir entgegen und nahm die Zügel des Falben. Ich ließ mir von meiner Schwester aus dem Sattel helfen. Die vielen Röcke behinderten mich, und ich schwitzte unter dem Schleier in der Mittagshitze. Mir lief der Schweiß den Rücken hinunter, und gleichzeitig fröstelte ich. In diesem Moment wusste ich, dass ich einen Fehler machte. Glaubte ich tatsächlich, die Ehe mit einem anderen Mann könnte Ares von mir fernhalten? Wollte ich denn, dass er fernblieb? Auf beide Fragen lautete die Antwort Nein.

Doch nun war es zu spät. Maspi kam auf uns zu, und Mirsad streckte mir die Hand entgegen. Ich nahm sie und schritt mit ihm auf die hohen Türen zu, die in das Innere des Palasts führten.

Mein Bruder sollte die Vermählung vollziehen. Er trug den blauen Umhang und die rote, bodenlange Tunika, die eher an ein Kleid erinnerte, gegürtet mit einem golden beschlagenen Lederriemen um die Körpermitte. Ich folgte ihm, hielt den Kopf gesenkt, schaute niemanden an. Schon gar nicht meinen Bräutigam, der mit offensichtlich stolzgeschwellter Brust neben mir einherschritt. Seht nur, ich führe die Königin der Skythen heim, weil sie mich wollte!

Von der Zeremonie bekam ich nicht viel mit. Der Brautpreis wurde symbolisch übergeben, dann sprach Maspi die heiligen Worte, mit denen ich meine Geburtsfamilie verließ und Teil von Mirsads Familie wurde. Er hob den Schleier, sein Grinsen bereitete mir Übelkeit, ich wäre am liebsten weggelaufen. Aber das lag nicht an ihm, redete ich mir ein, das musste an der Hitze liegen, der Schwangerschaft, an der Aufregung …

Er beugte sich vor und küsste mich auf den Mund. Sein Atem stank nach Zwiebeln und Lammeintopf, und ich versuchte, den Kopf wegzudrehen, doch er umfasste meine Wangen mit beiden Händen, drückte seinen Mund so fest auf meinen, dass ich keine Luft mehr bekam. Die Hochzeitsgäste brachen in Jubel aus, und ich riss mich von ihm los und kotzte ihm vor die Füße.

Einen Moment lang war es totenstill. Mirsad starrte mich an. Ich beugte mich vor, spuckte nur Galle, weil ich heute früh nichts herunterbekommen hatte. Maspi, der vor uns beiden stand, hatte sich am schnellsten wieder gefasst.

»Ein gutes Omen!«, verkündete er.

Mirsad sah das anders. Er wich zurück. Seine Augen weiteten sich. Vermutlich zählte er eins und eins zusammen, denn im nächsten Moment hatte er sich wieder gefasst, und seine Hand schloss sich so fest um meinen Oberarm, dass ich aufstöhnte.

»Komm«, sagte er bestimmt.

Er führte mich in den Thronsaal, wo wir zum Festmahl luden. Er ließ keine Gratulationen zu, sondern schob sich wortlos durch die Menge, ignorierte sogar meine Mutter, die sich in unsere Richtung vorarbeitete und mich besorgt musterte. Ich winkte ab, alles in Ordnung, wollte ich ihr signalisieren, obwohl ich mich überhaupt nicht so fühlte.

Mirsad schob mich auf den Thronsessel am Kopfende der Tafel. Daneben stand ein zweiter, kleinerer Sessel. »Iss, meine Königin«, wies er mich an, er drückte mir ein Stück Brot in die Hand. Ich protestierte nicht, während die Gäste hereinströmten und sich ebenfalls an den langen Tafeln niederließen.

Während des Mahls fühlte ich mich von allen beobachtet. Vor allem von Mirsad, der mir immer neue Leckerbissen aufdrängte, bis es mir etwas besser ging. Dankbar lächelte ich ihn an. Ich versuchte, die Situation zu retten, indem ich ihm erklärte, ich hätte vor lauter Aufregung nichts essen können.

»Ist das so.« Er starrte mich durchdringend an, und ich senkte verlegen den Blick. Ich war eine Lügnerin, ich betrog meinen Mann vom ersten Tag unserer Ehe, und ich dachte, das hatte er nicht verdient, dass ich ihn in so eine schreckliche Situation brachte.

Nach dem Mahl, das sich über den ganzen Tag hinzog, hatte Mirsad es eilig, mit mir in die Brautkammer zu gelangen. Ich stolperte hinter ihm her, meine Beine verhedderten sich in den Röcken. Mirsad riss die Tür auf, trieb die Sklavinnen aus dem Gemach, die wie aufgescheuchte Hühner gackernd das Weite suchten. Die Tür fiel hinter uns zu, und in der dröhnenden Stille versuchte ich, eine Erklärung für all das zu finden. Hatte er etwa herausgefunden, dass ich nicht ganz ehrlich mit ihm gewesen war, was das Motiv meiner Eheschließung anging?

»Da sind wir, meine Königin.« Er grinste zufrieden. »Ich kann es gar nicht erwarten, dich endlich nackt zu sehen.«

»Mein König.« Ich errötete. Mirsad trat auf mich zu. Er hob die Arme und begann, die Haarnadeln herauszuziehen. Dann nahm er mir die Krone ab und legte sie auf die Truhe. Er öffnete das Pektorale, streifte mir Armreife und Ringe von Armen und Fingern. Dabei berührte er mich so sanft, dass ich zitterte.

»Frierst du, Otrere?«

»Ich bin nur nervös.« Ich lachte, um meine Nervosität zu unterstreichen.

»Ich werde dir nicht wehtun«, versprach er. »Wenn du mir zu Willen bist, werden wir beide viel Spaß miteinander haben.«

»Ja«, hauchte ich.

Schweigend entkleidete er mich. Die Röcke bauschten sich um meine Füße, er warf sie achtlos beiseite. Die Sandalen folgten, dann die Seidenhose. Ich hörte, wie der Stoff riss, als er sie nach unten zog, und zuckte zusammen.

»Es tut mir leid.« Er kniete vor mir. Seine Hände strichen über meine nackten Beine, er schob die Tunika nach oben. Ich war wie erstarrt. Ich wollte das hier nicht. Es widerstrebte mir, denn alles, was ich denken konnte, war, dass er nicht Ares war. Dass ich diese Intimität, diese Nähe aber nur mit Ares als richtig empfand.

»Nicht schlimm«, flüsterte ich und vergrub die Hände in seinen Haaren. Mirsad drängte mich zum Bett, ich legte mich bereitwillig hin und öffnete die Beine. Er knurrte, dann zog er sich aus, ohne mich aus den Augen zu lassen.

Als er sich auf mich legte, schloss ich die Augen. Ich drehte den Kopf beiseite, doch er schien kein Interesse mehr daran zu haben, mich zu küssen. Ich spürte, wie er in mich eindrang, und ich stöhnte, denn es tat weh. Das schien ihm zu gefallen, oder er hielt mein Stöhnen für Lust, denn er beschleunigte seine Stöße. Seine Hände fuhren unter die Tunika, er packte meine Brüste und drückte sie zusammen, als wollte er mich melken.

Es dauerte zum Glück nicht lange. Er wälzte sich von mir herunter, zog die Schneeleopardendecke hoch und fing an zu schnarchen.

Ich drehte mich von ihm weg. Er hatte mir wehgetan, und ich blutete leicht. Leise stand ich auf, säuberte mich und schlüpfte in eine wollene Tunika und in eine Hose. Dann setzte ich mich neben ihn. Das Schlimmste, dachte ich, hatte ich geschafft.

Er hat nicht mal meine Tätowierung bemerkt, dachte ich enttäuscht.

Irgendwann nachts kroch ich neben Mirsad unter eine zweite Decke und versuchte zu schlafen. Doch er schnarchte, und ich starrte die halbe Nacht in die Dunkelheit. Das Leben im Palast missfiel mir immer mehr, je länger ich nicht schlafen konnte. Die Vorstellung, dass dies meine Zukunft sein sollte, bereitete mir so schlechte Laune, dass ich vor Wut nicht einschlafen konnte. Erst im Morgengrauen, als draußen bereits die Vögel zu singen anfingen, fiel ich in unruhigen Schlaf.

Ich weiß nicht, wie lange ich schlief, doch ich wurde vom Schreien einer Sklavin wach. Sie stand am Fußende des Betts, und der Wasserkrug, den sie in den Händen hielt, entglitt ihr und zerbrach auf dem Boden. Ich richtete mich müde auf und versuchte, meine Gedanken zu ordnen. »Was ist los?«, wollte ich wissen, doch sie schrie immer weiter.

Ich sprang auf, packte sie an den Schultern und schüttelte sie. »Sag schon, was los ist!«

»Euer … Gemahl.«

Ich drehte mich zum Bett um.

Seine Bettseite war rot von seinem Blut. Die Felldecke, sein Oberkörper, alles rot. Ich war mit zwei Schritten bei ihm, meine Hände legten sich auf seine Brust, obwohl ein Blick in sein Gesicht genügte, um zu wissen, dass er tot war. Seine Augen waren weit aufgerissen, sein Mund zu einem stummen Schrei verzerrt.

»Nein, ihr Götter, das darf nicht sein«, wisperte ich. »Er darf doch nicht …« Aber es gab keinen Zweifel. Mirsad, mein Gemahl, war tot.

Die Sklavin starrte mich an. Wir sagten nichts, und fieberhaft überlegte ich, was ich tun sollte. Mir fiel nichts ein. Ich hatte fast die ganze Nacht neben ihm wach gelegen und war dann völlig übermüdet im Morgengrauen eingeschlafen. Sein Körper war fast noch warm. Jemand war bei Tagesanbruch unbemerkt in unser Gemach eingedrungen und hatte ihn im Schlaf niedergemetzelt.

Ich bemerkte einen Dolch auf den Steinfliesen. »Geh und sag meinem Bruder Bescheid«, sagte ich tonlos. Ich bückte mich nach dem Dolch. Das Mädchen rannte hinaus, ihre nackten Füße klatschten auf den Boden. Als ich mich aufrichtete, stand auf der anderen Bettseite Ares.

»Du«, flüsterte ich.

»Ach, Otrere.« Er musterte mich. Sein Blick blieb an meiner Körpermitte hängen, wo ich unwillkürlich schützend die blutbesudelten Hände mit dem Dolch auf meinen Bauch presste. »Hättest du es mir nicht einfach erzählen können? Musstest du zu so krassen Maßnahmen greifen? Einen Mann heiraten, nur damit unser Kind einen legitimen Vater hat?«

Ich starrte ihn sprachlos an.

»Ich kann ja froh sein, dass ich hergekommen bin«, fuhr Ares fort. »Aber was muss ich sehen? Meine Liebste kotzt ihrem Bräutigam vor die Füße, und niemand erkennt, wie sehr sie leuchtet. Nun, ich würde fast sagen, dass dich ein *göttliches* Strahlen umgibt.«

Er legte den Kopf schief. »Dein Leib ist gesegnet. Du wirst unser Kind zur Welt bringen. Ist das nicht das Schönste, was es auf dieser Welt gibt? Ein Menschenkind, ein Götterkind? Stell dir vor, wie viel unser Sohn bewegen wird.«

»Ich wünschte, es würde ihn nicht geben.« Ich ließ den Kopf hängen. Es gab kein Geheimnis mehr, das ich bewahren musste. Vor Ares. »Seine Existenz hat schon vor seiner Geburt einen anderen Mann das Leben gekostet.«

Ares studierte mein Gesicht. »Dieses Kind ... « Er seufzte. »Dieses Kind wird die Welt bewegen, aber anders, als wir es uns vorstellen.« Er schüttelte den Kopf. »Zu vieles liegt im Nebel«, murmelte er.

Ich starrte ihn an. So viele Gedanken waren in meinem Kopf. Ich wollte mehr wissen über die Zukunft meines Sohns. Alles, was Ares wusste, wollte ich erfahren. Zugleich wuchs meine Wut auf ihn, denn mit Mirsads Ermordung hatte er mir eine Verantwortung aufgehalst, von der ich nicht wusste, ob ich sie tragen konnte.

Die Wut gewann.

»Wie kannst du es wagen«, zischte ich. »Du bist keinen Deut besser als dein Vater, der ständig Nachkommen zeugt. Und dann kommst du her, brüstest dich mit deiner Fruchtbarkeit und ermordest meinen Gatten in der Hochzeitsnacht?! Hast du nicht bedacht, was das für mich bedeutet? Es war schwer genug, diesen einfältigen

Mann in mein Bett zu lassen und auszuhalten, wie er sich mit mir als seiner Gemahlin brüstete. Wie er glaubte, ich hätte ihn aufgrund seiner hervorragenden Eignung gewählt. Und nun? Was glaubst du denn, wie mein Volk reagieren wird, wenn es erfährt, dass ich ihn ermordet habe? Denn so sieht es für sie aus. Die Sklavin wird es jetzt schon atemlos dem Erstbesten erzählen, dem sie über den Weg läuft.«

Einen Moment lang dachte ich, Ares würde tatsächlich begreifen, in was für eine verzwickte Lage er mich gebracht hatte. Doch dann lachte er meine Bedenken fort. »Was sollen sie schon sagen? Du bist ihre Königin, du kannst tun und lassen, was du willst.«

»Aber doch nicht meinen Ehemann ermorden!«, schrie ich.

Er zuckte mit den Schultern. »Dann schieb's eben irgendwem in die Schuhe. Meinetwegen auch mir, deine Leute sind ohnehin nicht gut auf mich zu sprechen.«

»Du widerst mich an, Ares. Du bist ein selbstsüchtiger, ekliger Kerl. Und nun geh mir aus den Augen!«

»Otrere ...« Er trat mir in den Weg, ich wollte aus diesem Gemach heraus, das nach Mirsads vergossenem Blut stank, ich wollte nicht länger dieses Gemetzel ansehen müssen, das mein Geliebter angerichtet hatte. Ich schlug Ares' Hände beiseite.

»Verschwinde, wenn du nicht willst, dass ich meine Wachen auf dich hetze.«

Ich stürzte aus der Brautkammer. Auf dem Gang hielt ich inne, lauschte. Niemand zu sehen. Im Innenhof hörte ich Sklavinnen, die leise sangen, während sie Brotteig kneteten und Mehl auf einem Stein mahlten. Ich starrte auf meine blutigen Hände, und da konnte ich endlich schreien. Schreien, weil das Entsetzliche, was sich zugetragen hatte, während ich schlief, auch mein Leben in Gefahr brachte.

Sie führten mich in den Thronsaal. Alle waren dort: Maspi, Arash, Melanippe und Afina. Sogar meine Mutter tauchte nach einer Weile auf. Sie wollte zu mir eilen, doch die vier Soldaten, denen Arash zu meinem Schutz befohlen hatte, mich keinen Moment aus den Augen zu lassen, hinderten sie daran.

Ich gab mich keiner Illusion hin. Diese vier Männer in voller Rüstung, mit Schwertern und Messern am Gürtel, dienten nicht *meinem* Schutz, sondern sollten vor allem die anderen vor mir schützen. Wer wusste denn, auf wen ich mich als Nächstes stürzte? Auf meine Schwester? Meine Schwägerin? Ich hatte, so jedenfalls mussten sie die Beweise deuten, meinen Mann in der Hochzeitsnacht erstochen.

Arash befragte mich. Oder er versuchte es, denn ich presste nur die Lippen aufeinander und schüttelte den Kopf, auf jede Frage, die er mir stellte. Von mir würde er nicht erfahren, dass Ares der Täter war. Das war eine Sache zwischen Ares und mir.

»Ich dulde es nicht, dass in meinem Palast unschuldige Menschen ermordet werden«, erklärte Arash.

Ich richtete mich auf. »*Dein* Palast?«, fragte ich.

Er fuhr zu mir herum.

In seinen Augen blitzte etwas auf. Nicht nur Trotz. Auch Furcht. Er zitterte vor Angst. Für ihn war die Sache eindeutig. Ich hatte Mirsad ermordet. Und er traute mir weitere Morde zu, wenn sie mir nützten. Aber wem war mit einer Königin gedient, die tötete? Auf dem Schlachtfeld, da dürfte ich mich austoben. Aber in einer friedlichen Stadt?

»Du bist mein Statthalter in Tyras, Arash«, erklärte ich gelassen. Auf einmal sah ich deutlich vor mir, wie ich diese Situation zu meinen Gunsten nutzen konnte. »Bereits vor meiner Hochzeit habe ich dir erklärt, dass mein Gemahl zukünftig für mich sprechen wird und während meiner Abwesenheit hier in Tyras Entscheidungsbefugnis erhält. Du wirktest nicht besonders erfreut darüber, dass ich dich deiner Rechte berauben werde.« Ich machte einen Schritt nach vorn. Zwischen uns standen noch zwei Soldaten, beide starrten an mir vorbei. Ich schob sie einfach beiseite, und keiner wagte es, gegen die Königin die Hand zu erheben. Das war ein gutes Zeichen, denn es bedeutete, dass sie mir gegenüber loyal waren und nicht dem Mann, dem sie seit Jahren dienten. Arash schien zu derselben Erkenntnis zu gelangen, denn er wurde sichtlich blass.

»Wenn ich darüber nachdenke«, fuhr ich fort, »könnte es also für dich durchaus Gründe geben, weshalb du meinen Gemahl aus dem Weg räumen wolltest. Jedenfalls schlüssigere als für mich. Denn warum sollte ich ihn töten, nachdem ich ihn kurz zuvor erwählt habe?«

Im Thronsaal war es plötzlich sehr still. Arash starrte mich an. Er wandte sich zu Barkida und Melanippe um, die mit Afina in einiger Entfernung standen. Meine Schwester verschränkte die Arme vor der Brust. Afina hatte die Augen weit aufgerissen und starrte ihn an. »Das hast du nicht ...«, flüsterte sie. »Wir hatten doch vereinbart ...«

»Schweig!«, fuhr Arash sie an, bevor sie mehr sagen konnte. »Siehst du nicht, was sie versucht? Sie will uns alle entzweien.«

»Du jedoch gewinnst durch Mirsads Tod«, fuhr ich ungerührt fort. Ich blieb vor ihm stehen. »Wenn ich neben meinem toten Ehemann aufwache, müsste jeder denken, ich hätte ihn ermordet. Die

Gründe sind nebensächlich, denn alle werden nur sehen, dass ich ein männermordendes Ungeheuer bin. Wie soll man mir da vertrauen? Es wäre das perfekte Argument, um meine Machtstellung zu unterwandern und mich zu isolieren.«

Ich starrte ihn an.

»Hast du meinen Mann ermordet, Arash?«, fragte ich leise.

»Nein«, flüsterte er. »Du weißt, dass ich es nicht war.«

Fast hätte er mir leidgetan.

Er blickte um Zustimmung heischend zu meiner Mutter und meinen Bruder. Zu meiner Schwester. Melanippe ließ die Arme sinken. Sie sah mich an, als käme ihr gerade ein ganz anderer, nicht ganz so abwegiger Gedanke. Ich wusste, was sie überlegte. War ich fähig, einen Unschuldigen zu heiraten und ihn in der Brautnacht zu meucheln, um meine Macht zu sichern und meinen Sohn zu legitimieren? Folgte sie Arashs Sichtweise?

Beide waren eine Lüge, sowohl Arashs Version als auch meine. Die Wahrheit aber hatte keinen Platz. Ein fremder Gott, der unter den Skythen mordete? Wenn das die Runde machte, würde mich niemand mehr ernst nehmen.

Ahnte Melanippe die Wahrheit? Einen Moment lang dachte ich, sie wolle etwas sagen. Doch dann schüttelte sie den Kopf und wandte sich ab. Nicht von Arash, sondern von mir.

Ich spürte den Bruch, der quer durch unsere Familie ging. Arash, Afina und Melanippe auf der einen Seite, Maspi und meine Mutter bei mir auf der anderen Seite.

Und die Soldaten.

»Was soll mit Eurem Onkel passieren, Königin Otrere?«, fragte einer.

Ich wandte mich von Arash ab. »Schafft ihn mir aus den Augen.«

Ich schritt zu dem Thronsessel auf dem Podium, stieg die zwei Stufen hoch und ließ mich nieder. Meine blutverkrusteten Hände ruhten im Schoß. In meinem Gemach lag noch immer mein toter Gemahl, mein Onkel hasste mich, meine Schwester wandte sich von mir ab.

Siehst du, was du angerichtet hast, Ares? Wie kannst du glauben, du hättest mir mit Mirsads Tod geholfen?

22

Ich ließ Mirsad mit allen Ehren, die einem königlichen Gemahl zustanden, bestatten und ordnete die übliche Trauerzeit von einem Jahr an, wie wir sie schon nach dem Tod meines Vaters eingehalten hatten. Meine Mutter riet mir davon ab; es würde so aussehen, als hätte ich ein schlechtes Gewissen. Das hatte ich auch, denn ich fühlte mich mitschuldig an Mirsads Tod. Mein Bruder fand es richtig. Er übernahm die Planung und ließ dafür sorgen, dass ich ein neues Gemach bekam. In das alte wollte ich nie wieder einen Fuß setzen.

Inzwischen wusste ich gar nicht mehr, was richtig war, was falsch. Mirsad tat mir leid. Er hatte etwas Besseres verdient. Seine Eltern wollten bei mir vorsprechen, doch ich ließ mich verleugnen. In den folgenden Tagen lag ich in der kleinen Kammer auf dem Bett, die Hände auf meinem Bauch. Ich trug immer noch das Hochzeitskleid; das Blut blätterte von meinen Händen und verteilte sich in rostbraunen Flöckchen im ganzen Raum. Sklavinnen schlichen auf Zehenspitzen herein, sie brachten mir die besten Leckerbissen aus der Küche. Aber selbst dafür reichte meine Kraft nicht. Mir war ständig übel. Ich wollte fort. Einmal mehr sollte ich in dieser Stadt nicht glücklich werden.

Aber versucht hatte ich es.

Als ich aufwachte und meine Mutter am Bett saß, setzte ich mich auf. »Du hast nun lange genug deine Aufgaben vernachlässigt«, befand sie.

»Ich bin müde.«

»Deshalb verschwinden wir jetzt. Das Leben in der Stadt tut dir nicht gut. Du isst jetzt etwas, dann ziehst du etwas Sauberes an und hältst eine letzte Audienz. Morgen reiten wir zurück.« Ihr Blick wurde weich. »Dein Sohn soll auf der Steppe geboren werden, so wie du.«

»Die Leute werden mich hassen.« Ich vergrub das Gesicht in den Händen.

»Das werden sie auch, wenn du dich weigerst, mit ihnen in Kontakt zu treten. Sie brauchen dich, Otrere. Jetzt noch mehr als zuvor.« Meine Mutter zögerte. »Ich verstehe aber, warum du denkst, dass du das nicht schaffst. Mir ging es nach dem Tod deines Vaters ähnlich.«

»Ich verstehe es eben nicht«, murmelte ich. Mirsad war einen so sinnlosen Tod gestorben. Und ich wollte denjenigen, der für seinen Tod verantwortlich war, nie wieder sehen.

»Du hast etwas Schlimmes erlebt. Aber du schaffst das«, sagte meine Mutter. »Nun wird alles wieder gut. Das verspreche ich dir.«

Sie rief die Sklavinnen, die sich in den Raum drängten. Sie halfen mir aus dem Bett, führten mich in eine angrenzende Kammer, in der bereits dampfend heißes Wasser in einer Wanne auf mich wartete. Ich ließ mich hineingleiten. Ließ zu, dass die jungen Frauen mein Haar lösten, das nach den vielen Tagen im Bett verfilzt war. Sie kämmten die Knoten aus, wuschen die Haare und meinen Körper. Dabei wisperten sie vor sich hin; eine von ihnen summte beruhigend. Ich schloss die Augen und begab mich ganz in ihre Hände.

Als ich später auf meinem Thronsessel saß und die Höflinge und Untertanen nacheinander vor mich traten und ihre Anliegen vorbrachten, war meine Mutter neben mir auf einem Schemel. Mein

Bruder stand hinter meinem Sessel. Melanippe war verschwunden, und ich traute mich nicht, nach ihr zu fragen.

Die skythischen Bewohner Tyras' kamen mit recht einfachen Problemen zu mir. Ein Nachbarschaftsstreit hier, eine entlaufene Ziege dort, eine Frau, die von ihrem Mann nicht geschlagen werden wollte. Ich sprach Recht, verfügte neue Gesetze und brummte dem gewalttätigen Ehemann eine Strafe auf, die er an seine Frau zahlen sollte. Im Wiederholungsfall solle sie bei meinem Statthalter vorsprechen, der dann befugt war, weitere Maßnahmen zu ergreifen.

Als der Thronsaal sich geleert hatte, trat Maspi neben meinen Sessel. »Wir müssen uns um Arash kümmern. Und um Afina.«

»Was ist mit den beiden?«

Ich dachte, das Thema Arash hätte sich erledigt, nachdem ich ihn des Mords beschuldigt hatte.

»Er ist verschwunden.«

Ich seufzte. Natürlich waren die Soldaten Arash loyal ergeben. Es sollte mich nicht wundern, dass sie ihm zur Flucht verholfen hatten. Ob das für mich ein Problem werden könnte, würde ich später überlegen.

»Was ist mit Afina?«

»Sie ist geblieben und möchte mit dir sprechen.«

»Ich habe nichts mit ihr zu bereden«, erklärte ich steif.

Meine Mutter mischte sich ein. »Hör sie wenigstens an, Otrere. Vielleicht hat sie einen guten Vorschlag.«

»Meinetwegen. Bringt mir etwas zu essen, und dann soll sie herkommen.«

Meine Mutter lächelte. Ich wusste, was sie dachte. *Endlich isst meine Tochter wieder.*

Ich war so ausgehungert, dass ich meine Mahlzeit nicht unterbrach, als Afina wenig später in den Thronsaal kam. Sie wirkte verändert auf mich. Den Kopf stolz erhoben. Die golddurchwirkte rote Tunika reichte bis zum Boden. Sie trug darüber einen leichten roten Wollmantel. Diese Frau wollte nicht übersehen werden, fuhr mir durch den Kopf.

Afina verbeugte sich tief. »Meine Königin.«

»Setz dich zu mir, Afina. Ich habe gehört, dein Mann ist verschwunden?«

Ihr Blick hing an den Platten mit Fleisch und Käse, die ich mir hatte bringen lassen. Ich schob eine Platte in ihre Richtung, als sie sich setzte. Dann bedeutete ich einem Sklaven, er solle uns mehr Wein und einen zweiten Teller bringen.

»Mein Gemahl hat sich aus dem Staub gemacht. Er hat die Wachen mit meinem Schmuck bestochen und ist geflohen.« Sie hielt den Blick gesenkt. »Keine Ahnung, was jetzt aus uns wird. Aus seinem Kind und mir.«

Es sollte mich nicht überraschen, dass sie ebenfalls ein Kind erwartete.

»Es ist ein Alptraum«, fügte sie hinzu.

»Ja, das ist es wohl.«

»Wirst du mich töten, wie du deinen Mann getötet hast? Wie du es mit Arash getan hättest, wenn er nicht die Flucht ergriffen hätte?«

»Nein«, sagte ich fest. »Ich will niemanden töten.«

Es hätte keinen Zweck, sie darauf hinzuweisen, dass nicht ich Mirsad getötet hatte. Sie würde mir doch nicht glauben.

»Was geschieht jetzt mit mir?«

»Das habe ich noch nicht entschieden.«

Ich merkte an ihrer Reaktion, dass die Ungewissheit ihr großes Unbehagen bereitete. Ich atmete tief durch. So wollte ich nicht sein. Afina war so jung, vor allem spürte ich bei ihr diese Naivität, die es Arash vermutlich leicht gemacht hatte, ihr allerhand einzuflüstern. Beispielsweise, dass er der Herrscher über Tyras und später alle Skythen sein würde. Eines Tages. Sie hatte es sich vorgestellt. Er als König und sie an seiner Seite.

»Was hat er dir erzählt?«, wollte ich wissen. Den Menschen zuhören. Ihre Wahrheit ergründen. Das war das Einzige, was ich in dieser Situation tun konnte.

Afina zögerte. »Ich weiß nicht, ob ich das erzählen darf.«

»Er hat es vorgezogen, zu fliehen. Das ist für sich genommen schon ein Schuldeingeständnis.«

»Oder er fürchtete, dass ihn dasselbe Schicksal ereilt wie Mirsad.« Kaum ausgesprochen, schlug Afina sich die Hand vor den Mund. Sie wurde blass. »Entschuldigt, Königin Otrere. Das hätte ich nicht sagen dürfen.«

»Doch«, widersprach ich. »Genau das musst du sagen dürfen. Ohne dass ich es dir zur Last lege.«

»Arash hat immer gesagt, er werde über Euch siegen. Ihr seid eine schwache Königin. Das waren seine Worte. Ihr habt ihm wohl das Gegenteil bewiesen.«

Allerdings wusste ich immer noch nicht, was ich mit dieser Erkenntnis anfangen sollte. Konnte ich Afina vertrauen?

»Ich könnte es verstehen, wenn Ihr mich verbannt«, sprach sie meine Überlegungen aus. »Bis dahin … Ihr könntet mich als Eure Sachwalterin einsetzen. Oder mir jemanden zur Seite stellen, der auf mich aufpasst.«

Ich musste nachdenken. Das Kind, das sie bekam, machte die Sache noch etwas komplizierter. Es wäre auch ein Spross unserer königlichen Dynastie. Wenn dieses Kind bei Menschen aufwuchs, die ihm einflüsterten, es hätte durch seinen Vater einen Anspruch auf den Thron … keine gute Idee.

Ich musste meine Macht sichern. Das schien derzeit nur möglich, wenn ich Arash jagte, Afina im Auge behielt und vor allem Ares aus meinem Leben verbannte, für alle Zeiten, denn jedes verflixte Mal, wenn er bei mir auftauchte, machte er nichts als Probleme.

Bei unserer Rückkehr ließ ich mein Zelt neben dem Karren meiner Mutter aufstellen. Ich fühlte mich seltsam alleingelassen. Melanippe war verschwunden, und ich fürchtete ihr Wiederauftauchen. Sie war nicht einverstanden gewesen, dass ich heiratete, und die nachfolgenden Ereignisse hatten ihr recht gegeben. Ich fürchtete sie und befahl Nushaba, vor meinem Zelt zu schlafen.

Maspi blieb in Tyras. »Jemand muss es ja tun. Als Statthalter ihrer Königin werden sie mich eher akzeptieren denn als Herrscher«, lautete sein Argument. Ich ließ ihn gewähren, weil mir keine bessere Lösung einfiel. Er würde auch Afina im Auge behalten.

Aber ich vermisste ihn hier draußen.

Nachts schlief ich nicht, sondern lief hinaus auf die Steppe. Dass sich hier draußen auch Schneeleoparden oder Bären herumtrieben, störte mich nicht, denn seit meiner Rückkehr wich Ares' Hund nicht von meiner Seite. Und ich ging nie ohne meinen Dolch los. Nachts war der Bogen eine schlechte Wahl, ich ließ ihn im Zelt.

Nushaba wollte mir folgen, aber ich wollte allein sein. Mit der Nacht und dem Kind, das in mir langsam heranwuchs. Ich sprach mit ihm und erzählte ihm von unserer Zukunft, obwohl ich darüber selbst so wenig wusste.

Tagsüber gab es mehr als genug für mich zu tun. Die Thraker hatten wieder angegriffen, ich musste einen Trupp unserer besten Soldaten hinschicken. Niemand wagte zu widersprechen, als ich die Männer und Frauen selbst anführen wollte. Seit Mirsads Tod fürchteten sie mich. Alle schienen davon überzeugt zu sein, dass er von meiner Hand gestorben war.

Wir suchten die Thraker heim wie eine Naturgewalt. Diesmal ließen wir niemanden lebend zurück, der von der verheerenden Niederlage erzählen konnte.

Drei Monde nach meiner Rückkehr aus Tyras begann mein Bauch sich zu runden. Schon bald war er nicht mehr zu übersehen. Die Mütter meiner Sippe gratulierten mir verhalten. Sie wussten nicht, wie sie mit mir umgehen sollten, ich war für sie kaum mehr eine von ihnen. Immer war mein Weg der einer Kriegerin gewesen, und dass ich noch vor Kurzem bereits schwanger in den Kampf gezogen war, verstanden sie nicht.

Der Winter kam früh in diesem Jahr, und ich war darüber froh, auch wenn er uns vor große Herausforderungen stellte. Mit Einbruch des Winters war nicht länger mit Angriffen zu rechnen. Es gab jedoch zu wenig Futter für die Tiere, und wir mussten mehr schlachten als in anderen Jahren. Wir würden nicht verhungern, doch ob wir im kommenden Jahr genug haben würden, konnten wir noch nicht wissen. Mit dieser Ungewissheit lebten wir im Lauf der Jahreszeiten, und ich versuchte mir einzureden, dass die Götter – *unsere* Götter – schon wussten, was sie taten.

Ich wurde immer träger. Blieb dem Kampftraining längst fern, zog mit dem Falben und dem Hund über die Steppe. Besuchte die Herden, die von den jungen Kriegerinnen und Kriegern bewacht wurden. Da draußen, wenn ich allein unterwegs war, fühlte ich mich eins mit mir selbst. Zurück im Lager musste ich Entscheidungen treffen und Recht sprechen. Die Blicke der Frauen aushalten, von denen keine wusste, wohin ich gehörte. War ich noch Kriegerin? Schon Mutter? Herrscherin, darauf konnten sie sich verständigen, doch ich bemerkte eine unsichtbare Kluft zwischen den beiden Sphären unseres Zusammenlebens. Der Häuslichen in den Karren, wo die Kinder es warm und geborgen hatten. Der Kriegerischen in den Zelten, wo die Heranwachsenden unter ihren Felldecken bibberten und hungerten. Ich stand dazwischen. Konnte mir nicht vorstellen, wie mein Leben nach der Geburt weitergehen würde.

Die Wehen setzten an einem Morgen im Spätwinter ein, als wir genug gehungert hatten und den Frühling herbeisehnten. Ich wachte auf und ging aus dem Zelt, weil ich mich erleichtern musste. Dabei bemerkte ich, wie es meinen Bauch schmerzhaft nach unten zog. Inzwischen war er so schwer und ich so ungelenk, dass ich am liebsten den ganzen Tag herumlag. Doch schon bald begriff ich, dass ich heute nur wenig Ruhe bekommen sollte.

Ich weckte meine Mutter, die mich sogleich mit dem Hund und dem Falben losschickte. »Beweg dich. Dann geht's schneller.« Ich murrte, aber sie war unerbittlich. »Bis zur Mittagsstunde hältst du deinen Sohn im Arm. Alles wird gut«, versicherte sie mir. Ich nickte stumm. Der Schmerz war aushaltbar. Schön war er nicht.

»Warum müssen wir das nur ertragen«, murmelte ich. »Erst die Geburt und dann ... « Ich sprach nicht weiter. Vor der Geburt fürchtete ich mich weniger als vor der Zeit danach. Wenn der Säugling in seinem Überleben auf mich angewiesen war.

»Wir helfen dir«, versprach Barkida. »Und nun lauf! Wir bereiten alles für dich vor.«

Ich fügte mich und ging los. Der Hund blieb bei mir, der Falbe trottete hinter mir her. Er schien ungefähr so viel Lust zu haben wie ich.

Über dem Lager stieg der Rauch in dünnen Fäden in den eisigen Himmel, und im Osten verfärbte sich der Himmel in einem zarten Rosa. Der Morgennebel hob sich. Dieser Tag würde frostig kalt werden. Unter meinen Stiefeln knirschte das gefrorene Gras. Immer wieder musste ich stehen bleiben und die nächste Wehe veratmen. Der Hund ließ mich nicht aus den Augen. Der Falbe blieb stehen, bis ich wieder zu ihm aufgeschlossen hatte. Bei der nächsten Wehe hielt ich mich an ihm fest. Er sah mich an, als wüsste er genau, was mit mir los war.

Der ziehende Schmerz verstärkte sich mit jeder Wehe. Er trieb nach unten, brannte so sehr, dass ich bald nicht mehr wusste, wohin mit mir. Ich stützte mich auf den Falben, ächzte in seine Mähne. Er trat unruhig hin und her. Als ich mich wieder aufrichtete, drehte er um. Er wollte zurück ins Lager. »Bleib«, flüsterte ich. »Wir schaffen es jetzt nicht mehr zurück.«

Die Erkenntnis kam so schnell wie die nächste Wehe. Ich sank auf die Knie. Zwischen meinen Schenkeln wurde es warm und nass. Ich schob eine Hand in die Hose, die an den Beinen klebte. Ich blutete. Irgendwas stimmte hier nicht, und wenn ich nicht hier draußen bei der Geburt umkommen wollte, musste ich doch schleunigst zurück ins Lager. Es war nur einige Hundert Schritte entfernt, aber ich würde es nicht aus eigener Kraft dorthin schaffen, und meine Mutter erwartete mich nicht so schnell zurück. Die erste Geburt dauerte lange, die Worte hatte ich noch im Kopf. Niemand hatte damit gerechnet, dass mein Körper es offenbar so eilig hatte, mein Kind in die Welt zu stoßen.

Andererseits: Wir kannten uns nur mit Menschengeburten aus, nicht mit denen von Halbgöttern oder Helden. Ich erinnerte mich an Ares' Erzählung von seinem Vater, der sich seinen Sohn Dionysos in den Oberschenkel genäht hatte und ihn dann zu einem späteren Zeitpunkt gebar. Ich stöhnte auf. Göttergeburtsgeschichten waren nicht unbedingt das Erbaulichste, wenn eine Frau sich mit den reißenden Schmerzen herumplagte, mit denen das Kind aus ihr herausdrängte.

Ich konnte keinen Schritt mehr laufen. Der Wind frischte auf, und ich befahl dem Falben, sich hinzulegen, damit er mir etwas Schutz bieten konnte. Ich hockte mich hinter ihn, meine Beine zitterten, als ich die Hose nach unten zerrte. Meinen Mantel breitete ich auf dem Boden aus. Es war so entsetzlich kalt, dass ich kurz glaubte, mir würden die Sinne schwinden. Der Hund stand neben uns und jaulte.

»Jetzt geh schon und hol Hilfe!«, schrie ich ihn an. »Siehst du nicht, dass wir beide hier draußen sterben, wenn nicht bald jemand kommt?«

Der Hund kniff den Schwanz ein und lief über die Steppe, direkt zum Lager. Ich hockte inzwischen und griff zwischen meine Beine. Der Schmerz war unerträglich, und ich wollte gleichzeitig drücken und irgendwie den Kopf des Babys zurückschieben, damit nur dieser Schmerz aufhörte …

Mit der nächsten Wehe wurde sein Kopf geboren, und nach einer weiteren glitt der Körper des Säuglings heraus und landete sanft auf dem Umhang. Auf der Steppe geboren … Ein Steppenkind. Ich hob es hoch, hüllte es in den Umhang und versuchte, es irgendwie zu wärmen, mit meinem Körper und mit dem Falben, der nun seinerseits mich wärmen musste, damit wir beide nicht erfroren. Ich war hellwach, spürte keinen Schmerz mehr und sah nur dieses kleine Wesen in meinen Armen, das greinte und die Fäustchen in die Luft reckte.

Es war kein Instinkt, sondern das Wissen, das mich trieb. Ich raffte meine Tunika, riss an den Schnüren, damit ich sie weiten konnte. Ich hob die pralle Brust heraus und hielt sie ihm hin. Sein winziger Mund suchte und fand die warme Milchquelle, es saugte sich daran fest. Auch das tat weh. Musste denn wirklich alles, was mit dem Kinderkriegen zu tun haben, mit Schmerzen verbunden sein?

»Otrere!«

Nushabas Stimme drang zu mir durch, da hatte sie uns schon fast erreicht. Ich kauerte mit dem Rücken gegen den Falben gelehnt, mein Baby auf dem Schoß, die Hose notdürftig halb wieder hochgezogen. Durch das Nuckeln des Babys zog es wieder im Unterleib, und ich spürte, wie etwas aus mir herausglitt.

Nushaba war heran. Sie sank neben mir auf die Knie. »Otrere, was tust du denn?«, flüsterte sie.

Ich lachte. »Ich habe meine Tochter zur Welt gebracht.«

Meine Tochter.

Dieses Kind, das ich immer als Sohn gesehen hatte, war ein Mädchen. Das wusste ich, ohne hinsehen zu müssen. Geboren im Windschutz eines Pferds, an einem kalten Wintermorgen. Dieses Kind hatte so viel Lebenswillen. Sie schrie ihn aus sich heraus, als Nushaba sie von mir entgegennahm und sie in den Mantel gewickelt zum Lager zurücktrug. Weitere Frauen eilten heran, sie hüllten mich in Pelze und stützten mich auf dem Weg, soweit es ihnen möglich war, denn der Falbe drängte von hinten und Ares' Hund wich mir nicht von der Seite.

Ich leistete keinen Widerstand, als meine Mutter mich drängte, zu ihr in den Karren zu ziehen. Vor der Geburt hatte ich das kategorisch abgelehnt. Ich war überzeugt gewesen, dass ich in meinem Zelt gut aufgehoben wäre. Aber nun war ich froh, dass meine Mutter und die Tanten sich um den Säugling kümmerten, während ich schlief oder aß.

Die meiste Zeit aber saß ich mit gekreuzten Beinen auf dem Podest, in warme Felle und Decken gehüllt, meine Tochter auf dem Schoß liegend. Wenn sie schlief, betrachtete ich den zarten, dunklen Flaum ihrer Haare, die winzigen Halbmonde ihrer Fingernägel und den kleinen Mund, der selbst im Schlaf noch saugende Bewegungen machte. Wenn sie wach war, hatte sie Hunger. Sie hing an meiner Brust, vor allem abends schlief sie beim Trinken ein. Meine Mutter beobachtete den Säugling und runzelte die Stirn. »Wie schnell will dieses Kind nur wachsen«, hörte ich sie einmal murmeln.

Ich sog jeden Augenblick ein, wollte ihn genießen, als wüsste ich genau, wie schnell diese Zeit vergehen würde. Schon bald würde dieses kleine Baby mit wachem Blick in die Welt sehen, es würde beginnen, nach Dingen zu greifen, und bevor ich mich versah, krabbelte es vom Podest und lief zu den Pferden. Ich war überzeugt, dass meine Tochter in dieser Hinsicht so sein würde wie ich.

Eine Kriegerin. Geboren, um zu kämpfen, so wie ihre Geburt in der Winterkälte ihren Überlebenswillen ein erstes Mal auf die Probe gestellt hatte.

Am Abend des vierten Tags bekam ich Fieber. Nushaba saß bei uns, ich hielt das Baby im Arm, es war beim Trinken eingeschlafen. Auch ich war müde; ich lehnte mich gegen meine Mutter. Ihre Hand berührte sanft meine Wange, und ich zuckte zurück, weil sie so kalt war.

»Du bist heiß«, murmelte Barkida. »Geht es dir nicht gut?«

»Alles gut«, flüsterte ich beruhigend. Ich schlief ein und merkte nicht, wie meine Mutter und Nushaba mir das Baby aus den Armen nahmen, wie sie mich auf dem Podest unter einem Stapel Felle betteten. Ich hörte nicht die Stimme des Heilers, den meine Mutter rief, und der, so erzählte sie mir später, nur bedauernd den Kopf schüttelte, denn Fieber so kurz nach der Geburt, da könne man nicht viel machen, ich würde es überstehen oder sei dem Tod geweiht, das könnte man sich nicht aussuchen. Welches Schicksal mir blühte, wussten nur die Götter. Ein Menschenopfer könnte helfen, die Götter zu besänftigen.

Barkida schickte ihn fort und ließ eine der Ältesten kommen, die Cannabis verbrannte und leise murmelnd einen bitteren Trank aus Kräutern und Opium zubereitete, von dem sie versuchten, mir etwas einzuflößen. Meine Mutter erzählte mir später, ich hätte mich dagegen gewehrt.

Währenddessen fütterten sie meine hungrige Tochter mit Stutenmilch. Das Fieber blieb hoch, ich war nicht ansprechbar, und meine Mutter fürchtete um mein Leben. Wir brauchten Hilfe, und in ihrer Verzweiflung schickte sie einen Boten nach Tyras und bat Maspi, alle

Heilmittel, die es dort auf der achaischen Agora zu kaufen gab, zu uns zu schicken. Egal was, ihr war jedes Mittel recht, wenn es nur mein Leben rettete.

Ich wälzte mich in Fieberträumen, und sie mussten fürchten, dass mein Leben schon bald zu Ende ging. Meine Tochter müsste als Waise aufwachsen, und das Schlimmste wäre, dass andere Skythenherrscher dies als Zeichen sehen würden, dass meine Sippe nicht länger in der Gunst der Götter stand.

Es stand mehr auf dem Spiel als mein Leben.

23

Ich ging über die Wintersteppe, das Gras knirschte unter meinen nackten Füßen. Ich trug nur eine dünne Wollhose und eine mit Goldfäden bestickte Tunika. Kalt war mir nicht. Ich schritt voran, ohne mich umzusehen, denn ich wusste, ringsum war nichts außer dieser unendlichen Weite. Ich war allein in dieser Zwischenwelt. Ich musste meine Sippe finden, damit ich zu ihr zurückkehren konnte. Doch ich war müde, und es wurde dunkel. Ich suchte eine kleine Senke, in der ich mich einrollen konnte. Schlaf fand ich nicht, sondern ruhte nur ein wenig aus, ehe ich in tiefer, mondheller Nacht aufschreckte, weil ich glaubte, ein Kind weinen zu hören. Ich rappelte mich auf. Jetzt erkannte ich, wer da weinte – es war mein Kind. Ich folgte dem Weinen, doch es schien sich immer weiter von mir zu entfernen.

»Wo bist du?«, flüsterte ich. Rief ich. Schrie ich. Das Weinen wurde leiser, bis es ganz verstummte.

Ich lief weiter, stolperte über Wurzeln und verdorrte Büschel von Gras und Kräutern. Wo bist du, ich rief es nicht mehr, weil mir der Hals vom Schreien schmerzte. Konnte es nur noch denken. Wo ist mein Kind? Ist es schon vorangegangen in die nächste Welt, wo ich meinen Vater wiedersehen werde? Nein. Das durfte nicht geschehen. Wenn sie starb und ich ebenfalls …

Ich stürzte und konnte mich nicht mehr aufrappeln. Zu müde. Wenn ich nun in die nächste Welt hinüberging, sollte es so sein. Dann hatte ich mein Leben erfüllt.

»Otrere.«

»Ja.«

Ich flüsterte es. Die Stimme war mir so vertraut. Mein Vater? Nein.

»Steh auf, Otrere.«

Ich hob den Kopf. Direkt vor mir stand ein Mann, die Schultern breit, ein schwarzer Umhang um seine Schultern. Der Helm und der Brustpanzer gleißten golden. Ich kniff die Augen zusammen. »Ares?«, flüsterte ich.

»Hier bist du. Ich bin so froh, dich gefunden zu haben.« Er machte zwei Schritte auf mich zu und beugte sich zu mir herunter. Ich sah, dass er ein Bündel auf dem Arm trug. Als ich etwas sagen wollte, legte er mir die andere Hand auf die Schulter. Dorthin, wo unter dem Stoff meine Tätowierung verborgen war. Ares' Hand wärmte meine Schulter, ich glaubte, jede Tintenlinie zu spüren.

»Sprich nicht, Otrere. Du darfst in dieser Zwischenwelt niemanden auf dich aufmerksam machen. Versprichst du mir das?«

Ich nickte stumm.

»Gut. Ich habe unsere Tochter gefunden. Und nun bringe ich euch beide heim. Bist du bereit?«

Wieder nickte ich, denn was sollte ich sonst tun?

Ares betrachtete mich nachdenklich. »Du weißt nicht, wie hoch der Preis sein wird«, murmelte er. »Und ich fürchte fast, du wirst nicht stark genug für den langen Rückweg sein.«

Er sah sich um, als müsste er sich vergewissern, dass niemand uns beobachtete. Dann hockte er sich neben mich. Er legte das Bündel zwischen uns im Gras ab. Dann löste er einen Lederbeutel vom Gürtel und drückte ihn mir in die Hand. »Aber nur zwei oder drei Körnchen«, ermahnte er mich.

»Was ist das?«, wisperte ich. Der Beutel in meiner Hand fühlte sich schwer an. Ich schnürte ihn auf, weil Ares nicht antwortete. Darin lagen golden schimmernde Kügelchen.

Ares blickte sich um. Er wirkte nervös. »Beeil dich.«

»Was ist das?«, wiederholte ich.

Ares seufzte. »Nimmst du es, wenn ich dir sage, was es ist?«

Ich nickte.

»Ambrosia. Ich habe unserer Tochter bereits Nektar eingeflößt, damit sie mit dir zurückkehren kann.«

Nektar und Ambrosia. Ich erinnerte mich. Die Nahrung der Götter.

»Meine Schwester war nicht erfreut, als ich sie darum bat. Also bitte, Otrere. Ich habe viel für uns riskiert. Nimm es. Ich weiß nicht, wie ich dir anders helfen soll.«

Ich nahm eines der Kügelchen aus dem Beutel und steckte es in den Mund. Es schmeckte so süß, wie der Name verhieß, und von meinem Mund breitete sich eine tiefe Wärme aus, die meinen ganzen Körper erfasste. Ich spürte, wie etwas in mir wieder heil wurde.

»Mehr«, flüsterte Ares. Ich gehorchte. Die zweite Kugel schmolz auf meiner Zunge. Er behielt mich die ganze Zeit im Auge.

»Warum tust du das?«

»Weil du noch nicht fertig bist, Otrere. Ich weiß selbst nicht mehr. Außer dass du noch nicht gehen darfst.«

Ich schluckte den süßen Brei herunter und griff erneut in den Beutel. Hatte der erste Bissen mich heil gemacht und der zweite meinen

Hunger gestillt, wollte ich nun immer mehr von dieser süßen Götternahrung, um mich daran zu berauschen. Ares riss mir den Beutel aus der Hand. »Genug«, sagte er knapp. »Mehr darfst du nicht. Nie wieder, verstanden? Es verdirbt dich für die menschliche Nahrung, wenn du zu viel zu dir nimmst.«

Ich musste mich beherrschen, dass ich nicht vor Enttäuschung aufheulte oder mich auf ihn stürzte, um ihm den Beutel zu entreißen. Ares nahm das Bündel vom Boden und hielt es mir hin. »Sie ist wunderschön«, sagte er. »Willst du sie tragen, wenn ich euch zurückbringe?«

Ich blickte auf das Gesicht unserer schlafenden Tochter, und ich verstand. Auch ihretwegen musste ich zurück. Aber ich hatte so viele Fragen an Ares. Wir erhoben uns und gingen los. Er war dicht neben mir, und ich hielt das Baby fest an mich gedrückt. Es schlief so friedlich, dass ich immer wieder stehen blieb und mein Gesicht über ihres beugte und ihr meinen Atem ins Gesicht pustete. Dann bewegte sie sich kurz und schlief weiter.

»Sie ist stark, Otrere.« Ares entspannte sich allmählich. Ich vermutete, dass wir die Zwischenwelt hinter uns gelassen hatten. Es wurde wärmer, bildete ich mir ein. Am Horizont schob sich die Sonne langsam hoch. Wir blieben stehen.

»Können wir jetzt reden?«, fragte ich.

»Worüber?«

»Über das alles hier.«

Er nickte ernst. »Was möchtest du wissen?«

»Wie hast du mich gefunden?«

Er seufzte und blickte an mir vorbei. Ich wartete auf seine Antwort, und er schien nach den richtigen Worten zu suchen. »Du schickst mich immer wieder fort«, sagte er endlich. »Obwohl wir beide ... « Er zeigte auf unsere Tochter. »Sie ist der Grund, weshalb wir hier sind. Du und ich. Ich habe das nicht geplant.«

»Ich habe das auch nicht geplant«, murmelte ich mürrisch. Er lachte. Dann legte er den Arm um mich und drückte mich an sich. Ich schloss die Augen. Genoss es, dass er mir nahe war. Dass er mir nicht grollte, weil ich ihn wieder und wieder fortschickte.

»Ich war immer in der Nähe«, fügte er hinzu. »Ich habe über euch gewacht. Auch als du vor der Geburt draußen herumgelaufen bist, als wolltest du unbedingt dein Leben aufs Spiel setzen. Wir müssen mal ein ernstes Wort darüber reden, was aus uns werden soll, Otrere. Vor allem darüber, welche Gefahren du eingehst. Wie oft du dein Leben allein im letzten Jahr aufs Spiel gesetzt hast ... « Er schüttelte den Kopf.

Sofort regte sich bei mir Widerstand. »Nichts soll aus uns werden!«

»Aber wir sind doch schon.«

»Ich komme gut ohne dich aus.«

Er sah mich so lange schweigend an, bis ich den Kopf senkte. Wie dumm von mir. Gerade erst hatte er mich mit Ambrosia gefüttert und aus der Zwischenwelt gerettet, und ich behauptete immer noch, ohne ihn käme ich bestens zurecht. So langsam sollte ich begreifen, dass mein Schicksal mit ihm verknüpft war.

»Was schlägst du vor?«

»Lass mich Teil deines Lebens sein. Und widersprich mir nicht sofort wieder, sondern höre mich erst an, Otrere. Ich war bei dir, als ihr gegen die Thraker gekämpft habt. Habe an deiner Seite gestanden, wann immer du mich brauchtest. Habe deinen Wunsch respektiert, mich nicht in dein Leben einzumischen, solange es mir möglich war.«

Ich wollte einwenden, dass es ihm offenbar nicht möglich gewesen war, als ich Mirsad heiratete, doch er sprach schnell weiter.

»Ich habe Fehler gemacht. Das werde ich auch zukünftig tun. Wir Götter sind ebenso wenig unfehlbar wie ihr Menschen. Wir versuchen es jeden Tag aufs Neue, so wie ihr. Was ich in Tyras getan habe …« Er schüttelte den Kopf. »Ich verstehe, dass es ein Fehler war. Doch dafür werde ich mich nicht entschuldigen.«

»Wir werden nie vermählt sein«, sagte ich leise. »Du wirst kommen und gehen, wie es dir passt, und ich werde niemals sagen können, du sollst bei mir bleiben oder zu mir kommen …«

»Ich bin immer in der Nähe«, bekräftigte er.

»Und das soll mir genügen?«

Er zuckte mit den Schultern. »Allein schon für unsere Tochter will ich da sein. Ihr Leben ist zu kurz, als dass ich davon etwas verpassen möchte.«

»Und wenn es mir zu viel wird?«

»Dann schickst du mich fort. Wir leben zusammen wie Mann und Frau, unsere Wege werden sich häufiger kreuzen, als dass sie parallel verlaufen. Du wirst die freie, unabhängige Königin bleiben, die du im ersten Jahr deiner Regentschaft gewesen bist.«

Ich zögerte immer noch. Dachte an meine Mutter und an Melanippe, die sich vermutlich bestätigt sehen würden, wenn ich gemeinsam mit Ares auftrat. Sie hatten immer befürchtet, dass ich diesen Weg einschlagen würde. Dass ich den Achaiern schon zu nahe gekommen war und damit mein Volk verriet.

»Du gehst, wenn ich dich fortschicke.«

»Ich verspreche es.«

»Du mischst dich nie wieder in mein Leben ein. Auch dann nicht, wenn ich mich ein zweites Mal verheiraten will.«

Seine Augen blitzten vergnügt. »Ich glaube kaum, dass dir dafür Zeit bleiben wird.« Er trat näher, bis wir uns fast berührten. Dann legte er mir die Hand auf die Wange. »Lass es zu, Otrere«, flüsterte er. Seine Lippen waren dicht an meinen. »Lass zu, dass unsere Liebe die Welt verändert. Denn das wird sie.«

»Ich dachte, du kannst nicht alles sehen, was in der Zukunft liegt?«, neckte ich ihn.

»Nicht alles. Aber das hier schon.« Er küsste mich. Ich seufzte, schlang den freien Arm um seinen Hals, schmiegte mich an ihn. Unser Kind zwischen uns, einander so nah – ich spürte, was er meinte. All die Liebe zwischen uns, die ich bis zu diesem Zeitpunkt niemals so bedingungslos zugelassen hatte, war endlich entfesselt. Und all das Unglück, das mich zuvor niedergedrückt hatte, löste sich auf.

Atemlos lösten wir uns voneinander. Ares strich mir eine Strähne aus dem Gesicht. Er sah mich liebevoll an, und ich sah, wie er schluckte. Er wollte mich nicht gehen lassen, und ich wäre am liebsten bei ihm geblieben. »Und nun geh«, flüsterte er. »Deine Familie wartet auf dich. Die Zwischenwelt ist ein Ort, an dem sich niemand länger aufhalten darf als unbedingt nötig.«

»Wann kommst du?«, fragte ich.

»Bald«, versprach er.

Ich glaubte ihm. Mein Herz sang, als ich voranschritt und die Zwischenwelt und den Mann, den ich liebte, hinter mir ließ.

Später erfuhr ich, wie lange ich in der Welt zwischen Leben und Tod herumgeirrt war. Zehn Tage lang hatte ich im Fieber gelegen, und als meine Mutter am elften Morgen aufwachte, hatte ich sie mit offenen Augen empfangen, und ich hatte sie sogar angelächelt. Am zwölften Tag konnte ich bereits wieder sitzen, und zwei Tage später umrundete ich zum ersten Mal den Karren, mit der Hand am mit Leder bespannten Holz. Verbissen kämpfte ich mich zurück ins Leben. Ich aß, was mir vorgesetzt wurde, ich trank vom mit Honig gesüßten Wein, den mein Bruder aus Tyras hatte schicken lassen. Ich wiegte unsere Tochter und blickte nach Süden, weil ich auf Ares wartete. Diesmal war ich überzeugt, dass er erscheinen würde, wenn der richtige Moment gekommen war.

Meine Mutter hatte derweil alles getan, um das Baby am Leben zu erhalten – unter anderem hatte sie eine Amme aufgetrieben, da meine Milch versiegt war. Eine schüchterne junge Frau, die reichlich Milch hatte und von einer benachbarten Sippe mit ihrem Mann und ihrem Sohn zu uns gezogen war. Sie kam mehrmals am Tag vorbei, legte meine Tochter an und ging, sobald sie satt war, wieder zu ihrem Mann und ihrem Sohn. Sie sprach kein Wort in meiner Gegenwart, hob nicht einmal den Blick. Sie ließ auch ihr Baby so lange bei ihrem Mann, und manchmal hörte ich den Kleinen draußen weinen, wo sein Vater beruhigend auf ihn einflüsterte.

»Du kannst ihn mitbringen. Wenn er weint, meine ich. Dann halte ich ihn für dich, während du meine Tochter stillst«, sprach ich sie an.

Sie blickte auf. Ihre Augen waren groß und dunkel. »Aber Königin Otrere … Wir sind nur einfache Jäger, mein Mann konnte nicht mal für Euch kämpfen.«

»Dennoch erweist ihr mir und meiner Familie die größte Ehre. Dein Sohn und meine Tochter sind Milchgeschwister. Sie dürfen das gern wissen und einander kennenlernen.«

Sie nickte. Beim nächsten Mal brachte sie den propperen Säugling mit, der schon ein paar Monde älter war als meine Tochter. Er grinste mich selig an, als ich ihn auf den Schoß nahm. »Er bekommt ja schon Zähne!«, staunte ich.

Die Amme lächelte stolz.

»Hat er schon einen Namen?«

»Wir haben ihn Diyar genannt.«

»Ein schöner Name.«

»Hat Eure Tochter schon einen Namen?«

Ich blickte ratlos auf mein Baby. »Bisher nicht«, gab ich zu. »Ich habe den richtigen wohl noch nicht gefunden.«

»Namen sind wichtig«, erklärte sie leise. »Erst mit einem Namen können wir sie in der jenseitigen Welt wiederfinden …«

Ich dachte daran, dass Ares unsere Tochter in der Zwischenwelt gefunden hatte. War sie auch deshalb dem Tod nahe gewesen, weil ich ihr keinen Namen gegeben hatte?

»Euch wird der richtige Name schon einfallen.« Sie gab mir das Baby zurück und nahm ihren Sohn hoch. Er krähte vergnügt und griff nach ihren dunklen Zöpfen, die das Gesicht umrahmten. »Manchmal braucht das eben Zeit.«

Zeit war etwas, wovon ich in diesen Tagen mehr als genug hatte, und rückblickend sollte ich nie wieder so viel Zeit haben. Ich musste heilen, das wusste ich wohl. Deshalb gab ich mich diesem neuen Rhythmus hin und ließ mich vom Dasein als Mutter völlig einnehmen.

Es gab so vieles an der Mutterschaft, mit dem ich nicht gerechnet hatte. Zuerst: Dass es mich mit so einer tiefen Dankbarkeit und Zufriedenheit erfüllen würde, einen Säugling auf meinen Armen beim Schlafen zu beobachten. Dass es so sehr schmerzte, wenn der Körper sich von der Geburt erholte. Dass das untröstliche Weinen meiner Tochter mir das Herz zerriss. Dass mich jede Veränderung in ihrem Gesicht oder ihrem Körper, jede neue Fähigkeit in Verzücken versetzte und zugleich mit großer Trauer erfüllte, weil sie sich damit schon bald von mir entfernte. Nie hätte ich damit gerechnet, dass mich der Gedanke daran, wie meine Tochter in wenigen Jahren vom Karren kletterte und zu den Kriegerinnen lief, wie ich es einst getan hatte, mit so großem Kummer überrollen würde, dass ich einen halben Tag nur weinte.

Meine Mutter und ich kamen uns in dieser Zeit näher. Sie merkte, wie sehr mich das Muttersein durchrüttelte, und sie setzte sich manches Mal einfach nur zu mir, drückte mein Knie oder streichelte meinen Rücken. Ich lehnte mich dann an sie, seufzte leise, und wir waren uns im Schweigen einig, wie schwer das alles war.

Nachts war das Baby leider sehr oft unruhig, es wachte auf und bekam Hunger. Egal, wie oft mir meine Mutter versicherte, das sei normal und wir könnten nichts daran ändern – es beunruhigte mich jedes Mal aufs Neue. Jemand musste die Amme holen, wenn sich das Baby in Rage schrie, denn sie zog es vor, mit ihrem Mann und ihrem Sohn zusammen in einem Zelt zu schlafen statt bei uns im Karren. Das erhöhte für mich die Hemmschwelle, sie zu wecken. Ich bat um ein wenig Stutenmilch, die ich dem Baby dann mit einem weichen Tuch zum Nuckeln gab. Manchmal half es. Manchmal nicht, und sie weinte so bitterlich, bis ich es nicht länger aushielt und sie zur Amme brachte.

Meist wartete ich so lange vor dem Zelt, den Blick nach oben zu den Sternen gerichtet, während aus dem Zelt die Geräusche drangen, die eine stillende Frau und ein trinkendes Baby machten. Beruhigende Worte von der Amme, ein leises Schmatzen von meiner Tochter. Vielleicht bildete ich mir das auch nur ein, weil ich irgendwas hören *wollte*.

Als ich sie in dieser Nacht zurückbekam, satt und zufrieden, fast schon wieder schläfrig, hüllte ich uns in meinen Umhang. Ich vermisste es, draußen zu sein, und ich vermisste sowohl Ares' Hund, der im Karren unerwünscht war, wie auch meinen Falben. Seit der Geburt war ich nicht mehr bei ihm gewesen. Es fehlte mir, mit meinem Pferd zu sprechen. Sogar mit ihm spazieren zu gehen war mir gerade lieber, als mich für die halbe Nacht wach neben meine Tochter zu legen, die schneller in den Schlaf zurückfand als ich.

Der Falbe war bei der Herde, bewacht von zwei jungen Kriegern, die mir stumm und müde zunickten, als ich mich den Pferden näherte. Sofort hob der Hengst den Kopf, er schob die anderen Pferde beiseite, die ihm sofort Platz machten, damit er zu mir konnte. Als er vor mir stand, schnoberte er in meinen Haaren, und ich ließ ihn lachend gewähren.

»Sieh mal. Das ist meine Tochter.«

Ganz behutsam näherte sich der Falbe dem Baby. Sein Atem strich über ihren Kopf, und sie schlug die Augen auf. Sie drehte den Kopf und er senkte zugleich den Kopf. Die beiden sahen einander an, und es wirkte auf mich, als würden das Kind und das Pferd miteinander sprechen. Ein so inniger Austausch, dass der Falbe gar nicht genug davon kriegen konnte, denn er blieb ganz ruhig stehen. Das kannte ich so nicht von ihm. Wie oft hatte ich beobachtet, wie er Kinder schlicht ignorierte. Aber mein Kind, das war ihm wichtig. Das ließ er nicht aus den Augen.

Es war das Baby, das sich zuerst abwandte und seinen Blick von ihm löste.

»Da hast du es. Sie hat ihren Namen gefunden.«

Ich fuhr herum.

Wieder stand er einige Schritte entfernt von mir wie aus dem Nichts aufgetaucht. Ares mit seinem glänzenden Bronzepanzer und dem Helm. Er nahm den Helm ab, legte ihn auf den gefrorenen Boden und trat näher. »Darf ich sie halten?«, fragte er leise.

»Sie ist gerade erst eingeschlafen.«

Ich gab sie ihm dennoch, und er legte sie auf den Arm, ihr Kopf ruhte in seiner großen Hand, so selbstverständlich, als hätte er sein Leben lang nichts anderes getan. »Sie ist wunderschön«, murmelte er. Seine Finger fuhren über ihre Schläfe, und sie runzelte im Schlaf die Stirn. »Wie hast du sie genannt?«

»Ich habe noch keinen Namen für sie.«

Ares blickte auf. »Warum nicht?«, wollte er wissen. »Willst du sie etwa aussetzen?«

»Nein! Unser Volk ... Wir lassen uns Zeit mit dem Namen eines Kinds. Wir denken, das Kind wird uns schon zeigen, welchen Namen es trägt.«

»Ich wüsste einen. Du wirst ihn nicht mögen, er ist achaisch.«

Ich schwieg. Die Vorstellung, die Tochter der skythischen Herrscherin könnte einen achaischen Namen tragen, war völlig abwegig. Meine Bedenken musste ich nicht aussprechen. Ares wusste um die Schwierigkeiten, die mit seinem Vorschlag verbunden wären.

»Hippolyte.«

Ich sah ihn fragend an. Der Name klang … schön.

»Er bedeutet so viel wie ›Die die Pferde loslässt‹.«

»Insofern würde er zumindest passen«, meinte ich und lachte verlegen. Nun, da Ares den Namen ausgesprochen hatte, schien es mir schwer vorstellbar, einen zu finden, der besser zu ihr passte.

»Hippolyte …« Ich probierte ihn aus. Aber Ares hatte recht. Der Name passte zu ihr. »Du weißt …«

»Du bist die Königin. Mir ist klar, was es für dich bedeutet, wenn sie einen achaischen Namen bekommt. Aber ihr Vater ist ein Gott der Achaier. Sie vereint in sich das Beste aus unseren beiden Welten. Warum soll ihr Name das nicht widerspiegeln?«

»Man könnte meinen, dass es eure Strategie ist. Durch Ehen unterwandert ihr unser Volk. Bis immer mehr Skythen in eure Städte ziehen und sesshaft werden. Ich werde das nie tun, Ares. Meine Tochter wird hier draußen aufwachsen, und schon bald werden wir wieder über die Steppe ziehen. Ich werde weiterhin meine Kriegerinnen im Kampf anführen. Ich habe schon so viel verloren. Aber niemals wirst du mir meine skythische Identität nehmen. Ich werde die bleiben, als die ich geboren wurde.«

Ares neigte den Kopf. »Das werden wir ja sehen.« Dabei lächelte er. Ich wollte ihn hassen, aber irgendwie … war ich auch neugierig.

»Wie stellst du dir unsere Zukunft vor?«

»Ich werde mit euch reiten. Zumindest eine Weile kann ich bei euch bleiben. Deine Leute kennenlernen.«

»Vermissen die Achaier nicht ihren Kriegsgott?«

»Oh, sie werden froh sein, wenn ich nicht da bin.« Er grinste.

»Wenn ich präsent bin, fürchten sie immer Ärger. Unter uns: Da haben sie nicht so unrecht. Mit irgendwem streite ich immer.«

»Aber nicht bei uns.« Hippolyte wachte auf, und ich wollte sie ihm abnehmen. Doch Ares wiegte sie auf dem Arm und drehte sich ein wenig von mir weg. Ich ballte die Fäuste. Das ging ja hervorragend los mit uns, dachte ich.

»Ich verspreche, ich werde versuchen, niemanden zu einem Krieg anzustiften.« Er grinste. »Es sei denn, du möchtest das.«

»Im Moment ist mein Bedarf an Kämpfen gedeckt.« Zumal ich mich nach der Geburt längst nicht in der Lage sah, eine kriegerische Auseinandersetzung zu führen – geschweige denn, an der Spitze zu reiten. Ich ahnte, dass dies unser Volk empfindlich schwächte. Wieder einmal fragte ich mich, wo Melanippe steckte. Und ob sie irgendwann zu uns zurückkehrte.

»Dann wird meine Anwesenheit sicher weitere Kriege verhindern.«

Ich wollte nicht von ihm beschützt werden und sagte ihm das auch.

»Otrere. Wann hörst du auf, dich ständig für deine Gefühle zu rechtfertigen?« Er trat zwei Schritte auf mich zu. Unsere Tochter zwischen uns auf seinem Arm. Er umfasste mit der freien Hand meinen Oberarm. »Wir sind gemeinsam stark und unbesiegbar. Dein Volk steht nun unter meinem Schutz. Das wird den Achaiern nicht gefallen, aber für den Moment ist es das Einzige, was ich für dich tun kann.«

Und es war zugleich das Einzige, was mich an der Macht halten könnte, falls die Thraker oder ein skythischer Stammesfürst meinten, sie könnten sich ungestraft gegen mich auflehnen.

»Es gefällt mir tatsächlich nicht«, gab ich zu. Ich stellte mich auf die Zehenspitzen und küsste ihn auf den Mund. »Aber dich hier bei mir zu haben. Das gefällt mir außerordentlich gut.«

24

Am nächsten Morgen fragte niemand, woher Ares kam oder ob er bleiben würde. Dass er da war, genügte für den Augenblick. Und ich hätte auch nicht erlaubt, dass man seine Anwesenheit infrage stellte.

Für mich war es Zeit, den Karren meiner Mutter zu verlassen und mit Ares in mein Zelt zu ziehen. Barkida umarmte mich, als ich versuchte, ihr meine Beweggründe zu erklären. »Sag nichts. Ihr tut das Richtige. Dein Vater und ich haben damals, als Maspi noch ganz klein war, diese Zeit sehr genossen. Erst als dein Bruder krank wurde, habe ich mich in den Karren zurückgezogen. Dort hatte ich die Unterstützung meiner Schwester und der anderen Frauen, wann immer ich sie brauchte.«

»Und warum lebst du bis heute im Karren?«

Meine Mutter lachte. »Es ist bequem«, gab sie zu. »Aber ihr macht es euch auch schön. Freust du dich, dass er da ist?«

Ich nickte stumm.

»Er hat unserer Tochter ihren Namen gegeben.«

»Ein eher befremdlicher Name für uns, ja.«

Ich verteidigte mich nicht.

Doch meine Mutter konnte die Angelegenheit verständlicherweise nicht auf sich beruhen lassen. Sie stand noch viel mehr für unsere skythische Lebensweise als ich. »Du warst stets die größte Verfechterin unserer Unabhängigkeit, Otrere. Dir widerstrebt nichts mehr als die vielen jungen Skythen, die unserem Volk den Rücken zuwenden und nach Tyras ziehen. Warum gibst du deiner Tochter einen achaischen Namen?«

Darüber hatte ich nachgedacht. Weil ich Ares liebte? Weil unsere Tochter eine Brücke zwischen seinem und meinem Volk schlagen könnte? Oder war in mir die Erkenntnis gereift, dass wir durch die räumliche Nähe zu den Achaiern gar nicht umhinkamen, ein gutes Miteinander zu pflegen? Dass meiner Tochter dabei in Zukunft eine besondere Rolle zukommen könnte?

»Sie wird eine skythische Prinzessin sein. Ich möchte sie darauf vorbereiten, unsere Lebensart zu bewahren. Wir lieben das Leben hier draußen, Mutter. Es wird für uns nie eine Alternative geben.«

Meine Mutter nickte geduldig.

»Aber wir dürfen uns nicht vor der Realität verschließen. Die Veränderungen sind schon da, auch wenn wir uns ihnen noch entgegenstemmen.«

»Das stimmt wohl. Aber sendest du damit nicht das falsche Zeichen?«

»Nein. Es wird geschehen, ob ich mich dagegen auflehne oder nicht.«

Barkida nickte nachdenklich. »Es stimmt schon. Ein Wandel unserer Lebensweise kann nur von denen kommen, die zuvor am wenigsten davon wissen wollten.«

»Das wird nicht passieren«, war ich überzeugt. »Es ist nur ein Name.«

»Es hat schon begonnen.« Meine Mutter drückte mich noch einmal an sich. »Aber gräme dich nicht, Otrere. Es muss nicht schlimmer werden.«

»Das sagst du so. Aber wie schlimm ist es schon geworden? Melanippe ist fort.«

»Ich weiß, dass du dir die Schuld an ihrem Verschwinden gibst. Aber auch deine Schwester trifft eigene Entscheidungen. Ihr hat es nicht behagt, wie du mit deinem Ehemann umgegangen bist.«

»Dann glaubst du auch die Geschichte? Dass ich ihn ermordet habe?«

Das schockierte mich. Nach unserer Rückkehr aus Tyras hatte ich es vermieden, mit irgendwem über Mirsads Tod zu sprechen, und alle hatten meinen Wunsch respektiert. Arash war verschwunden, und Melanippe war irgendwo da draußen und grollte mir. Ich hatte die Familie mit meiner Liebe zu Ares entzweit, und nun nahm ich ihn in unserer Sippe auf. Der Mörder meines Ehemanns – und sei es nur für eine Nacht – schlief in meinem Bett.

Auf einmal kam ich mir sehr töricht vor. Glaubte ich allen Ernstes, die Skythen würden mir das verzeihen, wenn sie es erfuhren?

»Du hast nicht mit eigener Hand den Dolch geführt, der ihm den Tod brachte. Aber du warst auch nicht unschuldig an seinem Ende.«

Ihre Worte klangen so unheilvoll, obwohl sie mich ja beruhigen wollte. Ich drückte Hippolyte an mich, die ich an diesem Morgen zum ersten Mal in einem Tuch vor die Brust gebunden trug. Sie schlief friedlich, und ich beschloss, bei dem täglichen Training der jungen Kriegerinnen vorbeizuschauen und mich von den Fortschritten der Mädchen zu überzeugen.

Seit Melanippe nicht mehr da war, hatte Nushaba wieder die Verantwortung über die Ausbildung der Kriegerinnen übernommen. Ein Dutzend Mädchen sattelte gerade die Pferde, denn neben dem Bogenschießen mussten sie regelmäßig das Reiten üben – und in einem letzten Schritt lernten sie, aus dem Sattel auf Ziele zu schießen. Erst feste Ziele, zum Ende bewegliche Ziele. Ich erinnerte mich gut an meine eigene Ausbildung. Wie oft ich daran verzweifelt war, dass mir vieles nicht auf Anhieb gelang. Wie verbissen ich geübt hatte, immer und immer wieder. Wie es mir dann das erste Mal gelang und danach immer häufiger. Nushaba hatte es mir damals so erklärt: »Dein Körper muss es lernen, damit dein Geist die Bewegungen im Kampf abrufen kann, ohne dass du darüber nachdenken musst. Nur wenn wir von Kindesbeinen an lernen, uns im Kampf zu bewegen, werden wir in einer Schlacht nicht vor dem Feind zurückweichen.«

Ares gesellte sich zu mir, und wir beobachteten, wie die jungen Reiterinnen übten, sich einem Ziel im vollen Galopp zu nähern. Sie trainierten noch mit Spielzeugbögen, die später durch die gespannten Konvexbögen ersetzte werden würden. Er pfiff anerkennend durch die Zähne. »Ich weiß schon, weshalb die Achaier sich nicht mit euch anlegen sollten.«

Ich knuffte ihn in die Seite. »Bist du in Wahrheit deshalb hier? Um dich über unsere Kampfkraft schlauzumachen?«

»Ich konnte bereits gegen die Thraker bewundern, mit welcher Effizienz die Skythinnen kämpfen.« Er legte den Arm um meine Schultern, und ich ließ es zu. Den Brustpanzer hatte er ebenso abgelegt wie den Helm und trug nun lediglich eine helle Tunika und darüber einen schwarzen Wollmantel, der mit Silberfäden bestickt war. Seine Füße steckten in Sandalen, und bei dem Anblick musste ich frösteln. »Ist dir nicht kalt?«, neckte ich ihn.

»Ein Gott friert niemals«, erklärte er. »Nur in der Zwischenwelt … « Er zögerte.

»Was war dort?«

Nushabas jüngere Schwester Pardis donnerte auf ihrer braunen Stute an uns vorbei. Ares' Blick folgte ihr voller Bewunderung.

»Dort habe ich mich nicht wohlgefühlt. Es ist nicht meine Welt, und wenn Artemis mir nicht gesagt hätte, dass ich dich nur dort retten kann … « Er verstummte.

»Artemis?«

»Meine Schwester. Halbschwester, wie ihr Menschen sagen würdet. Zeus ist auch ihr Vater.«

Ich verdrehte die Augen. »Wessen Vater ist er nicht?«

Ares lachte rau. »Gute Frage.«

»Und sie hat dir gesagt, wo du mich findest? Hast du mich denn gesucht?«

»Ich habe gespürt, dass du … nicht mehr in dieser Welt warst. Aber zur Unterwelt der skythischen Götter ist mir der Zugang versperrt, und mir blieb nur die Möglichkeit, dich zwischen den Welten aufzuspüren. Artemis ist die Göttin der Jagd, Beschützerin der Frauen und Kinder. Sie wacht über die Geburten. Du warst für sie spürbar und sichtbar, weil du … nun ja. Die Geburt lag noch nicht so lange zurück. Und sie rief mich zu sich, weil sie wusste, wie viel du mir bedeutest. Ohne sie … «

Er verstummte.

»Du meinst, dass ich hier neben dir stehe, verdanke ich einer achaischen Göttin?«

»Du verdankst es vor allem deinem eigenen Lebenswillen. Ohne ihn hätte ich dich nicht zurückholen können.«

»In unserer Götterwelt gibt es eine Göttin, die über den anderen steht. Tabiti. Hüterin der Tiere und des Herdfeuers. Sie ist der Ursprung der Welt.«

»Bis auf das Letztgenannte klingt sie nach Hestia.«

Ich musterte ihn interessiert. Je mehr er über die achaischen Götter erzählte, umso häufiger fragte ich mich, ob es möglich war, dass seine Brüder, sein Vater, seine Mutter, seine ganze Götterfamilie, irgendwie mit meinen Göttern vertraut waren. »Kennst du sie?«

»Tabiti? Ich weiß nicht viel über die skythischen Götter. Wir halten uns voneinander fern, soweit das möglich ist.« Er lachte. »Aber vermutlich wird allein die Tatsache, dass ich mich hier nun häufiger herumtreibe, ihre Aufmerksamkeit erregen, und eine Begegnung wird sich nicht vermeiden lassen.«

Würden die skythischen Götter mir zürnen, weil ich einen achaischen Gott liebte? Oder durfte mich das nicht kümmern? Die Götterwelt war eine, die sich mir verschloss; bisher war Maspi immer der Mittler zwischen den Welten gewesen.

»Sie könnten uns auch zürnen, weil ich dich zurückgeholt habe«, fügte Ares leise hinzu. »Falls das nicht ihr Plan gewesen ist …«

Die Pläne der Götter waren selten durchschaubar, dachte ich. Selbst Ares wusste nicht alles über die Absichten der ihm Gleichgestellten. »Warum hat Artemis dir geholfen?«

»Hat sie mir geholfen? Oder hat sie etwas ganz anderes im Schilde geführt und wusste, wie sie mich davon am besten ablenken konnte? Ist deine Erkrankung vielleicht gar nicht aufgrund der Geburt über dich gekommen, sondern weil jemand sich einen Vorteil davon erhofft hat?«

Während wir redeten, übten die jungen Kriegerinnen weiter mit ihren Pferden, sie ritten im vollen Galopp auf aus Stroh gebundene Puppen zu und lenkten ihre Pferde kurz vorher links und rechts vorbei. Ich beobachtete vor allem Pardis. Sie war eine phantastische Reiterin. Wenn sie alt genug war, konnte sie eine wertvolle Kämpferin für uns werden.

»Vielleicht wollen sie uns schwächen«, murmelte ich. »Indem sie mich in dieser Welt halten.« Ich schüttelte den Kopf. »Sieh mich doch nur an. Ich bin … Mutter. Die meiste Zeit damit beschäftigt, Babysabber wegzuwischen und Hippolyte hinter ihrer Amme herzuschleppen, weil sie unersättlich ist. Als Kriegerin tauge ich nichts, mir ist sogar der Bogen im Moment zu schwer.«

»Wenn jemand etwas im Schilde führte, dann wohl, die Skythen zu stärken«, erwiderte Ares zärtlich. »Ich sehe dich, Otrere. Du wirst bald wieder stark sein, deinen Bogen mit größerer Entschlossenheit führen. Jetzt hast du noch mehr zu verlieren.« Er grinste. »Ehrlich gesagt würde ich den Achaiern nicht raten, gegen eine Herrscherin anzutreten, die Mutter ist.«

So hatte ich das noch nie betrachtet. Er gab mir zu denken, doch auf die beste vorstellbare Art. »Glaubst du …« Ich zögerte. »Die Achaier. Sie sind so verwundert, wenn sie mich sehen. Weil ich die Königin bin, nicht mal das erstgeborene Kind meines Vaters, sondern diejenige, die am besten für diese Aufgabe geeignet erschien. Bei den Achaiern ist das anders, nicht wahr?«

Ares lachte leise. »Natürlich ist es bei ihnen anders«, sagte er leise.

Ich wollte mehr darüber erfahren. Aber Hippolyte wurde im Tuch unruhig, und ich fürchtete, sie bekam Hunger.

»Darf ich?«, fragte Ares. Er hatte die Unruhe unserer Tochter ebenfalls bemerkt. Ich löste sie aus dem Tuch und war fast erleichtert, dass er sie wieder auf den Arm nahm. Sie beruhigte sich fast augenblicklich, und ich beneidete ihn, weil er so genau zu wissen schien, was sie brauchte. Ich ging weiter, und Ares folgte mir.

»Was genau ist so anders? Sie leben in Städten oder haben Äcker, die sie bestellen.« Ich drehte mich zu ihm um und ging rückwärts. Ares schlenderte entspannt hinter mir. Für mich gab es kaum etwas Schöneres, Aufregenderes … Erregenderes als diesen Mann, der so ganz in sich ruhte und unsere Tochter trug. Ich blieb stehen, bis er direkt vor mir war und ebenfalls stehen blieb.

»Die Achaier geben nach dem Tod des Vaters alles an den ältesten Sohn«, sagte Ares. »Der Logik folgend hättest du keine Chance gehabt. Wenn Maspi verzichtet hätte, wäre der nächstjüngere deiner Brüder an der Reihe gewesen.«

»Hätte er denn verzichten dürfen?«

Ares schüttelte lächelnd den Kopf. »Nicht in meiner Welt. Und er hätte es auch nicht gewollt, denn wenn du nichts erbst, bist du dazu verdammt, dich als Soldat oder Arbeiter zu verdingen. Manche Männer halten ihre jüngeren Brüder wie Sklaven, und die Schwestern verheiraten sie an den Meistbietenden. Weil sie es dürfen. Weil das Recht dem Mann im Haus alle Macht in die Hände legt. Wärst du ein erstgeborener Mann, du wärst in den Augen vieler Achaier der ideale Herrscher. Du bist stark, du hast einen großen Willen. Wenn sie mit einer Frau mit diesen Attributen konfrontiert sind, schreckt sie das eher ab.«

»Das habe ich wohl gemerkt.« Ich lachte. Doch eines verstand ich immer noch nicht. »Warum?«

»Warum du sie abschreckst?«

»Nein. Warum ist die Macht in der Hand weniger Männer? Bei

uns hat jede Frau und jeder Mann das eigene Pferd, jede Familie besitzt ein paar Ziegen der großen Viehherden, und jeder hat Fähigkeiten. Das schließt die Frauen mit ein. Wir haben gute Goldschmiede, sowohl Männer als auch Frauen. Ähnlich sieht es bei den Bogenbauern aus, wir sammeln gemeinsam im Herbst die Früchte und Pilze. Wir jagen gemeinsam! Heißt das, die Achaier machen das jeder für sich?«

»Nicht nur das. Bleiben wir bei deinem Beispiel?« Ich nickte. »Der Bogenbauer. Der würde nichts anderes machen, nur Bögen bauen, jeden Tag, jeden Mond, sein Leben lang. Und er würde die Bögen verkaufen. Ein anderer kauft die Bögen und gibt ihm dafür Geld.«

»Geld«, echote ich. Das hatte ich in Tyras schon beobachtet.

»Münzen.« Ares holte aus einem Beutel an seinem Gürtel, den ich vorher nicht bemerkt hatte, ein paar Goldmünzen, die er in meine Hand gleiten ließ. Sie fühlten sich kühl an, anders als unsere Schmuckstücke aus Gold. »Wie bezahlt ihr, wenn ihr Händlern etwas abkauft?«

»Meist tauschen wir. Mit Goldmünzen können wir nichts anfangen. Also, höchstens sie einschmelzen und daraus etwas anderes herstellen. Schmuck. Armreifen und Ringe.«

Ich betrachtete die Münzen. Auf einer Seite war eine Eule zu sehen, auf der anderen Seite das Profil einer wunderschönen Frau. Mit den Fingerspitzen strich ich über die Eule. »Die ist hübsch«, sagte ich.

»Ja, ich weiß schon. Nicht vergleichbar mit den filigranen Goldschmiedearbeiten, die deine Leute bewerkstelligen.« Ares nahm sie mir weg.

»Wer ist die Frau?«

»Die *Frau*«, er atmete durch, »ist Pallas Athene. Göttin der Weisheit und des Kampfes. Ein bisschen das Gegenteil von mir.«

»Du meinst, weil sie so hübsch ist?«, neckte ich ihn. Ich hakte mich bei ihm unter, und wir gingen weiter. Er blickte auf mich herunter, und ich spürte, wie mein Herz schneller schlug.

Ich hatte mit vielem gerechnet, als ich von Ares schwanger wurde. Dass mich die Geburt das Leben kosten könnte, war nur eine von vielen Sorgen gewesen. Oder dass er mir das Kind wegnahm, um es auf dem Olymp unter seinesgleichen aufzuziehen. Was mich am meisten überraschte, war die Sehnsucht, die schon jetzt wieder an meinem Herzen zupfte. Hippolyte war nicht mal vor Mondesfrist geboren worden, mein Wochenfluss war nicht gänzlich versiegt, dennoch spürte ich bereits wieder die Lust auf die Vereinigung mit Ares. Meine Finger strichen über die Goldmünze.

»Weil sie Krieg eher als Mittel zur Durchsetzung bestimmter Ziele betrachtet und nicht um seiner selbst willen kämpft.« Er blieb stehen. »Warum, Otrere. Warum sind wir hier?«

»Weil du bei mir lebst und wir ein wenig … laufen? Ehrlich gesagt bin ich froh, dass ich zur Abwechslung nicht ständig zu hören bekomme, ich solle mich ausruhen, ich dürfe mich nicht überanstrengen, ich sei doch kürzlich erst knapp dem Tod entronnen …«

»Das meine ich nicht.« Er schüttelte den Kopf. Sein Blick ging über mich hinweg in weite Ferne, und auf einmal war mir dieser Mann, den ich gerade noch so sehr begehrt hatte, fremd geworden. In seinen Augen war ein hartes Glitzern, dann aber seufzte er, schüttelte den Kopf und ging weiter.

»Was ist los?«, rief ich hinter ihm her. »Warum redest du nicht mit mir?«

»Weil ich es nicht weiß. Weil ich keine Ahnung habe, was kommen wird. Oder warum Artemis mich zu dir in die Zwischenwelt geschickt hat, damit ich dich rette. Ich weiß nicht, was meine Brüder und Schwestern planen oder was Zeus im Schilde führt. Ich weiß nur eins, Otrere.« Ares fuhr herum, und da ich direkt hinter ihm lief, musste ich abrupt stehen bleiben. »Ich weiß, dass ich dich nicht verlieren darf. Nicht jetzt. Niemals.«

Wir standen voreinander. Ich atmete schwer, schon die kurze Strecke, die ich schnell gegangen war, hatte mich erschöpft.

»Du verlierst mich ja auch nicht. Du bist doch derjenige, der kommt und geht, wie es ihm in den Kram passt.« Hippolyte regte sich auf seinem Arm. Er strich ihr über die Stirn. Ich hätte sie ihm gern abgenommen, ließ es aber bleiben. Sie war auch seine Tochter. »Und niemand könnte dich aufhalten, wenn du Hippolyte mitnehmen würdest.« Ich spürte, wie mir Tränen in die Augen stiegen, und ich blinzelte. »Du bist so viel freier, als ich je sein werde. Dennoch kann ich nicht aufhören, dich zu lieben. Ich will auch gar nicht damit aufhören!«

Hippolytes Weinen wurde lauter. Vermutlich hatte sie Hunger. Ich trat vor und nahm sie Ares aus den Armen. Sie saugte gierig an meinem kleinen Finger. »Wenn du fort bist, fühle ich mich manchmal einsam«, gab ich zu. »Und dann sehne ich mich nach dir, aber ich kann es dir ja nicht sagen. Ich dachte immer, ich wäre unabhängig, und ich bräuchte niemanden an meiner Seite. Da habe ich mich wohl getäuscht.«

Wir schwiegen lange. Hippolytes leises Schmatzen ließ uns beide lächeln, und Ares legte den Arm um meine Schultern. Langsam machten wir uns auf den Rückweg.

»Und ich dachte, es missfällt dir, wenn ich hier bin. Weil du frei bist.«

»Nun ja, und dann ist da noch Aphrodite.« Ich lachte auf. »Sie ist dir ähnlich. Ich kann verstehen, dass ihr zwei …«

Wieder verstummte ich und biss mir von innen auf die Unterlippe. Er sollte nicht sehen, wie sehr mich die ganze Situation überforderte.

»Aphrodite ist keine Konkurrenz für dich.«

Oh doch, das war sie. Oder nein, ich war eher keine Konkurrenz für sie, denn sie war eine wunderschöne Göttin, umgeben von diesem überirdischen Glänzen, das auch Ares oft wie eine Aura umgab. Ich war eine leidlich hübsche, zerzauste und übermüdete Skythin, die sich von einer Geburt erholte und danach fast an einer Infektion gestorben wäre. Aber klar, warum nicht mit einer achaischen Göttin vergleichen?

»Du wirst wieder gehen, wenn dir danach ist, nicht wahr?«

Ares schwieg lange, und das war ja auch schon eine Antwort. Wir hatten das Lager fast wieder erreicht. Ich blieb stehen. In einigen Tagen würden wir unser Winterlager abbrechen und zu unseren Frühlingsweidegründen weiterziehen. Langweilte ihn dieses profane Leben nicht?

»Ich möchte einfach die Möglichkeit haben, dich zu rufen. Irgendwie. Oder dir zu zeigen, dass *ich* jetzt mit dir zusammen sein möchte. Egal aus welchen Gründen.«

»Das ließe sich bewerkstelligen. Wenn du bereit wärst, in einer Stadt zu leben.«

»Du meinst Tyras? Ich soll nach Tyras kommen, wenn ich mit dir zusammen sein will?«

»Nein, nicht Tyras.« Er blinzelte. »Komm, wir bringen unsere Tochter zur Amme. Ich vermute, du hast noch viel zu tun.«

Das Leben in unserem Lager nahm seinen gewohnten Lauf. Ich beobachtete die Kriegerinnen bei ihrem Training, empfing Besucher von weiter entfernten Sippen, ließ sie bewirten und hörte mir ihre Probleme an. Händler kamen auf dem Weg Richtung Tyras bei uns vorbei, wir kauften ihnen einige Dinge ab, die uns gefielen.

Ich war also gut beschäftigt. Ares blieb die meiste Zeit an meiner Seite. Er hielt sich im Hintergrund, sagte nicht viel. Oft hielt er Hippolyte auf dem Arm, und ich beneidete ihn um diese innige Nähe, die sie ineinander gefunden hatten. Ich fühlte mich manchmal nutzlos als Mutter, denn ich glaubte, sie würde bei mir häufiger weinen als bei ihm. Sie ließ sich von ihm immer beruhigen, und als ich ihn einmal fragte, warum das so sei, zuckte er mit den Schultern. »Ich weiß es nicht«, gab er zu.

Doch ich merkte, wie er immer häufiger eigene Wege ging. Das teils stundenlange Geplänkel mit Händlern und Ältesten, Priestern und Kriegerinnen, die zu mir kamen, war wenig erbaulich, und auch da beneidete ich ihn, dass er den Pflichten so leicht entkommen konnte. Als Königin musste ich präsent sein, für die Menschen ansprechbar. Sie erhofften sich Lösungen von mir, die nicht immer einfach waren.

Irgendwann blieb Ares immer länger tagsüber verschwunden. Wenn er abends zurückkehrte und ich ihn fragte, wo er gewesen war, schüttelte er den Kopf oder zuckte mit den Schultern. Es sollte mich nicht kümmern, was er da trieb, doch ich konnte mich nicht davon losmachen. Ich wusste so viel, dass achaische Götter reisten, so schnell wie der Wind. Mit einem Wimpernschlag wäre er in Tyras und mit einem Atemzug zurück auf dem Olymp.

So vergingen einige Monde. Der Sommer kam über die Steppe, der wilde Thymian blühte, und ich begleitete die Mütter und Tanten beim Beerensammeln, statt die Kriegerinnen bei der Jagd zu unterstützen. Wenn Ares tagelang fortblieb, glaubte ich, es mache mir nichts aus. Sobald aber seine dunkle Gestalt am Horizont auftauchte und sich näherte, atmete ich auf. Ich brauchte ihn, und zugleich spürte ich, wie mich die Abhängigkeit von ihm innerlich krank machte.

»Wir müssen es anders machen«, sagte ich eines Abends zu ihm. Die Schatten wurden lang, der Bodennebel kroch zwischen die Zelte, und das rosige Licht des Herbstabends ließ mich tief durchatmen. Ich wusste, dass meine Sippe für den kommenden Winter gut vorgesorgt hatte. Trotzdem war ich in Gedanken beständig damit befasst, zu berechnen, ob die Krüge mit Hirse, Öl und getrockneten Beeren, die Säckchen mit Nüssen, Trockenfleisch und die getrockneten Wurzeln reichen würden …

Wir saßen vor meinem Zelt. Hippolyte lag auf meinem Schoß und schlief. Ares stocherte in der Glut, über der ein Kaninchen briet, das er von einem seiner ausgedehnten Streifzüge mitgebracht hatte.

»Was missfällt dir, meine Königin?«

»Du wirkst nicht glücklich.«

Er hielt in der Bewegung inne. »Ist das so offensichtlich, ja?«, murmelte er.

Ich lachte. Ares setzte sich neben mich, und ich legte die Hand auf seinen Oberschenkel. »Glaubst du, ich merke nicht, wie du tagsüber die Welt bereist, weil dir das hier zu eng ist? Du kannst es mir sagen, weißt du?«

»Weil ich ja so gut darin bin, die Welten zu vereinen.«

»Es bringt mir auch nichts, wenn du es heimlich machst. Oder du glaubst, ich würde es nicht merken, wenn du nur dann hier bist, wenn du glaubst, ich bräuchte dich. Denn das stimmt nicht.«

Ich atmete tief durch.

»Schickst du mich weg?«

»Nein.« Auf dieses Gespräch hatte ich mich gedanklich vorbereitet. »Ich möchte nur nicht, dass du aus einem falschen Pflichtgefühl hier bist. Wir kommen auch ohne dich aus.«

»Aber ich komme vielleicht nicht ohne euch aus?«

Langweilte ich ihn schon wieder? Das war schnell gegangen. Wir genossen die Nähe, doch wir hielten es selten lange miteinander aus. Ob es einen Ort gab, an dem das möglich wäre? Tyras war immer noch ein Problem. Maspi wartete auf meine Anweisungen. Wenn Arash irgendwo in der skythischen Welt oder den Städten der Achaier auftauchte, würde man ihn nach Tyras bringen und nach einer gerechten Strafe für den Mord an meinem Königsgemahl rufen … Ich seufzte. Ares blickte mich fragend an.

»Mir ist nur gerade eingefallen, wie vieles ich in naher Zukunft werde regeln müssen.«

»Damit hast du nicht gerechnet, mh?« Nun war er es, der mich neckte. Ich stieß ihn mit dem Ellenbogen in die Seite, und er verzog nicht mal das Gesicht.

»Ich verstehe dich. Du sagst, es sei dir unangenehm, wenn ich komme und gehe, wie es mir gefällt. Wenn du nichts in der Hand hast. Ich habe versucht, hier zu sein, aber das macht mich ja offensichtlich unglücklich.« Er lachte auf. »Hätte ich nicht gedacht, dass etwas so Profanes mich unglücklich macht …«

»Was schlägst du vor?«

Ich war ja froh, dass wir miteinander redeten. Doch die Vorstellung, er könnte nun wieder ganz aus meinem Leben verschwinden, nur um irgendwann wieder aufzutauchen, weil ihm danach war …

»Komm nach Ephesos«, sagte er. »Wenn du mit mir zusammen sein willst. Wenn du sehen willst, wie die Achaier friedlich zusammenleben, ist Ephesos der richtige Ort. Dort bin ich oft zu finden.«

»Wissen die Stadtbewohner, dass du unter ihnen wandelst?«

»Wenn du dort bist, werde ich es ihnen offenbaren.«

Ich dachte nach. Von dieser Stadt hatte ich noch nie gehört. Sie musste weit weg sein.

»Ich müsste hier vorher einiges in Ordnung bringen«, sagte ich leise. »Melanippe ist immer noch fort, und in Tyras sind viele Dinge ungeklärt.«

»Wann immer dir der Sinn danach steht, kommst du nach Ephesos.«

Ich nickte. »Einverstanden. Aber erst mal bist du hier, ja?«

Er versprach es mir. Doch er sah mir nicht dabei in die Augen. Obwohl ich ihm glauben *wollte,* ahnte ich bereits in diesem Moment, dass er irgendwann wieder verschwinden würde. Ein flüchtiger Geist war dieser Kriegsgott, er ging seiner Wege. Bei aller Liebe – es war für mich schwer aushaltbar. In den kommenden Tagen, während wir alles zusammenpackten und die Zelte und unsere Habseligkeiten auf die Karren und Pferde verluden, hielt sich Ares zurück. Die meiste Zeit trug er Hippolyte herum. Es machte mich nervös, ohne dass ich erklären konnte, wieso.

Und dann wachte ich morgens auf. Der Tag des Aufbruchs war gekommen. Neben mir war das Schlaflager leer, und ich stürzte aus dem Zelt. Wo war Ares? Wo war Hippolyte? Ich fand die beiden nicht auf Anhieb, und mein schriller Ruf nach meiner Tochter weckte alle anderen.

»Sie ist bei mir.« Ihre Amme Kimija trat zu mir. Sie hielt mir Hippolyte hin. »Ares hat sie vorhin gebracht, weil sie Hunger hatte. Er wollte dich nicht wecken, sagte er.«

Ich spürte die Erleichterung, die durch mich hindurchrauschte. Kimija legte mir Hippolyte in die Arme, und ich drückte meine Tochter an mich. Mein Herz raste. Ich hatte wirklich gedacht, er sei mit ihr verschwunden. Damit hätte er mich gezwungen, nach Ephesos zu reisen.

»Ich liebe dich so sehr«, flüsterte ich Hippolyte zu, die mich mit wachem Blick ansah. Ich drückte sie an mich.

Ares blieb verschwunden. Er war offensichtlich frühmorgens von Hippolyte geweckt worden, hatte sie zur Amme gebracht und war dann fortgegangen. Wie er eben verschwand, wenn etwas außerhalb meiner kleinen Welt nach ihm rief.

Und diesmal kam er nicht zurück.

Ich würde ihn niemals bei mir halten können. Aber wollte ich das überhaupt?

25

»Da ist es. Tyras«, seufzte ich.

Nushaba lenkte ihre Stute neben den Falben. Sie grinste mich an. »Du klingst beinahe froh, die Stadt wiederzusehen.«

Ich zuckte mit den Schultern. Die Reise hierher war anstrengend gewesen, mehr nicht.

»Schon merkwürdig«, fuhr Nushaba fort. »Nachdem du die letzten drei Jahre kein gutes Haar an dieser Stadt gelassen hast ... Ich hätte gedacht, du wirst nie mehr einen Fuß in die Stadt setzen. Verstanden hätte ich es.«

Ich lächelte schief. Meine Abneigung gegen Tyras war kein Geheimnis, vor allem angesichts der Ereignisse nach meiner Hochzeit vor nun bald drei Jahren. Ich hatte alle überrascht, als ich zum Ende des Sommers erklärte, ich wolle nach Tyras reisen und dort nach dem Rechten sehen. Schon länger beschlich mich das Gefühl, die Situation dort könnte mir entgleiten. Mein Bruder schickte nur noch selten Boten, und wenn sie kamen, berichteten sie nur, alles sei zum Besten gestellt. Tyras gehörte nicht zum Herrschaftsbereich der Skythen. Mit der Stadtgründung hatten die Achaier Fakten geschaffen, die sich nur durch einen Krieg oder eine langwierige Belagerung hätten ändern lassen. Und wozu? Was wollte ich mit einer Stadt? Es gab einige Hundert Skythen in Tyras. Ihnen galt dieser Besuch. Ich wollte wissen, ob es ihnen gut ging. Ob sie etwas brauchten.

Es war zugleich auch meine erste Reise in die achaische Siedlung seit Hippolytes Geburt. Ich hatte mir viel Zeit gelassen. Aber Zeit, so viel hatte ich begriffen, war nur eine menschliche Kategorie. Für die Götter galt diese nicht. Anders konnte ich mir nicht erklären, dass ich seit zweieinhalb Jahren nichts von Ares gehört hatte. Er war wie ein flüchtiger Geist, und meine Sehnsucht ließ sich durch seine Abwesenheit nicht stillen. Ich vermisste ihn, und nach langem Nachdenken war ich zu dem Schluss gekommen, dass ich von Tyras aus Segel setzen musste und Richtung Süden aufbrechen sollte. Mein Ziel war Ephesos. Hatte er nicht immer gesagt, in Ephesos sei er für mich erreichbar? Wenn ich in die achaische Stadt reiste, würde er mir dort erscheinen? Ich hoffte, dass das stimmte.

»Mama, guck!« Hippolyte streckte den Finger aus und zeigte auf einige Leute, die müde und mit gesenkten Häuptern von den Gärten außerhalb der Stadtmauer zum Stadttor strebten. Sie trugen skythische Kleidung; die Werkzeuge in ihren Händen kannte ich jedoch nicht. »Skythen?«, fragte ich leise an Nushaba gerichtet.

»Sieht so aus.«

»Was tun sie dort?«

»Sie bestellen die Felder«, sagte sie nach kurzem Zögern. »Sie sind Bauern geworden.«

»Bauern.« Ich stieß es hervor wie ein Schimpfwort. »Warum? Sie wenden sich von unserer althergebrachten Art ab? Was ist so schlecht daran?«

Nushaba zuckte unbehaglich mit den Schultern. Ich wies anklagend auf die skythischen Landarbeiter, die nach Hause trotteten. »Das ist doch kein Leben.«

»Was genau meinst du?«

»So beengt. So … nah beisammen. Hinter dicken Mauern.«

»Was ist daran anders als an unseren Karren und Zelten? In denen haben wir noch weniger Platz.«

Ich wollte etwas erwidern, doch Nushabas Einwand brachte mich zum Schweigen. »Aber die Steppe«, versuchte ich es noch ein letztes Mal.

Nushaba nickte. »Ja, ich verstehe es schon. Die Weite. Der Himmel über uns mit den vielen Sternen in der Nacht. Doch dieser Himmel wölbt sich auch über Tyras, Otrere. Vielleicht mögen die Menschen an der Siedlung, dass sie so viele Möglichkeiten haben? Sie können ein Handwerk ausüben und ihre Waren direkt verkaufen, ohne darauf warten zu müssen, dass ein Händler alle zwei Jahre bei ihnen vorbeikommt. Die Töchter müssen nicht zu einer anderen Sippe ziehen, wenn sie heiraten. Die Familien bleiben näher beisammen. Sie bekommen auch mehr Kinder, habe ich gehört. Weil sie mehr Nahrung haben.«

Ich umfasste den Bauch von Hippolyte etwas fester. Falls ihre Äußerung ein Vorwurf in meiner Richtung sein sollte … Aber nein. Hippolyte würde wohl mein einziges Kind bleiben, denn Ares war nie wieder aufgetaucht, und ich hatte kein Interesse an einem anderen Mann. Zumal fraglich wäre, ob sich einer fand, der mich heiraten wollte, nach allem, was passiert war. Ich wusste, dass sie über mich redeten. *Sie hat ihren Gemahl von ihrem Geliebten ermorden lassen. Sie teilt das Bett mit einem achaischen Gott. Seht nur, was für ein hübsches, prächtiges Kind Hippolyte ist. Achaisches Blut fließt in ihren Adern, doch Königin Otrere will uns weismachen, die skythische Lebensweise sei die beste. Sie belügt sich damit.*

»Ich weiß nicht, ob dieses Leben so viel schlechter ist als unseres«, fuhr Nushaba fort. »Es muss angenehm sein, im Winter nicht ums Überleben kämpfen zu müssen.«

Ich trieb den Falben behutsam vorwärts. »Dafür müssen sie andere Kämpfe führen.«

Unser Einzug in die Stadt wurde kaum registriert. Die Menschen gingen ihrer Arbeit nach; Frauen schleppten Einkäufe vom Markt oder die Ernte aus den Gemüsegärten zu ihren Behausungen. Die skythischen Häuser waren kleiner als die der Achaier; Erdhöhlen gleich waren sie in den Boden eingelassen und kaum größer als ein Zelt. Ich verkniff mir die Frage, was an einem Erdloch so viel besser sein sollte als unsere Zelte. Wir erreichten den Palast meines Bruders.

Ja, inzwischen war dieser Gebäudekomplex, der seit meinem letzten Aufenthalt um einen weiteren Seitenflügel gewachsen war, nicht mehr *mein* Palast. Das spürte ich daran, wie ich von Maspi im Innenhof willkommen geheißen wurde. Ein Blick auf seine Kleidung genügte mir, um zu wissen, dass ich auch ihn an die achaische Lebensweise verloren hatte. Er trug einen seidenen Chiton mit goldener Stickerei, und seine nackten Füße steckten in Sandalen. Seine Haare waren lockiger, der Bart gestutzt. Das fehlende Auge kaschierte er inzwischen mit einer Augenklappe.

»Meine Königin.« Er breitete die Arme aus. Seine tiefe Stimme klang sehr sonor, er bemühte sich sichtlich um Gelassenheit. Ich reichte Hippolyte einer Sklavin, dann schwang ich mich aus dem Sattel und trat ihm entgegen. Wir umfassten gegenseitig unsere Unterarme und blickten einander an. »Es ist eine Weile her«, sagte er schließlich.

»Wir haben dich vermisst«, erwiderte ich. »Es tut gut, dich wohlbehalten wiederzusehen.«

Aber er hatte sich so stark verändert. Was, bei den Göttern, dachte er sich dabei?

Maspi räusperte sich. »Wollen wir? Ich lasse deinen Kriegerinnen etwas zu essen bringen, und wir können uns zurückziehen. Du wirst viele Fragen haben, nehme ich an.«

Allerdings. Ich nahm Hippolyte auf den Arm. Maspi sah meine Tochter an, und einen Moment glaubte ich, in seinem Blick so etwas wie Angst aufflackern zu sehen. »Sie ist groß geworden.«

»Das stimmt.« Ich strich über Hippolytes dunkle Locken. Sie drehte sich auf meinem Arm zum Falben um, der von Nushaba am Zügel zu den Stallungen geführt wurde. »Mama, Pferde bleiben!«

»Nein, mein Schatz. Die Pferde brauchen Ruhe nach dem langen Ritt.« Anders als Hippolyte, die wild strampelte, bis ich sie herunterließ. Sie rannte voran, blieb immer wieder stehen und wartete auf uns.

Dieses Kind ... Ich musste lächeln. Ares' Tochter war in allem, was sie tat, überbordend, herausfordernd und unersättlich. Sie wollte das ganze Leben kosten, glaubte ich manchmal. Sie war wild, ließ sich kaum etwas verbieten und so stur, dass ich manchmal an ihr verzweifelte. Aber ich liebte sie abgöttisch, und darauf hatte mich niemand vorbereitet. Wie es war, ein Kind zu lieben.

Maspi führte uns in den Thronsaal. Meine Kriegerinnen folgten uns. Sogleich strömten Sklaven herbei, die ihnen Waschschüsseln und große Platten mit Fleisch, Oliven, Brot und Käse servierten. Ich hob die Augenbrauen, sagte aber nichts. Alles hier wirkte so ... achaisch. Maspi und ich betraten einen kleinen Raum direkt hinter dem Thronsaal. Hier war der Tisch bereits gedeckt, und zwei Sklaven waren sofort zur Stelle, um uns Wein einzuschenken und einen dritten und vierten Teller auf den Tisch zu stellen. Ich sah Maspi fragend an. Er hatte nicht mit mir gerechnet, doch mit wem pflegte er mittags zu speisen?

»Otrere, meine Liebe.«

Die sanfte Stimme ließ mich herumfahren. Ich blinzelte; einen Moment lang wusste ich nicht, was ich sagen sollte. »Afina«, hauchte ich.

Die Frau meines Onkels hatte sich ebenfalls verändert. Nicht in ihrer Kleidung oder ihrer Haltung. Es war der sichtlich gerundete Leib, der mich sprachlos machte. Maspi räusperte sich verlegen. Afina und ich umarmten uns zur Begrüßung. »Wie geht es deinem Sohn?«

Afina hatte im Winter, in dem auch Hippolyte geboren wurde, einen kleinen Jungen bekommen. Petros, erinnerte ich mich.

»Er gedeiht. Ein ruhiges Kind, das uns viel Freude macht.« Sie warf Maspi einen Blick zu, der die Stirn runzelte.

»Ich vermute, du hast einige Fragen«, fügte sie leise hinzu.

»Das vermute ich auch«, murmelte ich.

»Sei gewiss, wir werde sie alle beantworten. Aber lass uns erst etwas essen.« Sie sprach so selbstverständlich von einem »wir«, dass ich mich fragen musste, wie lange das schon ging. Mit ihr und Maspi. Nun, mindestens so lange, dass er sie schwängern konnte. Seit einem Jahr waren Maspis Nachrichten nichtssagend und fröhlich, alles in Ordnung in Tyras, mach dir keine Sorgen. Langsam setzte sich für mich ein Bild zusammen.

Afina wandte sich an Hippolyte, die sie mit großen Augen anstarrte. »Du musst die Prinzessin sein, von der ich schon so viel gehört habe. Hippolyte, nicht wahr?«

»Wer bist du?«, fragte Hippolyte.

»Ich bin die Frau deines Onkels.«

Nein!, wollte ich dazwischengehen. Nicht Hippolytes Onkel, ihr *Großonkel* war Afinas Mann. Oder meinte Afina das genau so ...? Sie sprach inzwischen besser skythisch, vielleicht war es nur ein kleiner Fehler.

Zu viele Fragen. Ich hatte das Gefühl, mein Besuch in Tyras kam nicht nur für Maspi und Afina überraschend, sondern er sorgte auch für gehörig Unordnung in meinem eigenen Weltbild.

»Wie geht es unserem Gefangenen?«, wechselte ich das Thema.

Knapp zwei Jahre war es her, dass bei einem achaischen Händler in Beredan ein älterer, abgerissener Skythe aufgefallen war, weil er Feigen klaute. Der Achaier rief die Stadtwache, die überrascht feststellte, dass dieser Mann immer wieder eine Geschichte erzählte, die so recht niemand glauben wollte. Er sei der Onkel der skythischen Königin, von ihr zu Unrecht des Mordes an ihrem Gemahl beschuldigt und seitdem auf der Flucht.

Am meisten hatte mich an der Tatsache, dass Arash immer in der Nähe von Tyras geblieben war – Beredan lag nur zwei Tagesreisen in südlicher Richtung auf einer Halbinsel –, überrascht, dass er außerdem bei der Wahrheit blieb, statt sich eine ganz andere Geschichte zurechtzulegen. Die Stadtwache von Beredan nahm ihn fest und ließ ihn nach Tyras bringen, wo der Damokoros Aratos ihn an meinen Bruder übergab. Seitdem hockte Arash in einer Endhöhle, die als sein Gefängnis diente.

Arash war vor zwei Jahren gefangen genommen worden für etwas, was er nicht getan hatte. Ich war daran nicht unschuldig. Hatte nicht protestiert, weil sonst meine eigene Position nach Mirsads Tod in

Zweifel gezogen worden wäre. Hatte mich auch nicht dafür interessiert, was seither aus ihm geworden war. Nun saß ich hier, aß am Tisch meines Bruders, von dem ich immer gedacht hatte, er sei zu schwach, um nach Höherem zu streben. Hatte er nicht deshalb auf die Herrschaft verzichtet? Tatsächlich gebärdete er sich wie ein König im eigenen Palast, und neben ihm saß die Frau seines Onkels, blickte ihn verliebt und voller Stolz an, als habe er mit ihrer Hilfe Großes erreicht …

Ich nahm Hippolyte auf den Schoß.

»Was führt dich hierher?«, wollte Afina wissen.

»Wir sind unterwegs nach Ephesos. Tyras lag nur auf dem Weg.«

Glaube ja nicht, dass wir euretwegen hier sind. Obwohl manches, was ich hier beobachte, noch diskutiert werden muss.

»Wie geht es Arash?« Ich wandte mich an meinen Bruder. Er warf Afina einen unbehaglichen Blick zu, bevor er antwortete.

»Er beträgt sich wohl.«

»Ist er immer noch eingesperrt?«

»Er hat seine eigene Hütte, ein Stück Land vor den Toren der Stadt und stets zwei Wachen an seiner Seite«, sagte Afina leise. »Der Hohepriester der Skythen hat auf seinen Wunsch unsere Verbindung gelöst. Wir sind nicht mehr verheiratet.«

Ich ignorierte sie und sah Maspi an. »Der Hohepriester, ja? Das bist dann wohl du, immer noch? Du übst die Riten aus, obwohl du Statthalter in meinem Namen bist?«

»Das verstehst du nicht.« Er starrte mich ausdruckslos an.

»Dann erklär es mir, denn ich würde es gern verstehen. Es gibt Gründe, weshalb der Hohepriester nicht auch Soldaten befehligt oder über die Menschen richtet. Zu viel Macht in einer Hand. Das hat unser Volk von alters her so gemacht. Der Hohepriester ist die Verbindung zu unseren Göttern, und er ist nur Mittler zwischen den Welten. Nicht zugleich derjenige, der den Willen der Götter ausführt, den er selbst in seinen Visionen empfangen hat.«

»Du warst nicht da. Ich musste entscheiden.«

Ich gab Hippolyte ein Stück Fleisch. Sie kaute selig darauf herum. Mir war der Appetit vergangen, doch ich nahm einen Brocken Käse und ließ ihn auf meiner Zunge schmelzen. Afina trank ihren Weinkelch leer und winkte einem Sklaven. Als er nicht schnell genug nachschenkte, fuhr sie ihn an. Ich musterte sie mit hochgezogenen Augenbrauen.

»Du hättest Boten schicken können. Männer oder Frauen, die auf Pferden unterwegs sind. Das dauert nur wenige Tage, weißt du? Sie hätten mir deine Vision überbringen können. Oder nein, du hättest, wie es sich für einen Hohepriester der Skythen gehört, bei deinem Volk leben können.«

»Mein Volk lebt auch hier, Otrere.«

»Du meinst *mein* Volk.« Ich starrte ihn über den Tisch hinweg so lange an, bis er genervt das Stück Fleisch auf seinen Teller warf.

»Warum Ephesos?«, fragte er herausfordernd

Er wollte also das Thema wechseln. Nun gut. Ich würde früh genug auf seine Verfehlungen zurückkommen.

»Ich habe viel davon gehört«, erklärte ich beiläufig.

»Eine achaische Stadt jenseits des Pontischen Meers? Meinst du etwa, dort warten sie auf dich?« Er lachte ungläubig.

»Ja, stell dir vor. Das wäre durchaus möglich.«

Mein Bruder schnaubte. Ich wandte mich an Afina. Was er konnte, konnte ich auch. »Wann ist es so weit?«, erkundigte ich mich.

Sie wurde rot. »Ein oder zwei Monde wird es noch dauern.«

»Ich würde dir gern dazu gratulieren. Oder dich zur Aufnahme in unsere Familie beglückwünschen. Dabei hast du ja schon länger zu uns gehört. Kannst du mir sagen, wo ich Arash finde?«

Sie schüttelte den Kopf.

»Du kannst es nicht sagen, oder du willst es nicht sagen?« Ich versuchte gar nicht erst, meinen Worten die Schärfe zu nehmen. Ich war wütend, das durften die beiden ruhig merken.

»Lass sie in Ruhe, Otrere.«

»Du«, ich funkelte Maspi an, »hast mir gar nichts zu sagen. Ich bin immer noch eure Königin, und Arash gehört zur Familie. Es ist eine Schande, was ihr ihm angetan habt.«

»So wie es eine Schande war, was du ihm angetan hast? Warum ist Melanippe denn seitdem wie vom Erdboden verschluckt? Weshalb lässt du dich erst nach vier Jahren wieder hier blicken? Hast wohl gedacht, das Problem löst sich von allein, heh?«

Er atmete durch, und ich hätte ihm gern sein selbstgerechtes Grinsen aus dem Gesicht geschlagen. Doch die Erwähnung von Melanippe nahm mir alle Energie. »Dann hast du auch nichts von ihr gehört?«, fragte ich leise.

»Leider nicht.« Er senkte den Kopf. »Ich höre nur von den Thrakern und Kimmerern. Immer wieder überfallen sie unsere Leute. Und gelegentlich höre ich von einer Reiterhorde. Alles Frauen. Keine Ahnung, wo sie lagern, woher sie kommen, wohin sie gehen. Ich weiß nur, dass sie dort auftauchen, wo die Menschen in Not sind. Wenn wir nicht schnell genug sind. Oder du.«

»Ich ziehe nicht mehr in den Krieg. Das überlasse ich nun anderen. Hippolyte braucht mich.«

»Erträgst du eine ehrliche Antwort von einem, den du aus tiefstem Herzen hasst?«

»Ich hasse dich nicht, Maspi. Aber was hier in Tyras geschehen ist …«

»Ich glaube, sie ist es«, unterbrach er mich. »Die da draußen gegen die Thraker reitet.«

Das glaubte ich auch, aber ich starrte ihn einfach an, bis er den Blick senkte und mich weitersprechen ließ.

»Ich will das Unrecht von damals wiedergutmachen. Aber du hast ihm ein weiteres zugefügt. Du hast unserem Onkel die Frau ausgespannt.«

»Die Ehe wurde aufgelöst. Er war einverstanden.«

»Was hätte er dir schon entgegensetzen können«, murmelte ich. Hippolyte hatte genug von unserem Erwachsenenkram. Sie kletterte von meinem Schoß und begann, den Raum zu erkunden. Einer der Sklaven lächelte ihr zu, und sie lief ihm entgegen. Dieses Kind fand überall in kürzester Zeit Freunde. Ich wandte mich wieder meinem Bruder zu.

»Arash hatte keine Chance, seit ich ihn beschuldigt habe, meinen Ehemann getötet zu haben«, erklärte ich düster. »Aber ich will das wiedergutmachen.«

Mein Blick fiel auf Afina. Sie wirkte verängstigt.

»Muss ich zu ihm zurück?«, flüsterte sie. Die Hände presste sie schützend auf ihren Leib, und ich verstand.

»Er weiß nichts von eurer Heirat?« Stumm schüttelte sie den Kopf. »Von eurem Kind …?«

»Er hält sich von uns fern. So ist es besser. Die Vermählung haben wir in aller Stille vorgenommen.«

Heimlich also.

»Ihr wollt ihn vor vollendete Tatsachen stellen.«

Das war alles so viel vertrackter als befürchtet! Dabei wollte ich doch nur nach Ephesos. Nun hatte ich hier offensichtlich noch einiges zu erledigen, bevor ich weiterreisen konnte …

Ich seufzte. »Sagt mir, wo ich ihn finde«, sagte ich leise. »Ich werde mich darum kümmern.«

26

Morgens lagen die Gassen still im ersten Sonnenlicht, das rosig die Lehmwände und Steinstufen der achaischen Häuser und die festgeklopften Erdhügel der skythischen Behausungen übergoss. Ich zog die Kapuze tiefer in die Stirn, damit niemand die Tätowierung sah, die ich seit letztem Sommer von der Schläfe bis zur Wange trug. Es war das göttliche Zeichen eines Greifs. Ich hatte es mir in der letzten Schlacht verdient, in der ich gekämpft hatte. Sie hatte mir außerdem eine tiefe Fleischwunde am rechten Oberschenkel eingebracht, die mich mit etwas Pech das Leben hätte kosten können.

Aber ich hatte überlebt. Wieder einmal. Ich war nach vielen Tagen aufgewacht, doch in meiner Erinnerung war kein Traum an die Zwischenwelt. War ich dann gar nicht dort gewesen? Hatte es nicht so schlecht um mich gestanden?

Ich beschloss damals, dass ich nicht mehr an der Spitze reiten konnte. Das war nun die Aufgabe anderer Kriegerinnen und Krieger. Der Kampf war nicht vorbei, doch ich würde ihn nicht mehr führen können wie bisher. Mit Hippolytes Geburt hatte ich mehr als die Verantwortung für mein Volk übernommen. Auch für meine Tochter wollte ich unbedingt da sein, solange sie mich brauchte.

Das hieß aber auch, die Familie zu befrieden. Ursprünglich hatte ich geplant, Arash als meinen Statthalter wieder einzusetzen – zwei Jahre als Gefangener sollten ihm zur Mahnung genügen, dass er eher nach meinen Regeln spielte – und Maspi zu bitten, bis zu meiner

Rückkehr aus Ephesos auf die Steppe zurückzukehren und dort die Thraker in Schach zu halten.

Aber nun hatte sich die Lage geändert. Und ich hatte keinen Plan. Nicht zum ersten Mal wünschte ich, Ares wäre an meiner Seite. Ich liebte meine Unabhängigkeit.

Und ich liebte Ares.

Beides würde mir nicht möglich sein, und mit dem Lauf dieser drei Jahre ohne ihn war die Erkenntnis gereift, dass ich eines würde aufgeben müssen. Meine Unabhängigkeit oder meine Liebe zu dem Kriegsgott. Aber ich konnte auch nicht länger allein bleiben. Die Macht hatte mich einsam gemacht, und ich sehnte mich nicht nur nach Ares als meinem Geliebten, sondern auch als jemandem, mit dem ich jeden Gedanken teilen konnte.

Ich erreichte das kleine Erdhaus, das mir Maspi beschrieben hatte. Davor hockte ein skythischer Soldat, der sich gegen die nächtliche Kälte in seinen Mantel gewickelt hatte. Als mein Schatten auf ihn fiel, blinzelte er zu mir hoch. »Königin Otrere«, krächzte er und rappelte sich auf.

»Ich will zu meinem Onkel«, sagte ich. »Ist er da?«

»Ja, meine Königin. Ich … äh … melde ihm Eure Ankunft.«

»Nicht nötig.«

Ich schob mich an ihm vorbei und zog den Kopf ein. Eine Felldecke hing über dem Eingang, und ich schob sie beiseite. Es dauerte einen Moment, bis sich meine Augen an das Dämmerlicht in diesem Loch gewöhnt hatten, das Arash sein Heim nannte. Links unter einem Abzug in der Höhlendecke war eine kleine Feuerstelle, voraus ein Podest, auf dem ein Berg aus Fellen und Decken ausgebreitet lag. Arash richtete sich auf. Er fuhr sich mit beiden Händen durch das müde Gesicht. Alt ist er geworden, dachte ich. Oder ist das die Dunkelheit, die sein Gesicht furchig und erschöpft wirken lässt?

»Meine Königin. Bist du gekommen, um mich zu erlösen? Oder willst du dich an meinem Elend weiden, wie es dein Bruder regelmäßig tut?«

»Zieh dir etwas an und komm vor die Tür. Ich rede mit dir nicht in diesem Loch.«

Ich drehte mich um und trat wieder nach draußen. Auch der Soldat hatte inzwischen seine Müdigkeit abgestreift und stand aufrecht neben der Tür. »Du kannst gehen«, befahl ich ihm. Er schüttelte trotzig den Kopf.

»Gilt für dich der Befehl meines Bruders mehr als meiner?«

»Ich bin sein Soldat.«

»Und er ist mein Statthalter. Nun verschwinde, bevor du die längste Zeit deines Lebens Soldat gewesen bist.«

Er blickte unsicher zu Arash, der hinter mir in der Tür auftauchte. Dieser machte eine scheuchende Handbewegung, und endlich eilte der Soldat davon. Die Schultern hochgezogen, die Stiefel klapperten auf dem Pflaster.

»Was stimmt nicht mit den Männern in dieser Stadt«, murmelte ich.

»Sie gewöhnen sich rasch an die andere Ordnung.«

»Ach. Und was ist das für eine Ordnung? Sich der Herrscherin zu widersetzen?«

»Du bist eine Frau«, sagte Arash ruhig. Er ließ sich auf dem Stein nieder, auf dem der Soldat die Nacht verbracht hatte. »Für die Achaier ist die Frau dem Mann untergeordnet. Es ist für viele skythische Männer eine willkommene Abwechslung, wenn sie sich auf das

Stadtleben einlassen und merken, dass die achaische Lebensweise sich von unserer unterscheidet. Frauen wirst du kaum auf den Straßen sehen. Sie bleiben daheim, kümmern sich um Haushalt und Kinder. Sie haben viele Kinder, diese Achaier.« Er lachte. »Und wie ich hörte, wird auch meine achaische Frau bald ein Baby im Arm halten.«

»Du weißt es also schon.«

»Was? Dass Maspi und Afina sich ineinander verliebt haben? So sagen die beiden es. Sie haben sich *verliebt*, während sie im Palast zusammenlebten. So ein Pech, dass sie noch mit mir verheiratet war. Dem unliebsamen Onkel, der nach der Hochzeit der Königin ohne Schuld in Ungnade gefallen ist.«

Ich hockte mich neben ihn und senkte den Kopf. Er hatte jedes Recht, mir Vorwürfe zu machen. Ich hatte ihm übel mitgespielt.

»Aber ich weiß, warum du es getan hast«, fuhr er fort. »Ich verstehe es inzwischen sogar.«

»Ist das so?«

»Du wolltest die Macht sichern. Mirsad war nur ein Mittel zum Zweck, und das hat er mit dem Leben bezahlt. Du hast Ares' Tochter bekommen, und es wäre für unsere Leute schwer verständlich gewesen, dass du einen achaischen Gott ehelichst. Heiraten diese Götter überhaupt?«, erkundigte er sich interessiert.

»Nur untereinander.« Ich fuhr mit den Fingern durch den Staub. »Keine Sterblichen.«

»Aber sie töten Menschen, wie es ihnen gefällt. Macht dir das keine Angst?«

Doch, das tat es.

Arash lud mich ein, mit ihm zu essen, und ich stimmte zögernd zu. Ich wartete draußen, bis er zwei Schüsseln mit Linsenbrei brachte, auf den er Olivenöl geträufelt hatte. Eine Zwiebel lag aufgeschnitten darauf, und er reichte mir ein kleines Fladenbrot, das anders schmeckte als die, die ich im Palast vorgesetzt bekam. »Gerstenmehl«, sagte er, als ich ihn fragte.

Das Mahl war einfach und schmeckte sehr gut. »Man gewöhnt sich daran«, meinte Arash nur und zuckte mit den Schultern. »Wie man sich an alles gewöhnt. Ich habe einen kleinen Garten, dort baue ich an, was ich zum Leben brauche. Wenn es nicht reicht, wende ich mich an Maspi. Er ist großzügig, weißt du? Solange ich ihm nicht in die Quere komme.«

Schweigend beendeten wir die Mahlzeit. Arash brachte das Geschirr zurück in seine Wohnhöhle, und ich blieb draußen sitzen. Er schenkte uns sauren Wein in Tonbecher und hob seinen Becher hoch. »Auf Königin Otrere!«

Ich erwiderte den Gruß, blieb aber stumm.

»Worüber denkst du nach?«

»Was ich mit dir machen soll. Und mit Maspi und Afina.«

»Willst du einen Rat von mir?«

Ich lachte unbehaglich. »Ich müsste ihn ja nicht annehmen.«

»Ausgerechnet von dem Mann, dem du fast so übel mitgespielt hast wie deinem Ehemann.« Er hob entschuldigend die Hand. »Also gut, lass es mich so sagen. Du hast eine Tochter, und du wirst wollen, dass sie nach dir die Königin der Skythen wird, richtig?«

Ich nickte.

»Dann wirst du uns alle beschäftigen müssen.« Arash zuckte mit den Schultern. »Gib jedem etwas, was er unbedingt haben will.«

»Die Freiheit?«, fragte ich.

»Die ist mir nicht so wichtig.« Er zögerte. »Meine Frau. Ich habe sie sehr geliebt.«

»Nun ist sie mit Maspi vermählt.«

»Und er hockt in deinem Palast, als gehörte ihm alles, und wenn etwas nicht nach dem Willen der Menschen läuft, kann er immer noch sagen, sie mögen sich an dich wenden, du bist ja die Königin. Nur: Wer sich einmal hier niedergelassen hat, wird wegen eines Nachbarschaftsstreits nicht mehrere Tage zu dir reisen. Und du bist zu selten hier. Also müsste Maspi diese Aufgabe übernehmen. Aber das tut er nicht.«

»Was schlägst du vor? Soll ich dich als meinen Statthalter einsetzen?«

»Ich würde mich kümmern. Zugleich würdest du damit allen beweisen, dass du nicht länger denkst, ich hätte deinen Ehemann ermordet.«

»Und was wird aus Maspi und Afina?«

»Die beiden sollen meinetwegen glücklich werden. Sie können auch weiterhin im Palast leben, wenn es das ist, was sie unbedingt wollen. Aber ich will wieder für dich sprechen, Otrere. So wie früher.«

»Du meinst, bevor ich von meinem Vater die Macht übernommen habe und du anfingst, gegen mich zu intrigieren? Was genau soll mich davon überzeugen, dass es diesmal anders sein wird?«

»Nichts.« Er grinste.

Ich musste lachen.

»Ich hätte deine Tochter gern kennengelernt. Bringst du sie nächstes Mal mit?«

Ich versprach es ihm.

Als ich an diesem Abend zu Hippolyte ins Bett kroch und mich an ihren kleinen, schlafwarmen Körper kuschelte, hatte ich immer noch keine Ahnung, wie es weitergehen sollte. Mir blieben im Grunde zwei Möglichkeiten: Arash die Macht zurückgeben oder Maspi und Afina gewähren lassen. Beides erschien mir gleichermaßen unklug.

Den Tag hatte ich in Tyras verbracht. Mit Hippolyte an der Hand oder auf meinen Schultern, dicht gefolgt von Nushaba und drei weiteren Kriegerinnen, war ich durch die Straßen gelaufen. Vorbei am Tempel des Apollon, am Palast des Damokoros und über die Agora. Ich kaufte Hippolyte Honiggebäck und Feigen, die sie glücklich verspeiste.

»Du bist so schweigsam, Otrere.«

»Ich habe es mir nicht so vorgestellt.«

»Was genau?«

Ich blieb stehen. Nushaba lächelte aufmunternd.

»Die Stadt. Sie wächst und wächst. Auch unsere Leute kommen her. Sie wirken … zufrieden.«

»Weil sie es sind?«

Ich schüttelte den Kopf. Es betrübte mich, zu sehen, wie schnell manche Skythen unsere Lebensweise aufgaben. »Ich könnte das nicht.«

»Du musst auch nicht. Aber lass die Menschen ihren Weg suchen. Sie werden zurückkehren, wenn es ihnen zu viel wird. Und manche sind bereits zurückgekehrt.«

Trotzdem hielt mich die Sorge wach. Wenn immer mehr Skythen nach Tyras zogen oder in die anderen Städte, die von den Achaiern entlang der Küste gegründet wurden – was passierte mit den Sippen? Es waren vor allem die jungen Kriegerinnen und Krieger, die sich für ein neues Leben entschieden. Junge Familien, die Händler und Handwerker, Bauern und Beamte wurden. Keiner von denen wollte noch länger für uns kämpfen. Wenn es zum Krieg mit den Thrakern kam, die immer wieder in unser Siedlungsgebiet drängten ... Eines Tages würden wir zu wenige sein, die gegen die Thraker kämpften. Eine erste Niederlage würde nicht das Ende des skythischen Nomadenlebens bedeuten. Aber mit jeder Niederlage wurden wir geschwächt. Mit jedem verlorenen Krieger, jeder getöteten Kämpferin würden wir die jungen, starken Leute verlieren, die wir brauchten. Die ersten würden in die Städte abwandern, weil sie dort nicht um ihr Überleben und gegen die Thraker kämpfen müssten. Jede Niederlage würde uns weiter schwächen, und es wäre nur eine Frage der Zeit, bis immer weniger, kleinere Sippen über die Steppe zogen, die sich nicht selbst verteidigen konnten.

Als Herrscherin meines Volks lag es auch in meiner Verantwortung, dies zu verhindern. Und das konnte ich nicht, wenn weder Arash noch Maspi bereit war, auf die Steppe zurückzukehren. Sie hatte ich bereits an die achaische Lebensart verloren. Beide wollten in Tyras über die Skythen herrschen. Einen müsste ich enttäuschen. Aber ich müsste demjenigen eine für ihn sinnvolle Aufgabe geben, damit er nicht versuchte, meine Position weiter zu schwächen.

Als ich den Plan gefasst hatte, nach Ephesos zu reisen, hatte ich gewusst, dass ich viele Monde fort sein würde. Ich hatte gewusst, dass dies nicht möglich wäre, solange niemand dort draußen für unser Volk kämpfte. Für unsere Unabhängigkeit. Für das, was die Skythen ausmachte.

Ich setzte mich auf. Es gab nur eine Person, die mir jetzt noch helfen konnte.

Ich musste Melanippe finden. Meine Schwester kämpfte da draußen weiterhin für unser Volk, das waren Maspis Worte gewesen. Sie hatte eine Gruppe Kämpferinnen um sich geschart und ritt gegen die Thraker, wann immer es nötig war.

Aber sie tat es nach ihren Regeln. Ohne mein Wissen. Ich müsste ihr deshalb grollen.

Zwischen uns war so vieles ungesagt geblieben, nachdem sie vor drei Jahren verschwunden war. Höchste Zeit, dass ich sie suchte.

Auch mit ihr musste ich mich endlich versöhnen.

Und dann würde ich sie bitten, während meiner Abwesenheit da draußen auf die Skythen aufzupassen.

27

Wie willst du sie finden?, fragte mich jeder, dem ich erklärte, ich müsse meine Schwester suchen. Ich wusste es nicht. Ich hoffte, die Götter würden mich leiten. Auch deshalb ließ ich Hippolyte bei Nushaba in Tyras. Nur der Falbe und ich. Nushaba hielt das für keine gute Idee. Aber ich setzte mich durch.

Es war lange her, dass ich allein unterwegs gewesen war. Ich ritt in nordöstlicher Richtung, und es dauerte nur zwei Tage, bis ich unterwegs auf eine Sippe stieß, bei der ich erfuhr, dass sie die Reiterinnenhorde vor wenigen Tagen getroffen hatte. Ich blieb über Nacht bei der Sippe und wandte mich dann Richtung Osten.

Allein auf der Steppe. Viel Zeit zum Nachdenken. Viel Zeit, in mich hineinzuspüren und Hippolyte zu vermissen. Der Falbe schien auch froh zu sein, dass wir unser eigenes Tempo wählen konnten und weder auf ein kleines Menschenkind vor mir im Sattel noch auf andere Pferde, die nicht so schnell waren wie er, Rücksicht nehmen mussten.

Abends suchte ich einen Lagerplatz für uns. Diese Gegend wurde von lichten Wäldern überzogen, und wir rasteten in einem Birkenwäldchen. Ich machte ein kleines Feuer aus Moos und Zweigen, über dem ich einen Hasen briet, den ich vorher geschossen hatte. Danach legte ich mich neben den Falben zum Schlafen.

Am Morgen wurde ich unsanft geweckt, weil jemand mir seinen Stiefel in den Bauch stieß. Ich richtete mich auf. Vor mir standen fünf Kriegerinnen, alle mit ihren Pferden am Zügel. Der Falbe hinter mir rappelte sich auf. Diejenige, die mich getreten hatte, trug ihr schwarzes Haar zu zahllosen Zöpfen geflochten unter einer Filzkappe. Über der Tunika hatte sie einen Lederpanzer mit aufgenähten Bronzeplättchen, ähnlich dem, mit dem Melanippe immer in die Schlacht geritten war.

»Wer bist du?«, wollte sie wissen.

»Dasselbe könnte ich dich fragen.« Ich stand auf und tastete nach dem Messer an meinem Gürtel. Sie nickte zwei Kriegerinnen zu, die auf mich zukamen und meine Arme festhielten. Ich versuchte gar nicht, mich gegen sie zu wehren, die Überzahl war erdrückend.

»Wer bist du?«, wiederholte die Anführerin ihre Frage.

Stolz reckte ich das Kinn. »Ich bin Königin Otrere. Und wer bist du?« Ich erkannte an ihrer Sprache, ihrer Kleidung und daran, dass sie als Kriegerin auftrat, dass sie auch Skythin sein musste. Die Thraker bildeten ihre Frauen nicht an den Waffen aus.

Ihr Blick flackerte. Sie sah zu dem Falben, dessen Fell golden glänzte. »Lasst sie los.« Dann neigte sie den Kopf. »Entschuldigt, Königin Otrere. Ich habe Euch nicht sofort erkannt.«

Ich atmete auf. Die Kriegerinnen traten zurück, und alle senkten ihre Waffen. »Verrätst du mir nun deinen Namen?«, verlangte ich.

»Mein Name lautet Larina, Waffenschwester und Beschützerin der Melanippe.«

»Du kennst meine Schwester?« Ich spürte, wie Erleichterung und Furcht sich gleichermaßen meiner bemächtigten. Larina musterte mich lange. »Bring mich zu ihr«, bat ich. Natürlich hätte ich ihr auch befehlen können, mich zu Melanippe zu bringen, doch ich gab meiner Stimme einen sanften Klang; sie sollte das Gefühl haben, sich selbst dafür zu entscheiden.

Larina gab sich einen Ruck. »Kommt. Sie hat lange auf Euch gewartet.«

Einen halben Tagesritt brauchten wir zum Lager von Melanippes Kämpferinnen. Ich hörte die jungen Frauen hinter meinem Rücken flüstern, doch außer Larina richtete keine das Wort an mich. Ich versuchte mir einzureden, dass es mich nicht kümmerte.

»Wir haben gehofft, dass Ihr zu uns kommt.«

»Du bist Waffenschwester meiner Schwester«, sagte ich ruhig. »Damit sind auch wir Schwestern, Larina.«

Sie nickte leicht.

»Warum habt ihr auf mich gewartet?«

»Wir brauchen Hilfe. Die Thraker ... Sie drängen uns immer weiter zurück, dieser Kampf wird nicht auf ewig so weitergehen. Irgendwann verlieren wir ihn.«

»Warum seid ihr nicht zu mir gekommen, wenn ihr Unterstützung braucht?«

»Deine Schwester wollte das nicht.«

Ich verstand das. Oder auch nicht. Melanippe war nach meiner Hochzeit verschwunden, und ich hatte lange gar nichts von ihr gehört. Dann berichtete man von den Reiterinnen, die im Osten die Grenze schützten. Angeführt wurden sie von einer Skythenprinzessin, die in meinem Namen kämpfte. Vieles daran verstand ich nicht. Wenn Melanippe immer noch wütend auf mich war – weil ich Ares liebte, weil ich Mirsad benutzt hatte –, warum setzte sie sich trotzdem für mich ein?

»Melanippe hatte schon immer ihren eigenen Kopf.«

»Stimmt es, dass du ihr die Königskrone weggenommen hast?«

»Das könnte man so sehen«, sagte ich vorsichtig. Ich war auf der Hut. Larina wirkte sehr gelassen und ruhte in sich. Sie musste eine großartige Kriegerin sein, wenn Melanippe ihr vertraute. Aber was waren die Ziele meiner Schwester? Ging es ihr nur darum, einen größeren Konflikt gegen die Thraker zu verhindern? Oder hatte sie andere Absichten? Ich misstraute ihr noch immer. Nun verstand ich, weshalb sie damals verschwunden war. Nicht nur, weil sie missbilligte, was passiert war. Gut möglich, dass sie auch um ihr eigenes Leben gefürchtet hatte.

Aber das musste sie nicht. Im Gegenteil – ich war dankbar, dass sie in den letzten Jahren für unser Volk gekämpft hatte. Jetzt brauchte ich sie jedoch als Stellvertreterin während meiner Abwesenheit.

Das Lager, das wir zur Mittagszeit erreichten, überraschte mich. Ich weiß nicht, womit ich gerechnet hatte. Zwei Dutzend Kriegerinnen vielleicht? In Wahrheit standen Dutzende Zelte an dem kleinen Flüsschen in unmittelbarer Nähe eines ausgedehnten Birkenwalds. Die Frauen, an denen wir vorbeikamen, blickten auf. Sie tuschelten. Manche erkannten mich wohl, denn der Ruf von »Königin Otrere!« wurde von den Frauen aufgenommen und lief wie eine Welle durch das Lager, eilte mir voraus, und die Frauen versammelten sich um das Zelt meiner Schwester.

Ich stieg vom Falben, klopfte seinen Hals und folgte Larina zu Melanippes Zelt. Die Zeltklappe ging auf, und da stand sie vor mir. Groß, braun gebrannt, die Haare ähnlich Larina zu mehreren Zöpfen geflochten, die Melanippe hochgesteckt trug. Sie musterte mich schweigend.

Ich legte beide Hände auf die Brust. »Schwester Melanippe. Ich bin gekommen, um dich um Verzeihung zu bitten.«

Sie riss die Augen auf; das helle Grün schimmerte fast silbrig. »Königin Otrere. Bist du hergekommen, um als Waffenschwester an meiner Seite gegen die Feinde der Skythen zu kämpfen? Du weißt, die Thraker bedrohen seit vielen Jahren unsere Sippen.«

»Das weiß ich. Auch wir haben viele Schlachten gegen die Thraker geschlagen, ohne sie endgültig zu vertreiben.« Ich zögerte. »Darf ich unter vier Augen mit dir reden?«

Melanippe antwortete nicht sofort. Ich spürte, wie die Kriegerinnen, die sich um uns versammelt hatten, den Atem anhielten.

»Bitte«, fügte ich hinzu. »Es ist wichtig.«

»Tritt ein. Du musst hungrig sein; es war eine lange Reise.«

Sie machte einen Schritt auf mich zu und umarmte mich. Die Frauen jubelten und trillerten, sie stampften und schrien. »Ich verzeihe dir«, hörte ich meine Schwester flüstern.

Ich folgte ihr verwirrt in das Zelt. Mich beschlich das ungute Gefühl, gerade Teil einer Inszenierung geworden zu sein, die Melanippe bereits vor langer Zeit für diesen Moment geplant hatte.

Wir ließen uns auf einem roten Teppich mit weißem Muster nieder. Larina brachte auf einem Tablett ein Mittagsmahl für uns beide, dann ließ sie uns allein. Zum ersten Mal ungestört mit Melanippe, nach so langer Zeit. Ich wusste nicht, wo ich anfangen sollte.

Sie gab mir eine Schüssel mit Fleischeintopf. »Iss. Du musst hungrig sein.«

Schweigend aßen wir. Ich musterte sie von der Seite. Wie entspannt sie mit überkreuzten Beinen mir gegenübersaß. Sie trank vergorene Stutenmilch und wischte sich einen Milchrest von der Oberlippe. »Was ist?«, fragte sie schmunzelnd.

»Du bist so anders«, sagte ich leise.

»Wie genau bin ich denn?«

»Distanziert. Hart.« Zugleich wirkte sie ganz mit sich im Reinen.

»Ach ja. Das könnte sein.«

»Dann verzeihst du mir nicht?«

Sie hörte auf zu essen und wischte ihre Finger an der Hose ab. »Wie geht es unserer Familie?«

»Alle sind wohlauf.«

»Auch deine Tochter? Wie heißt sie, Hippolyte?«

Es sollte mich nicht wundern, dass Melanippe alles über mich wusste. Auch wenn sie hier draußen lebte, hatte sie vermutlich Kontakt zu verschiedenen Sippen, die wiederum an einem jährlichen Fest zu Ehren der Götter teilnahmen und ihr berichteten, was sich im Herzland der Steppe zutrug.

»Hippolyte wächst heran. Sie wird mal eine große Kriegerin.«

»Das wird ihren Vater freuen. Und mich freut es auch, denn dieser Kampf wird nicht mit unserer Generation enden.«

»Du meinst die Thraker?«

Melanippe starrte mich ungläubig an. Sie schüttelte den Kopf. »Merkst du überhaupt noch etwas?«, fragte sie.

»Ich verstehe nicht …«

»Das glaube ich auch«, murmelte sie finster. »All die Jahre hat unser Vater uns gelehrt, wir müssen auf der Hut sein. Vor den Achaiern hat er eindringlich gewarnt, weil sie unsere Lebensweise gefährden. Die Thraker? Die knabbern an unseren Grenzen, und unsere Sippen im Westen sind stark und haben die besten Kämpfer. Nein, die machen mir keine Sorgen. Tyras und die anderen achaischen Siedlungen, die machen mir Sorge.«

»Was ist mit denen?«, wollte ich wissen. Aber ich fröstelte plötzlich. Ich ahnte, worauf sie hinauswollte.

»Es wundert mich nicht, dass du es nicht siehst. Mit dir fing es schließlich an.«

Ich runzelte die Stirn.

»Du hast dich mit ihrem Gott ins Bett gelegt«, fuhr Melanippe unbeirrt fort, »und seitdem … Nun, ich beobachte Tyras. Ich sehe, wie viele Skythen jedes Jahr nach dem Winter dorthin ziehen. Sie suchen ihr Glück in der Fremde. Sie nehmen die Lebensweise der Achaier an. Sie klagen über unsere Lebensweise, die ihnen zu hart erscheint, wenn in den Städten so vieles in Überfluss vorhanden zu sein scheint. Und sie sehen ihre Königin, die kein Problem damit hat, einem Achaier das Bett zu wärmen. Eine Königin, die sich einem Fremden unterordnet. Was denkst du, hätte Vater davon gehalten?«

»So war das nicht.« Ich wurde ärgerlich.

»Ach nein?«

»Ares und ich begegnen einander auf Augenhöhe.«

»Er ist seit Jahren verschwunden.«

»Weil wir eine Abmachung haben.«

Ich spürte, wie die Wut in mir brodelte. Was fiel Melanippe ein, mir Vorwürfe zu machen, weil ich Ares liebte? Was war falsch an unserer Liebe?

»Du hast uns verraten, Otrere«, flüsterte sie. »Wir hätten das hier aufhalten können, aber nun gibt es seine Tochter, und wenn wir als Nächstes von einer Halbachaierin regiert werden, strömen mehr Skythen in die Städte. Sie werden glauben, das entbehrungsreiche Leben auf der Steppe, das du und ich so sehr lieben, sei zu Ende. Sie werden an den Schutz von Stadtmauern glauben, statt zu begreifen, dass sie dahinter ebenso elend verrecken. Nur dass nicht Hunger ihr größter Feind sein wird oder eine entzündete Pfeilwunde, sondern Seuchen und ihr missgünstiger Nachbar.«

»Aber es gibt auch Achaier, die sich für unser Leben interessieren. Die bei uns leben wollen. Manche Skythen kehren zurück, weil es ihnen in den Erdhäusern nicht behagt.«

»Ja«, sagte Melanippe.

Wir schwiegen eine Weile, und jede hing ihren Gedanken nach.

Hatte Melanippe recht? War ich mit schlechtem Beispiel vorangegangen? Wenn das stimmte, durfte ich nicht nach Ephesos. Jedenfalls nicht so, dass die Menschen glaubten, ich würde nie zurückkehren.

»Ich bin hergekommen, um dich um einen Gefallen zu bitten«, brach ich das Schweigen.

»Ich weiß. Du willst zu ihm, nicht wahr?«

Stumm nickte ich.

»Ich werde dich kaum davon überzeugen können, wie falsch das ist. Otrere! Du willst zu ihm? Ich dachte, nach seinem Verschwinden sei's nun genug, und du hättest diesen Unsinn überwunden.«

»Hast du schon mal geliebt, Mela? Hast du schon mal versucht, dein Herz zum Schweigen zu bringen, und es hat nicht geklappt? Ich habe ihn seit über zwei Jahren nicht gesehen. Und die Sehnsucht lässt nicht nach. Ja, ich liebe ihn, auch wenn ich weiß, wie falsch das ist. Aber mein Herz ist lauter als mein Verstand.«

Atemlos hielt ich inne. Meine Schwester nickte nachdenklich.

»Gut«, sagte sie. »Nehmen wir an, es ist so. Und du willst nun zu ihm, auch wenn ich es immer noch nicht begreifen kann. Wie lange wirst du fort sein?«

»Das weiß ich nicht.«

»Und Hippolyte? Was wird derweil aus ihr?«

»Sie wird mich begleiten.«

Melanippe lehnte sich zurück. »Maspi kümmert sich um die Steppenskythen?«

»Nein.« Ich schluckte. »Ich wollte dich darum bitten.«

Sie musterte mich aufmerksam, und jetzt senkte ich den Blick. »Du bist hergekommen, weil du mich um Verzeihung bitten willst. Und weil ich während deiner Abwesenheit für dich daheim die Statthalterin spielen soll. Warum nicht Maspi?«

Ich seufzte. »Du bekommst auch nicht alles mit, was sich in Tyras zuträgt, oder?« Rasch erzählte ich ihr von Maspi und Afina.

»Du hast dir den schlechtesten Zeitpunkt für deine Reise ausgesucht. Dein Bruder könnte einen Sohn bekommen. Und dann? Die Skythen in Tyras glauben ja schon, dass ein männlicher Nachkomme mehr wert ist.«

»Das stimmt, der Zeitpunkt ist unglücklich gewählt. Aber nächsten Sommer wird irgendetwas anderes dazwischenkommen und immer so weiter. Ich kann nur im Sommer über das Pontische Meer segeln.«

»Ich verstehe deine Sehnsucht«, sagte Melanippe leise. »Als ich vor vier Jahren hierherkam, habe ich nicht damit gerechnet, dass das Leben für mich eine Liebe bereithält, die es mit der zwischen Ares und dir aufnehmen kann. Damals dachte ich, du bildest dir etwas ein, lässt dich von ihm einlullen. Aber im Gegensatz zu dir darf ich meine Liebe leben. Das ist ein Geschenk.«

»Wer ist der Glückliche?« Ich freute mich ehrlich für sie.

»Du bist ihr schon begegnet. Larina.«

Ich versuchte, meine Überraschung nicht zu zeigen.

»Die Glückliche also. Ich freue mich für euch.«

»Danke. Jedenfalls … Damals war ich hart zu dir. Ich konnte nicht begreifen, wieso du und er … Für mich sah es so aus, als würdest du die Sicherheit und den Fortbestand des skythischen Volks aufs Spiel setzen. Als wäre dir egal, was aus uns wird.«

»Es ist mir nicht egal«, erwiderte ich leise. »Ich habe mich jahrelang von ihm ferngehalten.«

»Trotzdem … Ich fürchte, du kommst nicht zurück, wenn du jetzt zu ihm gehst.«

Ich schüttelte den Kopf. »Das wird nicht passieren. Ich gehöre auf die Steppe.«

Melanippe atmete tief durch. »Dann lass Hippolyte bei mir. Ich werde Larina und mein Leben als Kriegerin an der Grenze für die Zeit deiner Abwesenheit hinter mir lassen, ziehe zu unserer Mutter und ihrer Sippe. Ich werde Hippolyte unterweisen.«

»Sie ist noch zu jung, als dass du sie im Kampf unterweisen kannst«, widersprach ich. »Außerdem wissen wir doch nicht, ob sie sich für das Leben als Kriegerin entscheidet oder lieber wie Barkida …«

»Sie ist Ares' Tochter«, unterbrach Melanippe mich. »*Deine* Tochter. Glaubst du wirklich, sie wird ihr Leben lang Wolle spinnen und Teppiche knüpfen wollen?«

Ich musste Melanippe recht geben. Trotzdem versuchte ich es noch einmal. »Sie ist es nicht gewohnt, so lange von mir getrennt zu sein.«

»Darum geht es ja. Du sollst zurückkommen, Otrere. Dein Platz ist hier.«

Ich schüttelte den Kopf. Alles in mir sträubte sich gegen Melanippes Vorschlag. Mein Kind hier zurücklassen? Ich begriff, was meine Schwester von mir verlangte. Hippolyte wäre ein Pfand, damit ich nicht mein Leben vergaß, mein Volk verdrängte. Ich sollte zurückkehren.

Oder Ares nicht wiedersehen?

»Wenn dir dort etwas zustößt«, fuhr Melanippe fort. »Wenn du stirbst ... Unsere Mutter, Maspi und ich könnten dafür Sorge tragen, dass Hippolyte nach dir die nächste Königin der Skythen wird. Wenn du sie mitnimmst, ist das nahezu ausgeschlossen.«

Ich wusste nicht einmal, ob ich überhaupt wollte, dass Hippolyte nach mir die Herrschaft übernahm. Daran verschwendete ich keinen Gedanken, solange sie so klein war. Wenn mir jetzt etwas passierte, war es ohnehin fraglich, ob unser Volk es zuließ, dass ein Kind die neue Herrscherin wurde.

Aber Melanippes Vorschlag bot mir eine Chance. Ich müsste nur aushalten, dass Hippolyte und ich getrennt wurden.

Nur.

Das stellte sich meine Schwester so leicht vor, aber der Gedanke allein zerriss mir das Herz. Es war mir schon schwergefallen, Hippolyte in Tyras zurückzulassen.

»Du und Maspi. Und unsere Mutter.«

»Meinetwegen auch Arash. Oder lebt er nicht mehr?«

»Er hockt in einem Erdhaus.«

»Du könntest uns als eine Art Rat einsetzen. Wir verwalten dein Reich während deiner Abwesenheit. Beschützen es. Und beschützen Hippolyte.«

»Ich muss nachdenken«, sagte ich leise. Aber ich spürte, dies wäre eine Lösung für all meine Probleme. Maspi und Melanippe würden einander im Blick behalten. Alle behielten Arash im Blick. Meine Mutter und ihre Amme, die Hippolyte nach wie vor heiß liebte, konnten sich um meine Tochter kümmern.

Ich blieb nicht ewig weg. Geplant war, dass ich vor den ersten Winterstürmen, die das Pontische Meer aufpeitschten, nach Tyras zurückkehrte. Danach könnte ich mit Hippolyte den Winter auf der Steppe verbringen. Es wären nur ein paar Monde, die ich ohne sie aushalten müsste …

Es gab tausend Argumente, die dagegen sprachen. Ares würde seine Tochter gern wiedersehen. Sie sollte ihren Vater kennenlernen. Ich wollte sie bei mir haben, weil ich sie zu sehr vermissen würde.

Aber ich verstand auch meine Schwester. Sie fürchtete, wenn ich nach Ephesos ging, könnte ich vergessen, welche Verantwortung ich trug. So viel hatte ich auf mich genommen, um dort zu sein, wo ich nun stand.

»Also gut«, gab ich widerstrebend nach. Obwohl ich wusste, dass es mir das Herz brechen würde.

28

Ich hatte mit vielem gerechnet, als ich mit Ares' Hund und Arash an Bord des Schiffes ging, das uns über das Pontische Meer Richtung Süden bringen sollte. Dass die Seereise anstrengend werden würde, darauf hatte ich mich eingestellt.

Aber dass ich die kommenden Tage mehr oder weniger grün im Gesicht mit dem Kopf über der Reling oder einem Eimer verbringen würde, hatte nicht zu meinen Erwartungen gehört. Die Seekrankheit, wie die Seeleute sie nannten, traf mich völlig unvorbereitet, kaum dass wir die Küste hinter uns gelassen hatten. Ich musste den Spott der Matrosen aushalten, und der Kapitän des Schiffs, mit dem ich mich allenfalls mit Händen und Füßen und ein paar achaischen Brocken verständigen konnte, die ich inzwischen aufgeschnappt hatte, erklärte mir, das sei nun mal bei manchen Menschen so, viel machen könnte man da nicht. Wir Pferdeleute seien dafür besonders anfällig.

Pferdeleute – so nannten sie mein Volk.

Ich hatte ihnen nicht alles über mich verraten, als ich an Bord ging. Niemand wusste, dass ich die skythische Königin war. Für sie war ich eine allein reisende Frau, die auf dem Weg zu ihrem Mann war, der in Ephesos lebte. Nach seinem Beruf gefragt, redete ich mich heraus. Händler, meinte ich. Womit er denn handelte? Waffen und Bernstein, auf die Schnelle fiel mir nichts Besseres ein.

Dass eine Frau mit einem Sklaven reiste, der ziemlich abgerissen wirkte, hatte die Männer verwundert, doch sie stellten keine Fragen.

Und ich war ohnehin viel zu sehr damit beschäftigt, mich zittrig und vom Wellengang gebeutelt im Bug des Schiffs zu verkriechen und mit geschlossenen Augen darauf zu warten, dass die Reise bald vorbei war.

»Sie sind ganz schön neugierig.«

Arash ließ sich neben mir nieder und zog den fadenscheinigen Umhang enger um seine Schultern.

Es war Melanippes Idee gewesen, ihn mitzuschicken. Er hatte sich damit einverstanden erklärt, denn in Tyras hielt ihn nichts, und zurück auf die Steppe wollte er genauso wenig. Ich musste mich nicht gegen die Seeleute wehren, die begehrliche Blicke auf meinen Schmuck und meinen wunderschönen Mantel aus Schneeleopardenfell warfen. Sie ahnten wohl, dass ich eine hochgestellte Skythin war, doch dass ich die Königin war, sollten sie nicht erfahren. Das wiederum war Arashs Vorschlag gewesen.

»Ich traue ihnen ebenso wenig wie deinem Bruder«, knurrte er nun und reichte mir ein Stück hartes Brot, das er organisiert hatte. Ich nahm es dankbar. Brot war derzeit das Einzige, was ich etwas länger bei mir behielt. Die Seeleute hatten auch krügeweise in Öl eingelegtes Gemüse, frische Feigen und Käse mit an Bord genommen für die weite Reise; doch all meine Versuche, diese Speisen zu genießen, hatten zu Erbrechen geführt.

»Wie weit noch bis Ephesos?«, flüsterte ich.

»Ich weiß es nicht. Sie meinten, die südliche Küste des Pontischen Meers sollte längst in Sichtweite sein, jedoch …« Er zuckte unbehaglich mit den Schultern. Geplant war, dass wir nach der Überquerung des Meers zunächst in Tion an Land gingen. Von dort aus hatten wir die Wahl, ob wir über Land weiterreisen wollten oder lieber ein weiteres Schiff nahmen, das an der Küste entlang bis Ephesos segelte. Ich war definitiv für den Landweg, und wenn ich zu Fuß weitermusste.

»Haben wir uns verirrt?«

»Das wüsste ich auch gerne …«

Ich kaute lustlos auf dem Brotkanten herum. Inzwischen hielt ich diese ganze Reise für eine große Dummheit. Ich würde das hier auf keinen Fall ein zweites Mal auf mich nehmen. Mein Blick hing beinahe sehnsüchtig an der schmalen Mondsichel, die sich am Abendhimmel nach oben schob.

Der Hund schmiegte sich an mich und versuchte, mir übers Gesicht zu lecken. Ich wusste, dass er mich trösten wollte, aber von seinem stinkigen Atem wurde mir direkt erneut übel, und ich drehte den Kopf weg.

So versuchten wir, irgendwie die Tage und Nächte herumzubekommen. Als am nächsten Morgen jemand meldete, er habe Land gesehen, atmete ich auf. Nun würden wir wenigstens die Nächte an Land verbringen. Bis Tion sei es nicht mehr weit, versicherte mir der Kapitän.

Drei Tage später gingen wir in der Stadt an der Südküste des Pontischen Meers an Land, und ich dankte den Göttern, dass sie mich wohlbehalten bis hierher geführt hatten. Wir kamen für eine Nacht in einem Haus unter, das gegen ein paar Münzen Gäste aufnahm. Am nächsten Tag schickte ich Arash los, dass er für uns Pferde kaufte und Vorräte besorgte. Nie wieder wollte ich auch nur einen Fuß an Bord eines Schiffes setzen. Auch wenn wir zu Pferde deutlich langsamer vorankamen, war es mir so lieber. Der Mond war fast voll, als wir schließlich Ephesos erreichten.

Ich wusste nicht, was mich dort erwartete. Eine größere Version von Tyras vielleicht, mehr Straßen, mehr Menschen, mehr Steinbauten. Das war jedoch nicht alles. Zugleich war alles so viel größer, geradezu imposant. Allein die Stadtmauer ragte so hoch in den Himmel, dass mir schwindelig wurde, als ich den Kopf in den Nacken legte, und die Steinhäuser der Stadtbewohner unterschieden sich von denen in Tyras oder Tion vor allem in ihrer Größe und den prächtigen Innenhöfen hinter hohen Eichenholztoren. Da sich niemand bedroht fühlte, standen die Tore weit offen, und ich sah in jedem Hof Wasserbecken und die bunten Blüten der Blumen, die dort wuchsen. Sklaven eilten über die Straße, erkennbar daran, dass sie nur einen kurzen Chiton trugen, keinen Mantel, keinen Schmuck. Die meisten sahen recht jämmerlich und dreckig aus. Glanz und Elend lagen hier dicht beisammen, und ich wunderte mich nicht, dass so viele Sklaven mit eingefallenen Wangen und hungrigem Blick an mir vorbeiliefen. Ich starrte ihnen nach.

»Wohin?«, fragte Arash.

»Ich weiß es nicht. Zum Tempelbezirk?«

Keine Ahnung, wie ich Ares mitteilen konnte, dass ich hier war. Daran hatte ich keinen Gedanken verschwendet; ich hatte nur gewusst, dass ich nach Ephesos kommen sollte. Das war alles.

»Dann gehen wir in ein Gasthaus und bleiben dort über Nacht.«

Arash schob sich vor mir durch das Gedränge. Ich hielt mein Pferd am Zügel. Es war eine lammfromme braune Stute, keine große Rennerin, aber sie hatte mich tapfer und sicher die letzten Tage bis nach Ephesos getragen. Ich mochte sie. Der Abschied würde mir schwerfallen, doch vermutlich würde ich sie schon bald verkaufen.

Das Gasthaus, in dem wir unterkamen, war beengt, aber einigermaßen sauber. Arash überließ mir die Kammer, die noch frei war, und zog es vor, im Stall bei den Pferden zu schlafen. Ich war froh um ein einigermaßen bequemes Bett und musste über mich selbst lachen. So verwöhnt war ich also schon, dass ich ein Bett einem Heuhaufen vorzog.

Am nächsten Morgen gingen wir zum Tempelbezirk. Arash blieb immer dicht an meiner Seite, er schob einige Menschen beiseite, wenn sie mitten auf der Straße stehenblieben. Aber nicht nur deshalb zogen wir die Blicke der Leute auf uns.

»Alle starren uns an«, murmelte ich.

»Weil wir fremd sind.«

»Nicht, weil ich die Königin der Skythen bin?« Ich lachte verlegen. Glaubte, dass sie es mir an der Nasenspitze ansehen konnten, woher ich kam.

»Sie sehen nur zwei Skythen. Eine Frau, die sich frei bewegt«, murmelte Arash. »Das sind sie nicht gewohnt.«

Ich atmete tief durch. Diese Achaier, ich würde sie wohl nie verstehen. Aber Arashs Stimme beruhigte mich.

»Geh einfach ruhig weiter.«

Wir erreichten den ersten Tempel, der Apollon gewidmet war. Ich blieb davor stehen und blickte ratlos an den hohen Säulen hinauf, die sich in den Himmel reckten. Wie groß diese Gebäude waren ... Ich wusste nicht, wie man sich in diesen Tempeln verhielt. Nur dass man den Göttern Opfer darbrachte, so viel war mir bekannt. Aber welche Geschenke nahmen die Götter an? Und wäre Ares nicht erzürnt, wenn ich einem anderen Gott ein Opfer brachte?

Aber wie sollte ich die achaischen Götter sonst auf mich aufmerksam machen?

»Komm.« Ich zupfte an Arashs Ärmel. Wir betraten den Säulengang, der um das Heiligtum Apollons aus Doppelsäulen bestand. Durch ein hohes Tor gelangten wir in das Innere des Tempels. Einige Achaier standen dort und unterhielten sich leise. Durch eine weitere Tür trat einer der Achaier soeben in eine Kammer an der Stirnseite der Halle.

Ich wandte mich an einen der Männer. Er trug über seinem Chiton einen Mantel und einen dicken Goldring am Finger. »Entschuldigt, aber ich bin mit den Riten in diesem Tempel nicht vertraut. Könnt Ihr mir sagen, was ich zu tun habe?«

Er starrte an mir vorbei, als wäre ich gar nicht da. Sein Blick richtete sich auf Arash. »Deine Frau scheint nicht zu wissen, was sich geziemt.«

»Sie ist meine Nichte«, sagte Arash ruhig.

»Einerlei. Sie benimmt sich unangemessen. Keine Frau spricht einen fremden Mann an, schon gar nicht in einem Tempel, zu dem sie als Fremdländerin ohnehin keinen Zutritt hat.«

Ich wollte aufbrausen und ihm erklären, dass ich sehr wohl ein Recht hatte, hier zu sein. Arash jedoch hielt mich zurück. »Entschuldigt vielmals. Wir sind neu in der Stadt und mit euren Gepflogenheiten nicht vertraut. Wir haben den Tempel entdeckt und wollten den achaischen Göttern danken, weil sie uns eine sichere Passage über das Meer gewährt haben.«

Der Achaier musterte uns misstrauisch. Ich senkte den Blick und musste mir ein Grinsen verkneifen, weil ich mir vorstellte, was Ares wohl sagen würde, wenn er hiervon erführe. Ob er diesen Achaier mit seinem Blick verglühen lassen würde? Sein Hund schob die Schnauze in meine Hand, und ich strich ihm über den Kopf. Der

Blick des Achaiers folgte meiner Bewegung, und er legte den Kopf schief.

»Ein schönes Tier«, bemerkte er.

»Ja, ich weiß.«

»Ihr verkauft ihn nicht zufällig?«

»Er gehört mir nicht. Sein Besitzer ist ein Freund, auf den wir warten.«

Der Achaier beschloss, uns etwas wohlgesonnener zu begegnen. »Woher kommt ihr?«, erkundigte er sich.

»Von der Steppe jenseits des Pontischen Meers«, antwortete Arash.

»Da seid ihr einen weiten Weg gekommen. Was führt euch her? Habt ihr Waren, mit denen ihr handeln wollt?«

»Tut mir leid, aber wir haben keine Waren mitgebracht. Wir suchen jemanden.«

»Jemand Bestimmtes? Kennen wir ihn? Ich kenne viele Leute in Ephesos.«

Arash und ich wechselten einen Blick.

»Kann schon sein, aber ihr könnt uns nicht helfen, fürchte ich. Er entscheidet selbst, ob er zu uns kommt.«

Der Achaier runzelte die Stirn; vermutlich dachte er, es gebe ein Verständnisproblem, da Arashs Achaisch eher hart und ungelenk klang.

»Nun, wenn er sich mit euch im Tempel des Apollon verabredet hat, wird er sicher irgendwann auftauchen.«

»Das hoffe ich.« Ich hatte es nur geflüstert, aber es trug mir wieder einen seltsamen Blick vom Achaier ein. »Du fällst auf«, murmelte Arash. Er umfasste meinen Arm und führte mich zurück in den

Säulengang. Ich machte mich mit einer Schulterbewegung von ihm los. »Na und? Genau das muss ich doch. Oder meinst du, er behält die Tempel anderer Götter jederzeit im Auge?«

Arash lachte. »Ich kenne mich wirklich nicht mit diesen Göttern aus. Taucht er einfach unter den Menschen auf?«

»So einfach ist es nicht«, sagte ich behutsam. So viel hatte ich aus Ares' Erzählungen herausgehört – dass die Götter den Menschen nicht in ihrer göttlichen Gestalt erschienen, weil diese für das menschliche Auge zu überirdisch waren. Er würde alle Achaier blenden, wenn er sich ihnen zeigte.

Auch ich hatte ihn bisher nie in seiner ursprünglichen Gestalt gesehen. Zu meinem Schutz, hatte er immer betont.

Ares' Hund lief voran, als wir den Tempel verließen. Ich bemerkte eine andere Frau, die in einiger Entfernung an einer Säule lehnte. Gerade so, als gehörte sie hierher. Ich blieb stehen und blickte sie an.

Sie war wunderschön. Schlank und mit heller Haut und dunklen Haaren, die in Wellen über ihren Rücken fielen. Ihre Augen blitzten silbrig, und sie trug einen bodenlangen Chiton, der mit einem silbernen Gürtel um die Taille gerafft war. Der Stoff war so schwarz wie die Nacht, bestickt mit unzähligen, silbernen Sternen. Sie stand so entspannt da wie eine Kriegerin, aufrecht und stolz. In einer Hand hielt sie einen gespannten Bogen, und über ihre Brust verlief der Riemen eines Köchers, den sie auf dem Rücken trug.

Ich hörte, wie Arash neben mir scharf die Luft einzog.

»Siehst du sie auch?«, murmelte er.

Ich nickte kaum merklich und setzte mich in Bewegung. Arash war hinter mir, während Ares' Hund vorauslief. Er blieb direkt vor der Frau stehen und knurrte.

Sie sah ihn an, und ihr Blick bekam etwas Weiches, beinahe Zärtliches. »Du nun wieder«, sagte sie und hockte sich hin. Der Hund schoss auf sie zu, er wedelte mit dem Schwanz, er jaulte vor Freude, während sie ihn kraulte, seine Ohren zauste, er sprang um sie herum wie ein zum Spielen aufgelegter Welpe. Die beiden begrüßten sich wie alte Freunde.

»Wer ist sie?«, sagte Arash.

»Ich habe keine Ahnung. Aber ich finde es heraus.« Ich ließ ihn stehen und trat auf sie zu. Sie blickte zu mir hoch und blinzelte. Die Sonne stand hinter meinem Rücken.

»Ah, da bist du ja, Otrere. Ich habe dich erwartet.«

»Ja?« Ich räusperte mich.

»Ich habe mich schon gefragt, wann wir uns endlich kennenlernen.« Sie legte den Kopf schief. »Du weißt nicht, wer ich bin, nicht wahr?«

Ich schüttelte den Kopf.

Hera konnte es nicht sein, dachte ich. Ares' Mutter blieb stets auf dem Olymp. Auch Aphrodite war mir in anderer Gestalt erschienen – was würde es ihr bringen, mit mir ein Versteckspiel mit unterschiedlichen Menschengestalten zu spielen?

Die Göttin drehte gelangweilt den Kopf weg und beobachtete die Menschen, die in den Tempel strömten. Einer ging so dicht an ihr vorbei, dass sein Umhang sie streifte, und sie rümpfte die Nase, da ihn der Geruch nach Vieh und Zwiebeln umgab wie eine Wolke.

»Sieh dir nur diese armen Irren an. Sie rennen in den Tempel meines kleinen Bruders, als könnte er ihnen die Erlösung schenken. Oder zumindest ein bisschen Seelenfrieden in der kalten, harten

Welt.« Sie lächelte. »Dabei sollten sie eher mir danken. Ich habe darüber gewacht, dass sie überhaupt Teil dieser Welt sein konnten. Dass sie geboren wurden. Dass sie die gefährliche Grenze zwischen der jenseitigen Welt und dieser übertreten durften. Aber wer denkt schon an seine Geburt zurück? Die Frauen, ja. Irgendwann werden sie Mütter, dann sehen sie sich mit den Gefahren konfrontiert, die jedes neue Menschenleben mit sich bringt. Manche zerreißt es, ohne dass ich es verhindern kann.«

Jetzt begriff ich. Nicht, weil ich sie *erkannte*, sondern weil ich ihr schon einmal begegnet war. Damals hatte sie sich mir nicht in einer menschlichen Gestalt offenbart. Sie war wie ein Flüstern im Wind gewesen, das mich davor bewahrte, den Verstand zu verlieren oder in die jenseitige Welt abzugleiten, bevor Ares mich fand.

»Du hast mich in der Zwischenwelt zurückgehalten«, hauchte ich. »Als ich nach der Geburt meiner Tochter Fieber bekam.«

»Dieses Fieber, das so viele Mütter noch im Wochenbett dahinrafft. Ich kann nicht jede retten«, murmelte sie.

»Artemis.«

Göttin der Jagd. Beschützerin der Mütter und der Kinder. Hüterin der Geburten.

»Stimmt es, was Ares mir erzählt hat? Hast du deiner Mutter bei der Geburt deines Zwillingsbruders beigestanden?«

»Ich habe Apollon auf die Welt geholfen. Und siehe, was geschehen ist. Ihn verehren sie, weil er so licht und schön ist. Mich vergessen sie.« Artemis seufzte. »Neun Tage jünger war er. Leto wand sich all die Tage in Agonie, und ich wuchs in der Zeit zu einer jungen Frau heran.«

Arash hinter mir schnaubte. »Ja, sicher«, hörte ich ihn murmeln.

»Sei still«, wies ich ihn zurecht. Ich wollte mehr wissen. »Und dann?«

»Dann half ich ihm. Er lag quer im Bauch unserer Mutter, und ich griff hinein und zog ihn an der Nabelschnur heraus. Mit seinem ersten Schrei war für Leto der Schmerz vergessen. Mich vergaß sie auch, aber das ist wohl so, wenn eine Mutter einem Sohn das Leben schenkt. Die zuvor geborenen Töchter verlieren an Bedeutung.« Sie musterte mich nachdenklich. »Du bist anders«, stellte sie fest.

»Ich bin Skythin«, sagte ich, als genügte das als Erklärung.

»Erstaunlich.«

Ich hätte ihr so gern gedankt, doch ich wusste nicht, wie. Ob Worte dafür überhaupt reichten? Sie hatte Hippolyte und mich gerettet. Aber Ares war überzeugt davon, dass Götter niemals etwas aus reiner Güte taten, dass hinter jeder Tat eine Absicht steckte, die sich erst in der Zukunft enthüllte. Wenn das zutraf, schien auch Artemis Pläne zu verfolgen. Ich war kein geduldiger Mensch, und mir widerstrebte an diesem Gespräch, wie wir lauernd umeinander herumschlichen. Deshalb nahm ich allen Mut zusammen.

»Warum hast du mich gerettet?«

Sie musterte mich stumm mit hochgezogenen Augenbrauen.

»Gibt es einen Grund?«

»Vielleicht habe ich mir nur gewünscht, dass jemand mir Dankbarkeit erweist. Dass jemand auch für mich einen Tempel errichtet wie den, der meinem Bruder gewidmet wurde.« Wieder dieses undurchdringliche Lächeln. »Sag, Otrere. Glaubst du an die Götter? Und wenn du es tust – glaubst du eher an die der Skythen, die sich euch nie zeigen? Oder an die der Achaier, mit denen du sogar reden kannst?«

»Warum glaubst du, unsere Götter zeigen sich nie? Sie sind in allem, das uns umgibt«, erwiderte ich hitzig. »In der Sonne am Himmel, in den Feuern, an denen wir uns nachts wärmen, sogar im Wind, der durch das Gras streicht.«

»Trotzdem bist du hier.«

Mit einer geschmeidigen Bewegung stieß Artemis sich von der Säule ab. Sie trat auf mich zu, und als sie neben mir stand, flüsterte sie mir zu: »Ich würde mich gerne mit dir im Bogenschießen messen. Eines Tages. Wirst du da sein?«

Dann schritt sie die Stufen hinab und verschwand im Gedränge.

Ich blickte ihr nach. Versuchte, sie noch einmal zu entdecken. Arash trat neben mich. »Was denkst du?«, fragte er leise.

»Die Götter wissen, dass wir hier sind. Ares wird bald kommen.«

29

Als ich an diesem Abend in unser Quartier zurückkehrte, wusste ich, dass ich ihn schon bald wiedersehen würde. Doch auf ihn zu warten machte mich unruhig. Bald zwei Jahre hatte ich ihn nicht gesehen, und die meiste Zeit hatte ich ihn nicht sonderlich vermisst. Aber nun, da unser Wiedersehen unmittelbar bevorstand, zitterte ich vor Aufregung. Mitten in der Nacht wurde ich wach, weil sein Hund an der Tür kratzte.

»Ist er da?«, flüsterte ich, und Ares' Hund jaulte.

Ich sprang aus dem Bett und öffnete die Tür. Im Gang stand ein hochgewachsener Krieger, das silbrige Mondlicht glänzte auf seinem Brustpanzer. Er trug den Helm, den Schild, das Schwert.

»Bist du gekommen, um zu kämpfen?«, fragte ich herausfordernd.

»Sag du es mir. Willst du wieder mit mir streiten?«

Ich lachte zittrig. »Ich will mit dir zusammen sein.«

»Wenn das bedeutet, dass wir streiten ...«

Ich griff nach seiner Hand und zog ihn in die Kammer. »Nun halt doch endlich mal den Mund«, schimpfte ich.

Es fühlte sich an, als wäre er nie fort gewesen. Ich schloss die Tür und drehte mich zu ihm um. Im selben Moment drängte er sich gegen mich, seine Hände umfassten meine Taille, sein Körper drückte mich gegen das Holz der Tür. Ich keuchte, doch im selben Moment lag sein Mund so hart auf meinem, dass ich aufstöhnte.

Er lächelte, als wir uns voneinander lösten. Seine Finger fuhren über mein Kinn. »Immer noch so kämpferisch«, murmelte er. »Das habe ich vermisst.«

»Haben dich deine Göttinnenfreundinnen nicht angemessen auf Trab gehalten?«, neckte ich ihn atemlos.

»Ach, die langweilen mich inzwischen«, behauptete er.

»Du bist ein schlechter Lügner.«

Ares lachte. Er nahm den Helm ab und schleuderte ihn in die Ecke des Raums. »Pssst«, machte ich und legte ihm den Zeigefinger auf die Lippen. »Wenn uns jemand hört?«

»Sollen sie uns hören. Ich habe nicht vor, leise zu sein.«

Er lachte erneut, und ich konnte nicht anders – ich musste grinsen. »Und du meinst, die Achaier werden dir applaudieren, wenn du die Skythenkönigin flachlegst?«

»Hör auf zu sprechen, Weib«, knurrte er.

»Da wirst du dich schon etwas mehr anstrengen müssen, wenn du willst, dass ich still bin.«

»Ich will nicht, dass du still bist. Niemals. Du sollst nur aufhören, mit mir zu diskutieren.«

Wir lachten atemlos. Ich wusste nicht, woher dieses Gefühl der Leichtigkeit kam. Seine Hände umschlossen meine Taille, und ich rieb meinen Unterleib an seinem. Ich spürte seine Erregung. Ares knurrte.

»Was denn?«, flüsterte ich. »Ist es dir zu *eng* in deiner Menschengestalt?«

»Du Biest«, zischte er.

Und dann redeten wir nicht mehr. Wir ließen unsere Körper sprechen. Mein Körper erinnerte sich noch sehr gut daran, was er von seinem Körper wollte. Was ich brauchte. Ich zog ihn zu dem Lager, er zerrte mir die Tunika über den Kopf und fluchte leise. »Achaische Frauen sind leichter zu entkleiden«, beklagte er sich.

»Sie sind vermutlich auch leichter rumzukriegen, und das hat dich nie interessiert.«

Er küsste mich hungrig, und wir sanken auf die Matratze auf dem Boden. Er lag auf mir, ich spürte, wie er sich gegen mich drängte, und ich öffnete mich ihm. Kurz kam mir der Gedanke, was es bedeuten könnte, wenn wir uns vereinten. Dass beim letzten Mal die eine Nacht gereicht hatte, dass ich danach schwanger war. Ich hätte ihn fragen können, ob es klug wäre, wenn wir miteinander schliefen. Oder ob es ihm egal war. Ob er sich einen Sohn erhoffte? Einen Helden, wie es so viele gab in der Welt der Achaier?

»Hör auf zu denken«, flüsterte er mir zu, und ich lachte. Seine Hände packten meine Handgelenke, er bog meine Arme über den Kopf und hielt mich mit einer Hand fest, während die andere meine nackte Brust umfasste. Er massierte sie, bis ich in seinen Mund stöhnte. Seine Hand wanderte tiefer, ich kam ihm entgegen. Ich wusste, was ich von ihm wollte – und genau das bekam ich auch.

Danach lagen wir nebeneinander. Ich war müde, zugleich aber waren all meine Sinne hellwach. Ich glaubte zu spüren, wie sich in meinem Leib unsere beiden Leben vereinten und ein neues schufen.

»Hast du keine Angst, dass es wieder passiert?«, fragte ich. »Dass ich wieder schwanger werde und dieses Kind … etwas Schreckliches in die Welt bringt?«

Ares schreckte hoch. Er fuhr sich mit beiden Händen durchs Gesicht, ehe er sich wieder neben mich legte, eine Hand auf die Schläfe gestützt. Die andere Hand strich über meinen leicht gewölbten

Unterleib. Er zeichnete die silbrigen Linien nach, die von den Dehnungsstreifen meiner ersten Schwangerschaft geblieben waren.

»Was befürchtest du? Einen Sohn, der mich meuchelt? Ich bin immer noch ein Gott, Otrere. Niemand wird mir etwas antun können.«

»Ich bin schon einmal mit knapper Not davongekommen«, erinnerte ich ihn sanft. Dann fügte ich unvermittelt hinzu: »Artemis war hier. Am Tempel ihres Bruders Apollon. Wir haben uns unterhalten.«

»Und? Was sagt sie?«

»Sie neidet ihm die Pracht seines Tempels.«

»Alle neiden ihm seine Tempel, die in ihrer Pracht denen von Zeus, Poseidon oder Hera in nichts nachstehen. Mir baut keiner einen Tempel, weder hier noch sonst wo.«

»Soll ich dir einen Tempel bauen, liebster Ares?«, neckte ich ihn.

»Seit wann glaubst du denn an die achaischen Götter?«

»Nun, seit ich mit einem von ihnen schlafe, vielleicht?«

Er lächelte. »Ich brauche keinen Tempel. Ich bin glücklich, wenn ich bei dir sein kann.«

Oder bei Aphrodite, dachte ich. Ich vermutete, dass die schaumgeborene Göttin weiterhin Anspruch auf ihn erhob und nicht besonders erfreut reagieren würde, wenn sie hörte, dass Ares und ich zusammen waren.

Allerdings vermutete ich, dass sich unsere Wege bald wieder trennen würden. Wie schon letztes Mal. Darum überraschte es mich, als Ares ernst wurde und leise sagte: »Bleib hier. Bei mir.«

»Wie bitte?«

»Bleib bei mir in Ephesos.«

»Aber …« Ich setzte mich auf und zog fröstelnd die Felldecke hoch. »Ich bin doch hier. In diesem Moment.«

Ares lachte. »Ja, und ich … ich bin darüber sehr froh.« Warum war er auf einmal so in sich gekehrt? Beinahe grüblerisch?

»Wir hatten uns auf das hier geeinigt«, sagte ich behutsam. »Dass ich zu dir komme, wenn mir der Sinn danach steht. Und hier bin ich.«

»Ich habe wohl eher mit dir gerechnet. Und unsere Tochter hast du auf der Steppe gelassen. Damit zeigst du mir mehr als deutlich, dass du planst, schon bald zurückzukehren.«

»Weil ich selbst dorthin gehöre. Auf der Steppe lebt mein Volk. Sie verlassen sich darauf, dass ich sie anführe.«

»Und zu mir gehörst du nicht?«

Ich schwieg.

Ares schüttelte den Kopf. Er stand auf und begann, sich anzukleiden. Ich beobachtete ihn schweigend dabei. Seine hektischen Bewegungen, seine gerunzelte Stirn – das alles sprach davon, dass er verletzt war. Und das wollte ich doch gar nicht.

»Die Skythen sterben«, flüsterte ich. »Sie werden nie mehr sein, was sie einst waren. Bevor deine Achaier an unserer Küste landeten und bevor die Thraker glaubten, diese Schwachstelle ausnutzen zu müssen. Mein Volk ist geschwächt, und ich muss doch irgendetwas tun.«

»Bist du deshalb hier?« Seine Bewegungen waren abgehackt. »Geht es gar nicht um uns, sondern um deine Skythen? Soll ich sie retten, ist es das? Der Kriegsgott, der schützend seine Hand über das Volk seiner Liebsten hält. Hast du es dir so überlegt, Otrere?«

»Nein«, flüsterte ich. Und sah doch, warum er das dachte. Denken musste. Zwei Jahre waren eine lange Zeit – für mich zumindest.

Für ihn vielleicht auch, wenn er damals in der Hoffnung von mir Abschied genommen hatte, dass ich ihm schon bald folgen würde. Sobald ich meine Angelegenheiten geregelt hätte.

Aber nun war ich hier und sprach es zwar nicht aus – doch seine Hilfe wäre tatsächlich willkommen.

»Ich bin unseretwegen hier«, bekräftigte ich. »Weil ich bei dir sein will. Weil ich Sehnsucht nach dir hatte und damals den Fehler beging, dich fortzuschicken.«

»Und warum erst jetzt?«, fragte er tonlos und starrte auf den Dolch in seiner Hand. »Wieso kam nie ein Bote nach Ephesos, der mir genau das mitgeteilt hat?«

»Geht es wirklich nur darum?«, fuhr ich auf. »Dass du dich in deiner Männlichkeit verletzt fühlst, weil ich ein eigenes Leben führe?«

Mit zwei Schritten war er bei mir. Kurz dachte ich, er wollte mein Handgelenk packen, doch dann ließ er die Hand sinken. »Tu das nicht«, flüsterte er. »Verspotte nicht unsere Liebe.«

Ich schluckte. »Unsere Liebe«, wiederholte ich.

Er ließ die Arme sinken. »Ja, unsere Liebe. Würdest du das, was wir haben – was wir *sind* –, als etwas anderes bezeichnen?«

Ich schüttelte den Kopf. Begriff, dass er recht hatte. Es ging um Liebe, nicht mehr, nicht weniger. Es ging um das Begehren, das uns ständig innewohnte, das uns zueinandertrieb und gegen das wir nicht ankamen, sosehr wir es auch versuchten.

Ich lachte auf, und Ares musterte mich überrascht.

»Ich dachte nur gerade … was Aphrodite wohl darüber denken wird. Sie als Göttin der Begierde und …« Ich verstummte.

Ares runzelte die Stirn. Er schien etwas sagen zu wollen, doch dann trat er einen Schritt zurück. Ich konnte seine Gedanken nicht lesen, doch nie hatte ich deutlicher seine Verwirrung gesehen.

»Ja, wer weiß das schon.« Mehr sagte er nicht. Unsere Wiedersehensfreude war getrübt. Wegen seiner Befürchtung, ich sei nicht unseretwegen gekommen, sondern weil ich seine Hilfe brauchte. Und weil er glaubte, ich würde ihn ernsthaft bitten, sich in skythische Angelegenheiten einzumischen. Etwas stand zwischen uns.

»Jetzt geh nicht so.«

Ich stand ebenfalls auf.

»Wie gehe ich denn?«

»Na, als hätte ich deine Eitelkeit verletzt, weil ich da draußen auch ein Leben führe, das sich nicht um dich dreht.«

Er hielt in der Bewegung inne.

»Für dich ist es ja schon beleidigend, dass ich über zwei Jahre nicht hergekommen bin«, fügte ich leise hinzu.

»Das ist es allerdings«, sagte er. »Ich hatte gehofft ...«

Er schüttelte den Kopf, suchte seinen Helm aus der Zimmerecke und schnürte die Sandalen. Ich wollte ihn nicht gehen lassen. So nicht. Unser Wiedersehen sollte sogleich wieder der Abschied sein? Das ertrug ich nicht. Er war nicht der Einzige, der viel in diese Liebe gesteckt hatte.

»Was brauchst du von mir?«, fragte ich. »Was willst du, Ares? Soll ich hier in Ephesos warten, während du kommst und gehst, wie es dir gefällt? Die meiste Zeit wirst du lieber bei deinesgleichen sein. Dort, wo die Göttinnen dir ebenbürtig sind.«

»Otrere. Geht es immer noch um Aphrodite? Hat sie dich erneut aufgesucht?«

Das eine Mal hatte mir schon gereicht.

»Das mit ihr ist … etwas anderes. Es hat nichts mit uns zu tun. Aphrodite spielt mit mir. Bitte spiel du nicht auch mit mir.«

Fast hätte ich gelacht. Wer spielte denn mit wem? »Ich bin müde«, sagte ich. »Schon klar, ihr Götter kennt keine Müdigkeit, aber ich bin viele Tage gereist, bis ich hier ankam, und als Erstes muss ich mit Artemis diskutieren, die vermutlich auch glaubt, ich sei nicht dankbar genug, und dann soll ich mit dir streiten, weil du meinst, ich soll mehr bei dir sein und nicht bei meiner Familie. Das habe ich von dir nie verlangt. Ich wollte nur, dass du anerkennst, wer ich bin, was meine Pflicht ist. Meine Gefühle sind in ständigem Aufruhr, wenn ich dich sehe, weil ich glaube, dich nicht lieben zu dürfen.«

»Du darfst mich lieben.«

»Aber es wird nie nur uns zwei geben. Du hast deine Götterwelt, und ich …«

»Und du hast dein Skythenvolk«, vollendete er sanft. »Ach, Otrere.« Er trat zu mir, legte den Arm um mich und küsste mich auf den Mund. »Ich weiß, es ist kompliziert. Aber ich kann dir nur das anbieten, was ich bin. Ephesos ist ein guter Ort zum Leben, und ich bitte dich ja nicht, für immer zu bleiben. Ein paar Monde nur, bevor die Winterstürme über das Pontische Meer fegen und deine Rückkehr erschweren. Es gibt einen Palast in der Stadt, der seit langer Zeit leer steht. Dort könntest du dich niederlassen. Die Achaier werden dich mit gebührendem Respekt behandeln, wenn sich erst herumspricht, wer du bist. Die Geliebte von Ares.«

Ich dachte an die Thraker und Kimmerer, die daheim unsere Grenzen bedrohten, an Maspi und Afina, die in Tyras ihre eigenen Ziele verfolgten. An Melanippe, die Hippolyte mit dem skythischen Leben vertraut machte. An mein Kind, das ich so sehr vermisste.

Alles in mir wollte heim.

Nein, nicht alles.

Wenn ich nun heimkehrte, würde von Ares und mir nichts bleiben außer unsere gemeinsame Tochter. Hippolyte würde eines fernen Tages mir nachfolgen, und damit wäre es besiegelt, was ich immer hatte verhindern wollen: dass die Achaier langsam, aber stetig unsere Kultur unterwanderten und uns die eigene Identität raubten.

Trotzdem war es mir unmöglich, ihn nicht zu lieben. Er war der Grund, weshalb ich hier war. Weshalb ich hierbleiben würde.

»Bis zum Herbst«, sagte ich ruhig. »Nicht länger.«

»Ich verspreche, ich werde dich nicht am Gehen hindern.« Er küsste mich noch einmal, und diesmal zerrte ich an seinem Chiton und zog ihn zurück auf unser Lager.

In dieser Nacht blieb Ares bei mir. Und in allen, die folgten, kam er zu mir, wann immer mir nach ihm war.

30

Mein Leben wurde ein einziges Fest. Am nächsten Tag schon bezog ich mit Arash und zwei Dutzend Sklaven den Palast, mit dem es der in Tyras ebenso wenig aufnehmen konnte wie alle anderen Paläste und Tempel, die ich auf meinen Reisen gesehen hatte. Innenhöfe reihten sich aneinander, in denen Brunnen plätscherten, üppige Orangenbäume wuchsen und Blumen ihren betörenden Duft verströmten. Die Säle und Gemächer boten jeden nur denkbaren Luxus, und mehr als einmal ertappte ich mich bei dem Gedanken, dass dieses Leben wohl dem auf dem Olymp recht nahe kam. Und dass ich mir wünschte, ich dürfte so ein reiches Leben für immer führen.

Selbst die Stallungen glänzten mit viel Platz, und die Pferde, die dort standen, waren von großer Kraft und Schönheit. Ich vermisste meinen Falben, und für mich würde nie ein anderes Pferd an ihn herankommen, doch der obsidianschwarze Hengst, der hier auf mich wartete und den Ares mir zum Geschenk machte – zusammen mit einer milchweißen Stute, die ebenso flink war wie der Rappe, obwohl sie fast zwei Handbreit kleiner war –, hätte ihm vielleicht den Rang ablaufen können.

Aber eines gab es, das ich vom ersten Tag an nicht leugnen konnte.

Ich hatte schreckliches Heimweh.

Der Luxus und die Sklaven, die schönsten Chitons aus zarter Seide und matt glänzendem Leinen, die mit Bronze und Gold beschlagenen Sättel und Zügel, auch der riesige Innenhof, in dem ich mich im

Bogenschießen üben konnte – nichts täuschte darüber hinweg, dass ich von Mauern umgeben war und Steindecken bedrohlich schwer über meinem Kopf hingen. Nachdem ich mich in der ersten Nacht unruhig hin und her gewälzt hatte, schlief ich in der zweiten bei den Pferden. Ares fand mich dort, als er am Morgen erschien. Er hatte leider die unangenehme Angewohnheit, sein Unbehagen mit diesem Palast durch stete Flucht zum Ausdruck zu bringen. Ich wachte morgens in einem leeren Bett auf, und seine Seite sah gänzlich unberührt aus.

»Schläfst du überhaupt?«, fragte ich ihn am zweiten Morgen. Er grinste stumm. Auf manche Fragen antwortete er gar nicht, und ich musste mir eingestehen, dass mich das ungefähr so wütend machte, wie sein ständiges Kommen und Gehen, während ich ihm versprochen hatte zu bleiben.

Es war allerdings nicht nur mein Versprechen, das mich an Ephesos und an diesen Palast band. Oder an ihn, der auftauchte, wie es ihm gefiel.

Ares gab mir etwas, das ich mein Leben lang nicht verspürt hatte. Das ich offensichtlich all die Jahre zugleich vermisst hatte, denn anders konnte ich mir nicht erklären, wie ich schon nach wenigen Tagen mit ihm in meiner Nähe nicht genug davon bekam.

Geborgenheit.

Er beschützte mich.

Ich war zwar keine Frau, die beschützt werden musste. Bisher hatte ich mich vortrefflich selbst zu verteidigen vermocht. Aber nun fühlte sich alles anders an. Ich spürte in mich hinein, und mir gefiel einerseits nicht, wie ich mich klein machte. Andererseits war ich ohnehin »klein« im Vergleich zu einem überlebensgroßen Kriegsgott. Ich durfte mich fallenlassen. Zu wissen, dass er mich schon einmal gerettet hatte. Dass er es immer wieder tun würde.

Mein Leben war also nicht nur leichter geworden, sondern fühlte sich zugleich unendlich schwer an. Ich vermisste Hippolyte. Die Steppe. Meine Familie. Ja, vielleicht vermisste ich sogar die Kämpfe, die Auseinandersetzungen mit den Thrakern, so schmerzhaft diese auch für mich gewesen waren.

Aber jede Nacht kam Ares zu mir, und ich fand in seinen Armen den Trost und die Liebe, die Geborgenheit und den Schutz, nach denen ich mein Leben lang nicht gesucht hatte. Trotzdem brauchte ich ihn jetzt so sehr.

Der Vollmond rundete sich zum zweiten Mal, und wir lagen ermattet und nackt auf der Bettstatt, als Ares sich zu mir umdrehte. »Artemis treibt sich hier immer noch herum. Hast du eine Ahnung, was sie will?«

»Sie ist deine Halbschwester. Das müsstest du doch besser wissen.«

Von Artemis' Anwesenheit wusste ich vor allem deshalb, weil ich die Sklavinnen belauschte. Sie glaubten, ich sei ihrer Sprache nicht mächtig, doch ich lernte schnell, und wenn ich einen Begriff oder eine Phrase nicht kannte, fragte ich Arash. In letzter Zeit flüsterten sie vor allem davon, wie Artemis die Hand über die Mütter dieser Stadt hielt. Schwangerschaften und Geburten kosteten Leben. Die von Müttern oder Babys, ganz gleich. In einer Stadt von der Größe Ephesos' gab es immer wieder Gebärende, die unter der Geburt oder kurz danach starben. Oder Säuglinge, die tot zur Welt kamen oder kurz darauf verstarben. Das passierte nun nicht mehr. Es wurden kräftige Jungen und Mädchen geboren, die Mütter hatten ausreichend Milch, die Geburten waren meist vergleichsweise leicht, und keine bekam das gefürchtete Kindbettfieber, das auch mich beinahe das Leben gekostet hätte.

»Weißt du, was da los ist?«, wollte Ares von mir wissen.

»Vielleicht versucht sie, die Stadt wohlgesonnen zu stimmen?«

»Oder es ist ein Zufall, den sie für sich nutzen möchte.« Seine Fingerspitzen tanzten über meinen Bauch. Ich spürte tief in mir ein Kribbeln, das ich nicht klar benennen konnte. Ich schloss die Augen. Als Ares meine Brüste berührte, seufzte ich auf.

Ich glaubte nicht an Zufälle.

»Meine müde Kriegerin«, wisperte er mir zu. »Willst du schlafen?«

In letzter Zeit wollte ich sehr oft schlafen. Ich wusste, weshalb das so war, doch war ich noch nicht bereit, es mir oder Ares einzugestehen.

Artemis war in der Stadt. Keine Säuglinge starben, keine Mütter starben. Alles hatte eine Bedeutung, denn so viel begriff ich über die achaischen Götter: Sie taten nichts ohne Grund.

Am nächsten Morgen wachte ich auf, und wieder war das Bett neben mir leer. Ich schlüpfte in einen kurzen Chiton und zog eine Hose darunter. Im Stall streifte ich dem Rappen die Zügel über und führte ihn nach draußen. Graue Wolken hingen tief über der Stadt, und als ich mich auf den Rücken des Pferds schwang, tänzelte es unter meinen Schenkeln. Ein Gewitter zog vom Meer herauf. Ich schätzte, dass es zur Mittagszeit über die Stadt kommen würde. Genug Zeit, um vorher ein ernstes Wörtchen mit einer Göttin zu reden.

Ich fand sie wieder bei Apollons Tempel, wo sie auf der obersten Stufe saß. Männer und einzelne Frauen in Begleitung ihrer Sklavinnen strömten an ihr vorbei. Artemis wirkte ganz entspannt, ihre silbrig blitzenden Augen hefteten sich aber sofort auf mich, als ich den Schwarzen zügelte und von seinem Rücken glitt.

»Wir müssen reden«, begrüßte ich sie.

»Ich habe schon länger auf dich gewartet«, erwiderte sie kühl.

»Das denke ich mir.« Ich zögerte. »Willst du hier sitzen bleiben, oder magst du, wenn wir ein Stück gehen?«

Sie zuckte mit den Schultern. Doch ich merkte, wie angespannt sie war.

Wir schlugen den Weg Richtung Nordosten ein, weg von dem Tempelbezirk, wo sich rings um Apollons Tempel noch viele kleinere drängten. Artemis hielt den Bogen locker in der Hand, ihre Schritte waren kraftvoll und entspannt. Die Menschen auf der Straße wichen vor uns zurück, anscheinend unbewusst. Es war, als könnte allein ihre Anwesenheit ihr den Raum verschaffen, den sie brauchte. Als ich ihr das sagte, grinste Artemis, und es gab ihrem Gesicht etwas Mädchenhaftes. »Na, endlich bemerkst du es. Sie können uns nicht berühren.«

»Euch Götter?«

»Dich auch nicht. Oder hat dich schon mal jemand angerempelt?«

Ich konnte mich nicht daran erinnern.

»Die Menschen sind so undankbar geworden. Prometheus hat die Götter verraten, als er den Menschen das Feuer brachte, und seitdem ... Sie beachten uns nicht, sie haben keinen Blick mehr für das Göttliche. Du bist anders. Keine Ahnung, wieso das so ist. Dabei bist du eine Fremde für uns.«

Wir gingen weiter, und ich atmete tief durch, weil das, was ich als Nächstes sagen wollte, sich erst mit dem Aussprechen wahr anfühlen würde. Und ich fürchtete mich davor, denn ja, ich war so vermessen zu glauben, dass es einen Grund gab, weshalb Artemis in Ephesos war.

Vorher aber erreichten wir einen Hügel, der von den Ephesern meist als Müllhalde genutzt wurde. Ein unerträglicher Gestank hing darüber, streunende Hunde balgten sich um abgenagte Knochen, Fliegenschwärme stoben auf. »Eine Schande«, murmelte Artemis. »Dass sie nicht ihren Dreck vor der Stadt entsorgen.«

»Wir könnten dafür sorgen, dass sie sich einen neuen Platz für ihren Abfall suchen.« Ich zeigte auf den Hügel. »Siehst du? Es ist erst seit Kurzem so, dass die Menschen ihren Abfall dort abladen. Man müsste ihnen eine neue Abfallhalde zuweisen.«

Artemis lachte. »Und wie willst du verhindern, dass sie weiterhin hier ihren Dreck abladen?«

»Indem man etwas baut. Etwas, das Ephesos weit über die Grenzen der achaischen Welt hinaus bekannt macht. Einen Tempel.« Ich merkte, wie Artemis mir nun aufmerksamer zuhörte, und fuhr ermutigt fort: »Den größten Tempel der Welt. Größer als jeder für Apollon oder die anderen Götter.«

»Du willst Ares einen Tempel bauen?« Artemis gluckste. »Er wird begeistert sein. Fragt sich nur, was die Menschen davon halten, wenn sie dem *Kriegsgott* huldigen sollen. Was sollen sie ihm als Opfer darbringen, ihre Söhne, die auf dem Schlachtfeld sterben?«

Ich schüttelte den Kopf. »Kein Tempel für Ares. Ein Tempel, der dir gewidmet ist.«

Artemis hielt inne. Ihr Blick glitt erneut über die Müllhalde, und diesmal sah sie nicht die Fleischreste, nicht die Fliegenschwärme und Krähen, die herumhüpften und pickten. Nicht die räudigen Köter, die mit schwärenden Wunden und hängenden Köpfen über den Hang schnürten. Sie sah eine Tempelanlage, die sich auf diesem Hügel in den Himmel reckte. Größer als der Tempel des Apollon, hatte ich gesagt. Größer auch als alle anderen Tempel. Das sagte ich nicht, doch in Gedanken versprach ich es ihr.

»Das würdest du für mich tun.« Sie sah mich von der Seite an und lächelte. »Du hast es also inzwischen bemerkt.«

Unwillkürlich legte ich die Hand auf meinen Bauch. »Ares weiß noch nichts davon. Er wundert sich nur, weil ich so müde bin. Bisher kauft er mir noch die Ausrede ab, dass das Leben in der Stadt mich ermüdet.« Ich zögerte. »Und dann ... Du bist hier. Die Frauen reden darüber, dass so viele Geburten unter einem guten Stern stehen. Ich möchte, dass auch mein Kind ...«

»So funktioniert das nicht«, unterbrach Artemis mich sanft. »Du errichtest keinen Tempel, der dir dann eine sichere Geburt garantiert.«

»Wie dann?«, fragte ich verwirrt. Bisher hatte ich geglaubt, dass es so war: Die Menschen opferten den Göttern etwas, und dafür gewährten die Götter ihnen ihre Gunst. Oder auch nicht. Was hatte ich falsch verstanden?

»Du musst auch daran glauben«, sagte Artemis sanft. Sie blickte auf die Müllhalde. »Allerdings, wenn ich mir das so ansehe ... Du glaubst schon an unsere Kraft. Irgendwie.«

»Ich sehe dich«, erwiderte ich. »Ich sehe Ares. Aphrodite hat mich vor Jahren aufgesucht. Wie kann ich nicht an euch glauben?«

Ihr silbriger Blick, so undurchdringlich. Dann seufzte Artemis. »Ein Tempel? Hier in Ephesos? Und er wird größer als Apollons Tempel? Und dafür wird dein Kind gesund geboren?«

Ich nickte. »Außerdem will ich gesund bleiben.«

»Nun denn. Ich werde dich nicht davon abhalten. Bau mir den Tempel, und ich halte mich an meinen Teil der Abmachung.«

Sie wandte sich zum Gehen. Kein Wort des Danks, keine Anerkennung meiner Mühen. Vermutlich hatte ich zu viel von ihr erwartet. Ich gab ihr, was sie sich so sehr wünschte, und sie tat dies mit einem Schulterzucken ab?

Andererseits: Ich liebte einen Gott. Ich hätte wissen können, dass die achaischen Götter wie trotzige Kleinkinder waren, die jedes ihnen dargebrachte Opfer mit einem Schulterzucken hinnahmen, weil sie selbstverständlich davon ausgingen, dass sie diese Gaben *verdienten*.

Ich trabte hinter ihr her, zurück zu dem Tempel ihres Bruders, wo sie sich wieder auf die Stufen hockte, als wäre nichts passiert. Ihr Blick ging gleichgültig über mich hinweg, als wäre ich gar nicht da. Ich ging heim, und als Ares kam, eröffnete ich ihm zweierlei. Dass ich ein weiteres Kind erwartete und dass ich Artemis einen Tempel bauen würde.

»Vielleicht lungert sie dann nicht länger hier herum.«

»Mehr hast du nicht dazu zu sagen?«

Er lächelte. »Ich freue mich, dass du endlich auch aussprichst, was ich schon länger weiß.«

Ich versetzte ihm einen Klaps auf die Brust. »Und ich dachte, du merkst es nicht!« Ein bisschen beleidigt war ich schon, wie er meine zweite Schwangerschaft hinnahm, als wäre sie für ihn keine Überraschung. Als rechnete er fest damit, dass er mich erneut schwängerte. Schließlich war er ein Gott!

»Meine müde Kriegerin.« Er schloss mich in die Arme, und ich bettete meinen Kopf an seiner Brust. »Du kannst mir noch so oft erzählen, dass das Leben in Ephesos dich erschöpft. Ich sehe doch, wie du leuchtest.«

»Mh«, machte ich. »Wird es Ärger geben, wenn ich für Artemis einen Tempel baue?«

»Du meinst hier in Ephesos? Die Epheser werden gern bereit sein, Artemis einen Tempel zu errichten. Aber was ist mit deinem Volk? Werden sie es dir verübeln, wenn du länger hierbleibst und einer achaischen Göttin einen Tempel baust? Wie werden die skythischen Götter reagieren?«

»Unsere Götter verlangen keine prächtigen Hallen, in denen wir ihnen unsere Speisen als Opfer darbringen«, erwiderte ich nachdenklich.

»Nein, die hätten am liebsten ein Menschenopfer.« Ares schüttelte sich. »Was das angeht, sind sie noch sehr barbarisch.«

In einem Punkt hatte Ares recht. Mein Volk würde vermutlich mit großer Verwirrung reagieren, falls sich der Bau eines Tempels zu Ehren der Artemis zu ihnen herumsprach. Was nur eine Frage der Zeit war.

Ich hätte es ja selbst nicht für möglich gehalten, dass ich mich für längere Zeit an Ephesos binden würde. Aber zum ersten Mal konnte ich längere Zeit an Ares' Seite leben.

»Du wirst den Tempel ja nicht allein bauen, nehme ich an. Die Epheser sind ihr sicher dankbar, nachdem ihre Babys und Mütter sich so guter Gesundheit erfreuen. Also tu, was du nicht lassen kannst. Artemis wird ein bisschen sticheln, Apollon wird beleidigt all die großen Heiligtümer aufzählen, die ihm zu Ehren errichtet werden, und vielleicht verzieht er sich für ein paar Monate nach Delphi. Alle Götter auf dem Olymp werden dann mal kurz aufatmen, er kann nämlich auch sehr anstrengend sein.«

»Ich glaube, ihr Götter seid alle, jeder für sich, auf die eine oder andere Art anstrengend«, neckte ich ihn. »Du zum Beispiel musst dich nicht wundern, dass ich müde bin. Lässt mich nachts kaum schlafen!«

»Ich gelobe Besserung. Wenn du das wirklich willst.«

Nein, wollte ich nicht.

»Wirst du noch vor dem Winter zurück nach Hause reisen?«, fragte Ares nach längerem Schweigen.

Darüber hatte ich bisher noch nicht nachgedacht. Aber allein der Gedanke an eine Schiffsreise ließ die Übelkeit wieder in mir hochkommen. Tagelang auf einem Schiff eingesperrt zu sein, der Naturgewalt des Meeres ausgeliefert, dazu die fortschreitende Schwangerschaft ... Ich zögerte. Alles in mir drängte danach, heimzukehren, doch zugleich hatte ich mit dem Bau von Artemis' Tempel auch eine Aufgabe übernommen, die sich nicht in wenigen Wochen bewältigen ließ. Sicher könnte ich Arash bitten, hierzubleiben und die Baustelle zu überwachen. Zugleich aber spürte ich, dass ich in Ephesos bleiben musste.

»Ich bleibe hier, bis unser Kind geboren ist«, sagte ich fest.

»Und danach?«

»Danach sehen wir weiter.«

Ich musste zurück. Das wussten wir beide. Allein schon wegen Hippolyte, aber auch meinetwegen.

Ich gehörte dorthin. In die Weite der Steppe, zu meinem Volk. Meine Leute brauchten mich. Viel mehr aber brauchte ich meine Leute.

Penthesilea wurde an einem Frühlingstag geboren, und wie schon bei der ersten Geburt ging es sehr schnell. Die Doula, die mich bei der Geburt begleitete, lobte mich. »Wenn Ihr so weitermacht, werdet Ihr noch zehn Kinder bekommen.«

Diese zwei genügten mir. Ich fragte sie, ob ich verhindern könnte, weitere Kinder zu bekommen. Sie runzelte die Stirn, schüttelte missbilligend den Kopf, hatte auf einmal Dringendes zu erledigen und wechselte kein Wort mehr mit mir. Ich sah sie nie wieder.

Ich fragte andere Dienerinnen, ob sie Wege wüssten, eine Schwangerschaft zu verhindern. Bei jeder stieß ich auf dieselbe ablehnende Haltung. Es dauerte, bis ich begriff, woran das lag. Sie wussten von Penthesileas Vater. Mit einem Gott legte sich niemand gern an; schon gar nicht mit dem Gott des Krieges. Wenn Ares weitere Kinder mit mir wünschte, wollte sich keine Sterbliche ihm in den Weg stellen.

In den Tagen nach der Geburt horchte ich in meinen Körper hinein; jede Veränderung, jedes Ziepen, jedes Zucken versetzte mich in Angst. Doch ich erholte mich von der Geburt. Kein Fieber. Artemis hielt Wort. Fünf Tage nach der Geburt stand ich auf und begann, im Palast herumzulaufen. Penthesilea im Tuch vor meiner Brust, wo sie die meiste Zeit verschlief. Sie war ein friedliches Baby, und es bereitete mir große Freude, sie zu nähren und immer bei mir zu haben. Als könnte ich die verpasste Zeit mit Hippolyte auf diesem Weg nachholen.

Fünf Tage später fühlte ich mich so weit wiederhergestellt, dass ich zum ersten Mal zur Baustelle ritt. Ich wählte diesmal die weiße Stute.

»Musst du wirklich schon wieder da raus?« Arash erhob Einspruch. Er stand mit Penthesilea im Arm vor mir im Hof, als ich in den Sattel stieg.

»Ja, ich muss.«

»Lass wenigstens deine Tochter hier.«

Ich streckte die Arme nach Penthesilea aus, und widerstrebend gab er sie mir hoch. Behutsam legte ich sie in das Tragetuch, das ich mir zuvor schon vor die Brust gebunden hatte.

Arash blieb im Palast zurück, und ich fragte ihn nicht, ob er uns begleiten wollte; ich kannte die Antwort.

Alles, was mit den achaischen Göttern zu tun hatte, widerstrebte ihm so sehr, dass er sich von ihnen fernhielt – und das betraf vor allem Artemis' Tempel. Wir hatten uns mehr als einmal heftig gestritten, weil er nicht einsehen wollte, weshalb ich das hier tun musste. Wieso die Epheser einen Artemis-Tempel bekamen.

»Könntest du den nicht in Tyras bauen?«, hatte er gefragt.

Vielleicht könnte ich das. In Tyras jedoch wären auch die Skythen präsent, und es käme bei ihnen sicher nicht gut an, wenn ihre Herrscherin einen Tempel baute. Verrat!, könnten sie schreien und sich lieber jemand anderem zuwenden. Ein Tempel in einer fernen Stadt, den wohl kaum ein Skythe je zu Gesicht bekäme, schien mir die bessere Wahl.

Gut möglich, dass Arash mit seinem Vorschlag die Skythen gegen mich aufbringen wollte. Immer noch fühlte ich mich in seiner Nähe unwohl, aber mir wäre es noch unangenehmer, wenn er daheim in

Tyras wäre und dort seine Intrigen spinnen könnte. Ich behielt ihn lieber im Auge.

»Wir kehren früh genug nach Hause zurück.«

Er hielt den Zügel der Stute, während er sprach. »Ich denke nur … bleib nicht zu lange hier.«

»Du willst sagen, dass ich schon zu lange hier bin?« Ich rückte das Tragetuch zurecht. Penthesilea schlief schon wieder. Manchmal staunte ich über dieses Baby, das zufrieden war, wenn es satt und bei mir sein konnte. Mehr brauchte es nicht.

»Ich glaube, es war keine gute Idee. Du nimmst immer mehr von den Achaiern an. Wie lange noch, bis du nicht nur ihre Kleidung trägst, sondern auch daheim bleibst oder dich auf Karren durch die Stadt fahren lässt wie ihre Frauen?«

Ich lachte. »Das wird nicht passieren«, versicherte ich ihm.

Aber ich spürte seine Besorgnis, und ich merkte, wie sie zu meiner Sorge wurde. Hatte Arash recht? Nahm ich zu viel von den Achaiern an?

Der Bau des Tempels dauerte länger als anfangs erhofft, denn der Hügel bestand nicht nur zu einem großen Teil aus Unrat, sondern war im unteren Bereich mit einem System aus Höhlen durchzogen, in denen manche Menschen ohne Obdach Schutz suchten. Sie zu vertreiben, die Höhlen zu versiegeln und den Hügel so weit abzutragen, dass eine ebene Fläche entstand, hatte den kompletten Winter gedauert.

Die Obdachlosen waren zumeist entlaufene Sklaven gewesen, die zu ihren Herren zurückgebracht oder, wenn diese nicht zu ermitteln waren, auf der Agora meistbietend verkauft wurden.

Mein Bauvorhaben war also direkt zu Beginn ins Stocken geraten. Doch als ich heute die Baustelle betrat, kam mir bereits der Vorarbeiter Linos entgegen und führte mich eifrig herum. In den Tagen meiner Abwesenheit war viel passiert, und er wurde nicht müde zu betonen, wie weit der Bau fortgeschritten war. Während er mich herumführte, bemerkte ich aus den Augenwinkeln ein Blitzen, silbrig und rufend. Ich wusste, dass sie mit mir sprechen wollte, doch ich ließ mir von Linos in aller Ruhe erklären, wie er die Baumaterialien heranschaffen wollte, was das kosten würde und wie sehr sich die Epheser einbrachten. »Die Leute lieben den Tempel schon jetzt. Seine Größe erfüllt sie mit Stolz.«

Da waren sie nicht die Einzigen. Als ich wenig später mit Penthesilea im Arm über die Baustelle schritt, gesellte sich Artemis zu mir. »Eine hübsche Tochter«, sagte sie. »Ist alles zu deiner Zufriedenheit verlaufen?«

»Sie ist gesund, und ich bin es auch geblieben.« Ich lächelte zurückhaltend. Konnte nicht genau benennen, was mich störte, aber dieses Blitzen in Artemis' Augen machte mich misstrauisch.

»Genießt eure Zeit. Sie wird nicht ewig dauern.«

Ich blieb stehen. Genervt von diesen Worten, die so typisch waren für eine Göttin. Eine Andeutung hier, eine unheilvolle Verkündung dort. Das hatte Aphrodite schon versucht. Was war das mit ihnen, dass sie immer irgendwelche Bemerkungen machen mussten? Als wüssten wir Menschen nicht, dass unser Dasein endlich war.

»Penthesilea habt ihr sie genannt? Ein schöner Name für eine mächtige Kriegerin.« Artemis' Blick ging über den Tempel hinweg in weite Ferne. »Ich sehe nicht alles, doch ihr Lied wird auch in vielen Generationen gesungen werden.« Sie legte mir eine Hand auf die Schulter, und ich musste mich zusammenreißen, dass ich nicht unter ihrer Berührung zusammenzuckte. Ihre Finger waren eisig.

»Achte nur darauf, dass sie und Hippolyte sich nie entzweien. Sie wird ihrer Schwester viel aufbürden ...«

Ich schwieg verbissen. Ballte die Fäuste, blickte an ihr vorbei.

»Ihr Sterblichen seid alle gleich.« Sie lachte leise. »Ihr wollt nichts von der Zukunft hören, die unausweichlich ist. Dabei seid ihr so neugierig, und viel fehlt nicht, dass du mich anflehen würdest, dir ihr Schicksal zu enthüllen.«

Das war ihr Dank? Ich baute ihr den größten Tempel der Menschheit, und sie wusste nichts Besseres, als sich in irgendwelchen Andeutungen zu verlieren, wie schrecklich da Leben meinen Töchtern mitspielen würde?

»Kann ich denn irgendwas von dem verhindern, was passieren wird?«, fragte ich leise.

Artemis wurde still. Sie legte den Kopf schief. »Vermutlich nicht«, räumte sie ein.

»Was bringt es dann, wenn du mir davon erzählst, wie schrecklich unsere Zukunft sein wird? Zumal ihr euch da nie sicher seid. Das behauptet Ares zumindest.«

Ich wollte nicht mit ihr diskutieren. Es rutschte mir einfach so raus.

»Ares.« Artemis lachte auf. »Der sieht nur, was er sehen will. Vor der ganzen Wahrheit hat er die Augen verschlossen.«

»Und wie sieht diese ganze Wahrheit aus? Habe ich nicht ein Recht darauf, sie zu erfahren?«

Auf einmal verschloss sich Artemis' Blick. Sie wandte den Kopf von mir ab und wirkte gelangweilt. »Ihr Menschen. Glaubt wirklich, ihr hättet ein Recht auf *irgendwas*, weil ihr Ochsen schlachtet, Blut vergießt und Blumenkränze flechtet. Weil ihr Tempel baut und zu uns betet. Dabei hat das eine wirklich nichts mit dem anderen zu tun.«

Ich lachte auf. »Und wofür mache ich dann das hier?« Mit einer weit ausholenden Bewegung erfasste ich die Tempelbaustelle. »Wenn wir doch nicht das Schicksal beeinflussen können?«

Artemis grinste listig.

»Weil du daran glauben willst. Weil du uns siehst. Ares, Aphrodite, mich …« Sie zuckte mit den Schultern. »Vielleicht ist deine Rolle in dem Ganzen doch größer, als wir alle dachten.«

»Ach so. Das soll mich wohl beruhigen.«

Artemis' Blick ruhte auf Penthesilea. Sie lächelte, und ich senkte den Blick, weil ich sie nicht ertrug, wie sie in ihrer Selbstgerechtigkeit und mit ihrem Wissen über die Zukunft meiner Töchter prahlte.

»Bist du jetzt fertig?« Ich war genervt. Von ihr vor allem, aber auch von mir. Ich hatte Dankbarkeit von ihr erwartet, doch sie glaubte, ich hätte mit Penthesileas gesunder Geburt mein Schicksal herausgefordert und mehr als genug von ihr bekommen. Das hatte ich nun begriffen. »Ich werde dich nicht mehr um irgendwas bitten«, fügte ich hinzu.

Artemis neigte den Kopf. Penthesilea begann im Tragetuch zu knöttern, und ich blickte mich nach einem ungestörten Plätzchen um, damit ich sie stillen konnte. Als ich mich noch mal zu Artemis umdrehte, war sie verschwunden.

Auf einem Stein saß ich und stillte meine Tochter. In diesem Moment begriff ich, wie weit ich mich von mir selbst entfernt hatte. Als ich vor einigen Jahren die Herrschaft über das Volk der Skythen übernahm, war ich davon ausgegangen, dass mein Leben dem Kampf gewidmet sein würde. Dass ich gegen Kimmerer und Thraker, vielleicht auch gegen Achaier in den Krieg ziehen müsste, um mein Volk zu verteidigen. Seither war viel passiert. Ich hatte Kinder bekommen. Ich liebte einen Achaier. Baute einer achaischen Göttin einen Tempel.

Ich begann zu weinen, denn ich hatte mich so weit von mir selbst entfernt seitdem. So fand mich Ares, der wütend auf die Baustelle stapfte.

»Was hat sie getan?«, wollte er wissen. Ich musste es ihm gar nicht sagen, denn er knurrte: »Dabei habe ich ihr gesagt, sie soll das für sich behalten.«

»Du weißt es also auch?«

Aller Zorn fiel von ihm ab. Auf einmal stand da ein Mann vor mir, ein Familienvater, so menschlich wie du und ich. Er setzte sich neben mich auf den Stein, sein Arm lag um meine Schultern und er blickte auf Penthesilea herab.

»Wissen heißt nicht wissen. Wir Götter haben eine Ahnung von dem, was kommt. Aber so vieles ist noch abhängig davon, ob die Menschen wirklich den Pfad einschlagen, der ihnen vorherbestimmt ist. Noch ist nichts zu spät, Otrere.«

»Um *was genau* zu verhindern?«

Ares schüttelte den Kopf. Stumm, verbissen. Ich kannte das schon. Wenn er so war, bekam ich kein Wort aus ihm heraus.

»Du darfst es mir nicht sagen, weil die Götter sich nicht einmischen dürfen, schon klar«, sagte ich resigniert.

»Es ist nicht so einfach.«

»Geh mir weg mit deinen Bedenken. Für dich ist das ein Spiel, nicht wahr? Eine Sterbliche und ihre Töchter, meine Güte, in hundert Jahren sind wir alle Staub, und du wirst über die Welt wandeln und suchst dir ein neues Mädchen.«

Ich nahm Penthesilea hoch, die inzwischen an meiner Brust eingeschlafen war, schloss mit einer Hand die Fibel des Chitons und legte den Säugling auf meinen Schoß. Während ich an dem Tragetuch nestelte, spürte ich Ares' Blick auf mir.

»So wird es nicht sein«, hörte ich ihn leise sagen.

Ich hatte genug gehört. Von seinen Versprechungen, von Artemis' Prophezeiungen. Ich stand auf und ging los, aber nach wenigen Schritten rief er mich, und ich blieb stehen.

»Otrere. Hör mir bitte zu. Bitte.«

Ich drehte mich nicht um. Der Blick in seine Augen würde all meine Selbstbeherrschung in ein Nichts auflösen. Ich liebte diesen Mann, ihr Götter, ich hatte ihn vom ersten Moment an geliebt. Aber nie war dies eine Liebe auf Augenhöhe gewesen. Er hatte immer mehr gewusst. Mehr gesehen. Und ich hatte nichts, das ich gegen ihn wenden konnte. Nur meine Liebe und seine Töchter.

»Glaubst du, ich wäre hier, wenn ich nicht hier sein wollte?«, fragte er sanft. Er war nun direkt hinter mir. Ich wagte kaum zu atmen. Auch weil Penthesilea gerade erst eingeschlafen war. »Denkst du, es wird etwas ändern, wenn du nicht mehr bist? Dass ich dich vergesse? Du lebst durch unsere Töchter weiter und durch ihre Nachkommen, die ihnen folgen.«

Ein eisiger Schauer durchfuhr mich. *Also werden sie so lange leben, dass sie Kinder bekommen? Sie werden Mütter sein, so wie ich? Wie viel weißt du noch, Ares? Wie viel verheimlichst du mir?*

»Ich darf dir davon nichts sagen«, fuhr er fort. »Eben weil das Schicksal deines Volks und auch das Schicksal der Achaier nicht beeinflusst werden darf.«

»Du bist also bereit, unsere Töchter zu opfern? Wozu, Ares? Warum sind sie dann überhaupt in der Welt?« Mich packte das große Elend. Dunkel erinnerte ich mich, dass meine Mutter mich vor der ersten Geburt gewarnt hatte. Vor dem großen seelischen Schmerz, der nach einer Geburt kam, wie eine Welle alles Denken und Sein erfasste und alles Glück mit sich riss. Bei Hippolyte war ich in der Zwischenwelt umhergezogen und hatte davon nichts gemerkt. Jetzt traf es mich dafür umso härter.

»Weil ihr Leben bedeutungsvoll sein wird.« Ares berührte mich an der Schulter, und ich drehte mich langsam zu ihm um. Blickte zu ihm auf. Sein Blick bekam etwas Zärtliches, das mich bannte. Es lag gleichzeitig so viel Schmerz darin.

»Es gibt Dinge zwischen Himmel und Erde, die selbst wir Götter nicht begreifen. Doch mit unserer Liebe besteht eine starke Verbindung zwischen den skythischen Kriegerinnen und den Achaiern. Eine Verbindung, die sich zu einem späteren Zeitpunkt als Schicksal deiner Töchter erfüllen wird. Du kannst nicht auf die Steppe zurückkehren und denken, damit wären alle Verbindungen gekappt.«

Das begriff ich wohl. Doch es schmerzte mich, zu erkennen, dass all meine Versuche, mein Volk vor dem Einfluss der Achaier zu schützen, vom ersten Augenblick an zum Scheitern verurteilt gewesen waren.

»Habe ich überhaupt jemals eine Chance gehabt?«, murmelte ich und trat noch einen Schritt auf ihn zu. Meine Stirn lehnte an seiner Brust, mit beiden Armen umfing er Penthesilea und mich. »Nein«, flüsterte er. »Als wir uns das erste Mal gegenüberstanden, war das Schicksal deines Volks bereits besiegelt.«

»Was soll ich nur tun?«, flüsterte ich.

»Lass den Dingen ihren Lauf. Du wirst sie nicht verhindern können. Hippolyte und Penthesilea werden zu starken jungen Frauen heranwachsen, und du wirst sie begleiten. Wir können sie stärken für das, was sie erwartet. Aber vorbereiten können wir sie nicht.«

Vermutlich hatte Ares recht. Doch die Mutterschaft hatte etwas verändert, und nie sollte ich das so deutlich spüren wie an diesem hellen, klaren Sommermorgen über Ephesos, als ich auf der Baustelle eines Tempels für eine achaische Göttin stand.

Vor wenigen Jahren noch hätte ich es niemals in Erwägung gezogen, einer Göttin einen Tempel zu errichten. Oder auch nur an die achaischen Götter zu glauben! Immer noch richtete ich mein Denken und Tun an den skythischen Göttern aus, auch wenn diese für mich nicht greifbar waren. Was machte es aus mir, dass ich mit Ares verbunden war? Was machte es aus meinen Töchtern? Waren sie nun Halbgöttinnen? Heldinnen? Achaierinnen? Wie würden sie sich selbst sehen, wenn sie heranwuchsen? Würden sie in Ephesos aufwachsen oder wären sie auf der Steppe besser aufgehoben?

»Du musst nichts jetzt entscheiden«, hörte ich Ares flüstern. »Aber du wirst dich entscheiden. Für unsere Töchter wirst du Entscheidungen treffen, und diese Entscheidungen werden eines Tages auch das Schicksal der achaischen Welt erschüttern.«

Ich spürte, dass er mir nicht mehr sagen würde. Das war alles, was er mir geben konnte. Das und seinen Schutz. Den ich nie gewollt hatte. Nie hatte ich von ihm verlangt, dass er mich beschützt. Trotzdem hatte er es getan, mehr als einmal, und er würde es wieder tun –

für unsere Töchter. Ich begriff, dass ich mir diesen Stolz nicht länger leisten konnte. Zu glauben, dass ich es allein schaffen würde. Ich hatte mich mit Aphrodite angelegt, war Artemis etwas schuldig. Es wäre vermessen, zu glauben, dass ich aus dieser Angelegenheit irgendwie entkommen könnte. Selbst wenn ich mich auf der Steppe verbuddeln ließe, würden sie mich finden.

31

Der Tempel wuchs in den Himmel. Penthesilea lernte sitzen, krabbeln, laufen, sprechen.

Jedes Mal, wenn ich dachte, nun sei aber endgültig der Moment gekommen, dass ich zurückkehren müsste, passierte etwas, das meine Pläne durchkreuzte. Sei es, dass Arbeiter auf der Baustelle von einer Säule erschlagen wurden, dass Ares mich nicht gehen ließ; stets begleitet von einem unheilvollen, verbissenen Schweigen, das mir wohl vermitteln sollte, dass meine Heimkehr meinen Tod bedeuten oder unsere Töchter in Gefahr bringen würde. Arash drängte, und irgendwann hatte ich genug davon, mich zwischen meinem Onkel und meinem Liebsten entscheiden zu müssen.

»Dann geh doch heim«, schleuderte ich ihm eines Abends vor die Füße.

»Ohne dich? Was soll ich Melanippe sagen, wenn sie fragt, weshalb du lieber in Ephesos bleibst? Dass du mit den achaischen Göttern an einem Tisch sitzt und im selben Bett liegst, bis dein Leib sich wieder rundet?« Er wurde rot. »Und dein Volk! Kümmern dich die Skythen gar nicht mehr?«

Doch. Und mein Herz war in zwei Stücke gerissen, da ich überzeugt war, dass sich Penthesilea und Hippolyte niemals begegnen durften. Denn wenn sie sich begegneten, würde ich sehen, wie sie sich stritten, und Artemis' Worte waren in meinem Kopf und hallten Tag und Nacht darin wider. *Achte nur darauf, dass sie sich nie entzweien.* Wie konnte ich das besser verhindern? Wenn ich mit Penthesilea hier war und Hippolyte bei Melanippe aufwuchs, würden sie sich nie begegnen.

Ich ahnte, was mein Abschied von Ephesos auch sein würde. Ein Abschied von meiner jüngeren Tochter. Penthesilea war inzwischen zwei Jahre alt, ein fröhlich plapperndes Kleinkind, das jeden Winkel des Palasts auf eigene Faust erkundete und für das ihr Vater der größte Held war. Wann immer Ares uns besuchte, war sie sein kleiner Schatten. Ich erhob keinen Einspruch, als er ihr ein kleines Holzschwert schnitzte, obwohl skythische Kinder vor allem im Bogenschießen unterwiesen wurden. Dafür war sie noch zu klein. Später, sagte ich mir.

Aber es würde kein Später geben, denn sollte ich mich entscheiden, Ephesos zu verlassen, müsste ich sie mitnehmen oder hierlassen. Bei ihrem Vater. Beide Möglichkeiten erschienen mir falsch, und deshalb blieb ich bei ihr, ich wartete, dass etwas passierte. Irgendwann, glaubte ich, würde es schon geschehen, und dann könnte ich handeln.

Zuerst verließ Arash mich. Der Abschied fiel kühl und knapp aus. Drei Jahre hatte er mir zur Seite gestanden, war anfangs das einzig Vertraute in der Fremde gewesen. Nun war seine Sehnsucht nach unserer Heimat größer als sein Wunsch, bei mir zu sein und als mein Berater zu fungieren. Es fiel mir schwer, ihn gehen zu lassen. »Bleib nicht zu lange«, sagte er, als wir uns zum Abschied umarmten.

Ich schenkte ihm den Rappen, den er zuletzt häufig geritten war. Er versprach, gut auf ihn aufzupassen.

Der Sommer verging, und langsam verzweifelte ich daran, dass ich je gedacht hatte, einen Tempel zu errichten sei eine Angelegenheit, die sich in kurzer Zeit erledigen ließe. Wenn ich mit Penthesilea vor mir auf dem Sattel zur Baustelle ritt, dachte ich jedes Mal, man müsste doch Fortschritte sehen! Aber nichts dergleichen geschah. Ich fürchtete, Artemis könnte mir zürnen. Oder mir beim nächsten Mal nicht beistehen, wenn ich ihre Hilfe brauchte. Denn es war das passiert, was ich unter allen Umständen hatte verhindern wollen. Ein drittes Mal war ich schwanger. Auch deshalb hatte ich Arash fortgeschickt. Ich wollte seinem vorwurfsvollen Blick entgehen, den er mir kaum erspart hätte, sobald mein Leib sich sichtbar rundete.

Ares war verschwunden. Nicht zum ersten Mal blieb er ganze Jahreszeiten weg, und ich haderte in dieser Zeit besonders häufig mit meiner Stellung als seine Gefährtin, mit meiner Rolle als Baumeisterin eines Tempels, in dem ich niemals ein Gebet sprechen würde, weil seine Halbschwester sich mir ohnehin immer dann zeigte, wenn sie meinte, ich müsste sie wieder sehen. Manchmal empfand ich die achaischen Götter in ihrer Flüchtigkeit als recht anstrengend.

Als ich an diesem Tag im frühen Herbst nach dem Besuch auf der Baustelle zurück zum Palast ritt, zügelte ich die Schimmelstute auf einer Anhöhe. Von hier oben konnte ich den Palast sehen. Wie absurd, dass ich ihn schon so lange als mein Heim bezeichnete. Dabei war ich nur wegen Penthesilea geblieben, und ich würde noch einmal so lange bleiben müssen, bis ihr kleines Geschwister groß genug war, ohne mich auszukommen.

Die Wucht der Verantwortung trieb mir Tränen in die Augen. Wie sollte ich bloß allen gerecht werden?

Und was war mit mir? Wurde dieses Leben denn mir gerecht?

Bei unserer Rückkehr wartete ein Sklave im Innenhof auf mich. »Ein Besucher traf ein, Herrin.«

»Ein Besucher. Hat er auch einen Namen?«

Ich reichte Penthesilea an eine Dienerin weiter und glitt aus dem Sattel. Der Sklave senkte den Blick.

»Er ist unheimlich.«

»Inwiefern?«

»Ein Krieger. Ein Riese! Und ihm fehlt ...« Er zeigte auf seine Augen, und ich verstand.

Maspi war hier.

Die Männer meiner Sippe konnten mich nicht mal für wenige Monde in Ruhe lassen. Nach Arash also mein Bruder. Wollte er nun auf mich aufpassen?

Aber Maspi überraschte mich. Als ich den Saal betrat, den Thronsaal zu nennen ich mich immer geweigert hatte, stand er sofort von der Tafel auf, an der ihm ein guter Geist einen Teller mit kaltem Braten, Käse und Oliven serviert hatte.

»Otrere.« Er stockte. Sein Blick glitt über mein Chiton. Ich wusste, was er sah, und ich sah die Überraschung in seinen Augen. Aus mir war eine Achaierin geworden. Zu dem Chiton trug ich zwar Stiefel, was mir wiederum von den Ephesern komische Blicke eintrug. Aber ansonsten verzichtete ich im Alltag auf Tunika und Hose – auch weil es in Ephesos gerade im Sommer deutlich wärmer war als daheim auf der Steppe.

»Du hast dich verändert.«

Hinter mir kam die Dienerin mit meiner Tochter herein. Penthesilea riss sich von ihrer Hand los und lief zu mir. Ihre Augen wurden groß, als sie den Riesen vor mir entdeckte. Doch meine Tochter kannte keine Scheu. Sie lief auf Maspi zu und blieb vor ihm stehen. »Da! Ein Auge!«, zeigte sie.

Sein Blick wurde weich. Maspi hatte Kinder schon immer geliebt.

»Deshalb also lebst du hier«, sagte er leise. »Ich habe mich schon gefragt, was dich so lange in Ephesos hielt.«

»Hat Arash dir nicht davon erzählt, kaum dass er in Tyras von Bord gegangen ist? Er hat mein Leben hier vom ersten Tag an missbilligt, weißt du?«

»Und doch schätzt du ihn falsch ein. Er ist dir treu ergeben, Otrere. Als ich ihn fragte, weshalb du so lange in Ephesos bleibst, sagte er lediglich, du hättest gute Gründe. Und die sehe ich nun.«

Darüber musste ich erst nachdenken. Dass jemand, der mich offen kritisierte, anderen gegenüber uneingeschränkt loyal blieb, war ein seltenes Geschenk.

Ich schwieg. Wie gern hätte ich ihm alles erklärt.

»Bring Penthesilea in meine Gemächer«, wies ich die Dienerin schließlich an.

»Nein, lass sie ruhig bei uns bleiben. Hast du Hunger?«, fragte er sie. Penthesilea nickte. »Na komm!«

Sie watschelte zu ihm und nahm vertrauensvoll seine Hand. Mir blieb nichts anderes übrig, als ihnen zu folgen. Penthesilea bediente sich von Maspis Teller, während ich mich auf die Bank gegenüber setzte.

»Es ist lange her«, sagte ich leise. »Wie geht es Afina? Eurem Kind?«

»Ein prächtiger Junge. Sie ist nun wieder schwanger, ich hoffe, ich brauche nicht allzu lange für den Rückweg. Ich wäre gern dort, wenn ihre Zeit kommt.«

Ich schwieg, denn von meiner Schwangerschaft wollte ich lieber noch nichts erzählen.

»Aber deshalb bin ich nicht hier. Daheim … brauchen wir dich.«

Ich verschränkte die Arme vor der Brust. Maspi wischte sich die Käsekrümel von den Fingern, bevor er den Teller in Penthesileas Richtung schob, die sich über die letzten Stücke Fleisch hermachte.

»Die Thraker«, fügte er hinzu.

»Haben sie Tyras angegriffen?«, fragte ich genervt.

»Nicht Tyras.«

Er atmete tief durch. »Sie haben *uns* angegriffen. Unser Volk, Otrere. Sie kommen bei Nacht, überfallen die Sippen, und sie schlachten die Leute ab, als wären sie Vieh. Dann treiben sie die Herden fort, sie stehlen unsere Pferde und Frauen. In den letzten Jahren gab es viele Kämpfe mit den Thrakern, es ging hin und her, mal siegten sie, mal wir. Aber man konnte sich immer mit ihnen einigen. Und nun sind sie wieder da. Diesmal wollen sie alles. Die Steppe, das Vieh, das Gold. Sie versklaven unsere Frauen und töten die Alten.«

»Was tut Mela?« Ich fröstelte. Jetzt wünschte ich mir doch eine langärmelige Tunika oder meinen Mantel aus Schneeleopardenfell.

»Das ist ja das Problem.« Er senkte den Kopf. »Mela ist krank. Schon länger, aber sie hat ihre Erkrankung bisher ignoriert, als ginge sie fort, wenn man sie mit Missachtung straft. Das hat leider nicht geklappt. Und nun ist ihre Genesung ungewiss. Ich sage ja: Wir brauchen dich Otrere.«

Ich starrte ihn an. Sprachlos. Keine Worte konnten den Knoten lösen, der sich in meinem Innern zusammenzog. »Krank?«, flüsterte ich irgendwann.

Maspi nickte. Dann begann er zu erzählen.

Es fing harmlos an, berichtete er. Melanippe spürte Schmerzen in der Brust. Sie kam in ein Alter, in dem viele Frauen diese Schmerzen spürten, erfuhr sie; doch bei ihr bildete sich darüber hinaus ein Knoten. Rot. Geschwollen. Er wuchs schnell. Sie bekam Angst, sie fragte die heilkundigen Frauen, die ihr mitteilten, sie habe wohl ein Geschwür, das sie von innen heraus auffressen würde. Barkida erinnerte sich, auch ihre Mutter hatte einst so einen Knoten gespürt, der dann wenige Jahre später zu ihrer Schwächung und ihrem Tod führte. Melanippe bekam Angst. Sterben konnte sie sich nicht leisten, sie trug doch die Verantwortung für unser Volk und Hippolytes Erziehung.

Zur selben Zeit begannen die Angriffe der Thraker.

»Wie das Geschwür in ihrer Brust gruben sich die Kriegerhorden in unser Stammland.«

Atemlos lauschte ich Maspis Stimme. Er berichtete, wie Melanippe in ihrer Verzweiflung und auf der Suche nach Heilung sogar nach Tyras kam. Ausgerechnet von den Achaiern erhoffte sie sich Rettung! Dort traf sie auf einen heilkundigen Mann, der ihr erzählte, dass sich in ihrem Körper die Säfte vermischten und sich deshalb ihre Brust zunehmend verhärtete. Er ließ sie zur Ader, traktierte sie mit Instrumenten und Kräutern. Doch es ging ihr immer schlechter. Sie wurde schwächer und bekam es mit der Angst zu tun. Unsere Krieger waren führungslos, solange sie in Tyras war, und selbst wenn sie zurück auf die Steppe ging, würde sie früher oder später mit ihrem Leben bezahlen, wenn keine Heilung gefunden wurde.

Inzwischen verstärkten die Thraker mit dem neuen Frühjahr ihre Angriffe, und Melanippe sah sich gezwungen, auf die Steppe zurückzukehren und den Kampf wieder aufzunehmen. Als Arash ohne mich aus Ephesos zurückkehrte, beschloss Maspi, dass es so nicht weiterging. »Wir brauchen unsere Herrscherin, und das bist du«, schloss er seine Erzählung. »Wir haben lange genug ohne dich versucht, uns zur Wehr zu setzen. Inzwischen fühlt sich der thrakische Herrscher so sicher, dass er uns verhöhnt und immer wieder die Frage nach deinem Verbleib stellt. Er hat sogar schon gemutmaßt, du seist längst tot, weshalb das skythische Volk verloren sei.«

Ich hörte atemlos zu. Konnte das alles nicht begreifen. So lange war ich doch nicht weg gewesen? Drei Jahre. Und alles drohte, mir zu entgleiten.

»Wie lange geht das so?«, fragte ich tonlos.

»Seit letztem Sommer schon.«

Ich nickte. So lange. Und niemand hatte mich informiert.

»Kommst du mit nach Hause?«, fragte Maspi leise.

»Ich habe aufgehört zu kämpfen«, flüsterte ich. »Sieh dir Penthesilea an. Hippolyte. Was nütze ich ihnen, wenn ich in der Schlacht sterbe? Wer wird darüber wachen, dass sie eines Tages zu Herrscherinnen aufsteigen, wie es ihre Bestimmung ist?«

»Was nützt du Hippolyte, wenn du hier bist? Was bringt es Penthesilea, wenn sie nie das Leben auf der Steppe kennenlernt? Deine Töchter gehören in das Land unserer Mütter und Väter, und sie müssen gemeinsam aufwachsen, so wie du, Mela und ich einst gemeinsam aufgewachsen sind.«

Ich dachte an Artemis' Prophezeiung. Was sollte ich tun? Nach Hause gehen, wo Penthesilea und Hippolyte ein grausames Schicksal erwartete? Was die Zukunft betraf, war Ares immer so zurückhaltend, während Artemis mit ihren Worten die Angst in mein Herz gesät hatte. Ich fürchtete, jeder Schritt könnte der falsche sein.

»Dein Volk stirbt, Otrere. Das hat unser Vater nicht gewollt, als er dich zu seiner Nachfolgerin bestimmt hat«, beschwor Maspi mich. »Er hat gewusst, dass du von uns dreien die Beste sein wirst, wenn es darum geht, unsere Freiheit zu verteidigen. Glaubst du, er hat sich geirrt?«

»Ich …« Mir blieb die Antwort auf der Zunge kleben. Wie sollte ich es meinem Bruder auch erklären …

»Was hält dich noch hier? Dein Liebhaber? Zählt er mehr als wir Skythen? Hast du uns nicht längst verraten, wenn du nicht einmal jetzt bereit bist, für uns zu kämpfen?«

Penthesilea war müde. Sie krabbelte unter dem Tisch durch und wollte auf meinen Schoß. Ich ließ sie, obwohl ich wusste, dass sie dann einschlafen würde und ich mich ewig nicht bewegen konnte. Die Dienerin brachte auch mir einen Teller mit kaltem Fleisch. Mittagszeit. Ich hatte keinen Hunger, und das lag nicht an der frühen Schwangerschaft, sondern an einer anderen Art Übelkeit, die mich erfasste.

Ich ekelte mich vor mir selbst. Wie hatte ich das Leben daheim vergessen können? Mein ganzes Sein war von Ares' Präsenz hinweggespült worden, und geblieben war von mir nur eine Geliebte, eine Mutter, eine Gefährtin.

Nur.

»Sieh dich an, Otrere«, fuhr Maspi fort. »Ich will dir keine Vorwürfe machen. Du wirst wissen, weshalb du all das tust. Aber deine Tochter braucht dich. Deine Schwester braucht dich. Dein Volk …«

Er musste es nicht aussprechen.

Dein Volk braucht dich.

Wann kehrst du zurück?

Ich bat Maspi um Zeit, damit ich eine Entscheidung treffen konnte. Dabei wusste ich bereits, wie ich entscheiden würde, als ich wenig später die schlafende Penthesilea durch den Palast in mein Schlafgemach trug. Ich legte sie auf das Bett, glitt neben sie, spürte ihr leises Schnaufen, legte die Hand auf die Brust, die sich hob und senkte. Ich strich ihr die verschwitzten, dunklen Löckchen aus der Stirn und küsste sie. Ich küsste sie an diesem Tag wohl tausendmal. Und immer noch war es nicht genug, denn ich wusste, dass ich Abschied nehmen musste.

Würde sie sich an mich erinnern? Oder wäre die Tatsache, dass ihre Mutter sie in Ephesos zurückgelassen hatte, ein tiefer Schmerz, der sie niemals loslassen würde? Wäre Ares für sie da? Oder musste Penthesilea in einem Palast voller Dienerinnen und Diener aufwachsen, ein Kind unter Erwachsenen, ohne Eltern? Als meine Gedanken an diesen Punkt angelangt waren, konnte ich endlich weinen.

Nichts hatte mich darauf vorbereitet, Mutter zu sein. Darauf, dass mein Streben allein darauf ausgerichtet war, was für meine Kinder das Beste wäre. Aber ich hatte Hippolyte bei meiner Sippe zurückgelassen. Der erste Verrat. Und nun musste ich dasselbe Penthesilea antun.

Meine Hand ruhte auf dem Unterleib, in dem ein drittes Kind heranwuchs. *Bei dir werde ich es besser machen,* schwor ich dem Ungeborenen. *Diesmal werde ich Artemis nicht fragen, welches Schicksal uns erwartet.*

Am nächsten Morgen umarmte und küsste ich Penthesilea zum Abschied, und ich weinte dabei heiße Tränen. Meine Tochter schlang mir die Ärmchen um den Hals; sie verstand wohl nicht, weshalb ihre Mutter in so fremder Kleidung und mit dem Mann, der gestern gekommen war, wegritt. Vielleicht dachte sie, ich würde wie jeden Morgen auf die Baustelle reiten und dort nach dem Rechten sehen. Schon oft hatte ich sie tagsüber bei einer Dienerin im Palast gelassen. Noch ein kleiner Verrat, denn ich ließ sie in dem Glauben, ich würde zurückkehren. Doch dass ich das nicht tun durfte – das konnte ich nicht aussprechen. Worte, die in der Welt waren, wurden auch von den Göttern gehört. Niemand sollte mich aufhalten, weder Ares noch Artemis. Ich wusste, was ich zu tun hatte. Ein letztes Mal kraulte ich Ares' Hund den Kopf. Auch er musste hierbleiben, um meine Täuschung zu perfektionieren.

Mein Volk brauchte mich. Penthesilea würde ich holen, wenn dieser Krieg gewonnen war.

32

»So schweigsam, Schwester?«

Diesmal bestiegen wir schon in Ephesos ein Schiff, das Maspi für uns organisiert hatte. Ich hockte mich vorn in den Bug, vergraben unter meinem Schneeleopardenfell. Ich blieb stumm, kämpfte gegen die Übelkeit, ohne zu wissen, was meinen Magen in mehr Aufruhr versetzte – die Seereise oder die Schwangerschaft.

Nur auf dem Meer fühlte ich mich halbwegs sicher. Ausgerechnet hier, wo ich mich so unwohl fühlte. Wenn ich auf dem Wasser reiste, dürfte Ares mich nicht aufspüren. Das Meer war Poseidons Reich.

Ich sah stumm zu meinem Bruder auf. Er zuckte mit den Schultern und hockte sich zu mir. Sein Arm lag um meine Schultern. »Du hast Angst.«

Das war ein schwaches Wort für etwas, das sich immer mehr in meinen Leib bohrte. Angst? Panik wäre treffender. Der Gedanke, wir könnten zu spät kommen, ließ mich nicht los. »Alles wird gut«, versprach Maspi mir.

»Und wenn nicht?«

Was geschah mit Penthesilea? Jetzt begriff ich meinen Irrtum, meinen Fehler. Ich hätte sie niemals in Ephesos allein zurücklassen dürfen. Wer würde sich um sie kümmern? Würde Ares sich ihrer annehmen? Artemis? Irgendwelche achaischen Dienerinnen? Sie würde in dem Bewusstsein aufwachsen, ganz achaisch zu sein. Ihre skythische Seite hatte ich dem Vergessen preisgegeben.

»Alles wird gut«, wiederholte er. Ich glaubte ihm kein Wort.

Für die Nächte lenkte der Kapitän das Schiff an Land, wir schliefen auf felsigen Stränden und wurden bei Anbruch des nächsten Tages geweckt, damit unser Schiff mit einem sanften ablandigen Wind hinaus aufs Meer segeln konnte. Die Götter waren uns wohlgesonnen, und so kamen wir erstaunlich rasch voran. Mir ging es trotzdem nicht schnell genug, und ich verbrachte die Tage zwischen Dämmerschlaf und Übelkeit an meinem angestammten Platz. Außer Maspi redete niemand ein Wort mit mir, und das war mir ebenfalls recht.

Erst als wir Tyras erblickten, atmete ich auf. Ich raffte mein Bündel zusammen und konnte es kaum abwarten, bis das Schiff im Hafen festmachte, der Steg ausgebracht war und wir an Land gehen konnten.

Tyras begrüßte uns mit Lärm und so vielen Menschen, dass ich im ersten Moment dachte, mir platze der Kopf. Ich sah mich Hilfe suchend um, und da war Maspi schon an meiner Seite. Aufgrund seiner Größe und des fehlenden Auges wurde er von vielen erkannt. Sie wollten sich um uns drängen, doch Maspi hielt sie von mir fern und brachte mich vom Hafen in eine ruhige Seitenstraße.

»Wohin?«, fragte ich.

»In den Palast. Oder willst du direkt heim …?«

Nein, das wollte ich nicht. Ich fürchtete mich davor.

»Dann gehen wir einen Schritt nach dem nächsten.«

Der Palast also. Heim von Maspi und Afina, vielleicht wäre auch Arash dort. Ich fragte meinen Bruder nicht, folgte ihm, seine Hand hielt meine fest, er schob sich vor mir durch das Gedränge. Man erkannte ihn, machte Platz, manche Menschen riefen ihm etwas zu, er antwortete, abwechselnd auf skythisch und achaisch. Auch er war inzwischen so ganz in dieser Welt zwischen beiden Völkern angekommen.

So wie ich. Denn ich verstand die Achaier genauso gut wie die Skythen. Ich konnte mir ein Lächeln nicht verkneifen, als ein Händler uns nachrief, bei ihm gebe es die schönsten Kleider, wir müssten nicht so abgerissen herumlaufen. Abgerissen? Ja, etwas schmutzig und sehr müde, aber doch nicht abgerissen!

Ich wurde eines Besseren belehrt, als wir den Palast betraten und uns Afina entgegenkam. Sie trug ihren Erstgeborenen auf der Hüfte, der strampelte, damit sie ihn herunterließ. Als Maspi ihn hochhob, rümpfte der Kleine die Nase. »Du stinkst!«

Mein Bruder lachte und hob meinen Neffen auf seine Schultern. »Ein Bad wird uns guttun.«

Afina umarmte mich zur Begrüßung. Sie hatte ihre Gesichtszüge im Griff, doch ich merkte ihr an, wie unangenehm ihr die Worte des Kleinen waren.

»Ich lasse dir ein Gemach herrichten.« Sie zögerte.

»Ich nehme mit einer Gästekammer vorlieb«, versicherte ich ihr. Ich würde ohnehin nicht länger als eine Nacht bleiben. Kein Grund, dass die Familie dafür die Schlafgemächer räumte, die sonst mir zustanden.

»Eine Dienerin wird sich um dich kümmern und dir ein Bad einlassen.«

Ich folgte ihr.

»Danach wirst du sicher zu den Pferden gehen wollen. Dort wartet jemand auf dich.«

Ich wollte nicht warten, bis das Bad gerichtet war, und schleppte meinen müden Körper direkt zu den Stallungen. Als ich den Stallgang betrat, hörte ich sein Wiehern, das ich unter Tausenden erkannt hätte. So wie er meine erschöpften Schritte sofort erkannt hatte.

»Da bist du ja.« Ich trat zu dem Falben, der seinen Kopf senkte und gegen mich drängte. Ich umfasste seinen Hals, umarmte mein Pferd, das ich so viele Jahre nicht gesehen hatte. Es sah gut aus. Muskelbepackt, das Fell glänzte golden, die Augen wach, die Ohren spielten lebhaft. Ich lehnte meine Stirn gegen seinen Hals und spürte, wie es an mir schnoberte.

»Hast du ihn gefunden.«

Lautlos trat Arash zu mir. Ich sah auf. Mein Onkel streckte die Hand aus, und ich umfasste seinen Unterarm. Er erwiderte die Geste, mit der sich zwei Krieger begrüßten. Dann umarmten wir uns.

»Danke, dass du gekommen bist.«

»Ich hatte ja keine Ahnung«, murmelte ich.

»Mela …« Er biss sich auf die Lippen.

»Ich habe es gehört. Wie geht es ihr? Warst du bei ihr seit deiner Rückkehr?«

Er nickte ernst. »Du weißt nicht alles.«

Ich bekam Angst. »Ist sie …?«

»Gestorben? Nein. Aber es steht nicht gut um sie.«

»Wo ist sie?«

»Zu Hause. Morgen begleite ich dich dorthin, wenn du erlaubst.« Er unterstrich seine Worte mit einem Senken des Kopfs.

»Ich habe dich gern an meiner Seite«, sagte ich.

»Ja? Nach allem, was war?«

Ich antwortete nicht. Strich über den Hals des Falben. »Er sieht gut aus.«

»Wir haben uns um ihn gekümmert. Als Maspi sagte, er holt dich aus Ephesos, habe ich den Falben herbringen lassen. Ich weiß, wie sehr er es hasst, wenn er nicht dort draußen sein kann. Aber irgendwie schien er zu verstehen, dass du zurückkommen wirst.«

Ich streichelte weiter mein Pferd.

»Was ist mit Penthesilea?«, fragte Arash leise.

»Sie ist bei ihrem Vater.« Ich atmete tief durch. *Ich hoffe, du passt gut auf sie auf, Ares.*

»Wird sie bei ihm aufwachsen?«

Ich nickte. »Aber wenn das hier vorbei ist, werde ich sie holen.«

Ich redete es mir ein, vielleicht glaubte ich es irgendwann selbst.

Am nächsten Morgen ritten wir los. Arash auf dem Rapphengst, ich auf meinem Falben, dazu zwei Dutzend Kriegerinnen und Krieger. Als ich Arash fragte, ob das nötig sei, nickte er grimmig. »Die Zeiten haben sich geändert. Selbst die drei Tagesritte nach Norden führen uns durch Gebiete, die nicht mehr sicher sind.«

Ich konnte das kaum glauben, fügte mich aber.

Angst hatte ich keine. Im Sattel fühlte ich mich wohl, und der Falbe tänzelte am Zügel, schnaubte und bog den Hals durch, als könnte er kaum seinen Stolz verbergen. *Seht nur, sie ist wieder da!* Die Übelkeit, die Müdigkeit, beides war noch nicht gänzlich verschwunden, aber wenigstens waren sie nicht mehr so augenfällig. Es würde mir schwerfallen, meinem Onkel zu erklären, weshalb mir auch vom Reiten übel wurde. Noch wollte ich die dritte Schwangerschaft für mich behalten.

Wir kamen gut voran. Am frühen Abend des dritten Tags erreichten wir ohne Zwischenfälle das Lager meiner Sippe. Als es in der Ferne auftauchte, wunderte ich mich, denn die Zelte und Karren breiteten sich auf der Ebene in beide Richtungen aus. Seit meiner Abreise hatten sich deutlich mehr Skythen der Sippe angeschlossen.

»Melas Werk«, sagte Arash leise. Er ritt an meiner Seite und hatte bemerkt, wie mein Blick über die hellen Zelte und die etwas dunkleren Karren glitt. Ich versuchte sie zu zählen, gab aber schnell auf.

»Sie meint, wenn wir in größeren Gruppen leben, werden wir weniger angreifbar.«

Ich versuchte, seine Worte zu verstehen, aber für Fragen blieb keine Zeit mehr. Man hatte uns bemerkt. Auf einmal brachen Reiter aus dem Lager hervor, mehr als zwei Dutzend, die uns, dicht über die Hälse ihrer Pferde gebeugt, entgegenpreschten. Jeder von ihnen hielt eine Streitaxt oder einen Bogen in der Hand. Erst als sie nahe genug heran waren und uns erkannten, zügelten sie ihre Pferde. Sie begrüßten die Neuankömmlinge. Die meisten von ihnen waren mir fremd. Junge Leute, die ich vielleicht mal bei anderen Gruppen flüchtig gesehen hatte. Nur eine Reiterin erkannte ich. Sie kam auf mich zu und lenkte ihre braune Stute neben meinen Falben.

»Du bist zurück, Königin Otrere«, begrüßte Nushaba mich. Ihr Blick maß mich von oben bis unten. »Und du bist nicht allein gekommen, wie ich sehe.«

Ich wurde rot. Konnte man es mir an der Nasenspitze ansehen?

»Ich kam, so schnell ich konnte.«

Die Kriegerinnen und Krieger strömten ins Lager, unsere Wache vermischte sich mit den anderen. Nushaba folgte ihnen mit ihrem Blick.

»Dann hoffe ich, du bist nicht zu spät.«

»Wo ist sie?«, fragte ich.

Sie wandte sich mir zu. »Hör zu. Deine Schwester wurde vor einigen Tagen operiert. Es war ein Eingriff, von dem ihr der Heiler in Tyras abgeraten hat, aber sie wollte ihn trotzdem vornehmen lassen. Sie war sehr geschwächt, als sie aus Tyras zurückkam. Ich habe große Angst um sie.«

Ich fröstelte. Es fühlte sich falsch an, aber ich fühlte mich an die langen Tage erinnert, als meine Mutter mich nach Hippolytes Geburt gepflegt hatte.

Hippolyte. Wo war sie?

Nushaba bemerkte, wie ich mich suchend umsah.

»Sie ist bei den Kriegerinnen.«

»Aber sie ist noch so klein …«

Die Kriegerin lachte. »Wenn Fremde sich unserem Lager nähern, rufen die Kriegerinnen die Kinder zu sich. Sie verstecken sich, bis wir Entwarnung geben. Und wenn unsere Krieger es nicht schaffen, einen Angreifer fernzuhalten …«

Sie verstummte.

Aber ich verstand. Die Kriegerinnen beschützten die Kinder, zur Not mit ihrem Leben.

»Wie schlimm ist es?«, fragte ich.

Nushaba zuckte unbehaglich mit den Schultern. »Ich kann es dir nicht sagen. Wir mussten Entscheidungen treffen. Es hat sich viel verändert, seit du fortgegangen bist.«

Ich hörte ihr an, dass sie noch mehr sagen wollte. Doch nun hatten wir das Lager erreicht.

Der Moment war gekommen, dass ich meiner Mutter, meiner Schwester und meiner Tochter gegenübertreten würde.

Ich wusste nicht, welche Begegnung ich mehr fürchten sollte.

Drei Jahre war ich fort gewesen. Damit stand Hippolyte nun in ihrem fünften Sommer. Mehr als die Hälfte ihres Lebens war ich nicht bei ihr gewesen. Doch Barkida und Melanippe, Nushaba und all die anderen klugen, kämpferischen Frauen hatten auf sie aufgepasst. Ich redete mir ein, dass das genügte. Dass ihr die Mutter nicht gefehlt hatte.

Als sie jedoch an Nushabas Hand vor mir stand und nicht wagte, den Blick zu heben, da zerriss es mir das Herz. Ich sank auf die Knie. »Hippolyte?«

Ihr Kopf ruckte hoch.

Die Augen von Ares. Der wilde Blick ... Ich musste mir auf die Zunge beißen, denn dieses Blitzen in den Augen, ich konnte mir vorstellen, dass das von mir kam. Die Unterlippe trotzig vorgeschoben, die Nase leicht kraus gezogen. Alles an ihr war Ablehnung, bis ich ihren Namen sagte. Etwas in ihr wurde ganz weich, der Blick, die Haltung ...

»Mama.«

Und dann lief sie in meine ausgebreiteten Arme. Ich spürte, wie mir Tränen in die Augen schossen, wie mir das Herz schwer wurde. Endlich war sie wieder bei mir. Ich hatte mir nicht zugestanden, sie zu vermissen. Die Rückkehr zu ihr riss mein Herz auf, ich drückte sie an mich, hielt sie fest und vermisste zugleich Penthesilea und war so froh, so froh, dass Hippolyte bei mir war.

Zu viele Gefühle stürzten auf mich ein, und als ich mich schließlich von Hippolyte löste, flüsterte sie: »Du musst doch nicht weinen.«

»Doch«, flüsterte ich zurück. »Manchmal weinen wir, weil etwas so schön ist. Ich freue mich eben so sehr, dass ich wieder bei dir bin.«

Es war schön und schrecklich zugleich. Das sprach ich nicht aus. Ich wollte Hippolyte keine Angst einjagen.

»Wo ist deine Tante Mela?«, fragte ich munter. Sie klammerte sich an mich, und ich hob sie hoch. Sie war schwerer als Penthesilea, ihre Beine schlangen sich um meine Hüften, sie schmiegte den Kopf an meinen Hals, obwohl sie dafür den Rücken krümmen musste. Für diese Art der Nähe war sie fast zu groß, und ich hatte so viel Zeit verpasst, in der ich sie hätte halten können …

Nein, befahl ich mir. Nicht länger darüber nachdenken, was nicht gewesen war. Den Schmerz sollte ich mir nicht noch einmal zumuten. Ich brauchte in diesem Moment meine ganze Kraft für die Begegnung mit Melanippe.

»Sie ist da drin.« Hippolyte zeigte auf den Karren hinter mir.

»Bringst du mich zu ihr?«

Sie nickte, rutschte von meinem Arm und nahm meine Hand. Als gehörte ich zu ihr, und schon wieder musste ich die Tränen wegblinzeln, denn sie nahm mich so selbstverständlich als das an, was ich war und was ich ihr all die Jahre verwehrt hatte. Ihre Mutter.

Wir kletterten in den Karren. Das Dämmerlicht darin beunruhigte mich. Ich war es gewohnt, dass die Läden vor den Luken in der Sommerzeit beiseitegeschoben wurden, um Licht und Luft einzulassen.

Meine Mutter kniete neben dem Podest. Sie wrang gerade einen Lappen aus, der blutig zwischen ihren Fingern hing. Die Schüssel war ebenso dunkel gefärbt vom Blut meiner Schwester.

»Mutter.«

Ihre Augen strahlten. »Du bist zurück, Otrere. Endlich. Wir haben so sehr auf dich gehofft.« Sie wischte ihre Hände an einem Stück Wolle ab und umarmte mich. Ich ging ebenfalls auf die Knie.

»Sie schläft«, sagte Barkida leise. »Sie wollte so gern bis zu deiner Rückkehr warten, bevor sie … Aber das soll sie dir selbst erzählen. Der Heiler wollte nicht länger warten, er sagte, das Geschwür könnte sie umbringen. Darum …«

»Wird sie wieder gesund?«

»Das weiß niemand.«

Ich schob mich näher. Hippolyte blieb bei meiner Mutter.

Melanippe lag auf dem Podest, und in ihrem Schlaf sah sie unendlich friedlich aus. Ihr Oberkörper war unter dem dünnen Tuch nackt, man sah den Verband, den der Heiler ihr um die Brüste gewickelt hatte.

Nein. Um die Brust. Die zweite fehlte ihr.

»Er hat sie komplett …?«, fragte ich leise.

»Er sagte, diese Krankheit frisst sich in den ganzen Körper, wenn man sie nicht rechtzeitig entfernt«, erklärte Barkida leise. »Ich erinnerte mich bei seinen Worten an meine Mutter. Sie spürte auch so einen Knoten in der Brust, und nachdem ein Heiler sie ihr entfernt hatte, wurde sie wieder vollständig gesund. Darum … Ich habe sie dazu gedrängt, Otrere. Aber nun liegt sie schon seit drei Tagen so da, und ich fürchte, ich habe einen schrecklichen Fehler gemacht.«

Ich umarmte meine Mutter. »Das hast du nicht«, versicherte ich ihr. »Sie hat kein Fieber, oder?«

Sie schüttelte den Kopf.

»Die Wunde ist nicht gerötet oder entzündet?«

Wieder Kopfschütteln.

»Dann wird sie wieder gesund.«

Ich wünschte, ich wäre so optimistisch, wie ich gerade versuchte, mich zu geben.

Weil ich nicht wusste, was ich sonst tun sollte, ließ ich mich im Schneidersitz neben Melanippe nieder. Ich zog Hippolyte auf meinen Schoß, und sie schmiegte sich an mich.

War Melanippe in der Zwischenwelt? Ich glaubte nicht daran, doch ausschließen konnte ich es ebenso wenig. Für die nächsten Tage blieb ich an ihrer Seite, solange ich konnte. Aber die Pflicht rief. Wir erhielten Kunde von erneuten Übergriffen der Thraker. Und wieder fühlte ich mich hilflos. Ich wollte bei Melanippe bleiben, Hippolyte beschützen, wünschte mir hohe Stadtmauern, hinter denen wir uns verschanzen konnten.

Als ich diesen Gedanken zuließ, merkte ich, wie sehr ich mich verändert hatte. Wie wenig von mir selbst geblieben war nach all den Jahren in der Fremde. Das Leben unter Achaiern hatte mich mit ihrer Denkweise infiziert, und nun war ich genauso eine ängstliche Frau, die sich im Heim verstecken wollte, sobald sich feindliche Kräfte gegen mein Volk verschworen. Aber hier draußen, in der Weite der Steppe, war kein Platz für diese Art von Flucht ins Innere. Ich konnte nicht für immer neben Melanippe hocken, sie mit Brühe füttern und ihre Wunde behutsam mit einer Salbe einstreichen, die mir der Heiler gegeben hatte. Er schaute täglich nach uns und wirkte zufrieden mit dem Ergebnis seiner Arbeit. Warum Melanippe immer noch nicht aufgewacht war, konnte er mir auch nicht sagen.

Apollon könnte uns helfen. Das dachte ich, weil ich zu viel Zeit zum Nachdenken hatte. Artemis' Bruder war Gott des Lichts, der Weissagung und der Künste. Und Gott der Heilkunst. Wenn es jemanden gab, der mich jetzt trösten könnte …

»Otrere. Hörst du mich?«

Ich sah auf. Vor mir hockte Arash. Er sah müde aus. Die Augen lagen tief in dunklen Höhlen, das Gesicht war bleich. Die Haare, die er sonst so gern in kleinen Zöpfen trug, waren zerzaust. Eine blutige Schramme zog sich quer über seine Stirn.

»Was ist passiert?« Meine Stimme gehorchte mir nicht, und ich musste mich räuspern.

»Es kam letzte Nacht erneut zu einem Angriff. Wir konnten ihn abwehren. Aber die Thraker rücken immer wieder vor. Wir müssen sie zurückdrängen, Otrere. Es geht um unser aller Überleben.«

»Wo sind sie?«

»Weiter südlich. Sie wollen uns vernichten. Die letzten Kämpfe richteten sich nicht mehr gegen unsere Lagerplätze. Jetzt zielen sie auf unsere Kämpferinnen ab und wollen uns den größtmöglichen Schaden zufügen. Sie wollen alles, Otrere. Unser Land. Unser Vieh. Sie wollen uns vernichten.«

Ich schauderte. Vernichtung, das klang so unheimlich und groß, dass ich es kaum begreifen konnte.

»Aber warum?«, flüsterte ich.

»Sie sind zu viele.«

Ich verstand. Die Thraker brauchten mehr Platz für ihre wachsenden Sippen. Und statt sich weiter nach Norden oder Süden auszubreiten, fiel ihr Blick auf die saftigen Weidegründe, auf denen unsere Viehherden grasten.

Mein Blick ging zu Melanippe. Wie konnte sie so friedlich daliegen, zwischen Wach und Dämmer, während da draußen die Welt, wie wir sie kannten, unterging?

»Was soll ich tun?«, flüsterte ich.

»Kämpfen, Otrere. Du sollst kämpfen, Seite an Seite mit uns anderen. Wir brauchen jetzt unsere Anführerin für diese alles entscheidende Schlacht.«

Ich nickte benommen. »Aber ich habe seit Jahren keinen Bogen mehr in der Hand gehalten«, flüsterte ich.

»Dann wird es Zeit.«

Er nahm meine Hand und führte mich nach draußen. Hippolyte stand auf einmal vor mir, in der traditionellen Tracht mit Hose, rotblauer Tunika, einem spitzen Filzhut und einem Kinderbogen in der Hand. »Mama, kommst du?«

Meine Tochter holte mich zum Bogenschießen ab. Ich nahm sie auf den Arm, und gemeinsam gingen wir durch das Lager. Die Leute blickten auf. Hoffnung glomm in ihren Augen. *Unsere Königin ist zurück. Sie wird mit uns kämpfen. Wir werden unser Land beschützen.* Die Worte gingen wie das Flüstern des Winds im Steppengras von einer zur nächsten, und bald schon schlossen sich uns die ersten Kämpferinnen und Krieger mit ihren Bögen und Köchern an. Einige trugen Schwerter und Äxte, manche hielten einen Speer umklammert. In jedem Gesicht sah ich ein wenig von der Kraft und dem Mut, die ich selbst noch nicht in mir spürte.

»Otrere«, hörte ich sie flüstern. Mein Name stieg in den Himmel auf. Sie glaubten an mich. Sie glaubten daran, dass es mit mir an ihrer Spitze gelingen würde, die Thraker zurückzuschlagen und endlich Frieden für unser Volk zu bringen.

Ich ließ sie in dem Glauben, dass dieser Frieden möglich sei. Denn ich wusste, dass nichts von Dauer sein würde. Wenn wir die Thraker diesmal besiegten, würden sie wiederkommen. Oder wir würden sie angreifen, weil unser Weideland knapp wurde und unsere Kinder hungerten. Oder die Achaier drängten uns in ihre Städte, stahlen uns das Leben, das wir so sehr liebten.

Nichts würde bleiben, wie es jetzt war. Das Leben war Veränderung. Eine skythische Königin baute einer achaischen Göttin einen Tempel. Ein Volk verdrängte das andere, oder sie vermischten sich, bis es nicht mehr das eine oder das andere Volk gab. Aus Feinden wurden Freunde, Gefährten, Liebende.

Jemand drückte mir einen Bogen in die Hand. *Meinen* Bogen. Ich spürte das Gewicht, meine Hand legte sich um den Schaft, und es war die Heimkehr, das letzte Stück, das noch gefehlt hatte. Arash neben mir grinste. Er schien zu spüre, was ich empfand – ein Gefühl der Zugehörigkeit, das sich mir seit Tagen verschlossen hatte. Ich hatte erst ankommen müssen, bevor ich diesen letzten Schritt schaffte. So weit hatte ich mich von ihnen entfernt.

Ich spannte den Bogen, legte die Sehne auf und drückte ihn mit meinem ganzen Gewicht in seine konvexe Form. Dann nahm ich einen der Pfeile, die mir von allen Seiten entgegengestreckt wurden. Lachende Gesichter. Fröhliche Stimmung.

Ich atmete tief durch. Spannte die Sehne. Der Pfeil lag auf meinen Fingern, meine Muskeln erinnerten sich sofort wieder an die fließende Bewegung. Ich richtete den Blick auf das Ziel – eine Strohpuppe, an der die Kinder übten, mit einem rot aufgemalten Fleck an der Stelle, wo das Herz saß.

Als ich den Pfeil losließ, schnellte er von der Sehne und traf ins Ziel.

Die Menschen um mich herum jubelten. Ich staunte; ich hätte im Leben nicht damit gerechnet, dass mein Körper sich nach so langer Zeit noch an diese Bewegungen erinnerte. Sofort drängten sie mir die nächsten Pfeile auf, und ich verschoss sie alle. Manche gingen knapp vorbei, manche verriss ich, die meisten aber trafen ins Ziel. Mit jedem Pfeil, jedem Jubelschrei spürte ich, wie mein Mut wuchs. Ich war hier. Bei meinen Leuten.

Als ich den letzten Pfeil abschoss, riss ich den Arm mit dem Bogen hoch. Mein Arm zitterte und schmerzte, meine Finger waren rot und geschwollen, mein Körper hatte verlernt, wie sich das Bogenschießen anfühlte. Dennoch war ich wie berauscht von diesem vertrauten Gefühl.

Arash riss meinen zweiten Arm in die Höhe, und sie jubelten mir zu, als hätten wir die Thraker bereits besiegt.

»Königin Otrere!«, rief er, und sie stimmten in seinen Ruf ein. So laut, dass ihre Schreie bis in den Himmel und darüber hinaus aufstiegen.

33

Von diesem Tag an versteckte ich mich nicht mehr bei Melanippe, sondern begann, mit Arash und Nushaba zusammen die Vorbereitungen für unseren Kampf gegen die Thraker zu treffen. Ich schickte Späher gen Westen, ließ Boten zu den anderen Sippen reiten und bat um mehr Kriegerinnen und Krieger. Bei Neumond sollten sie sich am Borysthenes sammeln. Wir würden uns gegen die Eindringlinge wehren.

Meine Tage begannen nun vor Sonnenaufgang. Ich stand auf, wusch mich und ging zum Bogenschießen. Dort verschoss ich mindestens zwei Köcher voll mit Pfeilen. Die Kinder sammelten danach die Pfeile ein und brachten sie mir zurück. Aber da war ich schon weitergezogen, denn nach einem kleinen Frühstück musste ich mich um viele Streitigkeiten kümmern. Als hätte sich während meiner Abwesenheit niemand darum gekümmert. Meine Mutter versuchte, es mir zu erklären. »Mela tat, was sie konnte. Aber die Leute haben auf dich vertraut, und nun bist du wieder da. Du schuldest es ihnen.«

Ich hatte mich selten so einsam gefühlt unter so vielen Menschen. Das Lager wuchs mit jedem Tag; aus allen Himmelsrichtungen strömten Kämpferinnen und Krieger herbei, sie lagerten ringsum und brachten Pferde, Waffen und Streitigkeiten mit sich. Irgendwann merkte ich, dass die Sippen untereinander nur mühsam Frieden hielten, weil sie sich im Konflikt miteinander befanden. Es wurde Zeit, dass wir uns auf den Weg machten, sonst würden diese Konflikte ausbrechen.

Am Morgen unseres Aufbruchs stand ich früh auf. Ich lief zum Bogenschießen, spannte meinen Bogen, schoss so viele Pfeile ab, bis meine Arme brannten. Dann sammelte ich sie wieder ein. Als ich aufblickte, sah ich Arash in einiger Entfernung stehen. Er hatte die Arme vor der Brust verschränkt.

»Ich hätte nie gedacht, dass du das schaffst«, sagte er.

»Was genau?« Ich lachte seine Zweifel weg.

»Das alles. Du vereinst die Skythen, wie es nicht mal dein Vater vermocht hätte. Obwohl du drei Jahre fort warst, lieben sie dich. Obwohl du mit einem Achaier zusammenlebst.«

»Ares und ich haben nie so richtig zusammengelebt.« Ich bückte mich und sammelte ein paar Pfeile auf. Mit den Fingern strich ich über die Befiederung.

»Dennoch warst du mit ihm zusammen.«

Ich verschwieg ihm, dass ich es im Grunde immer noch war. Dass ich mich ihm zugehörig fühlte, obwohl ich nicht bei ihm lebte.

Ich wartete insgeheim auf ihn. Hatte mich nicht von ihm verabschiedet, weil ich nicht diskutieren wollte, dass ich als Schwangere glaubte, kämpfen zu müssen. Er hätte das nicht gewollt und hätte es mir verboten. Und ich war keine Frau, die sich etwas verbieten ließ.

Dieser Diskussion war ich aus dem Weg gegangen. Und dem Vorwurf, unsere Tochter im Stich zu lassen.

»Wenn das hier vorbei ist. Bleibst du dann hier?«

»Das weiß ich nicht, Arash.« Ich seufzte.

»Du kannst nicht alles haben.«

Warum eigentlich nicht?

Ich antwortete ihm nicht. Ging zu den Pferden und sattelte den Falben. Die anderen Kriegerinnen kamen, sie waren alle sehr still und kümmerten sich um ihre Pferde. Nur die Kämpfer lachten rau und machten Scherze. Jeder hatte seinen Weg, mit der Anspannung umzugehen.

Ich ritt noch ein letztes Mal allein auf die Steppe. Allein sein, das wusste ich inzwischen, war das, was mich zu mir zurückbrachte. Ich trieb den Falben zum Galopp, und er folgte meinem Schenkeldruck, als hätte er nur darauf gewartet.

Als ich mich über seinen Hals beugte, streckte er sich unter mir, und ich genoss dieses Gefühl. Ich fühlte mich lebendig. Die Hufe meines Pferds trommelten über die Steppe, und ich schloss die Augen. Blind konnte ich mich auf den Falben verlassen, der mich nie im Stich gelassen hatte.

Er wurde langsamer. Ich öffnete die Augen und richtete mich auf. Meine Finger krallten sich in die dunkle Mähne, als ich den Grund für seine Verlangsamung erkannte.

Ich parierte ihn durch, bis er im Schritt ging. Dann blieb er stehen. Rührte sich nicht.

Vor uns stand Ares.

Seine schwarz angelaufene Rüstung schluckte alles Licht der aufgehenden Sonne. Er trug den Helm, die Beinschienen, den Schild. Das Schwert in der Rechten, und sein Hund, den ich in Ephesos zurückgelassen hatte, lag zu seinen Füßen.

»Ich glaube, du hast etwas vergessen«, sagte er. Nie klang seine Stimme sanfter als in diesem Moment.

»Was denn?« Meine Stimme brach.

»Deine Familie.«

Wir musterten uns schweigend. Dann warf er Schild und Schwert vor seinen Füßen ins Gras, der Hund jaulte, weil das Schild direkt neben seiner Rute in die Erde fuhr. Ares riss sich den Helm vom Kopf und strich die Haare aus dem Gesicht. Er war verschwitzt, und zum ersten Mal, seit ich ihn vor so vielen Jahren kennengelernt hatte, sah er wirklich *müde* aus.

»Warum tust du das, Otrere?«, fragte er leise. »Warum läufst du weg?«

Ich blieb auf dem Rücken des Falben, der unter mir tänzelte.

»Erklär' es mir. Ich will es verstehen. Du lässt unsere Tochter in der Obhut von Artemis zurück. Ausgerechnet! Weißt du nicht, was sie mit ihr tut?«

»Und du? Bist du denn so viel schlauer als Artemis, dass du denkst, es wäre besser, wenn ich bei dir bleibe? Oder vertraust du mir, wenn ich dir sage, so ist es besser – auch mit Penthesilea in Ephesos?«

Er trat näher. Ich glitt vom Rücken des Falben und gab ihm einen Klaps auf die Kruppe. Doch er blieb neben mir stehen wie fest verwurzelt.

»Du lässt unsere Tochter in der Obhut von Artemis. Du verschwindest bei Nacht und Nebel. Und wozu? Um etwas aufzuhalten, was du selbst in Gang gesetzt hast?«

»Was habe ich denn in Gang gesetzt?«, wollte ich von ihm wissen. Ich war nicht bereit, mir die Schuld für die Angriffe der Thraker zuschieben zu lassen.

»Dein Volk wird sich verlieren. Nicht heute. Oder in drei Generationen. Doch du wirst nicht verhindern können, dass junge Skythen sich zur achaischen Lebensweise hingezogen fühlen. Du selbst hast jahrelang in Ephesos dieses Leben geführt. Wie willst du es ihnen zum Vorwurf machen, wenn sie es in Tyras oder anderswo ebenfalls so führen wollen?«

Ich trat langsam näher. »Das tue ich doch nicht«, sagte ich sanft. »Ich möchte aber, dass mein Volk weiterhin die Wahl hat. Dass es nicht von den Thrakern vertrieben wird. Dass es nicht dazu *gezwungen* ist, sich hinter die sicheren Mauern von Tyras zu flüchten, weil es nur dort in Sicherheit ist. Die Skythen sollen sich weiterhin frei entscheiden dürfen, wo sie leben. Wie sie leben. An welche Götter sie glauben.«

»Du hast dich verändert«, sagte er ruhig. »Früher hast du mir gesagt, du willst die Lebensweise der Skythen um jeden Preis bewahren. Für alle Skythen.«

Ich starrte ihn unverwandt an.

Ares seufzte. »Siehst du nun, was ich damals meinte? Wir können die Geschichte nicht aufhalten, und zurückdrehen wirst du sie auch nicht können.«

»Aber ich kann meine Töchter davor bewahren, dass sie einander in den Untergang stürzen.«

Einen Moment lang sah es so aus, als wüsste Ares nicht, was ich meinte. Doch da ich ihn unverwandt anstarrte, nicht von meinem Standpunkt abrückte, sah ich, wie sein Blick flackerte. »Verdammt seist du, Artemis«, murmelte er.

»Was weiß sie?«, wollte ich wissen. »Und vor allem: Was weißt du? Hast du einen Plan verfolgt, als du mich nach Ephesos gelockt hast?«

»Ich habe dich nicht nach Ephesos *gelockt*«, widersprach er. »Ich habe dir immer gesagt, wenn du mit mir zusammen sein willst, komm zu mir nach Ephesos. Und du kamst. Du bist geblieben. Penthesilea wurde dort geboren, sie ist mehr Achaierin als Skythin …«

»Penthesilea wird Hippolyte den Untergang bringen!«, unterbrach ich ihn heftig. »Das ist es, was Artemis mir gesagt hat. Und ich weiß nicht, von wem sie das hat oder ob es irgendetwas bedeutet. Aber ich weiß, dass ich mein Leben lang alles tun werde, damit meine Töchter einander nie begegnen. Dass die eine am Elend der anderen schuld ist, dass sie einander hassen, ich könnte es nicht ertragen.«

Ares nickte langsam. »Ich verstehe«, sagte er nach längerem Schweigen. »Du willst dich gegen euer Schicksal auflehnen.«

»Du hast selbst gesagt, dass noch nicht alles, was geschehen wird, geschrieben steht. Dass sich die Dinge verändern lassen, wenn wir beherzt dagegen handeln.«

Er nickte wieder. Dann blickte er über die Schulter Richtung Süden. »Manche Dinge sind unabänderlich, Otrere. Gegen einiges können wir uns nicht auflehnen, denn es wird trotzdem geschehen.«

»Und damit meinst du …«

»Unsere Töchter.« Nun sah er mich wieder an, und sein Blick wurde weich. »Unsere *drei* Töchter.«

Ich schauderte.

»Woher …«

»Ich habe das immer gewusst. Dass wir drei Töchter haben werden. Apollon hat es mir prophezeit.«

Das war eine Information, die ich erst mal verdauen musste. Ich schüttelte den Kopf. Es ging nicht.

»Du hast das die ganze Zeit gewusst.«

Was die Frage aufwarf, wie viel er noch wusste. Über mein Schicksal. Über das der Skythen. Ich wollte ihn das nicht fragen, weil ich die Antwort fürchtete, aber …

»Ich sage dir doch, ich weiß nicht alles. Apollon war da sehr … zurückhaltend.«

»Aber dass wir drei Töchter haben werden. Und die Sache mit Hippolyte und Penthesilea?«

Ein Wangenmuskel zuckte bei ihm. Ich wusste Bescheid. All das hatte er gewusst, und ich hatte es nur durch Zufall erfahren. Weil Artemis nicht die Klappe halten wollte. Ich wusste nicht, ob ich ihr dafür gerade dankbar sein sollte oder ob ich sie noch viel mehr hassen sollte als Ares, Apollon, all die Götter, die mit ihrer Selbstgerechtigkeit auf dem Olymp hockten, Nektar schlürften und uns Menschen dabei zusahen, wie wir ins Elend stürzten. Sie hätten es doch in der Hand, das Schlimmste zu verhindern, oder?

»So einfach ist das nicht«, sagte Ares leise. Er tastete nach meiner Hand. »Es wird der Tag kommen, an dem die Götter vom Antlitz dieser Welt verschwinden werden. Das wissen wir alle, seit Prometheus einst den Fehler beging, den Menschen das Feuer zu geben.«

Da war es wohl vorbei gewesen mit der Selbstgerechtigkeit. Ich wollte etwas Tröstendes sagen, aber sein Blick war so finster, ich wagte nicht, in seine Gedanken zu reden. Musste er mich nicht auch verabscheuen, weil ich zu den Menschen gehörte?

»Und diesen Fehler wollt ihr seither ausmerzen?«, fragte ich leise. »Ist es das? Vernichtet ihr deshalb die Menschen, ohne euch um uns zu kümmern? Was es für die Menschen bedeutet, wenn ihr Götter uns wie eure Spielfiguren behandelt, denkt ihr darüber nach? Hört ihr uns zu? Oder lauscht ihr den Gebeten derer, die an euch glauben und lasst euch davon beeinflussen? Ist es das? Weil die Skythen weiter auf den Glauben an ihre Götter beharren, zürnt ihr ihnen und wollt, dass sie eure Lebensart annehmen?«

Ares seufzte. Seine Hand drückte meine, und er blickte über meinen Kopf hinweg in die Ferne. Ich wollte mich an ihn schmiegen.

Trost suchen in seiner Umarmung. Bisher hat er mich glauben lassen, dass die Endlichkeit für die Götter nicht zählte. Dass sie ewig da sein würden, bis das Universum mit ihnen unterging. Und das würde es nie tun. Aber er, der sich mit seinem unendlichen Leben schon seit vielen Generationen in dieser Welt bewegte, hat schon lange gewusst, dass es auch für ihn zu Ende ging.

»Was kommt danach?«, fragte ich leise.

»Das wissen wir nicht.«

»Macht es dir Angst?«

»Dass es vorbei sein wird, wie wir es kennen?« Er lachte rau. »Uns wurde immer gesagt, wir werden auch das Ende der Welt überdauern. Das Ende des Glaubens an uns. Uns bleibt immer noch der Olymp. Die Naturgottheiten – sie können an ihren angestammten Plätzen bleiben, in ihren Weihern, Wäldern und Flüssen. Aber das, was uns stark macht, wird nicht länger da sein. Der Glaube der Menschen gibt uns mehr als Nektar und Ambrosia.«

Eines verstand ich nicht. »Was hat das mit uns zu tun?«, fragte ich.

»Es gibt unter meinesgleichen die Hoffnung, wir könnten länger bestehen, wenn wir mehr Menschen dazu bringen, an uns zu glauben. Dein Volk … es hat einen starken Glauben, und für manche ist das Leben in achaischen Städten verlockender als die harte, entbehrungsreiche und von Kämpfen geprägte Existenz auf der Steppe.«

»Ihr versucht also, die Skythen für die achaischen Götter zu vereinnahmen. Nicht nur für die achaische Lebensweise. Das war die ganze Zeit euer Plan. Und ich war Teil eures Plans.«

»Nein«, erwiderte Ares ernst. »Für mich warst du nie Teil des Plans.«

»Aber für die anderen. Apollon. Aphrodite. Artemis. Zeus?«

»Als sie von dir erfuhren, haben sie ... nicht viel Widerstand geleistet.«

»Sie haben uns also erlaubt, zusammen zu sein. Wie gnädig von ihnen. Dem unbeliebtesten der Götter und einer skythischen Herrscherin. Weil sie gehofft haben, dass mehr Menschen euch anbeten. Wie sollen sie auch nicht, wenn ihre Königin mit einem Gott zusammen ist.«

Ich begriff nur langsam das ganze Ausmaß dessen, was Ares mir gerade erzählte.

»Ich will nicht ...« Er verstummte.

»Darüber nachdenken?«

»Was ich dir angetan habe. Es fühlt sich an, als hätte ich dich all die Jahre verraten.«

»Das hast du nicht«, flüsterte ich. Dabei spürte ich den Verrat so heiß und brennend in meiner Brust. Dieser Schmerz, dass er immer mehr gewusst hatte. Dass er sich jedem Versuch meinerseits, ihm die Wahrheit abzutrotzen, mit einer Lüge entzogen hatte. Immer hieß es, er wisse nichts über die Zukunft. Sie liege für ihn wie für jeden anderen im Nebel. Er könne mir nichts darüber sagen, manches sei selbst den Göttern nicht bekannt.

Alles gelogen.

Ich konnte ihn nicht hassen.

Aber eine Sache fiel mir ein. Eine Frage hatte ich, und die musste ich ihm stellen. Ich legte die Hand auf seine Brust und blickte zu ihm auf. »Hat sie dir deshalb erlaubt, mich in der Zwischenwelt zu suchen? Wegen Hippolyte und Penthesilea? Weil unsere Töchter wichtig sind für das Schicksal der Götter?«

Er starrte mich an.

»Sag es mir«, flüsterte ich.

»Ich kann es nicht.«

Da hatte ich meine Antwort.

Als ich nach Hippolytes Geburt zwischen den Welten wandelte, hatte Artemis ihm gestattet, dort nach mir zu suchen. Und nach Hippolyte.

»Es ging nicht um mich«, flüsterte ich. »Nie ging es darum, dass ich überlebe. Sondern um Hippolyte. Und um ihre Schwestern.«

Ares antwortete nicht. Ein Wind kam auf und fegte über uns hinweg, er wirbelte Staub auf und trieb ihn mir in die Augen. Für einen Moment musste ich den Blick abwenden, weil ich es nicht ertrug, ihm in die Augen zu sehen.

»Du hast mich gerettet, weil Penthesilea … Irgendwas gibt es, wofür sie bestimmt ist. Artemis hat mich gewarnt. Sie sagte mir, Hippolyte und Penthesilea …« Ich verstummte. »Darum habe ich Penthesilea in Ephesos gelassen. Ich dachte, sie dürfen sich nicht begegnen. Und damit habe ich nur erfüllt, was vorherbestimmt war.«

»Du hast es getan, weil du dachtest, für unsere Töchter das Richtige zu tun.«

»Aber was ist das Richtige?«

Ares legte den Kopf leicht schief, als lauschte er dem Wind.

»Es gibt kein Richtig oder Falsch. Jetzt nicht mehr«, murmelte er.

Und das sollte mich zufriedenstellen? Ich wollte mich damit nicht abfinden, doch zugleich spürte ich, dass ich von ihm keine weiteren Antworten erwarten durfte. Für ihn war dieses Thema abgehakt.

»Heute werdet ihr losreiten?« Er wechselte so abrupt das Thema, dass ich vor ihm zurückwich und ihn losließ. »Nach Osten, den Thrakern entgegen?«

»So haben wir es geplant. Es sei denn, du sagst mir, wir sollen noch warten.«

»Nein …«, sagte er gedankenverloren. »Der Tag ist nun nicht mehr entscheidend.«

Was auch immer das bedeuten sollte. Er gab sich nicht einmal mehr Mühe, zu verhehlen, dass er mehr über die Zukunft wusste.

Ich schluckte hart an meinem Groll. Eine letzte Frage blieb.

»Werden wir uns wiedersehen?«

Nun ruhte sein Blick wieder auf mir. Voller Liebe. Ares machte den Schritt auf mich zu, den ich vorhin vor ihm zurückgewichen war. Er legte die Hand auf meine Wange, und ich schloss die Augen. Drückte mich gegen seine Hand. »Otrere«, hörte ich ihn flüstern. »Ich darf dir nichts über deine Zukunft verraten. Doch wenn ich dir einen Rat gebe, wirst du ihn befolgen?«

Ich nickte stumm.

»Kämpfe nicht in der vordersten Reihe. Setze nicht alles aufs Spiel. Unsere dritte Tochter.«

Ich spürte, wie sich ein Schluchzen in meiner Brust regte. Tränen rannen über meine Wangen, und Ares fing sie mit dem Daumen ein.

»Sie wird leben, Otrere. *Du* wirst leben. Aber ich will nicht, dass euch etwas passiert, weil … da draußen. Ich kann dich nicht retten. Wenn etwas passiert …«

Er brach ab. Ich verstand nun nichts mehr. Was sollte das Gerede darüber, dass unser ungeborenes Kind leben würde – und ich mit ihm? Wieso sollte ich mich dann zurückhalten?

»Bitte. Hippolyte ist noch zu jung, um Königin der Amazonen zu werden. Dafür ist später genug Zeit.«

Ich starrte ihn unverwandt an. Er wusste mehr, doch wollte er es mir nicht sagen.

»Werden wir uns wiedersehen?«, fragte ich.

»Reite nicht an der Spitze.«

Ich atmete tief durch.

»Und nun geh. Sonst kommt ihr zu spät.«

Weil ich stehen blieb, pfiff er nach seinem Hund. Er wandte sich ab, und Hund und Mann schritten Seite an Seite davon. Ich blickte ihnen nach. Nebel zog auf, ich fröstelte in der kühlen Luft, und dann verschwand Ares im Nebel. Erst dann sah ich, dass er sein Schwert und seinen Schild dagelassen hatte.

Ich war keine Schwertkämpferin. Nie gewesen. Meine Waffe war der Bogen. Mit ihm in der Hand fühlte ich mich sicher, weil ich wusste, was ich mit einem Pfeil anrichten konnte, den ich im vollen Galopp auf den Gegner abschoss. Im Schwertkampf hatte ich mich nur dann geübt, wenn Nushaba darauf bestand, weil wir uns mit allen unterschiedlichen Waffen vertraut machen sollten. Im Kampf wäre mir vermutlich eine Steinschleuder lieber als ein Schwert.

Dennoch ging ich zu der Stelle, wo der Schild in den Boden gerammt stand und das Schwert daneben im Gras bronzen glänzte. Ich bückte mich erst nach dem Schwert. Ich glaubte nicht an Zufälle. Für Ares hatte alles einen Sinn. Jedes Wort wog er sorgfältig ab. Jede Handlung war genau berechnet. Ares ließ keine Schwerter und Schilde hinter sich herumliegen. Er verfolgte einen Plan.

Ich sollte wütend auf ihn sein. Schon wieder manipulierte er mich. Ich spielte nach seinen Regeln, wenn ich das Schwert und den Schild an mich nahm. Andererseits: Er hatte gesagt, es sei ohne Bedeutung, was ich jetzt noch tat. Wer war ich, dass ich eine Waffe liegen ließ, wenn wir im Kampf jede Unterstützung gut gebrauchen konnten?

Als ich in das Lager zurückkehrte, stand die Sonne bereits hoch am Himmel. Ich hatte jegliches Zeitgefühl verloren, als ich da draußen gewesen war. Im Lager herrschte helle Aufregung, weil man mein Verschwinden bemerkt hatte. Einige Suchtrupps waren von Nushaba und Barkida losgeschickt worden, um mich zu suchen.

Heute also würden wir nicht losreiten, denn es war bereits zu spät, und es sollte noch eine ganze Weile dauern, bis die letzten Reiter zurückkehrten.

Diesen geschenkten Tag nutzte ich, um bei Melanippe zu sitzen, mit Hippolyte auf dem Schoß. Ich wusste nicht, wohin mit mir. Nushaba setzte sich zu mir; sie und Melanippe, so viel begriff ich inzwischen, waren in den Jahren meiner Abwesenheit zu mehr als nur Waffenschwestern geworden. Sie standen sich so nahe wie Ares und ich. Ihre Besorgnis um Melanippes Gesundheit grenzte mittlerweile an eine Panik. »Was, wenn sie nie mehr aufwacht?«

»Sie wird aufwachen«, versicherte ich ihr. Aus einem einfachen Grund: Ich würde, wenn das alles vorbei war, nach Ephesos zurückkehren und Penthesilea holen. Das konnte ich nicht, solange Melanippe krank war. Die Götter würden schon dafür sorgen, dass ich bekam, was ich wollte. Und ich wollte, dass meine Töchter – meine *drei* Töchter, wie ich nun wusste – gemeinsam aufwuchsen. Es hatte keinen Sinn mehr, die beiden älteren voneinander fernzuhalten. Ihr Schicksal würde sich – das hatte ich verstanden – so oder so erfüllen, und ich ertrug es nicht, länger als nötig von Penthesilea getrennt zu sein.

Am nächsten Morgen trat ich aus meinem Zelt, die Sonne stieg gerade über dem Horizont auf. Nushaba erwartete mich vor meinem Zelt. Ihre Hände umschlossen eine kleine Holzschüssel, aus der Dampf aufstieg. »Trink das«, befahl sie mir, und ich gehorchte. Sie wartete, bis ich mich an der würzigen Brühe gestärkt hatte. Dann führte sie mich zu ihrem eigenen Zelt und half mir beim Ankleiden.

Eine weiche Hose, die sich eng an meine Schenkel schmiegte. Eine Tunika aus Wollstoff, mit roten Mustern bestickt. Stiefel, deren Schäfte so weich waren, dass ich sie kaum mehr spürte, sobald ich hineinschlüpfte. Ein Gürtel, an dem ein Dolch steckte. Als ich ihn aus der mit winzigen Perlen bestickten Scheide zog und meine Finger über die Klinge glitten, erkannte ich Melanippes Dolch. Stumm sah ich Nushaba an. Sie nickte. »Es wäre ihr Wunsch. Wenn sie schon nicht selbst dabei sein kann.«

Mein Brustpanzer. Zwei Schwangerschaften und die voranschreitende dritte hatten meinen Körper nicht so sehr verändert, dass ich nicht mehr hineinpasste. Die Bronzeplättchen glänzten im Licht der ersten Sonnenstrahlen. »So sauber war er noch nie«, lachte ich, und Nushaba lachte mit, aber dann wandte sie den Kopf ab und musste mehrmals tief durchatmen. Ich begriff, dass sie diesen Liebesdienst an mir, dass sie mir beim Ankleiden half, auch deshalb übernommen hatte, weil ich Melanippes Schwester war. Nicht nur, weil ich als Königin an der Spitze unseres Heers reiten würde.

Armschienen. Der Köcher, mit einem Riemen quer über der Brust. Ich ließ die Schultern kreisen. Meine Muskeln schmerzten vom Training der vergangenen Tage. Noch fühlte ich mich nicht wohl im Habit der Kriegerin, musste mich erst wieder einfinden in die Existenz als Kämpferin. Nushaba arbeitete stumm, sie hielt mir hin, was sie mir anlegen wollte, sie half mir, gelegentlich summte sie beruhigend, und ich war unsicher, meinte sie mich damit oder sich selbst? Vielleicht uns beide.

Und weil ich wollte, dass sie zurückfand zur Hoffnung, die ihr abhandengekommen war mit Melanippes Krankheit, griff ich nach ihrer Hand. »Glaubst du mir, wenn ich dir sage, dass es sich finden wird?«

»Wenigstens behauptest du nicht, alles werde schon gut werden. Denn solange Melanippe weiterhin …« Sie biss sich auf die Unterlippe. Ich nahm ihre beiden Unterarme. Meine Daumen strichen über ihre Tätowierungen, und sie folgte meinem Blick. Wir lächelten beide, als uns auffiel, dass ihre Arme inzwischen bis zu den Schultern mit ihren Auszeichnungen bedeckt waren, wohingegen meine Arme weiterhin nackt und bloß waren.

»Wird Zeit, dass du sie dir verdienst«, sagte sie leise. Die Tätowierungen waren Auszeichnungen, die wir nach großen Kämpfen mit schwarzem Pflanzensaft unter die Haut ritzten, wo sie blieben. Sie galten auch als Schutzamulette und zugleich als Türöffner für die jenseitige Welt.

»Vielleicht wollten sie mich deshalb nicht in der Totenwelt«, meinte ich nachdenklich.

»Du warst damals hier noch nicht fertig. Und das wirst du noch eine ganze Weile nicht sein.«

Merkwürdig, aber von Nushaba das zu hören, was Ares mir mit anderen Worten gestern erklärt hatte, machte mich froh. Von ihr klang es wahrhaftiger. Sie hielt mir auf beiden Händen den Bogen hin, und ich nahm ihn. Meine Hand umschloss den Schaft und eine Welle der Wärme durchströmte mich.

»Hast du dich schon von ihr verabschiedet?«, fragte ich.

Nushaba sah zum Karren. »Sie weiß, dass ich immer bei ihr bin.« Sie trat zurück und musterte mich prüfend. »Nun bist du bereit.«

Als Letztes setzte sie mir den Helm auf. Ich sah sie nachdenklich an. Dann traf ich eine Entscheidung. Woher das Wissen kam, dass ich das Richtige tat, weiß ich nicht. Für mich war klar, dass Nushaba Ares' Schild und sein Schwert tragen sollte. Also holte ich beides aus meinem Zelt.

Sie wollte es erst nicht annehmen. Doch ich war unnachgiebig. »Du bist die beste Kämpferin, die wir noch haben. Melanippe kann nicht, ich bin schwach. Mit Schwert und Schild wirst du ein Dutzend Thraker aufwiegen.«

»Ich danke dir für dein Vertrauen.«

Wir umarmten uns. Dann war es Zeit für den Aufbruch.

Als wir in Zweierreihen aus dem Lager ritten, wurde unser Weg von denen flankiert, die zurückblieben. Sie schwiegen, doch selbst in dieser Stille lag eine Kraft, der sich niemand entziehen konnte. Wir alle wussten, dass nicht jeder Krieger, nicht jede Kämpferin am Ende lebend zurückkehren würde. Mit uns ritt der Tod.

34

Um die Thraker so weit zurückzudrängen, dass sie uns nicht länger behelligten, planten wir, bis in das Herz ihres Siedlungsgebiets vorzustoßen und von dort aus jede weitere Siedlung, die wir fanden, anzugreifen. Wir waren nicht mehr weit von der Grenze entfernt, die unsere Feinde zuletzt zu ihren Gunsten verschoben hatten, als einer unserer Späher auf einem völlig entkräfteten Pferd auf uns zupreschte. »Sie greifen uns an!«, rief er.

Ich hob die Hand, und er parierte sein Pferd durch, das die letzten Schritte stolperte und mit hängendem Kopf stehenblieb. Pferd und Reiter waren völlig erschöpft, und ich gab einer jungen Kriegerin ein Zeichen, dass sie sich um das Pferd kümmern sollte. Derweil stieg ich aus dem Sattel und trat zu dem Jüngling. Ich legte ihm die Hand auf die Schulter. »Was ist passiert?«

Der junge Mann kam nur langsam wieder zu Atem. Zu groß war die Anspannung gewesen, während er sein Pferd über die Steppe jagte.

»Die Thraker. Sie haben sich gesammelt und reiten gen Westen.«

»Wie weit?«, wollte ich wissen.

Er wirkte ratlos.

»Wo hast du sie gesehen? Wie viele Krieger ziehen mit ihnen?« Nushaba drängte dazwischen. Ich trat zurück. Arash und weitere Anführer kamen hinzu, ich bemerkte die allgemeine Unruhe. Aber in Gedanken war ich schon einen Schritt voraus.

Die Thraker hatten eine große Streitmacht zusammengezogen.

Größer als alles, was wir hätten aufbieten können. Und sie zogen in unsere Richtung. Schon bald würden wir aufeinandertreffen.

Uns blieb nicht mehr viel Zeit. Eine Entscheidung musste her, und ich fühlte mich einen Moment lang hilflos, denn wir kamen zu spät. Wären wir gestern wie geplant losgezogen … Aber es war müßig, darüber nun noch nachzudenken.

»Was schlägst du vor?«, fragte ich Arash. Mein Onkel wiegte den Kopf. Er wirkte seltsam bedrückt. Ausgerechnet er, der immer Rat wusste, der das Leben so leichtgenommen hatte. Nichts hatte ihn erschüttern können. Er war immer an meiner Seite geblieben. Auch dann, als ich ihn beschuldigt hatte, um mich selbst zu retten.

»Wir könnten sie in einen Hinterhalt locken.«

»Das schaffen wir nicht auf die Schnelle«, wandte Nushaba ein. Sie hatte recht.

»Dann müssen wir ihnen in den Rücken fallen.«

»Eine Falle?« Nushaba runzelte die Stirn.

Arash schien zu begreifen, was ich plante. »Du willst sie vorbeiziehen lassen. Und dann …«

»Wenn sie unser Lager angreifen. Das große am Fluss. Dann fallen wir ihnen in den Rücken.«

Arash schüttelte den Kopf. »Das ist ein Wahnsinn.«

»Was ist mit den Alten, den Kindern und Frauen, die im Lager sind?«

»Wir müssen es zuvor räumen.«

Mir gefiel der Gedanke ebenso wenig wie Nushaba und Arash. Wir müssten einige unserer Leute mit den Flüchtenden wegschicken, und zugleich müssten wir das Vieh zurücklassen, damit die Gegner keinen Verdacht schöpften. Das würde uns verletzlich machen.

Wenn sie unseren Plan durchschauten, könnten sie sich gegen die Menschen wenden, die wir nicht verteidigen konnten.

Aber was wäre die Alternative? Wenn wir uns ihnen auf der Ebene stellten, wären wir nach den Berechnungen des jungen Spähers weit unterlegen. Die Thraker kamen mit so vielen Soldaten, dass sich unsere kämpferische Überlegenheit in Luft auflöste. Das Überraschungsmoment wäre nicht länger auf unserer Seite, und uns blieb nur, mit dieser neuen Information zu arbeiten.

Ich erklärte Nushaba, Arash und den anderen, was in meinen Augen die beste Chance wäre. Ich hörte mir ihre Gegenvorschläge an, und dann entschied ich, dass wir es so machen würden, wie ich es wollte. Niemand widersprach.

Tat ich das Richtige? Ich hatte keine Ahnung. Aber wir hatten auch keine andere Möglichkeit außer diesen Kampf nun auszutragen. Wir konnten nicht mehr umdrehen, es uns anders überlegen, Frieden suchen, indem wir Land aufgaben.

Der Krieg kam zu uns.

Und wir waren bereit, ihn bis zum bitteren Ende zu kämpfen.

Wir ritten zurück ins Lager, schweigend. Genug geredet, jeder war mit sich selbst beschäftigt. Mein Plan war gefährlich, und wir alle wussten, dass wir nun nicht nur unser Leben aufs Spiel setzten, sondern auch das derer, die nicht kämpfen konnten. Es war das eine, in den Krieg zu ziehen. Etwas völlig anderes, wenn man den Krieg nach Hause kommen ließ.

Ich schickte weitere Kundschafter aus, dass sie uns über das Vorankommen der Thraker auf dem Laufenden hielten. So kam es, dass wir am Abend ins Lager zurückkehrten, wo wir mit Erstaunen begrüßt wurden. Meine Mutter kletterte sogar vom Karren, und während die Kriegerinnen und Krieger ihre Familien begrüßten und ihnen erklärten, was wir zu tun planten, blieb sie dicht an meiner Seite. »Ich werde nicht mitgehen«, sagte sie, als ich ihr auftragen wollte, ein paar Dinge zusammenzupacken.

»Aber du musst, Mutter. Du und Mela ...«

»Mela kann nicht fortgebracht werden. Ihr Körper muss hier bleiben, falls ihre Seele von der Wanderschaft zurückkehrt. Sonst findet sie nicht wieder zu sich, und das kann ich nicht verantworten. Ich bleibe bei ihr.«

»Hippolyte ...?«

»Ach, Otrere.« Meine Mutter umfasste mit beiden Händen mein Gesicht. »Natürlich bringen wir Hippolyte fort. Es gibt genug Familien, die das Leben deiner Tochter mit ihrem eigenen verteidigen werden. Aber ich kann sie nicht begleiten. Ich muss bei *meiner* Tochter bleiben.«

Ich nickte. Fragte nicht, ob ihre jüngeren Kinder, meine Geschwister – ob die nicht ebenso zählten wie Melanippe. Meine Mutter hätte eingewandt, sie könnten gut auf sich aufpassen. Melanippe aber brauchte jemanden, der neben ihr wachte.

»Also gut«, krächzte ich. »Aber lass mich Wachen postieren, damit ...«

»Nein!«, widersprach sie. »Das Lager soll so aussehen, als schliefen wir alle. Keine Wachen. Lass die Thraker glauben, wir wiegten uns in Sicherheit. Dann werden sie nachlässig, und ihr habt leichtes Spiel. Es wird auch so schwer genug.«

Insgeheim gab ich ihr recht.

Wir umarmten uns. »Pass gut auf sie auf«, flüsterte ich ihr zu.

Dann lief ich zum Falben, schwang mich in den Sattel und rief meine Leute zusammen. Es war Zeit. Dieser Kampf fühlte sich an, als wäre er der letzte.

Dabei war er erst der Anfang.

Hätte mich später jemand gefragt, ob ich Angst hatte in dieser Nacht, während wir auf die Thraker warteten, ich hätte es ihm nicht sagen können. In mir war ein Zittern. Ich war so gespannt wie die Sehne meines Bogens, jedes Geräusch ließ mich zusammenzucken. Wir hatten uns im Schutz der Dunkelheit zurückgezogen bis zu den Kurgans. Auf der anderen Seite der Schneise, auf der die Thraker das Lager ansteuerten, wartete eine zweite Kriegereinheit direkt am Fluss. Das Warten war unerträglich. Es regnete, ein feiner Niesel verbarg unsere Schatten vor den Blicken der Feinde. Sie jedoch gaben sich keine Mühe, sich zu verbergen. Sobald sie sich dem Lager näherten und glaubten, wir würden alle auf unseren Matten liegen und schlafen, zündeten sie Fackeln an, an denen sie ihre mit Lumpen umwickelten Pfeilspitzen entzündeten.

Sie waren nicht gekommen, um zu kämpfen. Sie wollten uns vernichten.

Sobald ich begriff, was sie planten, gab ich den Befehl zum Angriff. Ich dachte an Barkida und Melanippe, die im Zentrum des Lagers in ihrem Karren ausharrten, schutzlos dem Feuer ausgeliefert. Arash wollte mich zurückhalten, doch ich galoppierte los.

Gleichzeitig war Nushaba, die über die zweite Truppe am Fluss befehligte, zur selben Einschätzung gelangt. Ich spürte, wie der Boden unter den Hufen der Pferde bebte, hörte aus der Ferne den Schlachtruf von Nushabas Kriegerinnen. Tief beugte ich mich über den Hals des Falben, trieb ihn an die Spitze und richtete mich erst auf, als ich die ersten Thraker sah, die das Lager fast erreicht hatten. Die ersten Zelte und Karren brannten bereits lichterloh.

Meine Hand umfasste den Bogen, mit der anderen zog ich einen Pfeil aus dem Köcher, den ich am Sattel befestigt trug. Ich umfasste die Sehne, spannte den Bogen. Vor mir tauchten die ersten Gegner auf, die sich verwirrt zu uns umdrehten. Zu spät, denn ein Pfeilhagel ging auf die Krieger nieder, die zu überrascht waren, um ihre Schilde nach oben zu reißen. Ich wendete den Falben mit einem Schenkeldruck und setzte den nächsten Kriegern nach.

Es war ein ungleicher Kampf. Die Thraker waren uns zahlenmäßig zwar bei Weitem überlegen, doch wir hatten das Überraschungsmoment auf unserer Seite. Sie hatten keine Chance. Wir ritten sie einfach nieder, und diejenigen, die wir nicht mit der ersten Angriffswelle von den Füßen rissen, schlugen wir in die Flucht. Unsere Leute setzten ihnen nach, und ich schrie meinen Triumph in die Nachtluft. Sie hatten uns alles nehmen wollen, doch wir besiegten sie. Es war ein gutes Gefühl, wenngleich es ein schmerzhaftes war, denn nie würde ich mich daran gewöhnen, dass Menschen sterben mussten, damit wir anderen leben konnten.

Aber wir hatten den Krieg nicht zu ihnen getragen. Sie hatten uns angegriffen. Und vielleicht hatten sie gute Gründe, dass sie versuchten, uns zu verdrängen. Sicher hätte es ebenso Umstände geben können, die uns gezwungen hätten, gegen die Thraker, die Kimmerer oder gegen die achaischen Siedlungen im Süden zu reiten.

Im Kampf verlor sich jedes Gefühl für Zeit, und erst als die meisten Gegner verwundet oder tot am Boden lagen, als die verbliebenen in die Flucht geschlagen waren, hielt ich inne. Ich ritt über das

Schlachtfeld, das einst unser Lager gewesen war. Einige Krieger begannen, die Zelte und Karren zu löschen, und mein Blick ging suchend über die Flammen hinweg. Barkidas Karren lag im Dunkeln, kein brennender Pfeil, keine Fackel hatte ihn aufflammen lassen. Ich erlaubte mir, durchzuatmen. Der Sieg war unser, und Melanippe hatte es nicht mit dem Leben bezahlt, dass wir den Krieg in unser Herzland hatten kommen lassen.

Arash fand mich. Er war zu Fuß unterwegs, seine linke Schulter war blutig von einem Streifschuss. Er stapfte auf mich zu, der Falbe scheute vor ihm, und ich legte meinem Pferd beruhigend die Hand auf den Hals. »Du hast gesiegt«, sagte Arash.

»Wie viele Verluste haben wir zu beklagen?«

Er zuckte mit den Schultern. »Die Thraker haben mehr verloren«, meinte er.

Das war nicht meine Frage gewesen. Ich blickte mich suchend um. Wo war Nushaba? Vermutlich hatte sie sich sofort zu Melanippe begeben.

Ich glitt vom Rücken des Falben und warf Arash die Zügel zu. »Wo willst du hin?«, rief er.

»Nushaba suchen!«

Irgendwas stimmte hier nicht. Ich hatte ein Gefühl, das sich schwer beschreiben ließ. Eines, das nichts Gutes verhieß.

Ich lief zwischen den Skythen herum, die verletzte Thraker hochzerrten, ihnen Fesseln anlegten, wenn sie laufen konnten und sie zusammentrieben. Manche ließen sie liegen, weil sie ihr Leben ohnehin bald aushauchen würden. Ich stolperte zwischen den Toten und Sterbenden herum und rief nach Nushaba. Ich hielt Krieger am Ärmel fest, sie wichen vor mir zurück. Sie erkannten mich nicht. Für sie war ich in diesem Moment nur eine verzweifelte Skythin, auf der Suche nach einer Kampfgefährtin.

Weil ich sie zwischen den Zelten und Karren nicht fand, lief ich schließlich zu Barkidas Karren, um den sich ein Dutzend Krieger postiert hatten. Der Anführer erkannte mich sofort, er brüllte einen Befehl, sie ließen mich durch. Sie neigten die Häupter, als ich an ihnen vorbeiging. Voller Ehrfurcht und Bewunderung. Was sie geängstigt hatte, als sie nicht wussten, wer ich war, flößte ihnen nun Respekt ein.

Meine Mutter empfing mich.

»Ist Nushaba bei euch?«, fragte ich, bevor sie ein Wort sagen konnte.

»Nein. Ich dachte, sie sei bei dir.«

Mein Blick ging an ihr vorbei zu Melanippe. Meine Schwester lag da wie immer. »Wann kehrt sie nur zu uns zurück«, murmelte ich.

»Wir vertrauen auf die Götter. Sie werden das Richtige tun«, sagte meine Mutter. Ihre Stimme jedoch klang tonlos. Die Hoffnung hatte sie verlassen, und ich wüsste nichts, um sie ihr zurückzugeben.

»Ich muss Nushaba suchen.« Ich sprach es nicht aus, denn wir wussten es beide. Die Gefährtin meiner Schwester durften wir nicht verlieren. Melanippe würde sie brauchen, wenn sie wieder zu sich kam.

»Ist der Kampf vorbei?«

»Die Thraker sind geflohen. Es ist sicher für mich da draußen.«

»Pass trotzdem auf dich auf. Arash soll dir ein paar Soldaten zur Seite stellen. Oder nimm jene mit, die uns bewachen.«

Ich schüttelte den Kopf. »Sie bleiben bei euch.«

Der Blick meiner Mutter verriet, dass sie genau wusste, was ich dachte. »Du glaubst nicht, dass es schon vorbei ist«, murmelte sie.

»Es war zu einfach«, bestätigte ich ihre Befürchtung.

»Dann tu, was du tun musst.« Sie umarmte mich, und an dieser Umarmung fühlte sich so vieles endgültig an, dass ich um ihr Leben fürchtete.

Ich verließ sie mit einem unguten Gefühl. Draußen hielt ich den jungen Krieger am Arm fest, der die Einheit befehligte, die meine Familie bewachte. »Beschütze sie mit deinem Leben«, beschwor ich ihn.

»Das werde ich tun, Königin Otrere.« Er nickte ernst.

Ich machte mich auf die Suche nach Nushaba. Allein.

Wer beschützte mich? Niemand. Hätte sich mir nur ein Thraker in den Weg gestellt, vermutlich hätte ich ihm wenig entgegensetzen können. Ich war müde, meine Arme und Beine fühlten sich geschunden an. Trotzdem stolperte ich durch die Dunkelheit. Ich traf auf meine Leute, und ihr Blick ging über mich hinweg. Ich musste grauslig aussehen, dass sie mich nicht mehr erkannten.

Schließlich erreichte ich das Flussufer. Dort, wo Nushaba sich vor der Schlacht mit ihren Leuten versammelt hatte. Wohin sich die Überlebenden nun zurückzogen. Manche waren verwundet, ihre Kameraden kümmerten sich um sie. Ich sprach eine junge Kriegerin an, die ihren Arm an den Körper drückte. Blut rann aus einer tiefen Fleischwunde. »Hast du deine Anführerin gesehen? Nushaba?«

Sie zuckte zusammen, ihr Blick ging wild zwischen mir und einer Gruppe Krieger hin und her, die in einiger Entfernung direkt am Flussufer standen. Sich über jemanden beugten.

»Ihr seid Königin Otrere.«

»Die bin ich.«

»Ihr sucht Nushaba?«

Auch das bestätigte ich. Wieder ging ihr Blick zum Fluss, und ich verstand.

»Werde ich sie dort finden?«

Stumm nickte die Kriegerin.

»Ich danke dir.«

»Wir haben …« Sie biss sich auf die Unterlippe, und ich sah, wie Tränen in ihre Augen traten. Was auch immer sie getan hatten – heldenhaft gekämpft, bis zum letzten Moment für Nushaba und mich gegen den Feind gerungen oder vor Angst weggelaufen – das zählte nicht. Ich trat vor und umarmte sie. Fast noch ein Mädchen, fuhr mir durch den Kopf, sie zählte fünfzehn oder sechzehn Sommer, schätzte ich. *In zehn Sommern wird Hippolyte auch so kämpfen müssen.* Ich streichelte ihren Oberarm, sie zuckte kaum merklich zusammen. Natürlich, die Wunde.

»Ihr habt alles getan«, versicherte ich ihr. *Im Krieg warst du vielleicht nicht immer die Mutigste, du warst nicht immer diejenige, die am Ende den Ausschlag gab. Aber du bist bis zum Schluss geblieben, und allein dafür sollte ich ihr dankbar sein.*

»Geh zum Lager. Dort sind unsere Leute, sie werden dich versorgen und dir zu essen geben.«

Ich lief weiter, das Blut der jungen Frau an meiner Hand, mit der ich beruhigend ihren Arm gestreichelt hatte. Ich fuhr mit beiden Händen durch mein Gesicht, aber an meinen Wangen haftete so viel Blut, es machte keinen Unterschied. Inzwischen sah ich, wie einige derer, die sich über die leblose Gestalt am Boden beugten, zurücktraten. Sie umarmten einander, keiner sagte ein Wort. Gespenstische Stille. Tödlich.

Als sie mich bemerkten, wichen sie zurück. Ich fiel vor Nushaba auf die Knie. Ein Pfeil ragte aus ihrem Bauch, wie hatte ein Pfeil ihren Brustpanzer durchschlagen können?, fragte ich mich noch, dann bemerkte ich, dass sie gar keinen trug. Nushaba lag reglos da, und ich dachte, sie sei schon davongeglitten in die andere Welt. Doch als ich ihren Namen rief, fuhr ihre Hand tastend über den Boden. Ich ergriff sie mit beiden Händen, presste sie an meinen Mund und schmeckte auch ihr Blut.

»Otrere.« Sie lächelte. »Du bist gekommen.«

»Halte durch«, stammelte ich. »Wir bringen dich ins Lager. Ein Heiler wird sich um deine Wunde kümmern.«

Nushabas Augen blieben geschlossen. Sie schüttelte den Kopf, ganz leicht nur. »Das wird nicht passieren. Bis ich dort bin, habe ich schon die Welten gewechselt.«

»Ich hol dich zurück«, sprach ich hastig weiter. »Dich und Mela, ich werde …«

»Pssst, kleine Königin.« Das Reden fiel ihr sichtlich schwer. »Das wirst du nicht tun. Du darfst die achaischen Götter nicht um noch mehr Gefallen bitten.«

»Aber wenn du stirbst, wird Mela …«

»Sie wird leben.«

Nushaba drückte meine Hand. Ich wandte mich an die Krieger, die uns umstanden. »Tut doch etwas.«

Einer der jungen Männer trat vor. »Königin. Wir können nichts tun.«

Zum dritten Mal in dieser Nacht redeten sie mich so an, Königin!, und ich hätte ihn am liebsten ausgelacht oder angeschrien, dass ich keine Königin war, dass ich es nicht verdiente, Königin zu sein, wenn ich die verlor, die meiner Familie so viel bedeuteten. Dass ich so viele Kompromisse eingegangen war, so viele Dinge zugelassen hatte, mich auf die Achaier eingelassen hatte, und nun hockte ich im Gras, hielt die Hand der Frau, die meine Schwester geliebt und ihr beigestanden hatte, während ich mich im fernen Ephesos vor der Verantwortung gedrückt hatte. Ich hatte den Kampf aufgegeben, bevor er begann. Ich war keine Königin, ich war ein Nichts, ich war ein Schatten meiner selbst, weil ich zugelassen hatte, dass die Liebe zu meinen Kindern größer war als die Liebe zu meinem Volk. Dass es diese Kinder gab, war ein Fehler, aber nicht, weil ich ihre Existenz bereute, sondern weil mein Volk mit ihrer Geburt zum Spielball der Götter geworden war.

Nushaba war nur eine von vielen, die dafür einen entsetzlichen Preis zahlen mussten.

Ich wusste, dass der junge Krieger recht hatte, und so blieb mir nichts anderes übrig, als um Nushaba zu weinen, während sie meine Hände hielt, und ich atmete mit ihr im steten Auf und Ab, bis ihr Atem immer langsamer wurde. Ich legte mich neben sie. Wärmte sie und flüsterte ihr zu, alles sei gut, bald sei es vorbei, dann müsste sie nie mehr Schmerzen leiden.

»Ich war dort«, wisperte ich. »In der Zwischenwelt wirst du keine Schmerzen mehr haben, und du wirst den Weg ins Jenseits mühelos finden.« Ich schluchzte auf. »Er ist vorgezeichnet für dich.«

»Mela lebt.«

Ihre letzten Worte. Keine Ahnung, ob sie damit einen Wunsch aussprach oder eine Weissagung. Ich nickte heftig. »Ja, Mela lebt«, versprach ich ihr.

»Du brauchst …«

Und dann war sie fort. Die Kriegerin, neben der ich einst als Fünfjährige meine ersten Nächte geschlafen hatte, als ich zu den Kriegerinnen zog. Die mich tröstete, als ich Heimweh bekam. Die mich lehrte, einen Bogen zu bauen und die Geduld aufzubringen, bis der Bogen fertig war. Die mich ermutigte, den Falben zu wählen, weil er mich gewählt hatte. Sie starb in meinen Armen, und alles daran war falsch. Sie hätte in Melanippes Armen sterben sollen. Gar nicht sterben sollen!

35

Die Toten begruben wir, die Lebenden tätowierten wir. So war es unser Brauch. Die Familien kehrten ins Lager zurück und begannen, die zerstörten Zelte und Karren zu ersetzen. Jene, die vor Kurzem erst zu uns gestoßen waren, kehrten im Verband ihrer eigenen, kleinen Sippen zurück zu den Sommerweiden. Unsere Herden schrumpften, nachdem sie ihre Tiere absonderten.

Ich bekam von alledem nicht viel mit. Saß vor meinem Zelt im Schatten und schlug mir selbst den kleinen Tintenkamm mit dem bronzenen Hämmerchen in den Oberfuß, zeichnete mich mit einer Kriegerin auf dem Rücken ihres Pferds. Nur als Hippolyte aus dem Versteck zurückkehrte, wo Pardis auf sie aufgepasst hatte, wachte ich aus meiner Erstarrung auf. Seit Melanippes Erkrankung hatte sich vor allem Nushaba meiner Tochter angenommen, und nun war sie voller Kummer. Ich ließ meine Älteste auf meinem Schoß sitzen, solange sie wollte, und sie schlief und aß an mich geschmiegt, sie fütterte mich mit kleinen Fleischbrocken und getrockneten Beeren, wir tranken aus einem Becher und schliefen nachts auf meiner Matte unter dem Sternenhimmel. Hippolyte sprach genauso wenig wie ich. Dass Nushaba nicht mehr da war, dass Melanippe immer noch nicht zurückgekehrt war aus ihrem Fieberschlaf, all die Veränderungen, sie machten etwas mit diesem Kind. Mit mir auch, doch durfte ich das nicht zeigen. Musste stark sein für Hippolyte und das Ungeborene. Für mich.

Wenn die Leute etwas von mir wollten, wussten sie, wo sie mich fanden. Sie kamen zu mir, setzten sich neben mich auf die Matte, ich ließ uns Kumys bringen und hörte mir ihre Sorgen an. Vieles war im Argen, seit ich fortgegangen war. Erst jetzt offenbarte sich, wie schutzlos ich mein Volk zurückgelassen hatte. Melanippe hatten sie nicht in jeder Frage vertraut, und Maspi fühlte sich nur für die Tyras-Skythen verantwortlich. Letztes Jahr hatte es bei den Viehherden große Verluste gegeben; rätselhafte Krankheiten hatten ganze Bestände befallen und dahingerafft. Manche Sippen mussten hungern; einige waren daraufhin nach Tyras gezogen. Wir waren nicht mehr so viele wie noch vor einigen Jahren, und ich gab mir die Schuld am Niedergang. Ich hatte sie im Stich gelassen, weil ich lieber bei Ares sein wollte, als die Verantwortung zu tragen.

In diesen Tagen nach dem Kampf gegen die Thraker begriff ich, dass die Herrschaft etwas war, das ich nie mehr wieder ablegen konnte. Ich hatte mir einst gewünscht, über das Volk der Skythen zu herrschen, und die Götter und mein Vater hatten meinen Wunsch erhört. Dennoch war ich dieser Aufgabe nicht gerecht geworden. Ich war vor der Verantwortung weggelaufen.

Zeit, dass ich diese Verantwortung wieder übernahm. Dass ich meine Angst abstreifte, dass meinen Kindern etwas passieren könnte. Irgendwas würde geschehen, ja. Ares war sehr deutlich gewesen. Die Götter kämpften um ihre eigene Zukunft, und was mit den Menschen passierte, das dürfte ihnen ziemlich gleichgültig sein. Aber die beste Chance, die Hippolyte, Penthesilea und ihre Schwester haben würden, wäre, dass sie bei mir waren. Dass ich sie beschützte, wenn ihr Vater es schon nicht konnte.

Ich schickte Arash nach Ephesos. Er sollte Penthesilea holen. Ich wollte keinen Tag länger von einem meiner Kinder getrennt sein.

Es geschah etwa zehn Tage nach dem Kampf gegen die Thraker. Arash war unterwegs, und die meisten Skythen machten sich mit ihren Gefangenen auf den Weg nach Hause. Sie alle waren erleichtert. Für dieses Jahr rechneten wir mit keinen weiteren Angriffen.

Ich saß im Schatten von Barkidas Karren, Hippolyte auf meinem Schoß. Sie war eingeschlafen, und auch ich spürte, wie eine mittägliche Schläfrigkeit mich erfasste. Die Schwangerschaft forderte ihren Tribut.

Zwischen den Karren und Zelten hatte ich freie Sicht auf die Ebene im Süden, weshalb ich den einsamen Wanderer, der sich unserem Lager näherte, als Erste bemerkte. Ich sah ihn wohl, doch erkannte ihn nicht. Seine Bewegungen waren geschmeidig wie die eines Schneeleoparden, und je näher er kam, umso größer wirkte er auf mich, aber auf eine übermenschliche Art. Ich kniff die Augen zusammen und versuchte, die Müdigkeit abzuschütteln, die meine Sinne vernebelte.

Obwohl ich diesem Mann noch nie begegnet war, kam er mir seltsam bekannt vor. Fast vertraut, als hätte ich bereits viel Zeit mit ihm verbracht. Kurz dachte ich, meine Sinne spielten mir einen Streich und Ares nähere sich unserem Lager, nur eben nicht in der Gestalt des Kriegsgotts, sondern als heller, zarter Jüngling. Dann dachte ich, Artemis habe sich als Mann verkleidet, doch die Augen dieses jungen Gottes waren nicht silbrig und hell wie ihre, sondern so tief und dunkel wie ein Brunnen, in dem alle Weisheit ertrank und die Zukunft geschrieben stand.

Da wusste ich, wer zu uns kam.

Ich blieb sitzen. Als er bis auf wenige Schritte herangekommen war, blieb er stehen. »Otrere, Königin der Skythen.«

»Apollon.«

Ich schob die schlafende Hippolyte behutsam von meinem Schoß auf die Matte, doch er hob die Hand. »Bleib sitzen, Königin Otrere. Darf ich mich zu dir gesellen und mein Mahl mit dir teilen?«

Ich nickte stumm. Er trat unter das Sonnensegel, das über mir gespannt war und ließ sich mit gekreuzten Beinen neben mir nieder. Aus einem Beutel holte er eine Trinkflasche und ein Beutelchen, die er zwischen uns ausbreitete. Es gab frisches Brot, einen süßen Wein … Ich war fast ein wenig enttäuscht, dass er nicht mit Nektar und Ambrosia zu mir gekommen war. Er bemerkte es und lachte leise. »Du lebst schon zu lange mit Ares zusammen«, stellte er fest.

»Merkt man mir das an, ja?«

Er schmunzelte.

Ich mochte ihn, und das überraschte mich, denn bisher war ich jedem achaischen Gott mit großer Vorsicht entgegengetreten. Apollon jedoch hatte ein so lichtes Gemüt, er wirkte so sehr mit sich selbst im Reinen. Unvorstellbar eigentlich, wenn man bedachte, dass er die Gabe der Weissagung besaß und mehr wissen musste als wir alle.

»Ich vermute, es hat einen Grund, dass du hier bist und nicht in Ephesos, um deine Schwester zu nerven«, bemerkte ich leichthin.

»Das könnte sein.«

Er musterte mich von der Seite.

Gott der Künste. Des Bogenschießens. Er war ohne seine geliebte Waffe gekommen. Was hatte ihn dann hergeführt? Ich schloss die Augen, denn das Brot zerging auf der Zunge. »Du bist der Gott der Heilkunst«, sagte ich langsam.

Er schwieg.

»Du bist nicht meinetwegen hier. Sondern wegen dem, was kommen wird. Du siehst mehr als die anderen Götter, aber du hüllst dich in Schweigen, weil du sie nicht beeinflussen willst. Dennoch tust du Dinge … Du veränderst die Geschichte. Weil du etwas verhindern willst.«

»So ungefähr.«

»Geht es um meine Schwester Mela?«

Wieder sagte er lange kein Wort, und ich fürchtete schon, er werde einfach aufstehen und gehen. Doch dann erhob er sich. »Ich denke, Hippolyte hat schon zu viel verloren. Sie wird Großes vollbringen. Aber sie kann das nicht, wenn sie … allein ist.«

»Aber ich bin bei ihr«, wandte ich ein.

»Du wirst nicht immer hier sein, Otrere.«

Melanippe schon. Darum musste er sie retten. Sie würde ohne ihn nicht wieder aufwachen, und ihr Tod würde zu vieles am Lauf der Geschichte ändern.

»Werden die achaischen Götter überleben?«, fragte ich.

»Überleben werden wir. Schließlich sind wir unsterblich. Die Frage ist, wie wir leben werden.«

Er kletterte in den Karren. Ich hörte ihn mit meiner Mutter reden, die kurz darauf herauskam und sich zu mir setzte. »Kennst du diesen Achaier?«, fragte sie.

»Wir können ihm vertrauen«, versicherte ich ihr. »Wenn jemand Mela retten kann, dann er.«

Das genügte ihr. Sie hockte sich neben mich. Misstrauisch beäugte sie das Brot, die Oliven und Feigen, die Apollon mitgebracht hatte. »Das essen die Achaier?«, fragte sie.

»Probier es ruhig.«

Meine Mutter nahm einen Bissen vom Brot. Hippolyte bewegte sich im Schlaf, ich nutzte die Möglichkeit, sie abzulegen. Als ich aufstand und mich streckte, blickte meine Mutter zu mir auf. »Man sieht es schon«, sagte sie. Verlegen strich ich über den Bauch. Bisher hatten wir nicht viel darüber geredet, dass ich erneut schwanger war. »Bleibst du hier oder willst du wieder verschwinden und mir noch ein Enkelkind vorenthalten? Als würde es nicht genügen, dass Maspi in Tyras bleibt. Vermutlich fürchtet er, wir könnten seine Nachkommen mit unserer primitiven Lebensweise vergiften.« Sie runzelte die Stirn und probierte ein Stück Feige. »Aber das, was die Achaier da so essen, ist sehr köstlich«, musste sie zugeben.

»Ich werde hierbleiben«, sagte ich leise.

»Ach Unsinn«, widersprach meine Mutter. »Wir beide sehen die Zeichen der Zeit, und sie stehen auf Veränderung. Dein Vater hat sie schon gesehen, doch er wollte es nicht zugeben. Deshalb hat er dich Mela vorgezogen. Maspi konnte nicht, aber bei dir hat er dieselbe Abenteuerlust, dieselbe Neugier gesehen, die dich so lange von uns fortgetrieben hat. Du solltest mir mal erzählen, wie das Leben in einer Stadt sich anfühlt«, fügte sie gedankenverloren hinzu. »Vielleicht gefällt es mir ja.«

Ich lachte. »Sicher nicht. Ich weiß selbst nicht, ob es mir gefällt.«

»Aber deine Töchter werden sich entscheiden müssen, nicht wahr? Ob sie eher hierbleiben oder in einer achaischen Stadt leben wollen.«

»Ich möchte sie hier draußen aufziehen. Alle drei.«

Meine Mutter kommentierte nicht, dass ich offenbar davon ausging, dass mein drittes Kind ein Mädchen sein würde. »Das werden wir wohl abwarten müssen. Ich hätte damals nicht gedacht, dass die

Veränderung mit uns kommen wird. Ich dachte, mit dir setzt sich die Stabilität fort, die dein Vater uns gebracht hat.«

»Bist du deshalb enttäuscht?«, fragte ich.

»Nein. Die Welt verändert sich. Als wir das erste Mal den Achaiern begegnet sind, hatte der Wandel bereits eingesetzt.«

»Du bist ihnen bisher nicht begegnet.« Ich lächelte, doch meine Mutter erwiderte das Lächeln nicht. Sie aß die Oliven und schien Gefallen an dem zu finden, was die Achaier ihr bisher brachten.

Ich ließ sie mit Hippolyte allein. Als ich in den Karren kletterte, verhielt ich mich leise, weil ich nicht wusste, ob ich stören würde oder ob Apollon meine Gegenwart duldete.

Er kniete vor der erhöhten Bettstatt, auf der Melanippe ruhte. Ich konnte nicht viel erkennen, denn im Karren herrschte ein seltsames Dunkel, als hätte er das Licht aus dem Innern herausgezwungen. Nur von seinen Händen ging ein unwirkliches Leuchten aus, das man lediglich sehen konnte, weil es so dunkel um ihn war. Als zöge er alles Licht an sich.

Seine Hände über Melanippes Körper. Er berührte sie nicht. Die Energie aber, die von ihm ausging, strömte in ihren Leib. Beide waren reglos, wie erstarrt. Ich bewegte mich nicht, und ich glaube, ich hörte auf zu atmen, als ich dabei zusah, wie Apollon meine Schwester heilte.

Kein Zweifel. Sie würde wieder genesen. Hatte ich vorher immer noch um ihr Leben gefürchtet, spürte ich jetzt diese Gewissheit. Dass alles sich zum Guten wenden werde.

Aber die Erkenntnis war zugleich schmerzhaft. Ich hatte den Kampf verloren. Gegen die Achaier. Sie hatten sich in unsere Lebenswelt gefressen wie dieser Knoten in die Brust meiner Schwester. Die

Medizin war eine bittere; wir konnten nicht losgelöst von den Achaiern leben. Durch Ares und meine Liebe zu ihm waren wir miteinander verbunden. Und mit jeder skythischen Familie, die durch Hunger und Verluste dazu getrieben wurde, sich von unserem nomadischen Leben abzuwenden und in einer achaischen Siedlung ihr Glück zu suchen, ging unsere Lebensweise ein bisschen mehr verloren. Irgendwann würde sich niemand mehr daran erinnern, wer wir waren. Was wir in die Welt bringen, wird irgendwann verschwinden.

Ich beobachtete Apollon und Melanippe lange. Irgendwann kniete ich mich hin, doch er bemerkte mich nicht – oder zeigte nicht, dass er meine Anwesenheit bemerkt hatte. Es wurde auch draußen dunkel. Ich hörte Hippolyte. Sie war aufgewacht und rief nach mir. Meine Mutter beruhigte sie, dann war es wieder still.

Irgendwann wurde ich müde, und ich lehnte mich gegen die Wand und schloss die Augen. Wie lange brauchte ein Gott, um eine Sterbliche zu retten? Hatte auch Ares sich damals auf eine so weite Reise begeben?

Als Apollon meine Schulter berührte, schrak ich auf. Er beugte sich über mich, seine Augen pechschwarz und ernst, sie hatten alles Licht aufgesogen und leuchteten dennoch, obwohl das doch unmöglich war. »Sie wird wieder gesund.« Er sah mich an, als wollte er noch mehr sagen, doch dann ließ er mich los. Ich fröstelte, fühlte mich von ihm alleingelassen, obwohl er uns doch gerade das größte Geschenk gemacht hatte.

Ich kroch zu Melanippe. Als ich mich umdrehte, waren wir allein im Karren, und draußen herrschte Stille. So schnell, wie er gekommen war, hatte Apollon sich auch wieder entfernt. Ich stellte mir vor, wie er über die Steppe Richtung Süden ging, sein Schritt beschwingt, weil er wieder ein winziges Stück von Zeus' großem Plan umgesetzt hatte.

Mela atmete so viel ruhiger. Ich legte die Hand auf ihre Brust, spürte, wie sie sich hob und senkte. Ihre Lider flatterten, doch sie wachte nicht auf. Ich blieb bei ihr, bis ich müde wurde. In meinem Kopf war ein großes Durcheinander. Was hatte Ares sich von mir erhofft? Waren meine Töchter Teil eines Plans, um die Götter zu retten? Mit Apollons Worten begriff ich das ganze Ausmaß. Was ich zwar vermutet hatte, aber mir nie hatte eingestehen wollen. Wir alle waren Spielbälle in den Händen der Götter, und sie warfen uns hin und her, wie es ihnen gefiel. Ares hatte immer gesagt, er empfinde mehr für mich, es gehe ihm um uns. Unsere Liebe.

Aber was davon sollte ich jetzt noch glauben?

Und vor allem: Welche Konsequenz sollte ich aus dem Wissen ziehen, das sich mir nun allmählich offenbarte?

36

Ich konnte meine Kinder nicht retten. Konnte mein Volk nicht vor der Veränderung bewahren. Konnte mich selbst nicht zurückziehen, denn die Achaier waren schon da, wohin ich auch ging.

Darum beschloss ich, es ihnen gleichzutun.

Als Melanippe am nächsten Morgen, fast einen Mondlauf nachdem der Heiler ihr die kranke, knotige Brust entfernt hatte, die Augen aufschlug, bat sie mit brüchiger Stimme um einen Schluck Wasser und trug der jungen Frau, die bei ihr wachte, auf, mich zu suchen. Sie wusste, dass ich zurück war, ohne dass es ihr jemand gesagt hatte. Hatte sie gespürt, wie ich all die Nächte neben ihr gewacht hatte?

»Du bist zurück«, flüsterte sie. Ich hockte neben ihr, und ihre Hand tastete suchend nach meinen Fingern.

»Dasselbe könnte ich sagen«, murmelte ich.

Sie lächelte. Noch fehlte ihr die Kraft, mir von der weiten Reise zu berichten, die sie so lange von uns ferngehalten hatte. Oh, und eine Reise war es gewesen, davon war ich überzeugt. Ich gab ihr von der Brühe, die eine Sklavin uns brachte, mit Thymian bestreut und mit wilder Möhre. Melanippe ließ sich von mir füttern, und das Erstaunlichste war, wie rasch ihr Körper wieder an Kraft gewann.

Ob sie irgendwann darüber sprechen wollte, was ihr in der Zwischenzeit widerfahren war? Ich drängte sie nicht. Vielleicht war ihre Erfahrung ganz anders als meine.

Ich konnte nicht länger die ganze Zeit bei ihr sitzen, denn mein Entschluss erforderte viel Planung. Ich sprach mit vielen Kriegerinnen, mit ihren Familien. Mit ihren Männern. Hörte mir ihre Gedanken an, diskutierte mit ihnen über die Idee, die ich nicht mehr aus dem Kopf bekam. Sie war verrückt, das war mir bewusst. Denn jede, mit der ich sprach, jeder, den ich um Rat fragte – sie alle spürten im ersten Moment eine große Abscheu gegen meinen Plan. Bis ich ihnen erklärte, warum ich das hier tat. Sie begriffen die Notwendigkeit. Was nicht zwangsläufig hieß, dass sie mir folgen würden. Ich rechnete fest damit, dass ich im nächsten Frühling, wenn ich mich daranmachte, diesen Plan in die Tat umzusetzen, relativ allein dastand.

Gut möglich auch, dass ich in Tyras mehr Mitstreiter fand. Doch noch war der Frieden mit den Thrakern brüchig, und ich wollte unser Glück nicht herausfordern. Ich blieb im Lager, zeigte mich und ließ die Kriegerinnen und Kämpfer regelmäßig mit dem Bogen, mit Schwertern und Steinschleudern, Dolchen und Wurfäxten trainieren. Sie ritten gegen die Strohpuppen an, die wir in die Kleidungsfetzen in den Farben der Kimmerer und Thraker und der Achaier hüllten. Anders als bei meinen ersten beiden Schwangerschaften musste ich dieses Mal früher auf den Schwertkampf verzichten. Da es sowieso nicht meine liebste Disziplin war, empfand ich es nicht als Verlust. Ich ließ die Nähte meiner Tunika aus, so dass der wachsende Bauch noch eine Weile kaschiert wurde. Machte jemand eine Andeutung, dass ich bald schon drei Kinder beaufsichtigen müsste, überhörte ich diese.

Endlich kehrte Ruhe ein. Und mit der Ruhe kam auch Arash aus Ephesos zurück, und er brachte Penthesilea mit. Geliebte, kleine, große Penthesilea! Sie erkannte mich sofort, und sie klammerte sich an mir fest, wie Hippolyte mich anfangs nicht losgelassen hatte, als ich zurückgekehrt war. Die erste Begegnung der Mädchen beruhigte mich. Hippolyte reichte Penthesilea die Hand. »Soll ich dir mein Pferd zeigen?«, und schon liefen sie davon, denn Pferde, das berichtete mir Arash, hatten auf Penthesilea auf dem Weg hierher eine zunehmende Faszination ausgeübt.

Ich lud ihn ein, mit mir und Melanippe eine Mahlzeit einzunehmen. Sie war heute zum ersten Mal wieder zu den Kriegern gegangen und hatte sich von einem Jüngling ihren Bogen spannen lassen, bevor sie ein paar Pfeile abschoss. Ihre alte Form war noch in weiter Ferne, aber sie strahlte, als hätte sie es den jungen Kriegern gerade so richtig gezeigt, da beim Bogenschießen.

»Glücklich?«, fragte ich sie, obwohl ich die Antwort bereits kannte.

»Ich habe überlebt«, sagte sie, und das stimmte auf so vielen Ebenen. Aber unser Volk würde nur dann überleben, wenn es sich wandelte. Wenn es die Veränderung zuließ. Und ich ahnte, dass für Melanippe, vielleicht auch für Arash die Änderungen, die ich im Sinn hatte, zu viel waren. Für meine Mutter ganz bestimmt. Sie war immer schon der Steppe verbunden gewesen. Und würde es für immer sein.

»Wir alle haben überlebt«, sagte ich ruhig. »Aber unser Fortbestehen wird einen Preis von uns verlangen.«

Meine Schwester musterte mich aufmerksam. »Du denkst viel nach, seit du wieder hier bist.«

Ich nickte.

»Über unser Volk. Die Zukunft.«

»Wenn die Thraker nächstes Jahr zurückkommen, werden wir vorbereitet sein«, erklärte Arash. »Sie werden uns kein zweites Mal überraschen.«

»Das meint Otrere nicht.« Melanippe blickte mich unverwandt an. Wusste sie mehr? Hatten sich ihr meine Pläne bereits offenbart?

Ich räusperte mich und sah niemanden direkt an, als ich anfing zu sprechen. Leise und zögerlich, weil ich selbst von diesem Plan längst nicht überzeugt war. Weil ich nicht wusste, ob es die richtige Entscheidung war oder ob ich die Skythen damit ins Verderben führte.

Arash und Melanippe machten mir ein großes Geschenk, denn sie ließen mich ausreden. Stellten erst mal keine Fragen, sondern ließen meine Worte auf sich wirken.

»Du meinst das ernst«, sagte Arash schließlich.

»Natürlich meint sie das ernst«, fuhr Melanippe ihn ungehalten an, und ich lächelte, weil da auch die Kämpferische zurückkehrte, die sich von niemandem auf der Nase herumtanzen ließ und auf keinen Fall wollte, dass irgendwer *mir*, ihrer Königin, auf der Nase herumtanzte.

»Und was hältst du davon?«, fragte ich sie.

Melanippe ließ sich mit ihrer Antwort Zeit. Ich war ihr dankbar dafür, denn hätte sie direkt ausgesprochen, was sie dachte – nun, vermutlich wäre ich dabei nicht besonders gut weggekommen.

»Es ist ein Wagnis«, sagte sie langsam. »Du wirst damit viele gegen uns aufbringen. Die Achaier werden uns hassen.« Sie lächelte flüchtig. »Zugegeben, das hat dich bisher nie gekümmert. Du bist deinen Weg gegangen, egal, wer dich hassen könnte. Die Thraker und südöstlich von uns die Kimmerer? Sie werden uns als Bedrohung sehen, und dann werden sie uns entweder in Ruhe lassen oder sie werden alles daransetzen, uns zu vernichten.«

Arash hatte nachdenklich zugehört, die Hand ans Kinn gelegt, der

Zeigefinger tippte gegen seinen Mundwinkel. »Aber es ist eine gute Gelegenheit«, gab er zu bedenken. »Wir kennen uns inzwischen recht gut damit aus, wie das gehen könnte. Otrere und ich hatten genug Zeit, die Achaier zu studieren. Maspi könnte ebenfalls einiges beitragen.«

»Es soll nicht so wie bei ihnen werden«, wandte ich ein. »Es soll so werden, dass sich die Skythen damit wohl fühlen. Es soll sie mit Stolz erfüllen.«

»Das wird es, wenn es von dir kommt. Wenn jemand wahrhaftig eine Tochter der Steppe ist, bist du das, Otrere. Sie werden vermutlich überrascht sein, wenn du ihnen deine Pläne offenbarst. Aber viele werden mit dir gehen.«

»Nicht alle«, sagte Melanippe leise. »Ich werde hierbleiben.«

Ich legte ihr die Hand auf die Schulter. »Wir beide wissen, du hast in den vergangenen Jahren viel Verantwortung auf dich genommen, die ich hätte tragen müssen. Ich war feige. Habe mich um die Verantwortung gedrückt. Ab jetzt werde ich hier sein. Nicht immer. Aber sooft es mir möglich ist. Auch Mamai-Gora wird für uns an Bedeutung gewinnen.«

Melanippe starrte mich wortlos an. Dann räusperte sie sich. »Was hast du dann für mich geplant? Oder habe ich so versagt, dass ich nicht länger für unser Volk ...«

»Doch.« Ich umarmte sie, spürte wie ihre Anspannung wich. »Du bist die beste Kriegerin, die wir haben. Ich brauche dich, damit du unsere jungen Menschen im Kampf unterweist. Jede Sippe soll ihre besten jungen Frauen und Männer zu dir schicken, damit du sie ausbildest. Die Thraker, Kimmerer und Achaier sollen uns fürchten, weil wir eine schlagkräftige Truppe haben, die jederzeit zuschlagen kann, wenn sie es wagen, sich unseren Interessen zu widersetzen oder unser Territorium bedrohen.«

Melanippe nickte.

»Du wirst eine neue Aufgabe bekommen«, wandte ich mich an Arash. »Maspi und Afina werden mit ihren Kindern und deinem Sohn Tyras verlassen.«

Er neigte den Kopf. Über seinen Sohn redete er selten. Was nichts an den Tatsachen änderte. Er hatte einen Sohn, und er wuchs bei meinem Bruder auf. »Wie du befiehlst, Königin Otrere.« Er konnte nicht verhindern, dass ein Grinsen an seinem Mundwinkel zupfte, und ich boxte ihn gegen die Schulter. »Jetzt tu nicht so, als würde dir diese neue Aufgabe nicht behagen«, schimpfte ich zärtlich. Etwas Neues aufbauen, etwas im Entstehen zu begleiten – das wäre die richtige Aufgabe für meinen Onkel. Er hatte nach Höherem gestrebt, und ich hatte ihm die Flügel gestutzt. Inzwischen wussten wir, wo unser Platz war. Auch ich hatte das erst lernen müssen.

»Und du?«, fragte Melanippe. »Was wirst du tun, Otrere?«

Ich atmete tief durch.

»Ich werde zwischen beiden Welten leben«, erklärte ich leise. »Auf der Steppe und an der Küste.«

Meine Schwester nickte. »Eine weise Entscheidung«, erklärte sie. »Die Skythen werden dir folgen, wenn du ihnen zeigst, wie dieses neue Leben aussehen kann.«

So war der Plan.

Wir blieben lange zusammen sitzen und redeten, an einem Lagerfeuer. Dort, wo ich aufgewachsen war, wo ich Spuren hinterlassen hatte. Wo ich geprägt worden bin. Ebenso war es mit Ephesos passiert. Jeder Ort, an dem ich lebte, hinterließ Spuren bei mir, ließ mich wachsen und bescherte mir immer auch ein ganz besonderes Glück. Ich war einst von meinen Eltern in der Gewissheit großgezogen worden, dass das Leben auf der Steppe, wie sie es mir vermittelten, das einzig Richtige, Wahrhaftige für unser Volk sein würde – für alle Zeiten. Doch während ich mit meiner Schwester und meinem Onkel beisammensaß und wir Pläne für die Zukunft schmiedeten, war eines gewiss: dass der Wandel immer stärker sein würde, dass Veränderung sich ihren Weg bahnte, ob wir sie begrüßten oder nicht.

Für mich hieß das, dass ich die Skythen in eine ungewisse Zukunft führte. Aber ich wollte ihnen die Möglichkeit bieten, in einer eigenen Stadt am Pontischen Meer zu siedeln. Nicht in Tyras in Erdhöhlen zu hausen, nur weil sie sich mehr nicht ermöglichen konnten. Das hatten sie nicht verdient. Sie sollten ebenso stolz sein dürfen auf ihre eigene Siedlung.

Und ich würde nicht länger hinnehmen, dass andere Völker unseren Siedlungsbereich einengten, ohne dafür einen Ausgleich zu schaffen. Ich ahnte, dass auf mich, auf uns in den kommenden Jahren viele Herausforderungen warteten. Aber ich war bereit, diese anzunehmen. Für mein Volk.

Für meine Familie.

Epilog

»Mama, schau doch! Da ist die Küste!«

Penthesilea hüpfte neben mir auf und ab, und ich lächelte nachsichtig und wandte mich kurz ab. Die Tage auf See waren angenehm ruhig gewesen, doch nun, da wir uns der südlichen Küste des Pontischen Meers näherten, war der Seegang heftiger geworden, und damit hatte sich meine Seekrankheit wieder verschlimmert.

Doch ich wollte nicht klagen. Die Zeiten, da ich bei jeder Überfahrt tagelang kotzend über der Reling hing und mir den Spott der Mitreisenden einfing, waren vorbei. Offensichtlich konnte man sich an alles gewöhnen. Auch als Pferdemensch an unruhige Überfahrten auf dem Meer.

Ich streichelte die Schulter meiner mittleren Tochter. Mit ihren acht Jahren reichte sie mir fast bis zur Brust. Eines Tages würde sie mindestens so groß sein wie ich. Hippolyte, die ebenfalls neben mir stand, war im vergangenen Winter dermaßen in die Höhe geschossen, dass sie meine Schulter überragte. Sie legte den Kopf dagegen und seufzte. Ich drückte sie kurz an mich.

»Bleiben wir lange, Mutter?«, fragte sie leise.

»Nur so lange wie nötig«, versicherte ich ihr. »Danach darfst du vor dem Winter zurück nach Skythien.«

»Danke.« Sie lächelte müde. Das Meer und die Stadt würden niemals Hippolytes Heimat sein. Das hatte sich schon damals angedeutet, als ich nach der letzten Schlacht gegen die Thraker verkündete, dass die Skythen am südlichen Ufer des Pontischen Meers unweit der achaischen Städte ebenfalls eine Siedlung gründen würden. Das Argument vieler Skythen, dass wir damit den Konflikt mit den Achaiern suchten, hatte ich beiseite gewischt. »Sie haben ihre Siedlungen an unserer Küste gegründet. Warum sollten sie etwas dagegen haben, wenn wir dasselbe an ihrer Küste tun?«

Ganz so einfach war es nicht gewesen. Aber in den vergangenen fünf Jahren war viel passiert. Während ich mit meinen drei Töchtern abwartend an der Reling stand, näherte sich das Schiff langsam dem Hafen von Themiskyra.

Der Name war wie ein Versprechen. Gelegen an der Küste, auf fruchtbarem Land, das offenbar von den Achaiern zuvor verschmäht worden war. Ich wusste nicht, warum sie kein Interesse an diesem Küstenstreifen zeigten. An einer Flussmündung gelegen, erstreckte sich die Siedlung, in die es in den Jahren seit ihrer Gründung viele skythische Familien gezogen hatte. Sie kamen aus Tyras, manche hatten für das Leben hier auch ihre Gemeinschaft auf der Steppe verlassen. Jene, die es hierherzog, unterstützte ich nach Kräften, damit sie heimisch werden konnten.

Es hatte sich nicht als sinnvoll erwiesen, dass mein Volk sich von den anderen isolierte. Meine Versuche, unsere Lebensweise zu bewahren, wie sie von alters her gewesen war, hatte sich als Irrtum erwiesen. Deshalb hatte ich beschlossen, dass das skythische Volk sich ebenso ausbreiten durfte wie die Thraker oder Achaier. Niemand hatte Widerspruch eingelegt, als wir mit drei Schiffen und über hundert Siedlern vor fünf Jahren herkamen und die Familien Pflöcke in die Erde schlugen und ihre Grundstücke voneinander abgrenzten.

Es fühlte sich merkwürdig an, doch schon bald halfen uns die tyrischen Familien, die sich uns zahlreich angeschlossen hatten. Eine Stadt entstand, die von einem skythischen Statthalter geführt wurde, der mein Vertrauen genoss. Zu dem die Menschen mit ihren Streitigkeiten gehen konnten. Der ihre Gesetze und Gepflogenheiten kannte. Außerdem hatten wir seit unserer Ankunft den Handel mit den Achaiern auf dieser Seite des Pontischen Meers intensiviert. Alle profitierten von dieser Stadt.

Vor allem meine Familie, denn als das Schiff in dem kleinen Hafen anlegte, waren meine Töchter kaum mehr zu halten. Hippolyte wäre am liebsten über die Reling direkt auf den Kai gesprungen, weil sie als Erste den Mann entdeckt hatte, den wir alle in den vergangenen Jahreszeiten so sehr vermisst hatten. Sie drängte sich an den Seeleuten vorbei, die gerade noch den Steg hinabschieben konnten, bevor sie leichtfüßig darüber tänzelte und direkt in die Arme ihres Vaters lief. Ares lachte. Er war wie berauscht vom Glück, seine – unsere! – Töchter wiederzusehen.

Ich nahm Antiope auf den Arm, bevor ich hinter Penthesilea das Schiff verließ. Unsere Jüngste strampelte, kaum dass ich festen Boden unter den Füßen hatte, so sehr brannte sie darauf, ihren Schwestern zu folgen.

Ich schlenderte auf Ares zu, der nacheinander unsere Mädchen durch die Luft wirbelte und sie dann losschickte, damit sie nach ihrem Onkel suchten. Dann galt seine ganze Aufmerksamkeit mir.

Er nahm meine Hände und breitete meine Arme aus, um mich in aller Ruhe betrachten zu können. »Du bist wunderschön, meine Königin«, sagte er leise.

»Spinner«, sagte ich zärtlich und trat auf ihn zu. Ares schloss mich in die Arme. Mein Gesicht drückte gegen seinen Lederpanzer.

Seit er mir einst Schwert, Schild und Helm überlassen hatte, war er nicht mehr in Rüstung vor mir erschienen. Ein Lederpanzer aber gehörte zu ihm wie sein schwarzer Höllenhund, der wieder zu seinem Herrn zurückgekehrt war. Als hätte auch er seine Aufgabe erfüllt, nachdem wir die Thraker damals so empfindlich geschlagen hatten. Sie hatten sich von der Niederlage bisher nicht erholt. Melanippe, die sommers wie winters mit ihren Kriegerinnen an der Grenze patrouillierte, berichtete mir regelmäßig, wir hätten von ihnen vorerst keinen Ärger mehr zu erwarten.

Auch die Achaier überlegten es sich lieber zweimal, bevor sie sich mit uns Ärger einhandelten. Dass viele Skythen es vorzogen, aus Tyras nach Themiskyra überzusiedeln, nachdem sich herumsprach, wie gut es sich hier leben ließ, hatte Aratos empfindlich getroffen. Er hatte allen Ernstes geglaubt, es genüge, wenn die Skythen bei ihm einen kleinen Platz zum Leben zugewiesen bekamen. Er verstand nicht, was unsere Leute wirklich brauchten. Themiskyra war meine Antwort auf den Wunsch nach einem sesshaften Leben.

Für mich jedoch bedeutete es vor allem, dass ich unterwegs war zwischen unserem Stammsiedlungsgebiet und unserer eigenen Stadt. Die Wahl war nicht ohne Grund auf dieses fruchtbare Stück Land gefallen, wo die nächsten achaischen Siedlungen nicht weit waren. Auch damit sandte ich ihnen eine Botschaft. Wir behielten sie im Blick – nutzten aber auch die Kontakte zu den Achaiern für Handel und kulturellen Austausch.

Ares legte den Arm um meine Schultern. Unsere Mädchen stürmten voraus; sie kannten Themiskyra genauso gut wie das Leben auf der Steppe. Ich beobachtete die drei immer aufmerksam. Hippolyte war ein Steppenkind. Penthesilea ein Kind der Paläste. Antiope aber kam überall gut zurecht.

»Bist du glücklich, meine Königin?«

Ich nickte. Inzwischen hatte ich mich damit abgefunden, dass ich nicht wissen würde, was kam. Ja, vielleicht würden meine Töchter sich eines fernen Tages entzweien. Vielleicht wäre ich dann nicht mehr da, um den Streit zwischen ihnen zu schlichten. Im Grunde war das unbedeutend. Denn was zählte, war dieser Moment. Drei gesunde Töchter, ein brüchiger Frieden und ein Mann an meiner Seite, der mich mein Leben lang aus der Zwischenwelt retten würde, wenn er konnte. Meine Herrschaft war gefestigt, und es ging meinem Volk gut. Mehr durfte ich nicht verlangen.

»Ich bin glücklich, solange du an meiner Seite bist«, flüsterte ich mit dem Kopf an seiner Schulter. Wir blieben stehen. Um uns wogten die Seeleute, die Arbeiter, unsere Mädchen waren im Gedränge verschwunden. Ein Lärmen und Rufen war um uns, ich hätte es früher nicht für möglich gehalten, dass diese Enge und der Krach mich glücklich machen könnten. Und vielleicht war es das auch nicht. Ganz bestimmt nicht. Glücklich machte mich die Stimme des Mannes, den ich von ganzem Herzen liebte: »Ich werde ewig bei dir sein.«

Mehr würde ich nie verlangen.

Historische Notiz

Die Mythen über die Amazonen sind vor allem eines: Geschichten, aufgezeichnet zu einem Zeitpunkt und mit dem Abstand zu historischen Ereignissen, die nicht zwingend mit den historischen Vorbildern der Amazonen zusammenhängen. Ich weiß, es klingt kompliziert. Darum erzähle ich euch noch ein wenig darüber, wie ich mir die Welt von Otrere und Ares erschaffen habe.

Ich habe mir viele Freiheiten genommen. Ohne jetzt auf Band zwei und drei vorzugreifen, gab es ein paar historische Eckpunkte, an denen ich unbedingt festhalten wollte. Deshalb habe ich die Ereignisse um Otrere und ihre Töchter um ca. 1200 v. Chr. angelegt.

Die Erkenntnisse über die Skythen, wie ich sie hier beschreibe, sind sehr gut durch archäologische Funde (vor allem Grabfunde) in der heutigen Südukraine gesichert. Dennoch bieten sie immer noch viel Interpretationsspielraum, und den habe ich genutzt. Die Zeit zwischen 1200 v. Chr. und 800 v. Chr. ist in der griechischen Antike ein dunkles Zeitalter (ähnlich dem frühen Mittelalter in Westeuropa): Nach dem Untergang der mykenischen Palastkultur (und mit ihr der Schrift) dauerte es lange, bis mit den griechischen Stadtstaaten das archaische Zeitalter eingeläutet wurde. In jener Zeit (um ca. 800 v. Chr.) schrieb Homer seine Epen *Ilias* und *Odyssee* auf, in denen er auch auf die Amazonen Bezug nahm. Zuvor waren diese Geschichten mündlich tradiert worden, von einer Generation zur nächsten weitergegeben. Auch gibt es von vielen Mythen unterschiedliche Versionen. Letztlich bleiben es Mythen, und diese bieten uns viel Raum.

Ich wollte die Geschichte eines Volks erzählen, das in seiner Struktur und seinem Selbstverständnis deutlich moderner war als die achaische Gesellschaft, die bereits durch die vollzogene Sesshaftwerdung auch in den patriarchalen Strukturen gefangen war. Es gab bei den frühen Griechen eine klare Aufteilung der Sphären zwischen dem häuslichen Bereich (um den sich die Frauen kümmerten) und dem Leben außerhalb des Hauses (den Männern vorbehalten). Die Skythen hatten – das belegen archäologische Funde – tatsächlich viele Kriegerinnen, die für sie kämpften. Aus diesen archäologischen Tatsachen und den Geschichten über eine von Frauen dominierte Gesellschaft, wie sie später auch Herodot um 480 v. Chr. formulierte, formte ich das skythische Reitervolk, verortete es in der heutigen Südukraine und ließ es mit den Achaiern/Griechen aufeinanderprallen. Allerdings sind die ersten Kolonien der Griechen erst viel später dort entstanden, als ich sie angelegt habe. Da habe ich mir gewisse Freiheiten erlaubt und die Kolonien auch eher wie die mykenischen Paläste entworfen.

Die mythologische Geschichte um Otrere und ihre Töchter bildete dann den erzählerischen Rahmen.

Letztlich ist es der Kampf um die Identität ihres Volks, ihrer Lebensweise, den Otrere führt. Sie muss erkennen, dass ihr Reich nie unberührt bleiben wird von den äußeren Einflüssen – seien es Thraker oder Achaier. Jede Begegnung verändert uns, ob nun auf der Ebene von Einzelpersonen oder wenn verschiedene Gruppen in einen Austausch gehen – sei der nun kriegerisch oder friedlich.